JN178290

運命の絆

ペニー・ジョーダン

田村たつ子 訳

LINGERING SHADOWS

by Penny Jordan

Translation by Tatsuko Tamura

mira

LINGERING SHADOWS

by Penny Jordan

Published by K.K. HarperCollins Japan, 2025

運命の絆

おもな登場人物

ダヴィーナ・ジェイムズ――――〈ケアリー製薬〉のオーナー
グレゴリー・ジェイムズ――――ダヴィーナの夫
ジャイルズ・レッドウッド――――〈ケアリー製薬〉の人事部長
ルーシー・レッドウッド――――ジャイルズの妻
レオ・フォン・ヘスラー――――〈ヘスラー製薬〉のオーナー
ウィルヘルム・フォン・ヘスラー――――レオの兄。〈ヘスラー製薬〉の役員
ソウル・ジャーディン――――〈デイヴィッドソン・コーポレーション〉の社員
アレックス・デイヴィッドソン――――〈デイヴィッドソン・コーポレーション〉のオーナー
クリスティン・ジャーディン――――ソウルの妹。開業医

1

「おまえもなかなかやるじゃないか。死んだ親父《おやじ》でさえできなかったのに、あのアメリカの会社を口説き落としてうちの薬品の製造管理権を売りつけるとはね。どんな手を使ったのか知りたいものだ。親父に遺言を書き換えさせたときと同じように抜け目なく立ちまわったんだろうな？」

ウィルヘルムの声にレオは辛辣《しんらつ》な皮肉を聞き取った。大方の予想を裏切って、父がヘスラー製薬の経営権を長男のウィルヘルムにではなく、次男のレオに譲ったのは驚きだった。その事実はレオにとっても晴天の霹靂《へきれき》だったと言っても兄は決して信じないだろう。

レオは受話器を持つ手の力を緩めた。今朝早くニューヨークからハンブルクに着き、空港からまっすぐヘスラー製薬に戻ってアメリカでの成果を簡単に重役会で報告した。その会議にウィルヘルムは出席していなかったが、だれかから情報を仕入れたのだろう。

ニューヨークから帰ってくる早々ウィルヘルムのいやみを聞かされるのではたまらない。レオはオフィスを出て帰宅する前、相手が何者であれ、今日はだれにも邪魔されたくないと秘書に言っておいた。それなのに、この電話は……。

「あの遺言状を書いたとき、親父は正気じゃなかったに決まってる」ウィルヘルムはまたもや腹立たしげに蒸し返した。「会社の経営権は長男のぼくに譲ると親父はいつも言っていた……ぼくは親父の気に入りだったからな」

レオは黙って歯をかみ締めた。

父の気に入り――子供のころから何度その言葉を聞かされてきたことか。ウィルヘルムはようやく電話を切り、レオは重苦しい気持ちで受話器を置いた。自分には自分の生き方があり、父の価値観だけが絶対ではないと悟るまで、レオはずっと父の批判と拒絶に苦しんできた。

兄とは昔から反りが合わなかった。兄弟の間には常に対抗意識と反目があり、レオはときどき、父が息子たちの対立を故意に助長しているのではないかと思うことさえあった。ウィルヘルムは極端に独占欲が強い。それはおそらく彼が長男であり、いつまでも一人っ子でいられると信じて育ったせいだろう。年は十四離れているから、兄は十四年間一人っ子だったということになる。そしてもちろん、兄弟のどちらが〝父の気に入り〟であったかについて疑問をさしはさむ余地はなかった。

百八十センチの今の体格からは想像しがたいが、レオは子供のころ、父に〝虚弱児〟と呼ばれたことがある。豊かなゴールドブラウンの髪、金箔《きんぱく》をまぶしたような琥珀《こはく》色の瞳を、あるガールフレンドがライオンになぞらえたことがあった――レオ、あなたにはライオンのように強くしなやかな肉体と、つややかな黄金のたてがみ、百獣の王の気品があるわ。しかし彼女は笑いながら、獲物をつかまえるのはあまり上手じゃないけれど、とも言った。

容姿が母親譲りなのをレオはひそかに喜んでいた。肉体的にも精神的にも、父親に似るより母親似でありたいと切実に思う。父からはいかなる遺伝子も受け継ぎたくなかった。物質的な遺産も？

彼は落ち着かない気分で窓辺に歩み寄り、川を見つめた。ハンブルクの静かな高級住宅地。縦長の、それほど大きくない彼の家は、両隣の大邸宅の間に無理やり押し込まれたように建っている。板張りの床がきしむ古い家……。

遺言を書き換えたのは父の頭がどうかしていたか、レオに脅迫されたかのどちらかだと言って、ウィルヘルムは父の遺言状の内容を覆そうとした。

会社の顧問弁護士は、そんなことをしても勝ちめはないと彼をいさめ、心臓発作を起こすまで、彼らの父親は正気そのもので、ヘスラーの支配権を完全に掌握していたと断言した。

もちろん、書斎の床に虫の息で倒れていた父を最初に発見したのがレオだったことも兄の疑惑をいっそうかき立てる要因になった。父が心臓を患っていたことは本人以外のだれ一人知らなかった。レオはすぐに救急車を呼んだが、受話器を置いた直後、父は二度目の、そして致命的な発作を起こした。

その数秒の間に、父は苦しげにレオに呼びかけた。

〝わたしの……わたしの息子……〟しかしその呼びかけに愛はなかった。愛はなく、ただいつもの、子供のころからよく覚えている苦い拒絶があるのみだった。

父の傍らには鍵《かぎ》のかかった、古びた書類入れのような箱が転がっていた。壁面に造りつけられた金庫の扉は開いていて、医師は、おそらく金庫からこの箱を取り出したとき発作を起こしたのだろうと言った。

そうだろうか――心臓に負担をかけるほど重い箱でもないのに。

レオは不意に窓から振り返った。開けてみようと思いながらそうする時間がなく、その箱は六週間前のまま、まだデスクの上に置いてある。だが今ならその時間があるじゃないか。

レオはその箱をじっと見つめた。本来ならこれは自分ではなく、ウィルヘルムが果たすべき義務であったはず。ヘスラー製薬がウィルヘルムのものになるはずだったように。父の愛がいつもウィルヘルムのものだったように。父がだれかを愛したことがあるかどうかは疑わしいが……実際そういう人間ではなかったからだ。ずっと前から後継者はウィルヘルムと決めていた父が、なぜ母の死後、突然遺言状を書き換え、ヘスラー製薬の全経営権をレオに譲ったのか――それはだれにとっても謎《なぞ》だった。

レオは古びた書類箱をちらっと見やり、眉根を寄せた。つかの間、ヘスラー製薬のトップとしての緊張と重責を忘れ、父にはそぐわない、いかにも古くてみすぼらしいその箱に興味を引かれた。この箱が倒れた父の傍らにあったという事実は何を意味するのだろうか？

好奇心が頭をもたげる。好奇心と、それ以外の何かが。

レオはデスクに近づき、ためらいがちに箱に手を触れた。鍵はある。亡くなった父の手にそれは握られていた。デスクの引き出しから鍵の束を出し、レオは眉をひそめてそれを見つめた。箱と同じように鍵もまた古びて摩耗し、細工も貧弱で、父のような男性にはそぐわない代物だ。

相変わらず眉間《みけん》にしわを寄せたまま箱に手を伸ばすが、鍵を開ける気になれずに彼はためらった。

この優柔不断こそ父が最も嫌悪した性格ではなかったか？　情に流されやすく、想像力が豊かで、何ものかに対する恐怖心を抱いている。しかしそれは父に対する恐れではなかった。どんなに懸命に努めても、自分のする何一つとして父の愛と称賛に値しないという事実を受け入れたそのときに父への恐れは消えた。

今さら過去に思いを戻してもどうなるものでもない、とレオは自分に言い聞かせた。もう子供じゃない、三十八歳の大人なんだ。

箱の鍵穴に鍵を差し込んでまわし、蓋《ふた》を押し上げる。中には封筒が入っているだけだ。レオはそれを取り出し、すり切れてくたくたになった紙の、なぜか不快な手ざわりにかすかに緊張した。

封はされていない。彼は封筒に手を差し入れて中のものを取り出し、デスクの上に置いた。

ノートが一冊、英語の新聞記事の切り抜きが何枚か。ノートを取り上げようとして、一番上の切り抜き記事の見出しがちらっと目に入った。イギリス軍人がドイツのある病院を訪れたときのもので、日付は連合軍がドイツに進攻した直後のころだ。

記事には写真が添えられていた。骨と皮ばかりにやせ衰えた男性がベッドに横たわり、かがみ込む軍人に懇願するように両腕を差し伸べている。そのやつれきった哀れな男性の姿を見てレオは身をこわばらせた。彼が死の収容所の犠牲者であることは明らかだ。その隣のベッドにはもう一人、記事によれば〝運がなかった〟男性がすでにこと切れて横たわっている。

記事はこう続く――運がなかった男性は息を引き取る間際、捕虜を生体実験のモルモットとして利用することを容認した秘密組織とヒトラー親衛隊《SS》の士官数人の名をケアリー一等兵に告げた。その証言から、連合軍は多くのナチの残党を逮捕した。

レオは記事から顔をそむけ、そんな自分の弱気を叱咤《しった》してもう一度目を戻した。震える手で切り抜き記事の束を取り上げて一枚目をめくり、ほかの記事にもざっと目を通す。記事はすべて英語で書かれ、そのどれもがイギリスの小さな製薬会社に関するものばかりだった。ケアリー製薬――一枚目の黄ばんだ切り抜きにあった一等兵の名と一致する。記事によると、心臓病治療を可能にする画期的な新薬の特許を取った戦争直後、ケアリー製薬は急速に成長し、その後は徐々に衰退の一途をたどっていった。

ケアリー製薬……この切り抜き記事。父とどんな関係があるのだろう？　父はなぜこういうものを集めたのか……なぜ今まで取っておいたのか。

レオは考えながらノートを取り上げた。父は戦後、ヘスラー製薬を創立した。連合軍は戦後の混乱したドイツに秩序を再構築するのに熱心だった。開戦とほぼ同時にドイツを離れ、中立国であるスイスに移り住んだ父は、戦争そのものにもナチスの残虐行為にも加担していなかったということで、帰国して会社を設立することを許された。そして、戦争の恐怖の後遺症に苦しむ多くの人々のために新しい鎮静剤を開発し、生産したと聞いている。

レオは古いノートをそっとめくった。彼は大学で薬学を学んだ――もっとも、それは彼自身の希望というより、父の選択ではあったが。容姿も態度もまったく父親に似ていなかったとしても、レオはやはりヘスラー一族の人間であり、会社の発展のためにはそれなりに役目を果たさなければならなかった。

今、色あせた手書きの化学方程式を見つめ、レオは即座にそれがなんであるか悟った。

ヘスラーが最初に開発した鎮静剤のオリジナルノートだ。

レオは注意深くそれを読み進んだ。この化学方程式がどのようにして父の手に渡ったかについて、これまでさまざまな憶測が流れた。表向きは、父が連合軍の要請で通訳としてある病院を訪ねたとき、瀕死《ひんし》の患者から手渡されたということになってはいるが……。ときどき、父の過去に関してあまり愉快ではない噂《うわさ》がささやかれることがあったが、そのころのヘスラー製薬は押しも押されもせぬ大企業になっていて、会社あるいはその創立者に正面切ってたてつく者はいなかった。

レオは学生のころ、父ハインリッヒ・フォン・ヘスラーは実はＳＳのスパイであり、戦時中スイスを拠点にしてドイツとヨーロッパ各地をまわり、その地位を利用して悪名高い強制収容所の実験室から極秘情報を入手したのだという噂を耳にした。愚かにも、彼は父にその噂の真偽をただそうとした。父は否定もしなければ肯定もしなかった。だがその翌日、父に暴行を受けた母がひどいけがをしてベッドに横たわっており、レオは驚愕してかかりつけの医者を呼んだ。

それ以来、レオはその噂に関して二度と口にすることはなかった。

ノートのページをさらにめくってはっとした。そこにはさっきとは別の化学方程式があり、欄外には書き込みとともに医師――強制収容所の残虐行為にかかわったとされる人物のサインがあった。

さっと目を通し、もう一度ゆっくりと注意深く読み進むうちに、レオの胸はざわめき、明らかになりつつある事実の重みに体が重く、冷たくなっていく。

その先のページには心臓病の薬に関する調査結果と細かいデータ、製法が記されていた。イギリスのケアリー製薬が生産したのと類似した心臓病の薬だ。

カードを並べるディーラーのように、レオは慎重に目の前に切り抜き記事を広げ、その向こうにノートを置いた。

父はこの書類箱を運ぼうとして発作を起こしたのだろうか？　それとも、最初の発作のあと、これをなんとか処分しなければならないと思って金庫に取りに行ったのか。レオは新聞の切り抜きを見下ろした。ケアリー一等兵の転身……戦後この若い男性が医薬品業界で立身出世したのは、父のこのノートとなんらかの関係があるのだろうか？　そもそも、なぜ父はこんなものを取っておいたのか。何かの切り札に利用できると思ったから？　ケアリー一等兵は収容所の捕虜の話からたまたま父の正体を知り、衛生兵から一転して脅迫者になったのかもしれない。そして父をゆすり、戦後、ここに記された二つ目の化学方程式で大もうけをしたと考えられなくもなかった。

しかしケアリーという男性は父より何年か前に亡くなっている。ここにある彼の死亡広告の切り抜きが何よりの証拠だ。しかし、それならなぜ父は箱の中身を処分しなかったのだろう？

ケアリーは死ぬ前にだれかに秘密をもらしたのだろうか？　ケアリー製薬はその後、彼の娘婿が継いでいるとある。ケアリーは事業のほかに過去の暗い秘密をも彼に相続させたのだろうか？

考えすぎかもしれない。すべては単なる偶然なのかも……しかしレオのあらゆる本能、直感はその考えを笑い飛ばした。

目の前にあるものが、父がどういう人間だったかの明らかな証拠であることをレオは悟った。生前よりも父の本性がわかりかけてきたことを直観する。今になって、父との間に常にあった敵意、父の中にいつも感じ取っていた暗い部分への反感を否定しても意味はないだろう。

子供のころ、レオは父の闇《やみ》の部分を恐れていた。大人になってからは――そのために父に嫌われたのかもしれないが、遺伝子的に父の影響をほとんど受けなかったことを神に感謝した。

それでも、父は会社の後継者としてレオを指名した。

父がこの不愉快な証拠品を故意にレオの目につくところに置いたとは考えにくい。床に倒れていた父を彼が最初に発見するとは限らないのだから。たぶん父は死期を悟り、この証拠品を始末しようとしたのだろう。

証拠か……彼はデスクの上の新聞記事を見下ろした。たったこれだけのものが強大なへスラー製薬を、その創立者である父を、脅威にさらす力を持っていると思うと不思議な気さえする。

　こういう推測は当たっているだろうか――戦後、通訳として働いた父と、イギリス軍の衛生兵であったケアリーは、殺人、盗み、脅迫、さらにおぞましい悪が錯綜《さくそう》する中で、相互の飽くなき欲望によってつながっていた……。

　ＳＳの重要人物の名をケアリー一等兵に告げて死んでいったあの男性。彼の証言の中に父の名があったとしたら？　それに気づいたケアリーは父に近づいて真実をばらすと脅し、父はこのノートにある二番目の製法の特許を譲り渡すことでケアリーの口を封じた？　いくら状況証拠を積み上げても確たる事実を示すものはなく、彼らのつながりを実証することはできない。しかしそれでも、ここにある古びた紙切れはヘスラー製薬を揺るがすほどに強力であり、レオの胸に深い罪悪感を植えつけるほどに醜悪だった。ヘスラーの責任者として、少なくとも真実をはっきりさせるべきだろう。

　もし事情が違っていたら――もしウィルヘルムがあんなふうではなかったら、こういう問題を一人で抱え込まずに相談できたかもしれない。

　そのときレオの頭に新たな疑問が浮かんだ。母は本当のことを知っていたのだろうか？　肉体的、精神的虐待に耐えて生涯父のもとを去らなかったのは、真実が暴かれて息子たちが傷つくのを恐れていたから？　兄はレオほど母親と親密ではなく、父のように、母に対して冷ややかで残酷だった。

レオは新聞の切り抜きを取り上げ、ちらっと暖炉に目をやると、手にした記事をもう一度見下ろした。それから唇を引き結び、ノートと一緒にそれを封筒に戻した。処分するのが一番いいのだろうが……自分にはできない。真実を、あるいは知りうるすべてを知るまでは。そのためにはヘスラー製薬を巻き込むことなしに事実を究明する方法をなんとか考えなければならない。自分のためでも、父のためでもなく、ヘスラー製薬で働き、家族を養っている多くの従業員のために。

これは自分一人で解決しなければならない問題だ。そっと……ひそかに……秘密裏に。

最後の言葉にレオは顔をしかめた。その響きは父の記憶と緊密につながっている。

秘密裏に——その言葉は口の中に苦い味を残し、レオの心に暗い影を落とした。

2

「きみの態度は少々意外だったと言わざるをえないね、ソウル」

温厚な語り口、優しげな微笑――しかし、それが完全なまやかしであることをソウルは知っている。彼は何も言わず、ただ待っていた。

「もちろんダン・ハーパーがきみの友人だということは承知している」ソウルが押し黙ったままでいると、アレックス・デイヴィッドソン卿《きょう》は多少のいら立ちを響かせて言い添えた。「一時は彼の奥さんとも親密な仲だったんだろう?」

身に覚えはなかったが、ソウルはそれを聞き流した。ボスのやり方は心得ている。アレックス卿は人の神経を逆撫《さかな》でし、人の無防備な心にぐさっとナイフを突き立てるのが楽しくて仕方がないのだ。「しかしながらビジネスはビジネスだ。ハーパー&サンズの買収がひそかに、スムーズに行われるようにするのがきみの義務じゃなかったのかね。我々が彼の会社を買収し、資産をはぎ取り、全社員を解雇したあと会社を閉鎖するつもりでいることまでハーパーに知らせる必要はなかったはずだ。だが、わたしの勘違いでない限り、きみはまさにその不必要なことをした」

ソウルはそのとき初めて口を開き、びくともせずにこう言った。「それは少々大げさな解釈でしょう」

ソウルの目は冷ややかだった。アレックス卿の後継者候補ナンバーワンと目されてはいるが、ボスより二十五歳も若い一社員という身分にしては実に威圧的な男だ。

「しかしきみは我々の意図をハーパーに伝えた」

「何も伝えてはいませんよ」ソウルはそっけなく応じた。「ただ、もし会社を売却したらどういうことが起こりうるか、事実を指摘したまでです」

「それは単なる言葉遊びにすぎん」アレックス卿はもはや不興を隠さず、その顔から温厚な笑みは消えていた。「絶対的忠誠、それこそわたしが我が社の全社員に期待するものだ。特にきみにな、ソウル。わたしはほかのだれよりもきみを信頼しているし、それだけの報酬を支払ってもいる」

「買いかぶりということもある」皮肉と自嘲《じちょう》をこめてソウルはつぶやいた。

しかしアレックス卿は聞いていない。

「はっきり言って失望したよ。だが、今はそれより重要な問題が持ち上がった。とりあえずきみにチェシャーに行ってもらいたい。そこにケアリー製薬という会社がある。そこを手に入れたいんだ」

「ケアリー製薬?」

「うむ」アレックス卿は机の上から書類を取り上げた。「小さなワンマン会社だ……少なくとも今まではそうだった。最近経営者が亡くなって以来、会社は急速に傾きつつあって、倒産は目に見えている。それで、我々が救出作戦に乗り出そうというわけだ」

「本当ですか?」ソウルは苦笑いに口元をゆがめた。「目的は?」

アレックス卿は若く精悍《せいかん》な顔を見つめ、皮肉たっぷりに言った。「話す前にきいておくが、その会社に親友や愛人はいないだろうね?」

ソウルは唇を引き結んで冷ややかにボスを見つめ返した。アレックス卿はかすかにひるんで視線をそらした。

「わかった」アレックス卿は返事を待たずに切り出した。「ここ二、三十年ろくな薬を作っていないとしても、ケアリーが製薬会社であることに違いはない。経営を引き継いだ未亡人はいずれ会社を売りに出すだろう」

「で、あなたがそれを買うわけですね」

「適正な値段で」

「なぜです?」ソウルはボスの思惑を尋ねた。

「噂《うわさ》によると、イギリス政府は新薬の開発に熱心な製薬会社にきわめて気前のいい助成をする計画を立てているらしい。もし売れる新薬の開発に成功したら、助成の見返りとして国民健康保険機構に市場価格よりかなり安くその薬品を提供するという条件つきでね」

「つまり、政府はいずれ製薬会社から、援助しただけの金を吐き出させるんですね？」

「国内的にはそうかもしれないが、海外との取り引きで利益を上げる可能性は常にある」

アレックス卿はうなずいた。「しかし、本質的にはきみの言うとおりだ」

「そもそも、興味を持たれた理由とは？」

「もし企業がそういう医薬品の開発に成功しなかったら、当然のことながら政府は投資の見返りを期待できない」

「ああ、なるほど、わかりかけてきました。会社を買収し、政府から助成金をもらい、表向きは新薬の調査開発部門なるものをでっち上げる。ところが今時の腕のいい会計士なら、ある会社から別会社へ資金を移動させることによって、巨額ではないとしても、多額の損金を計上することができる。万一求められている新薬の開発に成功しなくても政府からのおとがめはなし……」

アレックス卿はにっこりした。

「きみの頭脳はいまだ健在らしい。良心とか友情とかいうものにまどわされていないのは幸いだったよ、ソウル。ほかにもいくつか投資する価値のある会社がないではないが、ケアリーほどじゃない。あの会社は、言ってみればか弱き小羊だ。我々の保護なしにはいずれ腹ぺこの狼《おおかみ》の餌食《えじき》にされるのが落ちだろう」

「その小羊がどれほど弱っているか、いかに安く買いたたけるかを調査しろというわけですね」

「そのとおり。きみは羊の衣をまとった狼になるわけだ。まさにぴったりの役どころとは思わんかね？」

狼。ボスはぼくをそんなふうにしか見ていないのだろうか――追い詰められ、すくみ上がる獲物を見てほくそ笑む肉食獣と？

ソウルは役員用のエレベーターに乗り、一階のボタンを押した。そのときふと、バイロンの詩の一節が頭に浮かぶ。

〝アッシリア人が狼のように羊の群れに襲いかかる……〟その言葉のもたらした視覚的なイメージは彼を困惑させた。なぜか最近、こうした困惑、かつてない良心の呵責《かしやく》を頻繁に感じる。

良心の呵責、それとも何かへの反抗か……頭をかすめた思いを彼は急いで退けた。そんなことより片づけるべき仕事がある。

受付係は前を通り過ぎていくソウルを目で追い、小さなため息をついた。あんなにセクシーな男性はそうざらにはいない。デイヴィッドソン・コーポレーションで働く女性はみんなそう思っているのに、残念ながら彼のほうはだれにもまったく興味を示さない。超然とした禁欲的な雰囲気、それがかえって女心を刺激する。彼は恋人としても最高だろう。

しなやかな身のこなしからもそれがうかがえる。豊かな髪と同じように体の毛も黒いのかしら。瞳ははっとするような淡いブルー、体つきも顔立ちもがっしりとしている。現状に満足しきった男性には感じられないある種の飢餓感、あふれる活力、ほとんど怒りに近い何かが彼にはあって、女性から見るとそうしたすべてがぞくっとするほどセクシーなのだ。

ソウルは薄暗いビルから初夏のまぶしい陽光の中に出た。チェシャーか――あそこには妹のクリスティが住んでいる。ずいぶん長く訪ねていない。

今夜電話をしてみよう――カレンにも。子供たちに最後に会ったのは五週間前。この前のときは仕事が入ってキャンセルせざるをえなかった。一瞬、心が乱れ、ソウルは顔を曇らせた。息子も娘も父親に会わなくてもどうということはないのだろう。だがこちらはどうでもいいとは思っていない。彼らはぼくの子供、ぼくは彼らの父親だ。ソウルは今は亡き父を思い出した。とても気の合った父……。

仲がよすぎるわ、といつだったかクリスティに言われたことがある。妬《や》くなよ、とソウルが言い返すと、クリスティは笑い飛ばした。なんともおかしな兄妹《きょうだい》。似ているところもたくさんあるが、人生観においてはまったくといっていいほど違っている。

ソウルはまた落ち着かない気持ちにとらわれ、当惑した。人生の目的は常にはっきりしていた。そしてその目的を達成してもきた。出世し、父との約束を果たした。それなのにこのむなしさ……何かをし忘れたような、何かを怠ったような不安、目前のトロフィーをつかむことへのためらい……どうしてこんな気分になるのだろう？　あと二、三年もすればアレックス卿は引退し、ソウルがそのあとを継ぐ。それが彼の計画であり、父との約束であり、そのために懸命に働いてきた。

しかし、それが本当に望んだものだろうか？　ソウルは心の中で自分をののしった。いったいどういうわけで今ごろ〝中年の危機〟に見舞われなければならないんだ？

ソウルは町の雑踏を歩き始めた。しかし彼は群衆にまぎれ込むことも溶け込むこともない人間だった。同僚たちが彼をうらやむのも不思議ではない。アレックス卿が創立した会社を何年かの間に業界のトップにまで成長させたのはソウルであり、業界紙はそんな彼の辣腕《らつわん》、洞察力を称賛した。

アレックス卿が荒っぽい海賊のような古いタイプの企業家であるとすると、ソウルは外交手腕にたけたスマートな経済人であり、デイヴィッドソン・コーポレーションという素材を今日の洗練された企業に磨き上げた立て役者だった。会社の急成長はソウルの先見の明、周到な計画によるところが大きい。景気の後退期にもソウルは慌てることなく、常に先を読み、だれもが彼に従った。

彼は尊敬され、羨望《せんぼう》されるパイオニアだ。それなのに今、自らのルール、父によって定められたルールを破ってそのすべてを捨て去ろうとしているのも同然だった。

アレックス卿が会社を買収したがっていることをなぜダン・ハーハーに話したのか、自分でもわからなかった。ダンが友だちであるのは確かだが、親友というほどではない。ソウルは男女を問わず、だれであれ必要以上に人を寄せつけなかった。生まれつきそうだったわけではないが……。結婚に失敗してから複数の女性関係はあった。ひそかな、きちんとした、だれ一人おびやかすことのない抑制された関係。だがアレックス卿が言ったようにダンの妻と親密だったことはない。

今のところ特別な女性はいないが、必要とあらば生活からセックスを締め出す確固たる意志の力を備えていた。彼は欲望に駆り立てられることも支配されることもなかった。ときどき、彼が支払う食事をがつがつとむさぼり、彼の置く餌《えさ》に強欲に飛びつき、彼とのかかわりにおいてどんな得があるかと計算する連中を見ていると、その果てしない欲望、ばかばかしい浪費がたまらなくいやになる。そんなふうに感じるのは、代々厳格な長老派に属し、こちこちの道徳観念に縛られてきたスコットランド人の血のせいなのかもしれないが。

アレックス卿に試されているのはわかっていた。彼自身はこちらを抜け目ない術策家と思っているようだが、ボスのすることはときどきおかしいほど見え透いている。いつもなら彼はソウルにそんなつまらない仕事を頼みはしない。こういった業務にはエージェントを雇うのが彼のやり方だった。忍び寄り、とどめを刺す準備ができるまで、こちらの身分は隠しておくに越したことはないのだから。

みぞおちがきりきりきりと痛む。ソウルは四十歳。ひとまわり若い男性たちより健康で、黒髪にはまだ一本の白髪もまぎれ込んではいない。それなのに彼はときどき老人のように感じることがあった。離婚し、現実から遊離し、まったくの孤独で、他人を遠ざけて……。またときには、恨みともつかない怒り、人生から何かをくすね取られたような、ごまかされたような、なんとも不可解な喪失感を味わうこともあった。

買収についてなぜダンに話したんだ？　父から息子へと、五代にわたって引き継がれてきた古臭い会社をつぶすことに、なぜあれほどの嫌悪を感じたのだろう？　これまでなんのためらいもなくそうしてきたのに、なぜ今……あと何年かでアレックス卿が引退し、自分がデイヴィッドソンのトップの座に就くことがほぼ確実になった今になって、なぜ……。

さっきのアレックス卿の口ぶりからして、まだ失点を取り返すチャンスは充分にある。それなら、なぜアレックス卿に背を向け、将来に背を向けて、あの場から逃げ出したいという衝動に駆られたのだろう？

彼の胸の奥には、今にも自己抑制が崩れるのではないかというおびえと結びついた深い怒りがくすぶっていた。自制心こそソウルの最強の武器であるはずなのだが、どうやら頼みのその武器はなまくらになってしまったようだ。

チェシャー。ぼくをチェシャーに送り込むとは、ボスはどういうつもりだろう？　彼は陰で糸を引き、人々を意のままに操り、踊らせるのが大好きなのだ。しかしソウルはそのような扱いに甘んじたことはなかった。部下ではあっても奴隷ではないことを常に明確にしてきた。アレックス卿にしても、本当に敬意を払うのは自分の言いなりにはならない人間だけなのだ。

彼の本心はどこにある？　ぼくをチェシャーに行かせるのは、例の製薬会社をできるかぎり値切って買収するため？　それとも何かほかに動機があるのだろうか？

前任者のように、ロンドンに戻ってみたら自分の椅子にほかのだれかが座っていた、ということになるのかもしれない。もしそうだったとして、自分はボスに腹を立て、抗議するだろうか？　今はもう何がどうなろうとかまわないように思える。気にかかるのは子供たちのことだけだ。子供たちに拒絶されているのは何よりもつらかったし、彼らの物欲の強さが心配でもあった。自分も子供のころはあんなふうだったのだろうか？　ジョジーは十五歳、トムはじきに十三歳。姉と弟は性格がまったく違う。ソウルとクリスティがそうだったように。

カレンとは十年前に離婚して、今や子供たちはほとんど他人同然になっている。多忙だった十年。しかし、子供たちのために割く時間がないほど多忙だっただろうか？

その問いはちくちくと胸を刺した。最近、答えの出ない疑問が多すぎる。ある朝目覚め、突然自分自身に、自分の人生にいやけがさして以来のことだ。なぜあんなふうに感じたのだろう？　いつもすべてを自分で決定し、選択してきたというのに。

過去の彼方《かなた》からクリスティの声が聞こえてきた。怒りと蔑《さげす》みに頬を紅潮させ、彼女は荒々しい言葉を兄に投げつけた。〝自分のためには何もしないのね、ソウル？　お父さんを喜ばせることばかりしてるわ。だから兄さんはお父さんのお気に入りなのよ〟

彼は妹のかんしゃくを一笑に付した。自分は息子なのだから、父と仲がいいのは——あるいは父の気に入りなのは当然ではないか、とそのときは考えた。

クリスティは……情熱的で感情的で、あのころから自由を求め、自分の人生を切り開いていこうとしていた。それは今でも変わっていない。

もっとも、最近はあまり会っていなかった。妹がチェシャーに移ってから、まったく乗り気でないジョジーとトムを連れて二度ほど遊びに行ったくらいか……。

多忙な開業医であるクリスティは彼らとゆっくり過ごす時間がほとんどなく、ジョジーは叔母が家庭生活をないがしろにしているとあからさまに非難した。食事はいつもキッチンですませるし、化粧もせず、母のようにデザイナーズ・ブランドのドレスで着飾りもしない。

ジョジーが唯一認めたのは、叔母がシングル・マザーであることだった。女性にはもう男性なんか必要ないのよ、とジョジーは挑むように言い、ソウルは〝わたしたらにはもう父親なんか必要ないのよ〟と言われたような気がしてどきっとした。

二人の子供のうち、いつもジョジーのほうが父親に対して反抗的だ。ソウルは娘の一言一句に傷つく自分が意外だった。娘との関係よりもっと重要な問題が山ほどあるじゃないか、と胸の中でささやく声に、別の声が静かに反論した――子供たちより大切なものがいったいどこにあるというんだ？

自分が考えていることに驚き、ソウルは通行人のいぶかしげなまなざしにも気づかず通りの真ん中でいきなり立ちどまった。

一週間かそこらロンドンを離れ、アレックス卿と距離を置くのもいいかもしれない。彼は再び歩きだした。息をつく空間が、考える時間が必要だ。

考えるって、何を？　ソウルは落ち着きを失い、いらいらと眉をひそめた。頭で考えることと心に感じることとのギャップが気に入らない。そういう矛盾はおよそ自分らしくなかった。

〝おまえは成功を目指して一心に打ち込んだ、ソウル〟自らの人生の敗北に、目的をとげられなかった無力感に顔をかげらせて、父はいつもそう言っていた。

運命は父にはほほ笑まなかった。しかしソウルには味方してきた――少なくとも最近まで彼はそう思っていた。

3

「ダヴィーナ、忙しいのはわかっているが、帰る前に三十分ほど割いてくれないか」

「もちろんいいわよ、ジャイルズ」ダヴィーナは唇にほほ笑みを浮かべてみせた。「五時でいい？」

しかしオフィスのドアが閉まるや微笑は消えた。夫のグレゴリーが亡くなってから三カ月、処理すべきいろいろな仕事に忙殺されてきて、今また新たな問題に直面しようとしている。

おそらくジャイルズ・レッドウッドは会社を辞めたいと言うのだろう。無理もない。会社は傾く一方で、ジャイルズがこれまで残っていてくれたのは窮地に陥ったわたしをあっさり見捨てることができないという親切心からにすぎないのだから。

それとも、わたしを……。ジャイルズが自分に対して特別な感情を抱いているとは認めたくなくて、ダヴィーナは慌ててその考えを打ち消した。

ジャイルズにはいつも好感を持っていた。でも、彼のもっと深い感情に気づいたのは夫が亡くなってからのことだった。グレゴリーが急死したあとの瀬戸際、会社に残って力を貸してほしいとジャイルズに頼んだのは、意識的ではないにせよ彼の気持ちを利用したようで、どこか後ろめたかった。

　そんなつもりはなかったのに。愚かにも順風満帆だと信じていた父の会社が倒産寸前だという現実を前にしてダヴィーナは途方に暮れ、ジャイルズに協力を求めるほかなかった。その事実はグレゴリーの死より衝撃的だった。

　会社の窮状を知らなかったからといって自分を責めてはいけない、と慰めてくれたのはジャイルズだった。確かに、父もグレゴリーもダヴィーナが会社にかかわるのを許さなかったのは事実だ。

　でも、今となってはそんなことを言ってはいられない。もしケアリー製薬が倒産したら多くの従業員が職を失い、彼らの家族が路頭に迷うことになるだろう。それを手をこまねいて見ているわけにはいかない。

　仕方がないよ、とジャイルズはやんわりと言った。彼はだいぶ前から、会社の主力商品である医薬品の専売特許権が切れるまでに新しい営業戦略を立てるべきだとグレゴリーに進言していたという。しかしグレゴリーは耳を貸さず、新薬の研究開発にあてるべき資金と情熱を株につぎ込み、結果として会社に莫大《ばくだい》な損失を与えた。そのことを考えるたびに、夫の嘘《うそ》を見抜けなかった自分の愚かさを思うたびに、ダヴィーナの胸はきりきりと痛んだ。

もっと追及すべきだったし、会社の状態がどうなっているのか気にかけるべきだった。ほかにもすべきことはたくさんあったのだ。結婚生活に終止符を打つことも含めて……。結婚生活？　二人の間には何年も夫婦の関係はなかった。あれ以来……彼女はよみがえりそうになる過去にさっと背を向けた。

ダヴィーナは三十七歳。二十歳で結婚し、十七年間不毛の結婚生活を続けてきた。なんのために？

愛情のため？　まさか。義務……利害関係……あるいは臆病《おくびょう》さのせい？　そう、確かにわたしは怖かった。不安だった。独りになるのが怖かったわけではない――それはむしろありがたいくらいだったろう。未知の世界に対する恐怖、父とグレゴリーに自分の弱さをさらけ出すことになるのではないかという不安だ。そのために彼女は行動を起こさなかった。結婚生活という安全地帯から出るのを恐れ、形ばかりの妻の座に隠れて人生から目をそむけていた。

しかしグレゴリーはもういない。交通事故に遭い、大破した高級車の中で無残な屍《しかばね》となった――ダヴィーナの知らない、しかし夫はよく知っているらしい女性とともに。

彼はしばしば妻を裏切ったが、ダヴィーナはほかの多くのことに目をつぶったように見て見ぬふりをした。それでも多くの人たちより暮らし向きはましだと、期待どおりの結婚などありえないのだといつも自分に言い聞かせて……。それに、父がグレゴリーとの離婚を絶対に認めないだろうという確信が常に心のどこかにあったような気がする。もちろんグレゴリーのほうから離婚を望むはずはなかった。別れれば会社は妻のものになってしまうからだ。父は会社の業務をグレゴリーにまかせはしたが、株式はダヴィーナの名義になっていて、娘婿が勝手に会社を売買することはできなかった。

父にとってケアリー製薬は特別な意味を持っていた。開戦当時医学生だった父は卒業を待たずに軍隊に入り、戦後すぐ、ダヴィーナの祖父である父親と二人でこの会社を設立した。もっとも、彼女が生まれる前に祖父は亡くなっており、ダヴィーナは祖父を知らない。

祖父のことをいろいろ話してくれたのは主に母だった。祖父はもともと家畜用の薬を作っていたのだが、のちに人間用の有効な医薬品を開発し、地元ではよく知られた人物だったという。

祖父は心臓病の薬の開発に執念を燃やし、その成功によってケアリー製薬は急成長した。しかし会社設立後間もなく、この世を去った。

ただ一人の孫娘として、ダヴィーナは祖父の遺志を継ぎたかったが、父は即座にその夢を踏みにじった。〝女の子が化学者になれるものか〟と父はばかにしたように言った。〝女は結婚して子供を産むものだ――男の子をな〟そう言いながら父が母に向けた冷ややかなまなざしを、ダヴィーナは今でも忘れることができない。両親は息子に恵まれなかった。

そしてわたし自身は……ダヴィーナは現実に立ち戻り、眉をひそめた。

じきにジャイルズが来るだろうが、彼になんと言うべきかまだ考えていなかった。彼の妻のルーシーは、少なくとも最近までは親しい友だちだった。でもなぜか、このごろルーシーの態度は妙によそよそしい。ジャイルズはあるときふと、ケアリー製薬を辞める気になったのはルーシーのためでもあるともらしたことがあった。

そのことで彼を責める気はない。銀行の支店長の言うとおりなら、会社を立て直す資金と能力のある買い手を探さない限り、ケアリー製薬はいずれにしてもそう長くはもたないだろう。

なんとか会社を存続させたいのは自分のためでも父のためでもなく、ケアリーで働く約二百人の従業員とその家族の生活を守りたいからだ。比較的人口の少ないこの地方では、二百人といえども就業人口のかなりの割合を占めている。労働力の半分以上は女性で、彼らがいかに低賃金で酷使されてきたかを知ってダヴィーナはずっと心を痛めてきた。

経営上そうする必要があったのだとジャイルズは言った。そんなグレゴリー流のやり方がまかりとおってきたのは、ケアリー以外、地元にこれといった企業がないためだとつけ加えてジャイルズは目を伏せた。

その話を聞いてダヴィーナはなんとも言いようのない憤りと罪悪感を覚えた。車で村を通るようなとき、多くの女性に冷ややかな嫌悪の表情を向けられるのも当然だった。グレゴリーが従業員にばかりか、妻にも徹底的に出し惜しみをしたと言ってもだれも信用しないかもしれない。が、それは事実だった。グレゴリーが自分の口座にいくらため込んでいたかを知って驚いたが、それがいかに多額でもケアリー製薬を救えるほどの額ではなかった。

グレゴリーが会社を私物化し、ワンマン経営を続けてきたのを知ったのも彼の死後のことだ。組合がいくら抗議しても賃金は上がらなかったし、必要最低限の設備さえ改善されることはなかった。トイレ、洗面所、社員食堂、休憩室……どこも不潔でみすぼらしい。

グレゴリーの死後、社内を案内しながらジャイルズは終始同情と理解を示してくれたが、ダヴィーナのショックと失望、深い罪悪感は和らがなかった。

もはや打つ手はない。会社の経営は行き詰まり、これまでの賃金を支払うぎりぎりの収入を確保するのがやっとというありさまだった。自分は人事担当で経理に明るいわけではないが、とジャイルズは前置きし、そんな彼にさえ会社の危機的状況は一目瞭然《りょうぜん》だったと続けた。

倒産を避けるにはどうしたらいいか、ダヴィーナには見当もつかなかった。銀行は会社の買い手を探すか出資者を探すかのどちらかだと言う。でも、具体的にどこからどう手をつけたらいいものか……ダヴィーナは突然大きな責任を負わされ、絶え間ない不安と緊張に悩まされていた。

つい先週、きみは冷静で強い人だとジャイルズにほめられた。でも内心はそれどころではなかった。長年の習慣から、ダヴィーナは感情を隠すことにたけているだけだ。ある種の防衛本能とでもいうべきか、そうせざるをえなかったのだ。結婚当初からグレゴリーは彼女を傷つけるのを楽しんでいるふしがあり、ダヴィーナはそのころすでにこの結婚が間違っていたことに気づいていた。間違いの原因が自分の無知にあったことにも……。

ダヴィーナは十一歳で女子だけの小さな寄宿学校に行かされ、三年後、脳腫瘍《のうしゅよう》で母が急死したのをきっかけに、十四歳のとき突然家に連れ戻された。寄宿学校をやめて家から近所の学校に通うようにと父に言われたときはうれしかった。愛に満ちた親子関係からはほど遠かったものの、ダヴィーナは大好きな母の死にショックを受け、悲しみを分かち合いたくて父の胸に寄り添おうとした。

しかし父は娘の振る舞いにぞっとしたように身を引き、嫌悪をあらわにして彼女を拒絶した。父を怒らせたと気づいてダヴィーナは困惑し、傷つき、それ以来固い殻の中に閉じこもった。

荒っぽい生徒ばかりの地元のハイスクールはダヴィーナをいっそうおびえさせた。クラスのみんなは新入りの言葉遣いが変だと言ってははやし立て、男の子たちは長い三つ編みを引っ張り、女の子でさえグループを作ってダヴィーナをいじめた。よそ者、異邦人、仲間外れ――彼女はその時期、ほかの何よりもそのことをいやというほど意識させられた。

父が娘を家に呼び寄せたのは寂しいからではなく、母が担ってきた家事を引き受けるだれかが必要だったからにすぎないと気づくまでにそう長くはかからなかった。ほかの女の子たちがメイクやボーイフレンドにうつつを抜かしている間、ダヴィーナは宿題をする時間を割いて父のシャツにアイロンをかけ、父のために食事を作り、家の掃除をした。

当然のことながら成績はふるわなかったけれども、なぜいつも疲れているのか、なぜ授業に集中できないのか、教師に言い訳をするのはプライドが許さなかった。そしてもちろん、期末の成績表を見て父は機嫌を悪くした。祖父の志を継ぎ、自然の医薬と療法を求めて世界をまわりたいというかつての夢は、父の蔑《さげす》みと教師のいら立ちの前にあえなく消えた。

「あなたが働く必要がないのは、もちろんみんなが知っていますよ、ダヴィーナ」ある午後、教師がクラス全員の前でそう言い、生徒たちはいっせいに振り向いて、真っ赤になってうつむいたダヴィーナを見つめた。「ちょうどよかったわね、あなたに就職は無理だから」

一人の男の子が心ない冗談を言ってみんなをどっと笑わせたが、聞いていた教師はその子をたしなめようともしなかった。

どちらかというと内気な、友だちになれそうな女の子もクラスに何人かいたが、ダヴィーナが転校生であったために、すでにでき上がっている排他的なグループに入っていくチャンスはなかった。

寄宿学校とはすべてが違っていた。女の子はジーンズか、校則では禁じられているミニスカートをはき、ストレートの長い髪を垂らし、中にはまぶたにアイラインを入れ、淡いピンクの口紅をつけて登校する者もいた。ダヴィーナは驚きと羨望《せんぼう》の入りまじったまなざしで彼女たちを観察した。父は化粧を許さなかった。あるとき、思いきってソフトピンクの口紅を買ってつけてみたことがあったが、それを見るなり父は二階に上がって顔を洗ってくるようにと厳命した。

十五歳でクラスメイトはすでに大人になりかけていたが、ダヴィーナだけは相変わらず無知で引っ込み思案な少女のままだった。

彼女は十六歳でハイスクールをやめた。学校に行く意味はない――惨めな成績表を見ながら父は苦々しくそう言った。その代わりにタイピングでも習えば多少の役には立つだろうと、娘をチェスターにある秘書養成学校に行かせた。

十七歳の誕生日を迎える少し前のある朝、ささやかな奇跡が起こった。ダイニングルームで銀器を磨いていると玄関のチャイムが鳴り、ダヴィーナはエプロンで手をふきながらドアに急いだ。母のものだった長くてぶかぶかのプリーツスカート、学校の制服の窮屈なセーター、古びたエプロン――それ以外に着るものはない。毎週生活費を受け取ってはいたものの、きちんと領収書を添えた家計簿をつけて金曜の夜に父の承認を受けなければならず、新しい服を買うことなど思いもよらなかった。

ドアを開け、そこに立っていた二十歳前後の女性を見てダヴィーナは目を見開いた。すらりと背が高く、ごく短いスカートをはき、ストレートの長い髪を垂らし、つけまつげをつけ、くっきりとアイラインを入れている。

彼女はピンクに塗った唇でにっこり笑った。「こんにちは、あなたがダヴィーナね？お父さんから書類を届けるように言われたの。タイピングをしてほしいそうよ。マーサは手術しなくちゃならなくなって、彼女が入院している間、わたしが代わりに雇われたの」

彼女はガムをくちゃくちゃかみ、人形みたいなまつげをぱたぱたさせた。この女性が五十いくつかのきまじめな秘書、マーサ・ヒラリーの代わりだとは信じられない。

「コーク飲みたいんだけど、ある？」

お茶かコーヒーしかないと言うダヴィーナの前を通って、彼女はすでに家の中に入っていた。

「そう、じゃ、コーヒーでいいわ」彼女はダヴィーナのあとについてキッチンに入りながら言った。「こんなところに閉じこもって一日じゅう何をしているの？　わたしだったらとっくに気が変になってるわ。だから臨時雇いの秘書なんかしてるの。お金をためたらロンドンに行くつもり。なんたってやっぱり都会よね」

それが短い友情の始まりだった。

なんの共通点もないのになぜマンディが友だちになる気になったのか、ダヴィーナにはどうしてもわからなかった。派手な服装とどぎつい化粧にもかかわらず、マンディが実に思いやりの深い、面倒見のいいタイプであると確信したのはしばらくたってからだった。

　何度もマンディに煽《あお》られて、ある晩、ダヴィーナはお小遣いが必要だとおそるおそる父に切り出した。頭ごなしに怒鳴られるかもしれないと不安だったが、それよりマンディに意気地なしと思われるのがいやだった。

　父が反対しなかったのは意外だった。そのときたまたま弱腰になっていたせいか、娘の思わぬ要求に不意をつかれて考える暇がなかったせいか……理由は今でもよくわからない。

「たったそれっぽっち？」金額を聞いてマンディは顔をしかめた。「少なくともその倍は要求すべきだったわ。あなたがしている入力の仕事だけだって、よそに頼めばもっと高い料金を取られるんだから」

　マンディは週に何回かオフィスを抜け出し、でこぼこの赤いミニクーパーを飛ばしてやってきては恋人たちとのごたごたや情熱的なエピソードを披露してダヴィーナを驚嘆させ、楽しませた。

　夜一緒に出かけないかと何度も誘われたが、そのたびにダヴィーナは断った。マンディの押しの強さと自信、世慣れた態度にあこがれる反面、その奔放さについていけるとは思えなかったのだ。ダヴィーナは読書好きなロマンチストで、いつか出会うはずの理想の恋人をひそかに胸に思い描いていた。それはマンディが話す、性に貪欲《どんよく》なボーイフレンドたちとはかけ離れた男性だった。

　出会いから一カ月半が過ぎたころ、マンディは言葉どおりチェシャーを離れてロンドンへ向かった。

　彼女が遠くへ行ってしまうのは悲しかった。単調な生活にぬくもりと彩りを添えてくれたマンディは、ダヴィーナにとって初めての友人だった。しかし二人の交際を喜んでいなかった父は、秘書の回復を待たずに辞めると言いだした彼女にいちおう文句をつけはしても、内心はほっとしたようだった。

　ダヴィーナはそれほど背が高いほうではなく、体つきも細くて華奢《きゃしゃ》だが、毎日庭仕事をするせいで肌は健康的に日焼けし、筋肉にもしなやかな張りがあった。けれども、肩までの長さの金髪はあまりぱっとしない。カーリーでもストレートでもない中途半端なウエーブがついた髪はひどく扱いにくいし、細くて柔らかい髪質のせいか、しょっちゅうほつれて目の上にかぶさってくる。しかしその夏は特に暑く、強い日ざしがさえない金髪に輝きを与え、小さな顔と控えめなグレイの瞳をいつになく際立たせた。

　ダヴィーナは自分をきれいだと思ったことがない。きれいな女の子とはマンディとか雑誌に出てくるモデルのことをいうのであって、自分とはまったく違っていたからだ。

　ある土曜日の朝、ショートパンツをはき、母のミシンで縫った簡単なタンクトップを着て前庭で草を抜いていると、通りかかった新聞配達の少年が自転車をとめ、じっとダヴィーナを見つめて言った。「すごくいい脚してるね」

彼は十七歳で、テレビ映画のヒーローを気取っていた。ダヴィーリは真っ赤になり、慌てて脚を引っ込めた。少年のあけすけな言い方にはどぎまぎさせられたが、なぜか妙にうれしくもあった。

ダヴィーナはそのころ、夏休みで大学から帰省中の司祭の娘ヴィッキーと、週に二、三回テニスをするようになっていた。ヴィッキー・レーンには同じ大学にボーイフレンドがいて、二人は卒業後一年かけて徒歩旅行をする計画を立てていた。旅のプランを練り、これからの人生について語るヴィッキーがうらやましかった。ほかの若者たちと比べてダヴィーナの世界は狭く、毎日が同じことの繰り返しで退屈だった。とはいえ、生活を変えるために何ができるだろう？　父を残して家を出るわけにはいかないし、だいいち、秘書養成学校で入力と簿記を習った以外、これといって手に職もない身では一人で食べていけるはずもない。

ケアリー製薬で働かせてもらえないかと打診すると父はかんかんになった。〝だれが家の掃除をし、食事の支度をするんだ？　わがままもいいかげんにしろ！〟父は怒鳴り、ダヴィーナはあえなく引きさがった。

小さな村にダヴィーナと同じ世代の若者は数えるほどしかいない。ほとんどが村を出てよその町に働きに行き、残った者はケアリー製薬で働くか親の畑仕事を手伝うかのどちらかだった。

村には父もダヴィーナも入り込めないある種のしきたり、階級制があった。ここには何代にもわたって続いてきた農家があり、彼らの力関係は資産と、この土地にいかに長くかかわってきたかによって決定される。ケアリー一族はそうした格づけの外にいた。村の年寄りたちはダヴィーナの祖父を覚えていて、祖父は田舎のしがない薬屋にすぎなかったと言い、その息子である父はただの成り上がり者だと蔑んだ。現在父は村一番の金持ちで、その事実と彼女自身の内気さがダヴィーナを村人たちから孤立させている。

村外れにあるヴィクトリア朝初期の屋敷は、そういう物件がまだ安かった戦争直後、母との結婚を機に父が買ったものだった。父が会社の重役たちを夕食に招くのは主に屋敷を見せびらかすのが目的で、実際、招かれただれもがその立派さに目を丸くした。

父は格安でものを手に入れることには抜け目がなく、歳月を経た重厚な家具やエドワード時代の銀製品など、すべてを競売で安く買い入れた。しかし手入れをするのはいつも妻であり、妻亡きあとは娘であったから、彫刻が施された家具や繊細な銀細工をいつもぴかぴかにしておくのにどれほどの手間を要するか、彼自身は気づきもしなかった。

父に愛されていないのはわかっていた。父は息子を望み、ダヴィーナは自分が娘であることにいつもやましさを感じていた。母の死さえ、それが女を弱い性、劣った性とみなした父の正当性を証明するかのようで悲しかった。たとえ父に認められなくても存在理由はあるのだと思う一方、実際には無意識の領域に巣くう劣等感が彼女の行動を制約した。長い孤独な思春期――グレゴリーに出会ったのはそのころだった。背が高く、ハンサムで、魅力的な彼は、ずっと胸に思い描いてきた夢の恋人そのものだった。

オフィスのドアをたたく音にダヴィーナはもの思いから引き離された。オフィスといっても、夫の贅沢《ぜいたく》な調度をそのまま使う気にはなれず、彼女は建物の裏手にある、窓のない狭い一室を使っている。建物全体のすすけた印象とあまりにもかけ離れた夫のオフィスに初めて足を踏み入れたとき、ダヴィーナはショックのあまり気分が悪くなったほどだった。

父の時代には会社全体が質素で装飾らしきものもなかったが、少なくとも清潔ではあったし、きちんと手入れもされていた。グレゴリーは会社に妻が顔を出すのを喜ばず、ダヴィーナは従業員がこれほど劣悪な労働環境で働いていたとは思いもよらなかった。それに関していえば、自分も夫と同罪だ。波風を立てまいと、何事につけても夫の好きなようにさせてきたのだから。グレゴリーのしたことに責任を感じる必要はないといくらジャイルズに言われても、やはり重い罪悪感からは逃れられなかった。

ジャイルズ――そう、オフィスのドアをノックしたのは彼に違いない。ダヴィーナは簡素な室内を見まわした。ごく普通のデスク、椅子、電話があるきりだが、倒産寸前の会社に立派なオフィス、ファックスやパソコンは必要ない。グレゴリーの死後初めて会社に来たとき、夫のオフィスに最新式のファックスが置いてあるのを不思議に思い、そのことをジャイルズにきいてみた。彼は困ったように顔をそむけたが、重ねて尋ねると、グレゴリーがファックスで株の売買をしていた事実をしぶしぶ認めた。夫が投機的な株の取り引きにどっぷりつかっていたのを知ったのはそのときが初めてだった。

「どうぞ」ダヴィーナは声をかけ、入ってきたジャイルズにほほ笑みかけた。多少猫背のせいか、百八十センチ近くあるわりには背が低く見える。豊かな濃いめのブロンドが額に落ちかかり、それをかき上げるのが彼の癖になっている。四十歳で、まだどこかに少年らしさの残った、もの静かで学究的な感じのする男性だ。ダヴィーナは彼の穏やかさ、押しつけがましいところのない優しさが好きだった。

ジャイルズの気持ちに初めて気づいたのはいつだったろう？　去年のクリスマス・パーティーで彼とダンスをし、そのあと使ったグラスをキッチンの食器洗い機に入れていると、彼がぶらりと入ってきて手伝ってくれた。別れ際、彼はダヴィーナにおやすみのキスをした。つかの間の抱擁だったが、彼女はそのキスに危険な情熱を感じ取った。あとになって、あれは想像にすぎなかったと思い込もうとはしたけれど……。

ジャイルズは好きだし、彼の気持ちがうれしくないといえば嘘になる。でも自分はグレゴリーの妻であり、ジャイルズはルーシーの夫だ。ただ、グレゴリーはもういないが……。

「ジャイルズ、座って」ダヴィーナはにこやかに予備の椅子をすすめた。

ジャイルズはひどく疲れたように見え、それが自分のせいだと思うと心苦しかった。彼は人事部長で、本来なら会社の経営に関与する立場にはいない。でもほかに頼れる人はいなかった。グレゴリーは経営に関してだれとも相談することはなかったようだ。それは当然、株の取り引きで莫大な損失を出していることをだれにも知られたくなかったからだろう。

営業部長も会計士も研究室長も、すべてを直接グレゴリーに報告する形になっており、事実上だれもがなんの権利も持っていなかった。研究室長はこれ以上ここに残っても意味はないと言い、すでに会社を去っている。ケアリー製薬は過去の遺物だと研究室長は断言した。グレゴリーは研究室の存在そのものが悪い冗談でもあるかのように、新薬の開発に必要な最低限の予算さえ出し渋ったという。

営業部長も同じようなことを言い、会計士にしても、実際には賃金の支払いと日々の経費を扱うだけで、大きな資金の流れは把握していなかった。

頼みの綱はジャイルズだけだった。少なくとも彼は会社のシステムを知っている。ダヴィーナも一から学びつつあり、しだいに明らかになってきた会社の実態に恥じ入る思いだった。

「だいぶ疲れているようね、ジャイルズ」

「ダヴィーナ、すまないが……辞表を出さなければならなくなった」

この話をどう切り出そうかと彼は一日じゅう悩んできた。でも、ゆうべルーシーに〝あなたがケアリー製薬を辞めないんなら、わたしが出ていくわ〟と言われ、もはやこれ以上引き延ばすわけにはいかなくなった。

ルーシーはいつも脅迫めいたことを言う。どちらかというと激情型で、ジャイルズはその昔、自分とは正反対のそうした気質に惹《ひ》かれもし、面白がりもした。しかしそのうちに妻の感情の揺れ動きについていくのがおっくうになり、もっと落ち着いた、穏やかな妻の待つ家に帰りたいものだと考えるようになった。夫が仕事から帰るや愚痴を並べ立てる妻ではなく、静かに夫の悩みに耳を傾けてくれる妻、たとえばダヴィーナのような妻が待つ家に……。

いつも冷静で思いやりのあるダヴィーナ。どんなにグレゴリーに裏切られようと決して彼の悪口を言わなかったダヴィーナ。絶望と罪悪感に苦しみながらジャイルズが愛し始めている女性、ダヴィーナ。

「謝る必要なんかないわ。これまでしてくれたこと、どんなに感謝しているか口では言えないくらいよ。あなたが助けてくれなかったら……」ダヴィーナは悲しげに肩をすくめた。「あなたの……みんなの考えていることはよくわかっているの。もう手遅れだって、会社の倒産は時間の問題だって、そう思っているんでしょう?」

「買い手を探す間、あと半年かそこらはもつかもしれないが、それ以上はとても無理だ」

「でも、まだあきらめるわけにはいかないのよ、ジャイルズ。わたしのことはともかく、ケアリー製薬で働いている大勢の人たちの生活がかかっているんですもの」

ジャイルズは何も言わなかった。ダヴィーナの言うとおりだ。ケアリー製薬は村で唯一最大の会社であり、賃金はいかに安かろうが、多くの地元民の生活の基盤になってきたことに変わりはない。

「なんとかもうしばらく残ってはもらえない？　そのうちに買い手がつくか、バックアップしてくれる企業が見つかるかもしれないわ」

ダヴィーナはジャイルズの瞳にためらいの色を見た。こちらの都合で彼を引きとめるのは不当かもしれないが、ほかにどうしようもない。ジャイルズが辞めたら会社は終わり。いくら頑張っても、ダヴィーナにはまだ把握しきれないことが山ほどある。ジャイルズがいなくなれば最後の信用の砦《とりで》が崩れ、銀行も会社の閉鎖を迫ってくるだろう。

「あなただって今後の生活を考えなければならないんだし、こんなことを頼める義理ではないんだけれど、でも今のケアリーにはどうしてもあなたが必要なの」ダヴィーナは大きく息を吸い込み、憂いを含んだグレイの瞳でまっすぐ彼を見つめた。「わたしもあなたを必要としているわ」

ジャイルズはすっと青ざめたかと思うと真っ赤になり、一瞬椅子から立ち上がるようなそぶりを見せたが、すぐにまた腰を落とした。

「ダヴィーナ……」

「いいえ、今は何も言わないで。考えてくださるわね？　ルーシーともよく相談して」ダヴィーナは必死だった。「銀行のフィリップ・テイラーもなんとか買い手を探してみると言ってくれているし」

　天井の明かりがダヴィーナの繊細な顔立ちを浮かび上がらせている。グレゴリーが亡くなってからいくらかやせたようだ、とジャイルズは思った。あんな男が、美しく穏やかで献身的な妻を持ち、このぼくはヒステリックな……。

　はっとジャイルズは息をのんだ。ルーシーのことをそんなふうに考えちゃいけない。彼女を愛しているし、なんといっても二人は熱烈な恋愛の末に結ばれたのだ。自分の考えていたことに気づいてうろたえ、ジャイルズはぎこちなく身じろぎした。不意に、狭いオフィスにダヴィーナと二人きりでいることを強く意識し、彼は危険な欲望の波立ちに困惑した。クリスマスの晩にキスをしたとき、ダヴィーナはとても軽く、小さく、しなやかだった。できることならいつまでも彼女を腕に抱き、キスをしていたかった……。

「お願い、ジャイルズ」少しかすれたダヴィーナの声にジャイルズは首を横に振ることができない。

　ルーシーはときとして心にもないことを言う癖があった。かっとして決定的な最後通《つう》牒《ちょう》を突きつけておいて、何時間もしないうちにけろりと忘れていたり……それにしても、ルーシーはこのごろ特に怒りと憎しみをこめて夫を見ることが多くなった。

「もう一度よく考えてみるよ」

ダヴィーナは感謝をこめてほほ笑んだ。外見は落ち着いて見えるが、心は責任感と罪の意識の間で複雑に揺れていた。ジャイルズにこんなことをしていいはずはない。彼の気持ちを利用して会社にとどまらせようとするなんて……でもほかにどうしたらいいだろう？ グレゴリーがどんなに反対しようと、会社の様子を見に来るべきだった。そうしなかったのは、例によって争いを避け、安易な逃げ道を選んできたから……。

でも、ケアリー製薬で働き、家族を養っている人々にとって、安易な逃げ道はない。

ダヴィーナにはまだ手をつけていない相当額の父の遺産があるから心配はない。しかし、彼女個人にとってそれがいかに大金であろうと、一企業を救うには焼け石に水だと銀行の支店長フィリップ・テイラーは言った。支店長はそのとき、会社の土地建物を担保にケアリー製薬に融資している金額を提示し、ダヴィーナはその額の法外さに呆然とした。その資金は何年か前、フィリップ・テイラーの前任者がグレゴリーに融資したものだった。当時にしても考えられない金額だが、景気のよくない今なら絶対にありえない融資だったと支店長は苦々しく言った。グレゴリーはその資金とケアリー製薬の収益を合わせて投機的な株取り引きにつぎ込んだ。

なぜそんなことをしたのだろう？ 彼はもともと危険な賭《かけ》に引かれるタイプの男性だっ

た。結局、最後にはスリルに命を賭《か》け、そして敗れた。彼は道路の状況も考えずに猛スピードを出していた、と警察官は言った。急いでどこかに行く用があったわけではなく、ただ異常なスピードで車を飛ばすことに興奮し、その結果、彼自身と連れの女性を死にいたらしめた。同じように、危険とスリルへの彼のやみくもな欲求が会社を破滅させ、そこで働く多くの従業員の生活を破綻《はたん》させようとしている。

ダヴィーナは立ち上がり、ジャイルズもそれにならった。

二人は並んでドアの方に歩いた。ジャイルズがドアを開け、その手がかすかに震えているのに気づいて後ろめたさを覚えながらダヴィーナは礼を言って素早く廊下に出た。

「ずいぶん会っていないけれど、ルーシーによろしくね」ジャイルズの気持ちに気づいていないかのように平然とルーシーの名を口にした自分がたまらなくいやになる。

彼らは一緒に会社を出た。ダヴィーナが自分の車のドアを開けて乗り込むのをジャイルズは傍らに立って見守っていた。

村から歩いてこられる距離にあるケアリー製薬は、チェシャーの豊かな緑に囲まれた二階建ての建物だ。祖父と父が会社を設立したこの場所は、以前は雑穀商の土地だった。もとからあった二階建ての製粉工場は、チェシャーれんがの古い建築物であるために自治体から保存命令が出されていて、昔の姿そのままに残っている。

ダヴィーナはジャイルズに軽く手を振って車を発進させ、古い建物が雑然と並んだ敷地をあとにした。医薬品市場を牛耳る巨大な多国籍企業のビル群を何かの写真で見たことがあるけれど、田舎の小さな製薬会社とは比ぶべくもない。ケアリー製薬はどう見ても将来性のある優良企業とはいえず、まずその事実を直視する必要があった。

とはいえ、ケアリーの特殊性は認めなければならない。もし祖父が心臓病の特効薬を発見しなかったら、そもそもケアリー製薬は存在しなかっただろう。家には今でもそのころの祖父のノートが残っていて、そこには家畜も含めて顧客のために処方した薬の内容が丹念に書き込まれていた。祖父が若いころには国民健康保険のような制度がなかったので、ほとんどの人は高い医療費を払うことができず、祖父のような薬剤師は医者代わりとして村人に重宝がられた。

昔のことを話そうとしない父に代わって母がたまに祖父の話をしてくれたが、祖父は両親の結婚から二年後に他界しているので、母にしてもそれ以前のことはほとんど何も知らなかった。ダヴィーナにはそれが残念でならない。会社の会議室に父の写真が飾られていたが、本当なら祖父の写真もあっていいのではとダヴィーナは何度か思ったことがある。

いずれにしても、今後二度と祖父の写真が飾られることはないだろう。運よく会社の買い手が見つかったとしても、新しい経営者がケアリー製薬の創立者の古ぼけた写真を眺めたいと思うはずもない。

果たしてジャイルズは会社に残ってくれるだろうか？　家に向かって車を走らせながら

ダヴィーナは眉をひそめ、会社のために彼を利用しようとしている後ろめたさをもみ消そうとした。

もしグレゴリーとではなく、ジャイルズのような男性と結婚していたら、わたしの人生はどんなだったか……ダヴィーナは決してありえない〝もし〟を想像し、いっそう深い罪悪感にさいなまれた。

4

グレゴリーと知り合ったのは父を通じてだった。彼はセールスマンとしてケアリー製薬に雇われ、父が家で催す恒例の夕食会に招かれた。

客が到着するころ、ダヴィーナはキッチンで忙しく立ち働いていた。彼女にとってそうした集まりは重荷だった。父は常に完璧《かんぺき》を求め、一つでも気に入らないことがあると容赦なく文句を言った。

買い物に行き、掃除をし、食器を磨き、ナプキン類を洗ってのりづけし、アイロンをかける――そういうことで夕食会の前は少なくとも一週間の準備期間が必要になる。それに、父は花を買う贅沢《ぜいたく》を許さなかったので、庭で摘んだ花を生けるのもダヴィーナの仕事になっていた。

献立は父が決めるのだが、客に出す料理はいつも手の込んだものになる。父は食べ物にうるさく、個人的には少量の、繊細な味つけの料理を好んだが、そういう集まりのときは客をあっと言わせるようなとびきり豪華な料理を出したがった。

その夜、ダヴィーナはキッチンの熱気の中で髪を振り乱し、汗まみれになって孤軍奮闘していた。客が席につく前に、コースの最初に出すように言われている熱々のスフレがしぼんでしまうのではないかと気をもみだしたころ、背後でドアの開く音がした。父がスフレを出すタイミングを伝えに来たのだろうと思って振り向くと、そこには父ではなく、ハンサムな見知らぬ若い男性が立っていた。

ぽかんとして立ち尽くすダヴィーナに、その男性は白い歯を見せて笑いかけた。日焼けした肌、つややかな褐色の髪。彼はスリムで背が高く、髪と同じ色合いの瞳に浮かんだ優しげなほほ笑みに幻惑されて、ダヴィーナは熱気にほてった頬をさらに赤くした。

「やあ、ぼくはグレゴリー・ジェイムズ」彼は自己紹介をし、握手を求めて手を差し出した。

ダヴィーナは反射的に手を伸ばし、その手をゆっくりと包み込んだ甘美な指の感触に思わず声をあげそうになった。こんなふうに感じるのは生まれて初めてだ。ダヴィーナは困惑して耳まで赤くなり、彼の発散する男っぽさに圧倒されて体が小刻みに震えた。

「ごめん。驚かすつもりはなかったんだ」グレゴリーはよどみなく言い、手を放した。

ダヴィーナは一瞬とまどった。さりげない口調に何かちくっと引っかかるもの、偽りとも嘲笑《ちょうしょう》ともつかない何かが響いたような気がした。まるでその言葉に二重の意味が隠されているような……しかしそうした印象はぼんやりしたもので、はっきりと把握する前に立ち消えた。

「きみのお父さんの代わりに、みんなが席についたことを伝えに来たんだ。ついでに何か手伝えるかもしれないと思って」

手伝う？　ダヴィーナは驚き、まじまじと彼を見つめた。家事は女性の仕事と父に教え込まれてきた彼女には、男性がキッチンで何か手伝うなどということは思いもよらなかった。

「ありがとう。でもその必要はありませんから」

ダヴィーナが視線に当惑しきって目をそらすまで、グレゴリーはじっと彼女を見つめていた。

「そんなことはないさ。必要はあるよ。前からきみに会いたいと思っていた？　彼が……このハンサムな人がわたしに会いたいと思っていたんだ」

夢を見ているのかもしれないと頭を揺すってみたけれど、どうやらこれは現実らしい。ダヴィーナはすっかりのぼせ上がって、動くことも息をつくこともできなかった。

グレゴリーはそんな彼女を見てほくそ笑んだ。噂《うわさ》どおり、いや、噂以上にうぶな女の子だ。一度会ったらもうこっちのもの。あとは赤子の手をひねるより簡単だ。

未亡人だった母親はグレゴリーが大学一年のときに他界した。シングル・マザーから育てられた彼は恵まれた環境にいる学友たちをねたみ、いつも身の不運を嘆いてきた。母は貧しかった。自分は頭もいいし、容姿だって人並み以上。でもそんなものは腹の足しにもならないことを人生の早いうちから学んでいた。何よりも欲しいのは富と権力。おさがりの制服やみすぼらしい持ち物をばかにされ、からかわれても、何も言わずににっこり笑うすべは知らず知らずのうちに身につけた。いつか彼らを見返す日が来ると心の中で確信しながら……。

しかし在学中にその野望の実現がいかに困難かを思い知らされた。いい仕事、それに伴う高給と地位は、グレゴリーのような貧しい青年の前を素通りし、もともと恵まれている学友たちの手に転がり込む仕組みになっている。いかに無能であっても、それなりの一族の出であれば文句なしというわけだ。

あるとき、たまたま二人の学生が話していることを聞いてグレゴリーは人生の方針を決定した。二人は彼に聞こえているとも知らずにある友人の噂話をしていた。

「先週聞いたんだけど、あいつの妹が六月に結婚するんだってさ。妊娠したんだ。相手は労働者階級の男で、もちろん向こうはすべて計算ずくさ。家族はかんかんだが、子供ができたんじゃ結婚させないわけにもいかないじゃないか。親としては娘夫婦を食わせ、おまけにぐうたらな婿にそれなりの仕事を探してやらなきゃならない。まさに泥棒に追い銭ってやつだ。表向きは平然としていても、その実はらわたが煮え繰り返る思いだろうな」

「そいつもなかなかやるじゃないか」もう一人の学生が皮肉った。「金持ちの娘をつかまえるとは」

なるほど。グレゴリーはそれについてしばし考え、それからはっきり心を決めた。

問題は金持ちの女性を一人も知らないということだった。ただの女の子なら、いくらでもいる。彼はハンサムだったし、まわりには性に興味津々で一刻も早く大人の仲間入りをしたくてうずうずしているティーンエイジャーがごろごろしていた。彼はかなりの若さで基本的な性のメカニズムを習得し、さらに経験を重ねて女の子たちを喜ばせるテクニックに磨きをかけた。その気になれば彼はいくらでも魅力的な好青年を演じることができたが、それは薄っぺらな仮面にすぎず、ひとたびベッドメイトに飽きがくるとすぐにはがれる程度のものだった。

実のところグレゴリーは優しくもなければ親切でもない。彼にとって優しさは優柔不断、親切は弱さにほかならず、そんなものにかまけている余裕はなかった。

金持ちの妻——彼はチャンスを待った。しかし同じ大学を卒業した仲間たちは育ちの違うグレゴリーを家に招こうとは決して思わなかったし、あこがれの上流社会に彼を紹介しようという奇特な知り合いもいなかった。卒業後彼は二度職を替え、三度目にケアリー製薬に入社した。

就職口はほかにもいくつかあったのだが、その中から迷わずケアリー製薬を選んだ理由は明確だった。面接の順番を待っているとき、ケアリー製薬の経営者に息子はなく、未婚の娘が一人いるきりだという話を小耳にはさんだからだ。彼は昔からそ知らぬ顔をして他人の話を聞くのがうまかった。有益な情報を得るにはもってこいの手段だ。

入社して半年。同僚たちにうさん臭いと思われずにそれとなくケアリー製薬の経営者に近づくには、最低それくらいの時間が必要だった。

退屈な夕食会の招待を受けた目的はただ一つ、この癖っ毛で赤面症の女の子と会うためだ。ダヴィーナが将来どれほどの財産を相続することになるかについてはもちろん事前に調べがついている。

それにしても彼女の体つきときたら。本当はグラマーで脚の長い、人生に飽き飽きしたようなけだるい目つきの女が好みなのだが……ダヴィーナ・ケアリーは小柄でやせていて、まるで少女のようだ。グレイの瞳はまだ世の中を見たことがないようにあどけなく、小鳥みたいにおどおどしている。それでも彼を見る目はあこがれに輝いていた。

グレゴリーはすっかり満足し、手伝う必要はないという彼女の〝お言葉に甘えて〟悠然とダイニングルームに引き返した。彼女と知り合うために便宜上そう言ったまでで、最初から台所仕事など手伝う気はなかった。

肉体的にはまるでそそられないが、妻としてなら、金づるとしてなら申し分ない。

突然ドラマチックな奇跡が起こったかのように、ダヴィーナは夢見心地でダイニングルームに料理を運んだ。テーブルからさげてきた肉料理の皿から残り物をこそげ落とし、汚れた皿を洗剤の入った湯につけ、急いでプディングの用意をしながら、ダヴィーナは不意に、なぜこれまで理想の男性が現れなかったのかわかった。運命はすでにグレゴリーを選んでいたのだ。運命は彼がこの世にあることを、いつの日かわたしとめぐり会うことを知っていたのだ。

じっと立ち尽くしたまま、キッチンの窓からぼんやりと外を見つめていたダヴィーナは、ふと不安に襲われて我に返った。もしかしたら彼の言葉、彼のまなざしに特別な意味を読み取ったのは思い違いじゃないかしら？　こんなとき、心の内を打ち明けて相談できる友だち、この不思議なときめきを分かち合えるだれかがいたらどんなにいいか……。

グレゴリーはその後一週間彼女をほうっておいた。一週間――それは希望と絶望が微妙なバランスで揺れ動くちょうどいいころあいだ。半ばあきらめかけ、かといって完全に忘れることもできずに悶々《もんもん》とする一週間。

その日、彼はオフィスからダヴィーナに電話をかけた。ちょうど買い物から帰ったところで、耳に当てた受話器からグレゴリーの声が聞こえたとき、ダヴィーナは驚きと喜びに胸を躍らせた。

グレゴリーがキッチンに入ってきたときの様子、彼の言ったこと、彼のまなざし……この六日の間にあのときのシーンを何度思い出したか知れなかった。でも一日一日がむなしく過ぎていくうちに、その記憶も徐々にぼんやりしたものになっていった。

それが今になって――あのときの出会いに特別な意味はなかったのだと自分に言い聞かせ、彼のことは忘れようとあきらめかけた今になって、やっと待ち焦がれていた電話が鳴った。

「もっと早く連絡したかったんだが、出張で村にいなかったものだから。先週のすばらしい食事のお礼を言いたくてね」

食事のお礼？　つまり、これはケアリー製薬の社員としての儀礼的な電話なの？　舞い上がった希望の翼は折れて地上へと落ちていく。

電話の向こうでグレゴリーはほくそ笑んだ。彼女のがっかりした顔が目に見えるようだ。彼はたっぷり何秒か待ち、それからさりげなく続けた。「今、マンチェスター・パレスでいいミュージカルをやっているんだ。きみはもう見たかもしれないが、たまたまチケットが二枚手に入ったものだから、よかったら一緒に行かないかと思って。急で悪いけど、明日の晩のチケットなんだ」

彼がわたしを誘っている？　このわたしを？　ダヴィーナはジェットコースターに乗ったようにまたもや宙に舞い上がった。受話器をぎゅっと握り締め、父が許さないかもしれないという不安を思いきりよく切り捨てて、彼女はぜひ行きたいと震える声で応じていた。

明日の晩は父の友人がブリッジをしに家に集まることになっていて、当然のことながら、父はみんなのために軽食を用意するようにと言うだろう。でも、ここでためらってせっかくのチャンスをふいにしたくはなかった。

思惑どおりの成り行きに満足し、グレゴリーは翌日迎えに行く約束をして電話を切った。

仕事と私生活を切り離しておきたいので、彼は村には住まず、マンチェスターで小さなフラットを借りている。そのくせ車は公私の別なくいつも会社のを使っていた。仕事で使おうとプライベートで使おうと、車にかかる金はすべて必要経費として会社に請求する――それが最初の職場でまず第一に学んだことだった。もちろんやりすぎはよくない。意地汚さもほどほどに。さもないと自ら墓穴を掘ることになってしまう。

今日はなかなかついている。グレゴリーはいい気分で新聞を取り上げ、株式欄を開いた。もし彼に抑えのきかない弱点があるとしたら、それは性欲ではなかった。同僚の男性たちに負けず劣らずセックスは好きだし、女性を喜ばせ、征服する快感も捨てがたいとは思う。けれども、彼の決定的な弱点はギャンブルにあった。賭《か》けているときのスリル、興奮、緊張こそ、彼の人生になくてはならないものだ。

かといって競馬場やカジノに出入りするわけではなく、彼のギャンブルの場は株式市場だった。これまで個人的な取り引きで何度か大もうけをしたことがあるが、もちろん大損を出したこともある。

最近の大損を思い出してグレゴリーは顔をしかめた。あの大負けで彼はすっからかんになり、一、二カ月というもの爪に火をともして暮らさなければならなかった。でも今日は気分がいいし、これからは何もかもうまくいきそうな気さえする。

その夜、運命は珍しくダヴィーナに味方した。仕事から帰った父は、ダヴィーナがグレゴリーに誘われた話を切り出す前にぶっきらぼうに言った。

「明日の晩は外出する」

「でも……明日は家でブリッジをする日ではなかった?」

「話は最後まで聞きなさい」父は不機嫌に口をゆがめた。「予定が変わって、明日はハドソンのところに集まることになったんだ。持ちまわりの順番でいけば来週が彼のところなんだが、急に息子に会いに行くことになったから今週にしてほしいと言ってきたんでね」

父の夕食を用意するダヴィーナの心は躍っていた。今日はなんて運がいいの。目を閉じ、グレゴリー・ジェイムズの面影を思い浮かべた。背が高くてハンサムで、わたしを見つめるまなざしの優しさときたら……考えるだけで胸がときめく。

ダヴィーナはそれでも、彼が本当にデートに誘ってくれたとはまだ完全には信じられずにいた。

食後、慎重にタイミングを選んで、ダヴィーナはグレゴリーからミュージカルに誘われたことを話し、息を詰めて父の反応をうかがった。

「グレゴリー・ジェイムズ? ふむ……彼は近ごろの若者にしては珍しく頭が切れるし、なかなか礼儀正しい青年だ」

ゆっくりと、音をたてずに、ダヴィーナは詰めていた息を吐き出した。よかった……父はグレゴリーを買っているらしい。

翌日、彼との外出に何を着ていこうかとダヴィーナは午後いっぱい思い悩んだ。マンディが着ていたような大胆なドレスがあればいいのだけれど、クローゼットをいくらかきまわしてもそんなものが見つかるはずもない。いずれにせよ、マンディのまねをしてミニ丈や鮮やかな色のドレスを着るのを父が許すわけがないし……結局、きれいな花柄のブラウスとアイボリーの麻のスカートを選んだ。この上に、去年の冬自分で編んだアイボリーのモヘアのカーディガンを羽織ればいいだろう。

この間チェスターに行ったとき、ダヴィーナにしては珍しく、流行のすてきな靴――ベージュのエナメル革で、金のバックルの飾りがついた小粋《こいき》なフラットシューズを衝動買いした。あれならこの服装にもぴったりだし、幸い足が小さいので、淡い色の靴をはいても足元が目立ちすぎるということはなかった。

髪をできるだけまっすぐにとかしつけ、ブルーのアイシャドウで瞳に陰影をつけ、唇には淡いピンクの口紅を塗り、約束の時間を待たずに支度はできた。ほかの女の子たちのように黒いアイラインを入れたかったが、そんなことをしたら化粧をいっさい認めようとしない父になんと言われるかわからない。でも、今回ばかりは何もかも父の言いなりになるつもりはなかった。

グレゴリーが迎えに来たとき、父はまだ家にいた。意外にも父はグレゴリーを書斎に招き入れ、シェリーを振る舞いさえした。

もちろんダヴィーナはシェリーをすすめられはしなかったが、そんなことはどうでもいい。その間彼女は二階に上がり、鏡に映る自分の姿をもう一度チェックした。もっと豊かでまっすぐな髪ならよかったのに……明るく染めるか軽い感じにカットするかしたら少しはましになるかもしれないけれど。それに、もう少し背丈も欲しかった。雑誌に出てくる女の子たちはみんなやたらに脚が長くて背が高い。

ダヴィーナは気落ちしてため息をついた。ロボットの部品を取り替えるみたいに、できることなら体のあらゆる部分を取り替えたかった。グレゴリーはいったいわたしのどこが気に入ってデートに誘ったのかしら？　ダヴィーナは鏡に向かって悲しげに問いかけた。

そのころ、階下のアラン・ケアリーの書斎ではグレゴリーが礼儀正しい模範青年を熱演していた。ほとんどの人は彼の迫真の演技にだまされる。その点ではアラン・ケアリーも例外ではなかった。

あせらず、あくまでも慎重に。何週間もたたないうちにグレゴリーは成功を確信した。もちろん本当の目的はダヴィーナではなく父親のほうだ。金持ちの父親がついていないダヴィーナには一文の価値もない。デートに誘って口説くのは娘のほうであっても、彼が実際にラブコールを送っている相手は父親だった。

半年ほど軽いキスを交わすだけの関係が続いた。ただグレゴリーはときどき思い出したように情熱的な恋人を装い、あんまりきみがすてきだからつい自制心を忘れそうになる、などと言ってわざとらしく身を引いたりもした。

性の知識も経験もないダヴィーナは彼の言うことをうのみにした。デートのあと彼女は独りベッドに潜り込み、思春期の自然な体のうずきを彼のキスへの反応だと錯覚して、恋人にこんなに大切に扱われるのは運がいいのだと自分を納得させた。

そのころ、マスコミはティーンエイジャーが自由奔放に性を楽しむ風潮を〝性革命〟と称して話題にしていたが、それは親もとを離れて働く若者の多い大都会の一部の現象にすぎず、地方ではいまだに昔ながらの道徳観念が根強く残っていた。ちゃんとした女の子は貞操を守るというのもその一つだ。結婚の約束でもしていればまだしも――しかしそれでもおおっぴらにというわけにはいかない。そういう話題は同じ年ごろの同じ立場の女の子と、どきどきしながら陰でこっそりささやき合うものと相場が決まっていた。

そういうわけで、ダヴィーナは漠然とした性へのあこがれに身を焼きながらも、グレゴリーのクールな態度を少しもおかしいとは思わなかった。愛すればこそ、大切に思えばこそ、彼は安易に情熱に屈するわけにはいかないのだと納得していた。でももし正式にプロポーズされたら、もし結婚の約束をしたら、そのときは……ダヴィーナは愛し合う二人のイメージを思い描き、ベッドの上で落ち着きなく寝返りを打った。

このごろよく、体の内部を激しく揺さぶる波にもまれて突然眠りから目覚めることがある。そうした肉体の暴走にショックを受ける反面、その一瞬にかいま見た性の歓喜に畏怖《いふ》の念すら覚えた。グレゴリーの夢がこんなに刺激的であるなら、本当の意味で彼と恋人同士になったらどれほどの歓喜を味わうことになるのか見当もつかない。

クリスマスにグレゴリーを家に招いたと言ったのは父だった。クリスマスの日の朝、教会から帰ると、満足そうに見守る父の前でグレゴリーは婚約指輪を差し出した。ダヴィーナは感激のあまり、父がそのことを事前に知っていたという事実、グレゴリーに結婚の意思を確かめられさえしなかったという事実をいぶかる余裕もなかった。

二人は翌年の六月に結婚した。結婚後は新しい家を買わず、このまま父と同居するという取り決めが、ダヴィーナの知らないうちに父とグレゴリーとの間でできていた。彼女はそれについてひと言の相談を受けたわけでもなかったが、ばら色の夢の中にあってそんなことは気にもとめなかった。

ハネムーンはイタリアに決まった。ようやく二人きりになれる、それも正式な夫婦として……ダヴィーナは高鳴る胸のときめきを抑えかねていた。

空港からホテルに向かう間、ダヴィーナは愛する夫の腕に抱かれて過ごす至福の夜のことばかり考えていた。今夜こそ、身も心も晴れて彼のものになる……ダヴィーナは隣に座っている夫を見やり、手を伸ばして彼に触れたい気持ちを抑えた。グレゴリーは人前で愛情を示すのを嫌っている。ダヴィーナはなぜか不意に自信をなくし、気弱になり、不安に駆られた。

車の中はひどく蒸し暑かったが、グレゴリーは妻の様子を気にかけるふうもなく、空港に迎えに来ていた旅行会社の陽気なブロンド美人に親しげに話しかけている。

孤独でわびしく、途方に暮れ、ダヴィーナは喉にこみ上げてきた熱い涙の塊をのみ込んだ。グレゴリーにこちらを向いてほしかった。優しく手を握ってほしかった。

期待とあこがれは重く冷たい不安に取って代わる。何がなんだかわけがわからず、ダヴィーナはその日一日気分が晴れなかった。

ホテルの部屋はパンフレットで見たよりだいぶ狭かった。ベッドは想像していたような豪華なダブルではなく、なんの変哲もないシングルが二つ並んでいるだけで、バルコニーからは建物の裏手が見えるのみで肝心の海は見えなかった。

そのことを言うと、グレゴリーは旅行会社の手違いで希望どおりの部屋が取れなかったのだと説明した。実際は、最初に予約しておいたスイートからわざわざ安い部屋に変更し、払い戻された差額をポケットに入れていた。結婚の祝いとして旅行費用はダヴィーナの父が支払っているから、その差額はすべて小遣いになる。

部屋は風通しが悪く空気がよどんでいて、ダヴィーナは頭がくらくらした。グレゴリーは立ったまま荷物もほどかず、階下のバーで一杯やってくると言ってさっさと出ていった。

夕闇《ゆうやみ》が迫り、ダヴィーナは一日の緊張で疲れきっていた。これまでのところ、夢想していたようなロマンチックなことは何一つ起こっていない。彼女は漠然と、ほかの旅行者たちとは距離を置いた、もっと濃密な二人だけの時間と空間を期待していたし、仕事熱心な旅行会社の女性が四六時中そばにはりついているとも思わなかった。それに、何よりもグレゴリーのよそよそしさがひどくこたえた。二人は夫婦であり、もう情熱を抑える必要はないはずなのに……。

グレイの瞳に涙がきらめく。いったいわたしは何を期待していたのだろう――彼に抱かれてベッドに運ばれることを？　彼の手で服を脱がされ、優しく、激しく愛されることを？　ばかばかしい。今の時代、必ずしも太古からの初夜のパターンを踏襲する必要はない。蒸し暑かった長旅のあと、グレゴリーが何か冷たいものを飲みたいと思うのも当然だろう。新婚の夫が一緒にバーへ行こうと誘ってもくれなかったことには目をつぶった。つまらないことにこだわるのはやめて今のうちに荷物をほどき、シャワーを浴びて、さっぱりした気持ちで彼を迎えよう。ダヴィーナは惨めな思いを振り捨ててスーツケースを開けた。

シャワーのあと、ハネムーン用に奮発したイギリス刺繍《ししゅう》のネグリジェを着て待つべきか、それとも食事に行く支度をしておくべきかと迷った末、ダヴィーナはつつましい外出用のドレスを着て夫を待った。その選択は正しかった。しばらくしてバーから戻ったグレゴリーは何も言わずにバスルームに入り、ドアにきっちり鍵《かぎ》をかけて妻の存在を黙殺したからだ。ドレスを着ていてよかった――ダヴィーナはほっと胸を撫《な》で下ろす。ネグリジェを着ていたら、とんだ恥をかくところだった。

十五分後、グレゴリーは無造作に腰にタオルを巻きつけ、ぬれた髪を後ろに撫でつけてバスルームから出てきた。しなやかな体、清潔な石鹸《せっけん》の香りとまじり合った官能的な男性のにおい……目の前の確かな存在にダヴィーナはとまどいも忘れ、彼の腕に抱かれて髪に指を差し入れたくてたまらなくなった。キスをし、愛撫《あいぶ》し、食事なんかよりきみが欲しいと言うまで彼をかき立てたかった。でも、わたしにはそうする勇気も経験も自信もない。

食事中、旅行会社のブロンド美人が彼らのテーブルにやってくると、グレゴリーは新妻の存在など忘れたようにその女性と楽しげに話し込み、ダヴィーナは食欲もなく、惨めな気持ちで座っていた。

部屋に戻ったのはだいぶ遅くなってからで、ほとんど真夜中に近かった。グレゴリーはしたたかに飲んでいて、部屋の鍵を開ける手つきさえおぼつかなかった。

ドアを開けると、室内にこもった空気が熱気の壁のように立ちはだかった。部屋には冷房もなく、空気を入れ換えようにも窓はねじくぎでとめられていて開けることもできない。

ダヴィーナは頭痛をこらえて手早くシャワーを浴びた。イギリス刺繍に淡いブルーのサテンのリボンを通したネグリジェとそろいのローブを着てバスルームから出ると、グレゴリーはツインベッドの一方にごろりと仰向けに寝転んでいた。

「いかにも汚れない姿だね。そんなものを着てどうしようっていうんだい？」彼はけだるげにダヴィーナを見上げ、残酷にきいた。「バージンだった証拠の血をつけてパパへのおみやげにでもするつもりかい？」

ダヴィーナは信じられない思いで夫を見つめた。何かがおかしい……何かが間違っている……それが何かはっきりとはわからなかったが、彼女は底知れぬ不安に襲われて震えだした。

新婚初夜は悪夢のようで、グレゴリーの身勝手な行為に耐えながらダヴィーナは衝撃のあまり泣くことすらできなかった。いびきをかいて眠り込んだ夫の傍らを離れ、隣のベッドに独り横たわるまでは……。

今までずっと待ち望んできたもの、あこがれてきたものがこれだったの？　これが現実のセックスというもの？　だとしたら、夢の中でかいま見たあのしびれるような歓喜、リズミカルに高まっていくあの官能の波はなんだったのだろう？

ハネムーンから帰ったダヴィーナはもはや恋を夢見る愚かな少女ではなかった。急にいくつも年を取ったような気がして、悲しいくらいにはっきりと現実を見つめていた。

日増しにつらくなる性の行為を四日の間耐え、五日目に、ダヴィーナは無言で夫に背を向けた。

グレゴリーはなだめすかすようなこともせず、どうでもよさそうに肩をすくめて自分のベッドに戻っただけだった。

驚きと失望と悲しみに打ちのめされ、何より夫婦の営みに歓《よろこ》びを感じることができない自分が後ろめたく、ダヴィーナは一人でいるほうがましだとさえ思った。ハネムーンから家に戻ったときはほっとして、日々の雑用で苦悩を忘れられるのがありがたかった。だれかに相談したくても悩みを打ち明けられる親友はいないし、かかりつけの医者は年配で、父の友人でもあり、個人的な性の悩みを相談できる相手ではなかった。しかしたとえ相談相手がいたとしても、日ごとにつのるセックスへの強い嫌悪感、夫に触れられるだけで体が拒絶反応を起こし恐怖にこわばるという事実をどう説明したらいいかわからなかっただろう。

きっとわたしに欠陥があるのだ――ダヴィーナは独り思い悩んだ。それについては何も言わないけれど、妻の未熟さにグレゴリーもまた失望しているのは明らかだった。

ダヴィーナは結婚前に抱いていた理想的な愛の形へのあこがれ、夢の中でかいま見た性の歓喜を思い出すことを自分に禁じた。あれは現実にはありえないただの夢、過剰な期待が作り出した想像の産物にすぎない。もし本当にあんな歓喜があるとしたら、グレゴリーとのセックスに嫌悪以外の何かを、少なくとも歓びに近い何かを感じるはずだ――そう自分に言い聞かせるしかなかった。

ハネムーンの間に旅行会社の女性とベッドをともにしたことをグレゴリーがはっきりと認めたのは、一年目の結婚記念日の夜だった。

その話を聞いた瞬間、ダヴィーナはそれが事実だと確信した。その夜、父はブリッジをしに友人の家に出かけていた。ダヴィーナは結婚記念日のために腕によりをかけて料理をし、今夜こそ夫との間になんらかの折り合いをつけ、性への嫌悪感を克服するつもりで彼の帰りを待っていた。けれど彼はかなり遅い時間に、しかも香水のにおいをぷんぷんさせて帰宅し、二人は口論になった。

だれの香水かときくと、グレゴリーは浮気した事実をあっさり認め、その女性はおまえと違ってベッドでは最高だし、男を喜ばせるすべを心得ていると悪びれた様子もなく言った。

ダヴィーナはショックと苦悩に取り乱し、それならなぜ結婚などしたのかと彼を問い詰めた。

グレゴリーには嘘《うそ》をつくほどの優しさもなかった。「おまえの親父《おやじ》さんの財産と結婚したのさ。ほかにどんな理由があると思うんだ？　本気でおまえにほれる男がどこにいる？　言っておくが、今ごろになって親父さんに泣きついても無駄だよ。できそこないの娘が前途有望な男と結婚できたんでほっとしているんだ。なんと言おうが離婚を許すはずはない」

離婚！　そのひと言は醜い怪物のようにダヴィーナに襲いかかった。それは遠い世界、見知らぬ人々の身に起こることだった。この村では離婚はいまだに不名誉なことであり、離縁された女性は妻としても女性としても失格だという烙印《らくいん》を押されてしまう。

その夜、ベッドの片隅に置き忘れられたボールのように丸くなって横たわり、そのとき初めてダヴィーナはグレゴリーの言葉の意味の重大さと真正面から向き合った。

わたしは愛されていなかった……一度も愛されたことはなかった。その事実はもちろん悲しいけれど、それよりも偽りの愛を見抜けなかった自分の愚かさがたまらなかった。その夜から、ダヴィーナはこの結婚が大変な間違いだったことをはっきりと認めざるをえなくなった。

うわべは何事もなく毎日が過ぎていった。グレゴリーはたまに思い出したように体を求めてくることがあったが、そんなとき、ダヴィーナは子供ができることをひたすら祈りながら唇をかみ締めて行為が終わるのを待った。二人とも子供は欲しかった。理由はそれぞれに違ってはいたが……。

ダヴィーナの父は孫はまだかとせっつき始めていた。もちろん彼の言う孫とはあくまでも男の子であって、女の子ではない。

子供ができないのはおまえのせいだとグレゴリーは言った。しかし精密検査の結果ダヴィーナに異常はなく、産婦人科の若い女性医師は不妊の原因は夫の側にあるのではないかと首をかしげた。

ダヴィーナは医師の意見を夫に告げるべきかどうか慎重に考えた。たった二年ではあっても、裏切りに満ちた結婚生活は無知で無防備な少女を用心深い大人の女性に変えていた。検査の結果は黙っていよう――家に向かって車を走らせながらそう心に決め、ダヴィーナはその日以来、徐々に、確実に、グレゴリーとは無縁の自分だけの世界を築き始めた。彼女は家の切り盛りをほぼ完璧にこなし、さらにあいた時間をケアリー製薬で働きたいと思ったが、それには父もグレゴリーも反対した。

立ちどまる間もないくらい忙しくしていなければ――それが希望のない結婚生活から目をそむけていられる唯一の方法だった。忙しくしていれば、今や夫婦の間で公然の秘密となっている夫の裏切りを思い悩む暇もない。グレゴリーは父の前では仕事で帰宅が遅くなるのだと言い繕っていたが、妻と二人きりだと事実を隠そうとはしなかった。

ダヴィーナはときどき、欲望のはけ口にされずにすむのであれば夫の浮気にさえ目をつぶろうとする自分に気づいてぎょっとすることがあった。今はもう夫に触れられるのがいやでたまらない。ごくたまに、心のすきをついて昔の夢とあこがれがよみがえってくることがあったけれど、ダヴィーナはそのたびに自分の弱さを叱《しか》り、ほろ苦い思い出に蓋《ふた》をするのだった。幸いグレゴリーは村の外で浮気をする程度の配慮はしているようだ。だが、村に住む人妻がグレゴリーにそれとなく秋波を送ることもあって、いつか夫が彼女たちの期待に応《こた》える気になるかもしれないと思うと不安だった。

離婚に踏み切る勇気のない自分をもどかしく思うこともある。ダヴィーナは古い因習に縛られた社会で育ってきたし、もともと自己主張の強いほうではなかった。いずれにしても、別れて何になるだろう？　夫に愛されることも望まれることもなく、ダヴィーナはすべての希望を失い、喜びを忘れ、心はうつろに渇ききっていた。

それでも結婚している以上、一人の大人の女性としてその中で耐えていく以外になかった。


ダヴィーナは首を振って思い出の糸を断ち切った。今さら過去を振り返ってみても意味はない。グレゴリーとの結婚はだれに強制されたわけでもなく自分が望んだ道であり、ジャイルズのような男性と結婚していたらどうなっていたかと考えても仕方のないことだ。グレゴリーはすでに亡く、彼が残した問題が山積している今、自分自身の不毛な人生を嘆いている余裕はなかった。

うわべだけの結婚生活を続けてきたのはダヴィーナの臆病《おくびょう》さ、頑迷な父との対立を恐れる弱さのせいもあり、必ずしもグレゴリーの裏切りだけを責めるわけにはいかないだろう。何もかもすべて彼が悪いときめつけることはできない。

でも会社がこんな状態に陥った責任は？　それはまた別の問題だ。いったい彼は何に取りつかれて危険きわまりない相場に手を出し、会社と従業員のために使うべき大金をなくしてしまったのだろう?

ここまで傾いた会社を立て直そうという投資家が果たして見つかるものかどうか……そんな無謀な投資家はまずいないだろうというのが銀行側の意見だった。企業はどこも不景気で、資金繰りに四苦八苦しているのが現状であるらしい。

ダヴィーナはハンドルを切って私道に入った。うちに着いた。うちだなんて……車のドアを開けながら彼女は苦笑する。生まれたときから住んでいるのに、この広い屋敷にはほとんど愛着を感じなかった。ここが本当の意味で自分のうちだったことがあるだろうか。父が生きていたころは父の家であり、そのあとは……遺言に基づいて名義上はダヴィーナのものになりはしたが、一度としてここを我が家と感じたことはなかった。

現在の内装を手がけたのは、当時グレゴリーと親密な関係にあったインテリアデザイナーで、彼らがこの家で実際に愛を交わしたわけではなかったとしても、その女性が選んだ素材から濃厚な男と女のにおいが立ち上ってくるような気がしてならなかった。

赤と黒を基調にどぎつい色を配した色彩感覚にダヴィーナはどうしてもなじめなかった。その配色は部屋に圧迫感を与え、なぜかハネムーンで泊まったイタリアの狭苦しいホテルの一室を連想させた。

息苦しさとセックスを結びつけて考える癖は、もう一生治らないのだろうか?　ダヴィーナはかすかに皮肉な笑みを浮かべて玄関の鍵を開け、ホールに入った。マットとのことがなかったら、ジャイルズに少しでも興味を抱いたかどうかさえ疑わしい。もしグレゴリーしか男性を知らなければ、たぶんどんな男性にも興味を抱くことはなかっただろう。グレゴリーが自分で言うほどセックスの達人ではなかったと気づいたのはだいぶ前、正確に言えば五年前にさかのぼる。

でも今はマットのことを考えるときではない……。

「ルーシー、今帰ったよ」

キッチンで手鍋《てなべ》のぶつかり合う音がして、ジャイルズはびくっと体をこわばらせた。帰宅と同時に不愉快な口論が始まるのは目に見えていて、家の敷居をまたぐのが口増しにおっくうになってきている。

首をすくめて低い梁《はり》の下をくぐり、彼はゆっくりとキッチンに向かった。この中で待っているのが怒りに顔を引きつらせた妻ではなく、ダヴィーナだったら……無意識に浮かんだイメージを追い払おうと、彼はドアの外で立ちどまった。

いつも冷静で穏やかなダヴィーナ。一度として声を荒らげたことのないダヴィーナ。ともにいて心地よく、くつろげるダヴィーナ。不安定で感情的な妻とは正反対のダヴィーナ。こんなことを考えるなんてどうかしている――ジャイルズは自分を叱りつけ、深呼吸を一つしてからキッチンのドアを開けた。

ルーシーは流し台の前に立っていた。背が高く、やせていて、赤褐色の豊かなカーリーヘアが色白の小さな顔を炎のように縁取っている。切れ長のグリーンの瞳に怒りをたたえてルーシーは夫をにらんだ。

「いったい今までどこに行ってたの？　五時半には帰ると言ったくせに」

「オフィスでダヴィーナと話すことがあって」

「あら、そう？　で、会社を辞めるってはっきり言ったの？　もうこれ以上あなたを当てにはしないようにって彼女に言ったの？」

ジャイルズは妻のとげとげしさ、その声に響く辛辣《しんらつ》さにたじろいだ。

言いすぎたかもしれない——ルーシーはその一瞬、ジャイルズの表情を見て後悔した。最近は不安と恐れからくる感情の爆発を抑えられるようになったと思っていたのに……。

「何か食べてきたんでしょうね？　うちにはあなたの食べるものは何もないわ。五時半という約束なのに、もう七時ですもの」

「いいんだ。あまりおなかはすいていないから」ジャイルズは疲れたように言った。「あとでサンドイッチでも作って食べるよ」

「そんな面倒なことしなくたって」ルーシーは自分で自分をどうすることもできずに言いつのった。「ダヴィーナに何か食べさせてもらったら？　彼女はわたしなんかよりずっと料理が上手ですもの。ベッドではあまり上手じゃないって噂だけれど……でも、最近はあなたもそういう方面には興味がなくなったようだからかまわないのかしら？　それとも、妻以外の女性になら興味がわくの？」

「ルーシー、もういい。やめてくれ」ジャイルズはうんざりしてさえぎった。「今そんな話は……」

「そんな話はしたくない？　そう、いいわ。じゃ、ほかの話にしましょう。あなたが会社を辞めるって話はどう？　今日ダヴィーナにはっきりそう言ったんでしょう？」

「話そうとしたんだが……」ジャイルズはため息をつき、ルーシーの顔を見て言葉を継いだ。「いや、待ってくれ、ルーシー。残るとしてもあと何週間かのことだ。ダヴィーナは……会社はぼくを必要としているんだ」

　その瞬間ルーシーの顔から血の気がうせ、瞳は川原の小石のように硬くなり、光を失った。ジャイルズは後悔したが、いったん口から出た言葉を引っ込めるわけにはいかない。

　ルーシーは持っていた鍋をたたきつけるように調理台に置き、つかつかと彼の横を通り過ぎた。

「ルーシー、頼む、わかってくれないか……」

「よくわかってるわ」ルーシーはキッチンのドアを開けて振り返り、手負いの猫のように毛を逆立てた。「あなたにはわたしよりダヴィーナ・ジェイムズのほうが大切なんだってことがね」彼女は吐き捨てるように言い、家が揺れるほどの勢いでドアを閉めた。

この家は古い木造の二階建てで、一部分は十四世紀に建てられたものだという。今から八年前、彼らが結婚後間もなくこの村に引っ越してきたときに買った家だった。あのころの二人は熱烈に愛し合い、このうえなく幸せだったのに、それがいつ、どうして変わってしまったのか……。

ルーシーと出会えた自分は運がいいとジャイルズはずっと思ってきた。彼女は積極的で活発で、生命力にあふれ、燃えさかる炎のような情熱で彼をそそり、駆り立て、圧倒した。いつも威勢のいいルーシーが、知り合って初めて恥ずかしそうにうつむき、〝あなたと結婚したいの〟とつぶやいたとき、ジャイルズは有頂天になった。あのころは夢中で彼女を愛していた。もちろん今でも愛してはいるが、心のどこかでは……。

玄関のドアがばたんと閉まり、荒っぽく車のエンジンがかかる音がする。ジャイルズは眉をひそめ、遠ざかる車のうなりを聞いた。

さっきルーシーは、最近求められなくなったと暗になじったが、一方的に責められるのは心外だった。無言の拒絶を示し、ベッドでかたくなに背を向けるのはいつも彼女のほうなのだから。

ジャイルズは肩を落として椅子に座り込み、頭を抱えた。夫婦仲をこれ以上おかしくしたくなかったら、きっぱりと会社を辞めるべきなのだろう。今日こそダヴィーナにそう言うつもりだったのだが、面と向かうと……彼女に手を差し伸べ、抱き締め、すべての労苦から守ってあげたいという気になってしまう。いつも男を刺激して対等に渡り合おうとするルーシーと違って、もの静かで控えめなダヴィーナは男をそんな気にさせる女性だった。激しく、うつろいやすい炎のようなルーシー。穏やかで、静かな深い湖のようなダヴィーナ。ジャイルズは今、炎に焼かれるより静けさに包まれていたかった。

ジャイルズは疲れていた。ルーシーの激しさ、抑制のきかない怒り、唐突な感情の爆発……かつてあれほど魅了されたすべてにうんざりしていた。彼女の情熱にも、愛にも……。

どうすべきかわからず、ジャイルズは独り苦悩にうめいた。

5

「ごめんなさい、ソウル、今週末はあなたと子供たちが一緒に過ごす約束になっていたけれど、ついうっかりして、その日はみんなでホームズ家に泊まりに行くことになっていたのを忘れていたの。トムはチャールズ・ホームズと仲よしだから、あの子、すごく楽しみにしている……」

「ジョジーは？」ソウルはいらいらと別れた妻の言葉をさえぎった。「あの子もホームズ家に行くのをすごく楽しみにしているのかい？」

カレンに当たっても仕方がないのはわかっているが、はけ口を求めて波立つ感情を抑えられない。いったいどうしてしまったんだろう？　いつもはもっと冷静で、感情を――望ましくない感情なら特に、隠すのはお手のものなのに……。

「ソウル、わかってあげて。ジョジーにはジョジーの友だちがいるし、みなそれぞれの生活があるわ。いつまでも子供じゃないのよ」

つまり、週末を父親と過ごすなんてまっぴらということか。ソウルは不機嫌に黙り込んでカレンの言い訳を聞いていた。かつてはこの女性と夫婦であり、だれよりも親密な関係にあったと思うと不思議な気がする。そもそもなぜ彼女と結婚したのかわからないし、今となっては当時の感情を呼び覚ますことすらできなくなってしまった。

愛情はとうになくなり、思い出さえ懐かしむことはない。ソウルは最近特に、これまでつき合ってきた人たちとの間に違和感を覚えるようになった。周囲から隔絶され、得体の知れない不安が支配する虚無の空間を漂っているような気がするのだ。

「次の週末はどう?」カレンが言う。

「来週はいないんだ。チェシャーに行かなきゃならないから」

「クリスティに会いに?」

カレンは驚いたようにきき、ソウルは〝いや、仕事で〟と言いかけてどきりとした。口が固いはずのぼくがどうしたことだ? 今度のことは内密に進めなくてはいけないのに、相手がだれであれ、それをうっかりしゃべってしまいそうになるなんて、気持ちが散漫になっている証拠じゃないか。もっとも、仕事で行くと話したとしても、別れた妻がその重要性に気づくとは思えないが……。

子供たちの声を聞きたかったが、それについては何も言わずに電話を切った。二人とも、父親と話したいとは思っていないだろう。無理もない。今まで父親らしいこともせず、そばにいることもなかったのだから。

ソウルの父親はこんなふうではなかった。父は幼いころからいつもそばにいて息子を見守り、助言と協力を惜しまなかった。この世を去ってからも父は常に心の中にあり、ソウルは父の夢を実現しつつある自分を誇らしく思ってきた。ところがここ数日、そんな父との絆《きずな》が確かなものとして感じられなくなっている。父の期待に応《こた》えることが自分自身の夢の実現でもあるという確信が、最近なぜか揺らぎ始めていた。

父と息子は仲がよかった。ときにはクリスティがやっかむほどに。

昔から負けん気の強かったクリスティ――ソウルはかすかな笑みに唇を緩めた。ある意味では今でもそれは変わっていない。型破りで、理想主義者で、タフで、意志が強くて、独立精神旺盛《おうせい》な妹。彼女の性格からすれば、これまで結婚せずにきたのも不思議ではなかった。

父親失格の兄と違って、クリスティは母親としてもとてもよくやっている。一人でキャシーを育てるだけでも大変だろうに、自分で選んだキャリアへの道を突き進み、自力で医院を開業した。

クリスティは女の子を出産したあと医師の資格を取ったが、それから十二年たった今でも、子供の父親が妻帯者であり、その後彼とはいっさいかかわりを持っていないということ以外、ソウルは何も知らされていなかった。

妹に電話すると、いつもの愛想のないハスキーな声が応じた。

「うちに泊まるの？　もちろんかまわないけど、でも、いったいどういう風の吹きまわし？　何かあったの？」例によって歯に衣着せぬ言い方だ。

「べつに。ただ、仕事がらみでそっちに行くことになったから……」

「うちに泊まってホテル代を浮かそうなんて、そんなけちなことを考えるはずはないし……怪しいわね、ソウル」クリスティはあからさまに兄をからかった。「大事なボスとぐるになって何かよからぬことをたくらんでいるんでしょう？　兄さんのことだもの、快適な高級ホテルをあきらめてうちに泊まるからには、それなりの理由があるに決まってるわ」

「たまには妹と姪《めい》の顔が見たくなったとしてもべつにおかしくはないだろう？」痛いところをつかれたせいか、妹の軽口に調子を合わせることができなかった。

「いいわ、そういうことにしておきましょう」クリスティはまじめな口調になって続けた。「実は、泊まってもらえるとわたしも助かるのよ、ソウル。来週末にどうしても出席しなければならない学会があるんだけど、キャシーが泊まるはずだった友だちの家の全員がおたふく風邪で寝込んでしまって、そちらにお願いするわけにはいかなくなったの。わたしが学会から帰るまでうちに泊まってくれたら安心なんだけど、無理よね？」

「お安いご用だ」チェシャーには一、二泊の予定だったが、多少滞在を延ばしたとしてもどうということはない。アレックス卿《きょう》との間に多少の距離を置くにはそのほうがいいくらいだ。

アレックス卿はソウルを脅し、意のままに操ろうとしている。彼の言葉や態度の端々に〝わたしの望むものを手に入れるんだ。さもないと……〟という無言の圧力が感じられる。彼にとっては手に入れた会社がその後どうなろうと知ったことではないのだ。

それにしても、なぜ今ごろになってそんなことを気にしなきゃならないんだ？　十分後、受話器を戻しながらソウルは自問した。これまで一度だって良心の呵責《かしゃく》を感じたことはなかった。少なくとも、アレックスがダン・ハーパー一族の会社の買収に関心を持つまでは。

ソウルは落ち着きなくデスクを離れ、大きな暖炉の前に立った。このフラットを買ったのは離婚してすぐだった。当時はそれほどでもなかったが、最近この辺りは再開発され、流行発信地として注目されている。四階建てのジョージ王朝風建物の二階全体が彼の占有で、バスルームつきのゆったりした寝室が三つもあるフラットは一人暮らしには広すぎるが、ここを買ったときは子供たちが泊まりに来ることを念頭に置いていた。それなのに、ジョジーとトムが泊まりに来たのはほんの数回、それも一泊していくだけだ。最近、子供たちと過ごす機会はますます少なくなってきた。特にジョジーは難しい年ごろで、ときとしてひどく反抗的になる。

ナイトテーブルには子供たちの写真が飾ってある。その隣には父の古い写真が……。

このごろ父のことを考えると、愛情とは裏腹に決まって居心地の悪さを感じるのはなぜなのだろう？　父の期待に応えていないという後ろめたさ、父の夢の実現に背を向けているという、ほとんど恐怖に近い思いが胸を締めつける。

　父は息子に夢を託した。ソウルはほかのすべてを犠牲にし、トンネルの先に見えるその一点に向かってひたすら走り続けてきた。しかしその一点が、自身が本当に到達したいゴールかどうかとなると……このところアレックス卿との間に意見の食い違いが目立つ原因もその辺にあるのかもしれない。ときどき、心のどこかで聞きたくもない声がすることがあった――おまえはどうしたい？　父親の夢を追い求めてあくせくする人生、本当にそれだけでいいのか？

　しかし迷いはいつも堂々めぐりをし、結局は、父との無言の約束を果たさなければならないと再び自分に言い聞かせることになるのだ。物心がついて以来、父の息子として、ソウルは社会的に成功し、いい暮らしをするのが義務だと考えてきた。

　人生のチャンスをつかみそこね、ぎりぎりの収入で家族を養わなければならなかった苦労を話す父の言葉は、少年時代のソウルの心に鉛のように重くのしかかった。もしおまえが賢ければ父親の轍《てつ》を踏まないように、努力して成功者の側に立つようにと繰り返し言い聞かされた。

　そういう話は楽しくなかった。父の愚痴はソウルを不安にした。愛し、誇りに思っている父が自分のふがいなさを嘆き、人生の敗残者のような言い方をするのは悲しかった。

もっとも、父がそんなふうに感じなければならない理由はいくら考えても見いだせなかった。父は家族に愛されていたし、家にはしょっちゅう両親の友だちが集まり、広くて暖かいキッチンには笑い声が絶えなかった。ソウルがジーンズを破いて帰ってきても、母はちょっと眉をひそめるだけで優しく息子を抱き締めたし、うちは本当に貧乏なのかという問いにも、そんなことはないと言ってほほ笑んだ。

なぜ父がお金のことでやきもきするのか、そのころのソウルには理解できなかった。狭いけれど居心地のいい庭つきの家、学校から帰るといつもにこやかな笑顔で迎えてくれる母——それ以上必要なものがあるだろうか？　もし父が人生で手に入れそこなったものを数え上げてはため息をつかなかったら、自分と同じ失敗を繰り返してはいけないと年じゅう息子に言い聞かせなかったら、ソウルは自分たちが世界一幸福な家族だと信じていただろう。でもなぜか父は幸せではないらしく、ソウルはとまどい、不安になった。

父はクリスティにそういう話はしなかった。女の子は〝成功する〟などということは考える必要はない、というのが父の持論なのだ。よけいなことは考えずにいい結婚をし、幸せになればそれで充分。ソウルは対等な気持ちで妹を愛していたが、父の影響もあって、男性は女性を守る立場にあり、家族にそれなりの生活をさせられるだけの金を稼がなければならないという古い固定観念に縛られていた。

これまでチャンスがなかったわけではなく、ただそれをつかみそこねただけだと父は言った。自分と同じことを繰り返さないためには、うんと勉強していい成績を上げなければならない。うちには相続するほどの財産はないし、いい仕事にありつくための強力なコネもないのだから、猛勉強をして自力でチャンスをつかむしかないのだ、と。

期末試験でクラスで三番の成績を取った年、母は息子の努力を評価しながらも、人間には頭脳以外にも磨くべき宝がたくさんあるのを忘れないようにと話した。一方父は、トップに立つ者にのみ最高のチャンスが与えられるのだと言って、クラスの三番では満足できないと暗にほのめかした。

翌年、彼はクラスで一番になった。父にはほめられたが、ソウルはむなしかった。むなしく、孤独だった。出場できなかったサッカーの試合の数を指折り数え、友だちが外に出て楽しんでいる間、家にこもって勉強しながら、父が言うように〝頑張って成功する〟のが本当に幸せなのかどうか、疑わしく思うことがあった。

けれど、中等教育終了試験を受けるころには、そういう子供じみた疑問に悩むことはなくなった。彼は大人になりかけていて、父の教えを守り、感情に支配されることなく迷わず勉学にいそしんだ。感情に左右されるのは女性だ。男である彼にはそれよりもっと大事なものがある。

ソウルは大成するだろうと人々は言い、そう言われるたびに父は誇らしげに相好を崩した。このまま順調にいけばオックスフォード大学にも入れると教師は太鼓判を押した。ソウルはすでに専攻科目を決めていたし、オックスフォードを卒業したらアメリカに留学し、ハーバードで修士号を取る心づもりだった。そのあと、世界は——少なくとも経済界は、この自分の華々しい活躍の場になるだろう。大企業はどこも自分のような優秀な人材を求めている。

将来ははっきりと見えていた。財産もコネもない男は必死で学び、働き、自分の手で勝利をつかみ取らねばならず、ソウルは石にかじりついてでも成功するつもりだった。そうする以外にない……父の期待に応えるために。

十七歳のとき、ソウルは恋をした。彼はハンサムで、背丈はとうに父を追い越し、体つきもたくましかった。子供のころから庭の手入れは彼の仕事になっていて、冬には菜園の土を耕し、夏には年代物の手動式芝刈り機で芝を刈る。そのために筋肉は鍛えられ、肌は小麦色に日焼けしていた。豊かな黒髪、長いまつげに縁取られた淡いブルーの瞳は妹のクラスメイトのあこがれの的だったが、女の子たちのうっとりしたまなざしにも意味ありげなくすくす笑いにもソウルはまったく関心を示さなかった。

だがアンジェリカは別だった。

ソウルは自分の家の庭ばかりでなく、アルバイトとしてよその庭の手入れをすることがあり、アンジェリカの家もそうした仕事場の一つだった。

彼女の家は裕福で、父親のゴードン・ハワードはしょっちゅう仕事で家を空けていた。

その妻エイミーは小柄ではかなげな、どこかぼんやりしたところのあるブロンド女性で、いつ見ても今にも泣きだしそうな顔をしていた。仕事に行くと、彼女はいつも氷を浮かべたフルーツジュースを庭に運んできてくれた。ソウルはそんなとき、グラスと氷が触れ合う音と、彼女の息にまじったアルコール臭に気づいて振り向くのだった。エイミー・ハワードは母とはまったく違うタイプの女性で、あまり好きになれなかった。でもたまに言葉を交わすようなとき、ソウルはなぜか彼女を哀れに思い、その昔、成功のチャンスを逸した話をする父に対して感じたようなある種のとまどいを覚えるのだった。

だがそのころには、彼はそういう感情にかかずらわないようにしていた。近寄らず、寄せつけず。成功を目指す彼の人生には無縁なものだ。もうなんの迷いも後悔もなかった。

ハワード家の一人娘、アンジェリカについては母親のエイミーから聞いていた。娘に対するエイミーの態度は矛盾していて、あるときは聞かされるほうがうんざりするほどほめちぎったかと思うと、またあるときは娘が母親に冷淡で、休暇などは友だちやその家族と過ごすことが多いのだと陰気な顔つきで愚痴をこぼした。

アンジェリカはソウルより一つ年上で、寄宿学校を出てからオックスフォードにあるカレッジに進み、そこで語学を含むかなりレベルの高い秘書技能を勉強しているということだった。

ソウルが大学入学資格を取るために上級課程の試験の準備をしているころ、アンジェリカがオックスフォードから帰ってきた。

その日、エイミー・ハワードはマイアミの友人の家に出かけ、ゴードン・ハワードも例によって出張中だった。ソウルは頼まれていた生け垣の刈り込みと、ゴードンが毎春儀式のように一年草を植える花壇を鋤《す》き返すためにハワード家に出向いた。きっちり色分けされた花が幾何学模様さながらに敷き詰められるその花壇は、体裁を重んじるハワード家の家風、温かみのない家族関係を象徴するかのように思われた。

仕事を始めて二時間ほどたったころ、ソウルは家の中にだれかがいるのに気がついた。なんとはなしに家の方を振り返り、窓のカーテンがさっと開けられるのを見なかったら、そのまま何も知らずに仕事を続けていただろう。

窓の向こうに見える女性は明らかにエイミー・ハワードではなかった。長い黒髪をあらわな肩に垂らし、人目を気にするふうもなく生まれたままの姿でストレッチをする若い女性……ソウルははっとして体をこわばらせ、突然喉がからからになって身じろぎもせずにその場に立ち尽くした。

女性の裸体を見るのは初めてではない。妹がいるし、見たければ女性の体を微に入り細にわたり見せてくれる雑誌はいくらでも手に入るのだから。それでも……彼女が退屈した猫のようにゆっくりと伸びをするたびに形よく引き締まったバストがさらに反り返り、細いウエストから丸いヒップにかけての柔らかい曲線がなまめかしく揺れるのを見ていると……。

いけないと思いながら、何かに取りつかれたようにどうしても目をそらすことができない。全身に焼けつくような熱波が広がっていき、鋭い、切迫した欲望が体を貫く。ソウルは当惑し、顔がかっと熱くなるのを感じた。

もちろんセックスのことは充分研究ずみだし、自分がどんなものにそそられるか、またはそそられないかは知っているつもりだった。だが、黒髪を燃え立たせ、はちきれんばかりに健康な肢体を惜しげもなくさらしているこの女の子は、ソウルの中に単純な性衝動とは違う感覚を呼び覚ました。この腕に彼女を抱き、素肌に触れ、目を閉じてその滑らかな感触を味わいたい……。

ソウルは激しい欲情に震えてうめき、あらわな肉体のイメージを頭から消し去ろうと固く目を閉じた。小さな顔に手を添え、デリケートな目鼻立ちを指でなぞり、ふっくらした唇が見た目と同じように熱く柔らかいかを確かめたい。官能的な赤い唇は愛らしく繊細なポピーの花びらさながら。思わず手を伸ばして触れたくなるが、手荒に扱えばたやすく傷ついてしまいそうだ。

身も心も猛々《たけだけ》しい欲望に引き絞られ、ソウルの体に新たな震えが走った。これほど激しく異性を求めたことはない。高ぶる肉体と感情の嵐《あらし》にもみくちゃにされながら、ソウルは今までになく自分を卑小に感じていた。彼は生まれて初めて、奴隷のように、この世で最も美しく完璧《かんぺき》な創造物の足元にひれ伏したいという衝動に駆られた。その体を抱き締め、愛撫《あいぶ》し、彼女の存在そのものにいかに感動させられたかを伝えたい。彼女を組み敷き、奪い、所有し、愛のリズムに合わせて高まる歓喜の叫びを聞きたい。ソウルはこんなふうに単純に反応する自分の肉体が恥ずかしくもあり、誇らしくもあった。

父は道徳観念を重んじる人だった。世の中の風潮はともかくとして、ソウルの心の一部には女性を守り、いたわり、大切に扱うのが男性の義務だという父の教えが根強く残っている。ところが今そうした常識を超えて、ほの暗く、危険な、どこか残酷なにおいのする性衝動が頭をもたげ、ソウルはとまどった。理性を取り戻そうと頭を揺すって目を開けると、窓枠から彼女の姿は消えていた。開いたままのカーテンが外からの微風に静かに揺れている。

たった今窓を開けたのであれば……彼女はぼくに、ぼくがここに立って見ていたことに気づいただろうか？　後ろめたさと恥ずかしさで、日焼けした肌がさらに赤黒く染まる。

仕事に戻って三十分、それ以上たってもまだソウルは緊張し、花壇を鋤く手がぎくしゃくとぎこちなかった。

勝手口が開く音がしたが、ソウルは振り向かなかった。芝生が足音をかき消しても、彼女が近づいてくるのが手に取るようにわかる。

「こんにちは、あなたがソウルね？　わたしはアンジェリカ、よろしく」

背後で少しかすれた声がし、ソウルはびくっとこわばった。もう振り向かないわけにはいかない。無視するわけにはいかない。

母親と違ってアンジェリカはかなりの長身だったが、それでもまだソウルのほうが頭一つ分高かった。彼女はジーンズにダークグレイのぶかぶかのセーターを着て、ルーズなネックラインからは女らしい鎖骨と、首筋から肩にかけての優美な曲線がのぞいている。間近にアンジェリカのにおいを感じて、ソウルは焼けつくような欲望の痛みと闘った。彼女のほうはなんの屈託もなくほほ笑んでいる。

猫を思わせるはしばみ色の切れ長の瞳。唇は思ったとおりにふっくらと魅惑的で、肌はきめ細かく、無造作に髪をかき上げる指の爪は自然な桜色に輝き、心をそそった。

この手が背中をまさぐり、この爪が汗ばんだ肌に食い込んで……今まで夢想だにしたことのないみだらなイメージが脳裏をよぎり、彼はうろたえた。そんな経験をしたことは一度もない。それなのに、ほんの一瞬ではあったが、彼女が背中に爪を立てたときの鋭い痛みとしびれるような快感を、重ねた体の下でもだえ、波打つ、柔らかな肉体を実際に感じたような気がした。

「何か飲む？」

単純明快な質問にソウルは現実に引き戻された。しかし彼女の目に嘲笑《ちょうしょう》を見るのが怖くて、どうしても顔を上げることができない。そうする代わりに、彼は見慣れたジュース

らうなずいた。実際、喉はひりつくほど渇いていて、まともな声が出るかどうかさえ自信がなかった。

「じゃ、こっちにいらっしゃいよ」アンジェリカは背を向けてさっさと家の方に歩きだした。

ソウルは鋤《すき》を地面に突き刺して彼女のあとについていった。

家の中に入るのは初めてではないが、今回はなぜかすんなりというわけにはいかなかった。それと知りつつ、立ち入り禁止の危険区域に足を踏み入れるような……キッチンの戸口で立ちどまってブーツを脱ぐ腕が鳥肌立っている。

庭仕事をするとき、彼はいつも実用一点張りの厚手のソックスをはいていた。厚手ではあっても安物で、片方のつま先に大きな穴があいているのに気づいてソウルは真っ赤になった。アンジェリカは穴のあいたものなど身に着けることは絶対にないだろう。いつもこんなふうに美しく、魅惑的で、欠点一つあるとは思えない。妹がはくとジーンズにしか見えないが、彼女がはくと……ルーズなセーターでさえ……このセーターを肩からぐいと引き下ろし、すべすべした肌に唇を滑らせて……あらぬ想像にみぞおちが熱くなる。首にからみつく腕、硬い胸板に押しつけられる柔らかなふくらみ、喉の奥からもれる歓喜のうめき……。

「コーヒー、それともお酒がいい？　未成年じゃないんでしょう？」

ソウルは再び現実に立ち戻り、かすかな笑いを含んだまなざしにさらされて赤面した。

「コーヒーでいい」声がうわずる。

アンジェリカは慣れた手つきでたばこに火をつけ、ソウルはそのしぐさにうっとりさせられた。わざわざ有毒なニコチンを体内に摂取するやつの気が知れないと彼は常々思っていたが、このときばかりは自分もたばこを吸っていればと考えずにはいられなかった。そうであれば、キッチンのテーブルに浅く腰かけて片腕をつき、胸を反らしてたばこをふかす彼女に近づき、もらい火をするチャンスだってあっただろう。

「コーヒーならそこよ」彼女はコーヒーメーカーの方に頭をかしげた。「ご自由に」

泥のついたジーンズ、穴のあいたソックスをひどく意識しながら、ソウルはなんともぎこちない足取りでコーヒーを取りに行った。

「あなたって無口なのね」アンジェリカはからかうように言った。「庭の仕事は今週いっぱいかかるの？」

ソウルはうなずき、セーターをつんととがらせている胸のふくらみを見て体を硬くした。服を通して、さっき窓枠の中に見た完璧な裸体のイメージが浮かび上がる。セーターの下に何も着ていないのは確かだ。彼女に近づき、触れたいと願うこの気持ちは単なる欲情ではなく、崇高なまでに美しい肉体への賛美、あこがれ、感動……これまでセックスに関して抱いていたすべての先入観を打ち砕く女性への畏敬《いけい》の念だった。

　三日後に二人は恋人同士になっていた。積極的だったのはアンジェリカのほうで、彼女はソウルのためらい、内気さ、無知をさんざんからかったが、ある瞬間ふと真顔になって彼に触れ、張り詰めた筋肉のうねに白い指をゆっくりと滑らせ、そのあとを唇でたどった。想像を絶する愉悦の波にもみしだかれてソウルは自分の未熟さもためらいも忘れ、本能に駆り立てられて荒々しく彼女を抱き締め、所有し、鋭い歓《よろこ》びの叫びを聞きながら頂点へと上り詰めた。

　その週が終わるころ、まるで生まれたときから一緒だったと錯覚するほどに、アンジェリカの存在はソウルの体に深く刻み込まれていた。愛し合うたびに、彼は恋人をさらに喜ばせたくて新たなテクニックを考え出し、実行に移した。アンジェリカの欲望には抑制も際限もなく、最初はその大胆さに度肝を抜かれたソウルも、彼女の手と唇の巧みな愛撫に慣らされていくうちにより強い刺激を求めるようになっていった。

　ある日の午後、アンジェリカは一度外でしてみたいと言いだし、二人は家からは見えない草むらで愛し合った。

　そのあと、彼女は満ち足りた笑みを浮かべながらささやいた。「D・H・ロレンス風も悪くないけど、やっぱり家の中のほうがいいかな。ねえ、ソウル、まだあなたとしていないことがあるけど、やってみる？」情熱の余韻の中でアンジェリカは彼にすり寄り、〝まだしていないこと〟が何か、あけすけに説明した。

たいていのことには驚かなくなっていたが、それでも彼女の攻撃的なまでに貪欲《どんよく》な性衝動にはショックを受けた。けれどソウルは恋に盲目になっていて、彼女にとってそういうことをするのが初めてではないといういくつもの証拠には目をつぶった。彼女が一つ年上であることは知っている。が、ソウルにしても体つきも人並み以上で、年齢の一つや二つさばをよんでも疑われることはなかった。

アンジェリカは父親の書斎でセックスをするのが好きだった。最初は居心地が悪く、落ち着かなかったが、ソウルはやがて駆り立てられた欲望にほかのすべてを忘れた。

書斎を舞台にアンジェリカはちょっとしたお芝居をしたがった。彼女が秘書で、ソウルはボス。ボスは秘書を呼びつけ、オフィスでセックスをするように命じる。その役になりきるために彼女はキャリアウーマン風のスーツを着たが、ストッキングをはく以外、その下はいつも裸だった。またほかのときには彼女がボスになり、デスクに座って自分で服を脱ぎ、身をくねらせ、もみしだき、いいと言うまで彼に触れることを許さなかった。

ようやく触れてもいいと言われるころには、十七歳の若い肉体は爆発寸前で、ただやみくもに彼女を抱いて果てる以外になかった。そんな行為のあと、ソウルはやけにむなしかった。直接的な結びつきの前にもっと時間をかけ、愛撫の限りを尽くして彼女への愛と情熱を証明したかった。

アンジェリカの傍らを離れるとき、ソウルはなんとも説明しようのないうつろな思いにとらえられることがあった。それは少年のころ、なんとしても成功しなければいけないと父に励まされるたびに感じた割り切れなさとどこか似ていた。何かが間違っている……何か足りないものがある……。

十日が過ぎ、アンジェリカはカレッジに戻らなければならないと言った。「手紙を書くわ」

ソウルは愚かにもその言葉を真に受けた。さらに愚かなことに、彼女に恋い焦がれるあまり四科目の上級課程の試験のうち二科目に失敗し、再試験を受けるはめになった。

父の落胆ぶりを見るのは何よりもつらく、ソウルは人生で最も大事な目的を忘れかけていた自分を責め、二度と同じ過ちは繰り返すまいと心に決めた。それ以来、彼は自分のまわりに垣根をめぐらし、成功への野心以外の感情を締め出した。女々しい感情に左右されてはだめだ。そんなことをしたらどんなしっぺ返しを食らうか……危うく将来を台なしにするところだった。それも一通の手紙もよこさない不実な女のために――愛とは無縁の動機からこちらの気を引き、もてあそんだあげくにほうり出した女のために。

自分の弱さを罰するために彼は寝る間も惜しんで勉強に励んだ。その猛烈な頑張りようは母を心配させたが、父はただ頭を振り、成功のためにときには犠牲も必要なのだとつぶやいた。まだ若いのだから多少睡眠時間を削ったとしてもいずれ取り返しはつく。もし人生のやり直しがきくなら、自分も息子のように死ぬ気で頑張ってチャンスをつかむだろう……。

ソウルは母の目に浮かぶ悲しみを見るに忍びず、食事以外のときは自分の部屋に引きこもった。

再試験はすばらしい成績でパスした。彼はこの春の体験から貴重な教訓を得て、オックスフォードにいる間、なんであれ感情的な部分に深入りするのを慎重に避けた。

人並みにデートもし、たまには女の子をベッドに誘いもしたが、肉体的に惹《ひ》かれはしても、それ以上の関係にはなりえないことを最初からはっきりさせた。そのうちに彼は冷淡で利己的な男だという評判が立った。〝悪魔のように頭が切れて、シベリアの寒気みたいに冷たくて、見ただけでぞくぞくするほどセクシーな人〟……ある女の子が彼をそう評したことがある。

人づてにその話を聞いてソウルは苦笑した。彼は十七歳のころよりはるかに大人になり、はるかに現実的になっている。女の子たちのあの手この手の挑発に気づかないではなかったが、それに乗る気もなかった。卒業試験は目前に迫り、そのあとは、できることなら一年間ハーバードに留学したいと思っている。父に教えられた大事なことを忘れてはならない。もう甘っちょろい感情などに成功への道をはばまれるわけにはいかないのだ。

電話が鳴り、ソウルは眉をひそめて受話器を取った。

「ああ、ソウルか。間に合ってよかった」

アレックス卿の声にソウルはいっそう眉間《みけん》のしわを深くした。いかにも我がボスらしい言い方だ。相手がだれであれ、自分が名乗る必要は断じてないと信じ込んでいる。

「今ごろはもうチェシャーに向かってるんじゃないかと思っていたんだが」

繊細な気遣いや遠まわしのほのめかしは、アレックス卿の得意とするところではない。人に何かをさせるとき、彼は断定的な言葉や威嚇という手段を使う。

「我々の話し合いを忘れてやしないだろうね?」ソウルが黙っているとアレックス卿は鋭く尋ねた。「それとも、また例の良心の呵責とやらに苦しんでいるのかね?」

「こっちの仕事が片づきしだい出発しますよ」ソウルは冷ややかに応じた。

こっちに仕事が残っているわけではない。ケアリー製薬に関して事前の下調べはすんでいるから、ことさらここにいなければならない理由はなかった。ただ、ソウルはアレックス卿の横柄な口調にいら立っていた。このごろボスの態度が妙に引っかかる。公平に見て彼にはいい面も尊敬すべき点もたくさんあるのだが、多くの意味で彼のようになりたいとは思わなかった。

それでもソウルはずっと、アレックス卿のあとを継ぐという一つのゴールを目指して辛抱強く働いてきた。しかし、彼の後継者になることと彼のようになることは同じではない。

アレックス卿のオフィスのデスクにはケンブリッジ大学を卒業したときの娘の写真が置いてあった。しかし彼は仕事でよそに出かけていて卒業式には出ていない。彼は二十年以上前に妻と離婚しており、ソウルの知る限り、アレックス卿と娘との関係は毎年クリスマスにカードを交換する程度のものだった。それが彼の望んだ人生なのだろうか？　それが彼の望んだ親子関係なのだろうか？

ソウルはそのとき初めて、威圧的なボスの声にかすかな孤独を聞き取ったような気がした。成功し、人々からうらやましがられる二人の男。しかし我々から仕事を取ったらいったい何が残るだろう？

電話を切ってからかなり長い間、ソウルはそのままじっと座っていた。デスクにはケアリー製薬に関する調査ファイルが載っている。彼はそれを取り上げ、表紙をめくって読み始めた。

内容をざっと読み進みながら、彼は重要な部分で何度か目をとめた。一度目はケアリー創立のいきさつを述べた部分で、二度目はグレゴリー・ジェイムズが株式市場で莫大《ばくだい》な損失をこうむったという箇所で、三度目は現在のオーナーがグレゴリーの未亡人で創立者の孫娘でもあるダヴィーナ・ジェイムズという女性だというところで。

彼女は会社を売りたがっているに違いない。倒産寸前であればそうするほかないだろう。

ダヴィーナ・ジェイムズ――彼女がどういうタイプの女性かはだいたい想像がつく。アレックス卿が雇ったエージェントの調査は徹底していた。グレゴリー・ジェイムズの女性関係について細かい記述はないが、生前、彼の浮気はほぼやむことなく続いており、妻もそれを承知していたようだと簡単に書き添えられていた。

こういうたぐいの女性には今までずいぶん会ってきた。エレガントで冷淡で神経質でやせていて、ほとんどの場合高価な服で武装している。こわれやすい陶器の飾り物のように、一見超然としているふうでも、現実の風に吹かれるやたちまち倒れて粉々に砕け散る。

彼女たちの多くは夫の無関心に苦しみ、ほかの男性に、アルコールに、ときには仕事にのめり込んで孤独をまぎらそうとする。だが、そういう立場にいるだれ一人、離婚という単純明快な手段で屈辱的な結婚生活に終止符を打とうとはしないのだ。彼女たちが後生大事に守ろうとするのは富、地位、体面であり、プライドや自尊心は二の次であるらしい。

ソウルは一度クリスティにそういう話をして、かみつかれたことがあった。〝兄さんは弱い者の立場に立って考えたことがあるの？　彼女たちがどんな惨めな生活を強いられているかわからない？〟

あのときの妹の激昂《げっこう》ぶりには迫力があった。女性は生まれたときから二番目に甘んじるようにしつけられているのだ、とクリスティは主張した。自分よりまず周囲の人たちを優先させる性。奪うよりは与える性。女性たちの多くは子供のために、不幸な結婚生活でも我慢しなくてはならない。

　だがダヴィーナ・ジェイムズに子供はいない。ソウルはファイルの最後の一ページを抜き取り、その裏に添付された写真を見て眉をひそめた。

　ケアリー製薬の写真が何枚か。社屋は老朽化し、内部の設備も貧弱で企業としての最低水準にも達していない。創業のきっかけとなった心臓病薬の内容を少しずつ変えながら長年にわたって特許権にしがみついてきたからこそ、ケアリー製薬はこれまでなんとかやってこられたのだ。さもなければ、これといった新薬の開発もしていない製薬会社はとうの昔に消滅していただろう。

　次の写真の裏に書かれた名前を見てソウルは少々緊張した。ダヴィーナ・ジェイムズ。

　彼は写真をひっくり返す。ダヴィーナ・ジェイムズに関する限り、ソウルの想像はまったく当たっていなかった。ファイルに記された生年月日を信ずるならば三十七歳。しかし写真に写っている女性は傷つきやすい少女のようだ。

　ジーンズにぶかぶかの男ものシャツを着て、片手で額に落ちかかる柔らかな金髪をかき上げている。軍手をはめ、頬には泥汚れがつき、傍らの地面に熊手《くまで》が置いてあるところをみると、庭仕事の最中に撮った写真らしい。化粧をしていない顔は若く、みずみずしく、ソウルはそのときふと無意識のうちに彼女の頬の辺りを親指でなぞっている自分に気がついた。

だがもちろん、指先に感じるのは血の通った温かい女性の肌ではなく、カラープリントのつるつるした感触でしかなかった。

やけどでもしたように顔をしかめ、ソウルはいきなり写真から手を引っ込めた。

6

土曜日の午後、ジャイルズがゴルフに出かけて留守なのを承知のうえで、ダヴィーナはルーシーを訪ねた。やましいことは何もないと自分に言い聞かせながらも、ルーシーのことを口にするたびにジャイルズが当惑した顔をするのに気づいていたし、友だちでありながら彼女に久しく会っていないこともどこか後ろめたかった。

それでも、ケアリー製薬で働く人たちの生活を守るためにできるだけのことをするのは経営者としての義務だし、そうするにはジャイルズの協力がぜひとも必要なのだ。

でもジャイルズはルーシーの夫であり、彼らにも守るべき生活がある。それを知りながら、ダヴィーナはジャイルズを会社に引きとめるために彼の微妙な感情を利用してきた。二人ともそのことを口に出したわけではないが、間違いなくそうした感情の存在を意識してはいる。ルーシーもそれに気づいているだろうか？

ダヴィーナの心は重く沈んだ。自分がだれかを苦しめていると思うとたまらない気持ちになる。そのだれかが大好きなルーシーであるならなおのこと。もちろん、この偏狭な地域社会でルーシーの評判が必ずしもいいとはいえないのはダヴィーナも知っていた。ルーシーは村の女性たちとは違って、華やかで率直で、いささか不安定で激情型。それにとても魅力的でもある。そしてとても不幸でも……。

ダヴィーナはその思いを押しのけ、前方に広がるチェシャーの平和な田園風景を見やった。ルーシーが結婚生活に、あるいは人生そのものに幻滅したとしてもわたしの責任ではないけれど……。ルーシーは同性の友だちができにくいタイプなのだ。コーヒーを飲みながら男性全般を——ときには夫をこき下ろしたり、夫とのマンネリ化した夫婦生活より他人の夫婦生活をのぞくほうがずっと刺激的だとかいう、あまりにも露骨で個人的な打ち明け話に相づちを打つ趣味はルーシーにはなかった。

彼女はそういった女同士の赤裸々なひそひそ話に対して、ときには周囲がはらはらするほどあからさまにいやな顔をする。そのせいか村の主婦たちから一人浮いた存在で、みんなから危険視されていた。

しかしダヴィーナはルーシーが好きだし、彼女が危険な人間だとも思っていない。ジャイルズがケアリー製薬に勤めだしたころ、ダヴィーナは彼らの夫婦仲のよさがうらやましくてならなかった。もちろんあのころはまだマットを知らなかったし、ルーシーとジャイルズは熱烈に愛し合っていて……すべてが今とは違っていた。

ある昼下がり、村に越してきたばかりの二人を何かの用事があって訪ねたことがあった。

ドアを開けたジャイルズは頬を上気させ、乱れた髪を撫《な》でつけながら、何分も外で待たせた詫《わ》びを言った。彼の背後にちらっとルーシーの姿が見えたとたん、ダヴィーナは彼らが何をしていたかに気づいてばつの悪い思いをした。

あのときダヴィーナは孤独で、愛し合うカップルがうらやましかった。それが今は……後ろ暗いことは何もしていないといくら自分に言い聞かせても、やはり心は平静ではいられない。

チェシャーれんがをヘリンボーン模様に敷き詰めた私道に車をとめ、ダヴィーナはゆっくりと玄関に近づいていった。

初めてここを訪れた日、ルーシーのすばらしい色彩感覚に舌を巻いたものだった。柔らかなピンクと赤褐色はルーシーのダークレッドの髪を引き立て、淡いブルー、グリーン、アイボリーといった色彩は彼女の瞳と肌の色と響き合い、家全体があでやかなルーシーそのものだった。ソファを彩るクッションやカーテンの配色は明るく、灰色の雲が垂れこめる陰気な日でもここにだけはいつも日ざしが降り注ぐかのようだった。

今日はまぶしいほどに太陽が輝いている。だが、ドアを開けたルーシーの顔色は悪く、ダヴィーナは息をのんだ。そのやつれようから以前のはつらつとした彼女を想像するのは難しいほどだ。

「ルーシー、久しぶりね。お元気？　いつから会っていなかったかしら？　会社が忙しくてなかなか思うように時間が取れなくて……」不自然なくらい早口にまくし立てながら、ダヴィーナはルーシーのあとからキッチンに入った。

「偶然ね、ジャイルズもしょっちゅうそう言ってるわ」ルーシーはとげとげしく応じた。

「急に会社会社って、なぜなの？　グレゴリーが生きていたころはオフィスに顔を出しもしなかったのに」

　あからさまな敵意にダヴィーナはたじろいだ。ルーシーはジャイルズを会社に引きとめているわたしを恨んでいるようだ。

「ルーシー、あなたの気持ちはよくわかるわ」恐れていたとおりの展開になってきた。

「でも……」

「わたしの気持ちがわかるですって？　そんなことないわ」ルーシーは苦々しくさえぎった。「夫の帰りを待って一日じゅうここに座っている妻の気持ちはあなたなんかにわからない。おかしいじゃない？　グレゴリーが亡くなったとたん、なぜ急に会社のことを気にするようになったの？」

「彼が生きているうちは会社がこんなにひどい状態に陥っているとは思わなかったのよ」少なくともこの問題に関しては完全に正直に話すことができる。ルーシーには可能な限り誠実でありたかった。「ケアリー製薬をなんとか続けていかなければならないの。会社をつぶすわけにはいかないわ」

「なぜ？　会社がつぶれたって、あなたが生活に困るわけじゃないでしょう？」

「それは……ええ」痛烈な皮肉にダヴィーナは一瞬ひるんだ。「でも、お金だけの問題じゃないのよ、ルーシー。それに、わたしのためでもないわ」

「じゃ、だれのためなの？」ルーシーは好戦的に顎を突き出した。「ジャイルズのため？」

「そうじゃなく……ケアリーが倒産したら二百人以上の人たちが失業するのよ。この村にはほかにこれといった産業がないから、新しい仕事を探すのも容易じゃないし……」

「ジャイルズならすぐにほかの仕事を見つけられるわ。あの人がケアリー製薬に忠義立てして条件のいい仕事をふいにしてもあなたは痛くもかゆくもないでしょうね？　でもこの際はっきりさせておくけれど、ジャイルズはわたしの夫なのよ」

「わかっているわ」ダヴィーナは彼女をまともに見られずにうつむいた。ルーシーが混乱し、動揺し、腹を立てているのがよくわかる。しかしそうした感情のほかに彼女の瞳には深い苦悩と悲しみがあって、今までそんなルーシーを見たことがないだけにいっそうつらかった。

これまでずっとルーシーをうらやんできた。彼女の前向きさ、あふれる自信、輝くばかりのセックスアピール、生きることへの積極性。そして正直に言えば、とりわけ夫との間にある強い愛の絆《きずな》がうらやましかった。彼女の夫を横取りしたかったわけではもちろんない。そうではなく、夫に愛され、望まれ、求められ、彼の人生の中心に存在している彼女がうらやましかったのだ。

一度だけ、それもほんの短い間、愛されるのがどんな感じかを体験したことがある。しかしそれさえもルーシーとジャイルズの燃え立つような愛の輝きに比べたら、かすかな影のようなものだった。

そんな二人に何が起こったのだろう？　あの愛はどうしてしまったの？　ジャイルズが会社にとどまっていることでルーシーが腹を立てているのはわかる。でもジャイルズが人一倍責任感が強く、誠実であることを、だれよりもよく知っているのはルーシーだったはずなのに。

「よかったら二人でチェスターへ買い物に行かない？」重苦しい話題を避けようとしてダヴィーナは言った。

「買い物ですって？　会社が倒産寸前で大勢の従業員が失業しかけているのに？」

ダヴィーナの顔に血が上った。今は後ろめたさからではなく、いら立ちからだ。ルーシーはわざと状況を難しくしている。まるですねた子供みたいに――考えてみればルーシーには子供じみた部分がほかにもたくさんあった。もしかしたら、そうした未熟さと成熟した女性の要素がからみ合って彼女をこれほど魅力的にしているのかもしれないが……。

「ルーシー、もしジャイルズがケアリー製薬を辞めないことで腹を立てているのなら……」

「じゃ、それはジャイルズが決めたことだっていうのね？」ルーシーは居丈高に言った。

「ジャイルズがケアリー製薬に残っているのは会社のためじゃなく、あなたのためなのよ。そのことはあなたもわたしも知っているし、グレゴリーだってわかっていたはずだわ」

ダヴィーナはショックを隠せず、それはグレイの瞳に、こわばった体に、赤らんだ顔にはっきりと表れた。「どういう意味？」

「とぼけないでよ、ダヴィーナ。以前からジャイルズとグレゴリーが対立していたのは知っているんでしょう？　グレゴリーが会社のお金を危険なマネーゲームに流用しているのを知って、ジャイルズは何度も彼をいさめたのよ。そんなことをいつまでも続けるなら事実をあなたに話すとまで言ったらしいわ。それもこれもあなたのため、あなたの将来を心配したからなのよ。もしグレゴリーが生きていたら、今ごろジャイルズをくびにしていたでしょうね。だれが好き好んでそんな会社に義理立てすると思う？　いいえ、彼はケアリー製薬のためではなく、あなたのために辞めずにいるのよ」

「それは……違うわ」

これではわざわざ問題をこじらせに来たようなものだ。ルーシーと気まずい別れ方をし、ダヴィーナは意気消沈して車に戻った。だれかの夫と関係を持つ気はさらさらない。それが友人の夫ならなおのこと――ルーシーだってそれくらいわかっているはずなのに。ジャイルズは嫌いではないし、彼の親切がうれしくないと言ったら嘘《うそ》になる。でも、それだけのことだ。ただ、ジャイルズを会社に引きとめるために彼の気持ちを利用し、そのことで間接的にルーシーを傷つけてはいるけれど……。

ルーシーは走り去る車を二階の窓から見ていた。ダヴィーナを憎むべきなのだろうが、それができない。ただひたすら不安だった。もしジャイルズが出ていってしまったら？　これまでずっと夫を愛してきたし、今も、これからも愛し続けるだろう。けれど夫婦の関係は以前とはまるで違っていた——それもわたしのせいで。ときどき心をむしばむ苦悩に駆り立てられ、恐怖と怒りをだれかにぶつけずにはいられなくなる。そしてそのだれかは、いつも決まって夫のジャイルズだった。

彼が口うるさい妻に愛想を尽かし、穏やかなダヴィーナに安らぎを求めたとしても驚くにはあたらない。わたしよりいくつか年上ではあるが、ダヴィーナはまだ若く、健康で、彼の子供を、彼の息子を身ごもることもできるのだ。

目に涙がふくれ上がり、窓の外の景色がぼんやりとかすんだ。息子——男の人はみんな息子を欲しがる。娘より息子を。ルーシーは六歳で身をもってそれを知った。母はそのとき、父が出ていったと、息子がいるよその家に行ってしまったと娘に言った。

あなたはパパの一人娘ではなかったのだと聞かされても、当時のルーシーにはその意味がよくわからなかった。つまり、父には母以外の女性がおり、その人との間にルーシーより五つ年下の双子の息子がいたというのだ。息子が二人。女の子一人がどうして彼らに太刀打ちできるだろう？

「パパはいつ帰ってくるの？」何度もそう尋ねる娘に、母はヒステリックに叫んだ。

「二度と帰ってこないの！　わかった？　ほかの家に奥さんと双子の息子がいるから、もうわたしたちはいらないんですって。わたしとあなたより息子たちのほうが大事なんですって」

女の子は男の子ほど大事ではない？　そのとき、自分が女の子であることを暗に非難されたような気がしてルーシーは深く傷ついた。手に負えない娘だと母は言い、教師は彼女の反抗を赤毛のせいにした。しかしルーシーは気にしなかった。悪さをすれば人々の注目を浴びる。荒っぽいいたずらをすれば男の子と同等の扱いを受ける。

ひょろっとやせて背ばかり高く不格好だった少女は、十五歳を前にしたある日を境に醜いあひるの子からはっとするほど美しい白鳥に変容した。一夜にして胸がふくらみ、ウエストはほっそりと引き締まり、腰は女らしく丸みを帯び、脚はすらりと長く伸びた。瞳は謎《なぞ》めいて輝き、唇はふっくらと赤く、ルーシーは突然女性であることのパワーに気づき、ほぼ同時に男の子たちもルーシーの存在に注目するようになった。

そのときから世界が変わった。波打つ赤毛をさっと払うとか、あたっぽい流し目を送るとか、赤い唇をちょっぴり突き出すとか、そんなたわいないしぐさ一つにまわりの男の子たちが一喜一憂することを彼女は知った。ルーシーは女の子ならだれもが望むものを手に入れ、そのためにみんなに認められ、愛されるようになった――少なくとも、急速に成熟しつつある肉体の中に棲《す》む、いまだ愛に飢えた孤独な少女はそう考えた。

だれもがルーシーと友だちになりたがり、男の子たちはしきりに彼女の気を引こうとし、しばらくはそれなりに幸せだった。そして十七歳の誕生日を迎える三カ月ほど前、母の再婚話がまとまった。その相手は難しい年ごろの義理の娘との同居を渋ったので、ルーシーはロンドンに住む母の叔母の家にあずけられることになった。

ロンドンはすばらしい都会だとクラスメイトに触れまわり、ロンドンの大叔母の家に住まわせてくれるように母を説得するのは大変だったのよ、とため息をついてみせ、彼女はあたかも自分の意思でロンドン行きを決めたかのようなふりをした。

ルーシーは〝ふり〟をするのがうまくなった。男の子たちが決まり文句のように〝愛している〟とつぶやき、じっとり汗ばんだ手で不器用に体をまさぐってくるようなとき、本当は不安で孤独でたまらないのに、そんなふうにされるのが好きなふりをし、自分でもそう思い込もうとした。

十八歳で学校を出てからは行き当たりばったりに職を替えた。ロンドンにはいくらでも仕事があったし、その日その日を楽しむのに忙しくて退屈な将来のことを考える暇はなかった。

大叔母の家にいたのは一年足らずで、ルーシーはその後、女の子三人と共同でフラットを借りた。その三人も、いつも同じメンバーというわけではなかった。流されるままの気楽な人生。ルーシーは男の子にもてたし、始終だれかに追いまわされていて、二十一歳になるまでには三回も婚約し、それ以上の数のプロポーズを断っていた。

だが、どんなにちやほやされても心の奥底ではいつも不安でならなかった。本当は愛される資格がないのではないか……愛しているとささやく男たちの言葉はどこまで真実なのか。父は娘を愛していると言ったが、それは本当ではなかった。父はわたしを捨て、母もわたしを捨てた。もし別れが避けられないものであるならその決定権は自身で持つと決め、ルーシーはそのとおりにした。

かわいい女の子から美しくセクシーな女性に変身をとげたルーシーに男たちは目をみはった。でも彼女は前よりずっと用心深くなり、やすやすと言いなりにはならなかった。男はなかなか手に入らないものをありがたがる。ルーシーはことさら意識して男たちを冷ややかに扱った。少々やりすぎとも思えるほどに。

ジャイルズと出会ったのはそのころだった。当時ルーシーはロンドンのＰＲ会社で働いていて、ジャイルズは人材の引き抜きを専門とするエージェントの社員だった。

ＰＲ会社の宣伝部長にふさわしい人物を探すようにとの依頼を受けたジャイルズは、ある日の午後、打ち合わせのためにルーシーのボスに会いに来た。彼はその翌日、翌々日と、結局はその週いっぱい、ささいな用事にかこつけてＰＲ会社に通い詰め、ついに勇気を奮い起こしてルーシーに声をかけた。

最初のうち、内気で寡黙なジャイルズは華やかなプレイガールの興味の対象ではなかった。それでも彼はあきらめずに誘い続け、ついにはルーシーも根負けして面白半分に彼の誘いに応じた。

五回目のデートのあと、ルーシーは彼と会うのを案外楽しんでいる自分に気づいた。好みのタイプではないとしても、デートの相手に大事にされ、甘やかされるのはまんざらでもなかった。金銭的に甘やかされたというわけではない。贅沢《ぜいたく》は嫌いではないが、ルーシーはお金そのものに執着するほうではなかった。ただ、ジャイルズの献身的な愛情に包まれるのがうれしく、どこに行こうがほかの女性には目もくれない彼の一途《いちず》さが気に入った。

かつてデートした男たちは、常に、ときにはとてもあからさまに、連れの女性が周囲のだれよりも美人であることをしっかり確認し、ほかの男性たちの羨望《せんぼう》のまなざしに鼻を高くした。

しかしジャイルズの場合、連れの女性が他人にどう評価されているかなどまったく気にするふうもなかった。ただひたむきにルーシーを愛し、少女のころから絶対的な愛を求め続けてきた孤独な心はそんな彼の誠実さに触れて息を吹き返した。

ジャイルズと過ごすうち、いつものクールで高飛車なルーシーは影をひそめ、幾重にもまとった氷の鎧《よろい》さえ徐々に溶けだした。ジャイルズはキスをするたびに震えるのだが、ルーシーはそんな彼のナイーブさを笑うより、さらに優しく彼を抱き締めたい気持ちに駆られるのだった。

ルーシーは最初のうち、ジャイルズのような男性は臆病《おくびょう》で消極的な愛し方しかできないだろうと高をくくっていた。が、あるとき長い週末をともに過ごして彼の新たな一面を発見した。

ジャイルズは高級ホテルに彼女を誘いはしなかった。週末旅行に誘う場合、たいていの男性がそういうホテルを選ぶ。昼間はほかの紳士たちに美しい連れを見せびらかせるし、夜になればこれといった特徴のない、無難で安全な環境でベッドをともにできるというわけだ。

ジャイルズは控えめに、週末用に〝コテージ〟を借りたと言ったけれど、幸いそれはルーシーが想像したような不便で湿っぽい掘っ建て小屋ではなかった。彼はそれほど不粋ではなく、愛する女性をいかに喜ばせるかに心を砕いた。

そのコテージはバースの町からさほど遠くないところにある田舎の別荘風の二階家で、ジャイルズはドアの鍵《かぎ》を開けながら、ここにいる間に一度バースの町へ行ってみようと提案した。

「あそこには案外気のきいた店があるそうだから」ジャイルズは自信なげにせき払いをしてからそうつけ加え、黄昏《たそがれ》の中で彼女を見つめた。

ルーシーはほほ笑んだ。ジャイルズは思っていたよりはるかに繊細で気がきく恋人であるらしい。彼女はほとんど趣味といっていいくらい買い物が好きだった。そのときふと、以前つき合っていたボーイフレンドを買い物に誘い出し、適当におだてて欲しいものをせしめたときのことを思い出してかすかな自己嫌悪に眉をひそめた。そんな気持ちになったのは初めてだった。

でも今は、ジャイルズに何かねだるなど思いもよらない。できれば消し去りたい過去の記憶を追い払い、ルーシーはコテージのインテリアが外観ほどにすてきだろうかと想像をふくらませた。

家は広い庭に囲まれていて、夕闇《ゆうやみ》に包まれた花壇にはつるばらやクレマチスが咲き乱れ、正面の壁が柔らかなピンクにあせたコテージのたたずまいを美しい一枚の絵のように見せていた。

内部は期待した以上だった。家じゅうにふんだんに飾られた花々が香る中、ルーシーは時間をかけて階下のいくつかの部屋を見てまわった。つややかに磨き込まれたホールの床には民芸調のラグが敷かれ、光沢のある円テーブルには白いライラックの小花をあしらったラベンダーブルーのデルフィニウムが大きな器に生けられている。

趣味のいい家具が配された広々とした居間にはいくつものクッションが置かれたオフホワイトのソファがあり、傍らのティーテーブルにはピンクとアイボリーの大輪のばらが咲き誇っていた。手を伸ばしてそっと花びらに触れると、たった今花壇から摘んできたばかりのようにたっぷりと露を含んでいる。暖炉ではよく乾いた丸太が赤い炎を揺らめかせてぱちぱちとはぜ、森の香気とばらの香りがまじり合ってえもいわれぬ芳香を醸し出している。

そのときルーシーはすぐ後ろにジャイルズの声を聞いた。「色合いも、手ざわりも、香りも、きみはこのばらの花のようだ……」彼は背後からルーシーを抱き締め、滑らかなうなじに唇を押し当てた。

それじゃ、ジャイルズはわたしのために、ここに飾られた花のすべてを自分で選んだの……？

心の奥で長い間閉ざされていた鋼鉄の扉がゆっくりと開き、中に押し込められていた感情の波がいっきにあふれ出したかのようだった。その激流に押し流されそうになってルーシーは目を閉じた。なぜか不意に目頭が熱くなり、身も、そして心も、予想もしなかった感情にうずいた。

背中に寄り添うジャイルズが震え、その体が情熱をあらわに伝えてくるのをルーシーは感じた。そのとき彼は少年のようにうろたえ、赤くなって身を引いた。「すまない……せっかちなまねをして」

ルーシーは改めてジャイルズを見つめた。いつだったかルームメイトの一人が彼をこう評したことがある。〝今度のボーイフレンド、なかなかすてきじゃない？　がっしりして て男っぽくて〟――そのときは別段なんとも思わなかったが、今突然、ルームメイトが言った意味がわかった。

珍しく気弱になっている自分に困惑し、腹が立って、ルーシーは本能的にいつもの気ままなプレイガールの役どころに徹しようとした。「そうよ、そんなに慌てることはないわ」けだるげに肩をすくめ、マニキュアをした指先でばらの花びらをはじいた。「だって、これから長い週末を一緒に過ごすんですもの、そうでしょう？」

そのときのジャイルズの真剣なまなざしにルーシーは息をのんだ。

「ぼくには一生でも足りないくらいだ、ルーシー」彼は情熱にかすれた声で言った。

ジャイルズが車から荷物を降ろす間、ルーシーは二階に上がって寝室をひととおりのぞいてみた。部屋は全部で五つあり、そのうちの二部屋には専用のバスルームがついている。カントリースタイルの優しいインテリアに心引かれて、ルーシーは自分用に小さいほうの寝室を選んだ。屋根窓が張り出した急勾配《きゅうこうばい》の天井、愛らしい花柄の壁紙。昔ながらの腰高のベッドにはホテルにあるようなダウンケットではなく、家庭的な普通のカバーがかかり、床に敷き詰められた淡いスモーキーピンクのカーペットが部屋全体に温かみと明るさを添えている。

シンプルで機能的なバスルームには古風な白い陶器の洗面台がついていて、ゆったりしたサイズの浴槽には大ぶりの真鍮《しんちゅう》の蛇口が二つ並んでいる。壁面に造りつけられた戸棚、鏡、照明器具は、使い勝手のよさは一流ホテル並みでも、古きよき時代の雰囲気をそこなうまでに華美ではない。床は清潔に磨き込まれ、シャワー室はフラットにあるようなビニールのカーテンではなく、すりガラスのドアで仕切られている。

階段を上る足音に続いて寝室のドアが開き、ジャイルズの声がした。

「今夜、どこにも食事の予約はしていないんだ」彼は戸口に立ったままおずおずと言った。「きみがどうしたいかわからなかったから」

彼がどうしたいか、わたしにはわかっているけれど……。ルーシーはいら立ち、張り詰め、ほとんど恐怖に近い不安に揺さぶられた。このわたしが？　ジャイルズのせいで？　まさか、そんなことがあるはずがない。

「わたしが今したいのはね」ルーシーはあえて挑戦的に応じた。「まずシャワーを浴びること。そのあとでしたくないことは……」思わせぶりに黙り込み、かんしゃく玉が破裂するのを待つが、ジャイルズは何も言わずに見つめ返すだけだ。「おなかがすいたわ」ルーシーは急に自信をなくし、弱みを見せまいとしてかえって高飛車な態度に出た。「断っておくけれど、わたしは料理上手な女を演じるつもりはないから当てにしないで」

ルーシーはスーツケースを受け取り、ジャイルズを部屋から締め出してかっちりとドアを閉めた。それからしばらく彼がどう出るかと息を潜めていたが、じきに階段を下りていく足音が聞こえた。

ルーシーはかすかな失望を覚えて服を脱ぎ、勢いよくほとばしるシャワーの下に立った。怒るでもなく、いやみを言うでもなく、彼がそっけない拒絶を額面どおりに受け入れたことを喜ぶべきか悲しむべきかわからない。こんな場合、かつての男性たちの多くは当然のこととして体を求めてきた。いつもなら今ごろはとうに……。

シャワーのあと、ルーシーは鏡の前に立ってタオルを床に落とした。プロポーションにはいささか自信がある。今時のファッションの傾向からすると胸はちょっと大きすぎるかもしれないが、ウエストは小気味よくくびれているし、脚はすらりと長く、しなやかな骨格は高価なサラブレッドのそれのようだ。愛用の香り高いボディローションをすり込んだ肌は健康そうにつやつやと輝き、たびたびの日光浴のせいでほんのり小麦色に染まっている。心の高ぶりを示して頬の辺りが赤みを帯び、瞳は異様に大きく見える。

ジャイルズはどこにいるのかしら？　ぬれた髪を乾かし、着替えをすませ、化粧をし直したルーシーは、どこかに人の気配を聞き取ろうと耳をそばだてた。けれど家の中はしんと静まり返っている。もしかしたら怒った彼に置き去りにされたのかもしれない。心配になって窓から外をのぞくと、暗闇の中にぼんやりと車の輪郭が見え、ルーシーはほっとして部屋を出た。

いったいわたしは何をびくびくしているのだろう――廊下を歩きながらルーシーは自問

する。初めての経験でもあるまいし、男性との週末旅行が何を意味するかは充分にわかっているはずなのに。

それならなぜ、今回に限ってこんなに緊張して……いらいらしなければならないの？

階段の最後の段を下りたとき、ちょうどキッチンのドアが開き、ジャイルズが姿を見せた。彼も着替えをすませていて、シャワーを浴びたのか髪はぬれている。ということは、知らぬ間に二階のもう一つのバスルームを使ったということだろうか？

「食事の支度ができたよ」

食事の支度？　ルーシーはいぶかしげに彼を見つめた。この近くにテイクアウトができるような店があるとは思えないけれど……。

「居間でいいかな？」ジャイルズは自信なさそうに首をかしげ、ルーシーはどう答えたらいいかわからずにただうなずいた。

一時間後、ルーシーはすっかり満足してチョコレートムースの最後のひと口を頬張っていた。

おそらくは値段のほうも極上なのだろうが、ジャイルズがロンドンで仕入れてきたという料理の味は極上で、テーブルにはルーシーの大好きなばら色のシャンペンも並んだ。

食事はまず小粒のワイルドストロベリーから始まり、サラダを添えたコールドサーモン、リキュール味のシャーベットと続き、ほろ苦いブラックチョコレートムースで締めくくった。メニューは一貫して女性好みで、ブラックチョコレートムースがいたく気に入ったルーシーは遠慮なくジャイルズの分にまで手を伸ばした。

彼が食事の後片づけをする間、ルーシーは満腹した猫のようにくつろぎ、すばらしく幸せな気分でソファに脚を引き上げて座った。食事のときにともした香料入りのキャンドルの炎がテーブルの上で揺らめき、部屋にはエキゾチックで神秘的な香りが満ちている。

彼女は今、シンプルな――シンプルなのはデザインばかりで値段のほうは法外なシフトドレスを着ている。絹の素材は非常に薄くデリケートなので、シルエットを崩さないために、その下には小さなショーツ以外の下着は着けられなかった。

ソファの上でもっと楽な姿勢に座り直そうとしたルーシーは、そのとき不意に胸の先端が硬く張り詰め、体の奥深くに欲望の火がともるのを意識した。

ルーシーは戻ってきたジャイルズをものうげな笑みで迎え、彼はソファにかがみ込むようにしてルーシーの顔に手を触れた。ひんやりした手がほてった肌に心地いい。ジャイルズは恭しく、ほとんど恐れてでもいるように、親指でそっと赤い唇の角をなぞった。ルーシーは唇を開き、その指に舌先を走らせて、うっとりと目を閉じる。そうしたしぐさのすべては計算されたものでも装われたものでもなく、純粋に本能的な反応だった。ルーシーは深い渇望に身を弓なりに反らし、ジャイルズは耐えきれぬようにしわがれた声でつぶやいた。「ああ、ルーシー、ルーシー……」

彼はむさぼるようにキスをしながら〝チョコレートの味がする……〟とささやいたが、そのかすれた声はルーシーの唇に封じられてしまう。

これほど激しく男性を求めたことはなく、二人を隔てる服の存在をこれほどもどかしく感じたこともなかった。ルーシーは引きちぎるようにして彼のシャツのボタンを外し、両のてのひらを厚い胸板に当てて首筋から胸へとキスの雨を降らせた。彼は苦しげにうめき、がっしりと引き締まった体に汗の玉が浮かんだ。

ジャイルズは震える手でドレスのファスナーを手探りしたが、その不器用なしぐさはルーシーをいら立たせるどころか、さらに体の奥を締めつけるような欲望をかき立てた。ついに絹のドレスがさらりと落ち、キャンドルの柔らかい光に黄金色に輝く見事な肢体が、オフホワイトのソファを背景に幻想的に浮かび上がった。高くせり出した胸の先端は深紅のばらのつぼみのように生き生きと色づいている。ジャイルズは触れることも忘れ、ただじっと見つめた。

男性に裸体を見せるのは初めてではない。でも、いまだかつてこんなふうに見つめられたことはなかった。まるで信じられぬ奇跡か幻想でも見ているように陶然として……。

そして突然、ジャイルズは手を差し伸べ、彼女を抱き、キスをした。予想に反して彼の愛し方は不器用でもなければ内気でもなく、愛の確かさを証明するかのように繊細で、巧みで、激しかった。愛撫《あいぶ》そのものが会話であり、言葉は必要ない。ジャイルズは恋人の反応を的確に読み取り、またそれに応《こた》えた。ルーシーがうなじへの優しいキスに震えると、何も言わなくても彼はもう一度、ゆっくりと首筋に唇を滑らせたし、熱く湿った唇に包み込まれてばら色のつぼみが硬く張り詰めると、念入りに、いとおしげに、敏感なその部分への愛撫を繰り返した。

いつ、どこで、だれと、こうした愛のテクニックを学んだのか――理不尽なことに、ルーシーは彼とベッドをともにした過去のすべての女性たちに嫉妬《しっと》せずにはいられなかった。ところが実際は、愛する女性を喜ばせたい一心が彼の本能に働きかけただけで、ジャイルズの経験はルーシーよりはるかに乏しかった。

二人の体がまだ一つになる前にルーシーを貫いた鋭いクライマックスは衝撃的だった。今まで一度として、これほど熱狂し、これほど乱れ、これほど陶酔したことはない。

恋人として、ジャイルズはほかの多くの男性たちのように身勝手でも要求がましくもなく、ルーシーの手での愛撫をさえ優しく、しかしきっぱりと押しとどめた。

「そのときをきみの中で迎えたいんだ」

ルーシーは彼を誘い入れる小さなしぐさをしたが、それでも彼は首を横に振った。

「まだだよ」彼は熱い吐息とともにささやいた。「きみがそれ以上耐えられなくなったら……」

やがてルーシーが〝それ以上耐えられなく〟なると、彼はすぐさま体を重ね、絶頂に達した。狂おしい嵐《あらし》は凪《な》ぎ、優しく満ち足りてルーシーは彼の腕の中で眠りに落ちた。

目を覚ましたのは寝室のベッドの上だった。ジャイルズはすぐ隣で眠っている。つまり、彼はソファで眠ってしまったわたしを二階まで抱いてきたのだろうか？　知らぬ間に心を許しているうちに？

不意に不安に襲われてルーシーは乱暴にジャイルズを起こし、激しく、ほとんど怒りに駆られたように彼を求めた。そして体が信じられないほどの歓喜の波にのみ込まれた瞬間、わけのわからぬ怒りは頰を伝う涙とともに洗い流された。

翌朝、隣にジャイルズの姿はなかった。首をめぐらし、彼が寝ていた場所のシーツのしわを撫で、枕《まくら》のへこみを見つめる。わたしはいったいどうしてしまったのだろう？　ルーシーはとまどい、ジャイルズのにおいが残った枕に顔をうずめた。なんだかいつもと勝手が違う。ジャイルズはこれまでつき合ったことのあるだれともまったく違うし、わたしもいつものわたしじゃなくて……。

しばらくするとジャイルズが階下から朝食を運んできた。ナプキンを敷いたトレイの上には搾りたてのオレンジジュース、温かいクロワッサン、蜂蜜《はちみつ》、ポット入りの紅茶、それに、柔らかな花びらがいっぱいに開いたばらがガラスの水差しに生けられて載っている。彼が庭で摘んできたのだろう。こんなとき、これまでほかの恋人と泊まったことのあるホテルでは、形はいいが香りも優しさもない、温室栽培の固いつぼみが添えられていたけれど、これはまさに今を盛りと咲き誇る、正真正銘のばらの花だった。瞳に光る涙を見られまいと、ルーシーは花に顔をうずめて甘い香りを吸い込んだ。

「あなたの分は?」朝食が一人分しかないのに気づいて彼女は尋ねた。

「キッチンでベーコンエッグを食べてきた」ジャイルズは少年のように内気にほほ笑んだ。「脂っぽいにおいはいやだろうと思って。きみが一人でゆっくり食事をする間、ぼくは散歩がてら村まで新聞を買いに行ってくるよ」

ルーシーは彼の察しのよさに舌を巻いた。二人で分かち合った濃密な夜のあと、しばらく一人になって自分を取り戻す時間が必要だと感じていたが、彼もまた敏感にそれを感じ取っていたのだ。

ルーシーは気ままな快楽主義者かもしれない。でもその快楽には常に不安が――父に捨てられた母の苦悩と悲しみの記憶がつきまとっているのもまた事実だった。セックスには奔放であっても、ルーシーにとってはその前に身を清め、心の準備をする時間が絶対に必要なのだ。恋人と一緒にお風呂に入るとかシャワーを浴びるとか、そういうやりとりは嫌いではない。でも、外界に立ち向かう前に身体的、精神的な準備を整える孤独な時間まで侵されることには耐えられなかった。それをわかってくれたのはジャイルズだけだ。

ルーシーは一人になると、ジャイルズがオレンジを搾り、庭に出てばらの花を摘み、朝食の用意をする姿を想像した。二人で過ごす週末のために、彼は細かいことにまで神経を遣い、周到な準備をしてきたようだ。その気遣いはうれしく、感動的だった。何もかもが計画されているのを堅苦しいといやがる女性もいるかもしれないが、ルーシーはそうは思わない。成り行きまかせは無関心と同義語であり、母と娘を見捨てた父の無責任さとどこか相通じるところがあった。ジャイルズは父とは違う。ジャイルズは慎重で、思いやり深く、きちんと計画を立てて行動する。

その週末は夢のように過ぎ、二人ともその夢から覚めたくなくて、滞在を予定より二日延ばしたほどだった。ジャイルズが最高の恋人であるのはベッドの上に限ったことではなく、買い物、観光と、それこそ徹底的に彼女を楽しませ、甘やかした。

二人が滞在したコテージが実は普通の貸し別荘ではなく、ジャイルズの名づけ親のものなのだと知ったのはロンドンに戻る車の中だった。ジャイルズは両親が比較的高齢になってから生まれた一人息子で、その両親はすでに亡い。しかし今でも父と母に注がれた深い愛情を忘れていないと彼は言った。彼が愛していると言うとき、それは言葉どおりの意味であり、ルーシーもいつの間にか本気で彼を愛し始めていた。

不思議なことに、人を愛しても以前のように不安に陥ることはなく、ルーシーは三カ月後、彼のプロポーズを受け入れた。

二人は申し分なく幸せだった。記憶にある限り、これほど平和に心安らいだことはなく、ルーシーは彼の愛に温められて少しずつ心の扉を開き始めた。

「ねらいは子供ね？　本当はわたしより赤ちゃんが欲しいんでしょう？」結婚前にそう言ってジャイルズをからかったことがある。しかし彼は憤慨して首を横に振り、欲しいのはきみだけだと誓った。

「きみがいつか子供を産みたくなったら、そのときはもちろん……でも女の子がいいな。男の子だったら、ぼくはきみを取られてやきもちをやくからね」

ルーシーは笑ったが、ジャイルズの誓いは彼女の幸せを揺るぎないものにした。

あのころは本当に幸せだった——二度と取り戻すことのできない過去を思い、ルーシーはちくっと心を刺した痛みに顔をしかめた。幸せすぎたのかもしれない。何事も過ぎれば必ず反動が来ることを覚悟しておくべきだった。

妊娠は予定外のことだった。ルーシーは食中毒にかかり、その間ピルをのむことができなかった。妊娠に気づいたのはかなりたってからで、もはや早期の処置は望むべくもなかった。

ルーシーは動揺し、その不安と怒りをジャイルズとおなかの子供にぶつけた。いくら冷静になろうとしても、ジャイルズに恋する前の不安定な心の状態が再び立ち戻ってきて彼女を苦しめた。感情的になり、かっと腹を立てたかと思うと無気力にふさぎ込む……そんなことの繰り返しだったが、ルーシーは頑として内心の不安を夫に明かそうとはしなかった。

妻が不機嫌なのは望まぬ妊娠のせいで、そのために夫である自分が恨まれているのだろうとジャイルズは察したが、実はそれほど単純ではなかった。ルーシーは突然、自分も母のようになるのではないかという恐怖に駆られたのだ。父がそうしたように、いつの日かジャイルズも妻と子を捨てるかもしれない……。

ルーシー自身、自分がなぜこうまで激しく妊娠に反発するのかわからず、それについてだれかに相談することもできないでいた。かかりつけの老医師は古風な考えの持ち主で、妊娠を喜ばない母などありえないと信じ込んでいる。

時がたつにつれ、ルーシーの不安はさらに大きくなり、罠《わな》にはめられたような思いがつのり、やり場のない怒りにさいなまれるようになった。何週間かたつとジャイルズが自分を避けているとさえ思い込んだ。いつも寄り添って眠っていた夫が、今ではベッドの端でこちらに背を向けて眠る。

そのうちに体つきが変わってきた。胎児の成長とともに羊水も増え、当然のことながらおなかが不格好にせり出してくる。これでは夫に背を向けられても仕方がない。ルーシーがそう口に出して言うと、ジャイルズはそんなことはない、疲れているきみを煩わせたくないだけだと反論した。

夜、ルーシーはなかなか寝つけず、ベッドで何度も寝返りを打った。ある晩、ふと目覚めると隣にジャイルズの姿がない。心配して捜しに行くと、彼は別の部屋でぐっすり眠っていた。ルーシーは思わずかっとして彼をたたき起こし、あなたも、おなかの赤ちゃんも大嫌いと泣き叫んだ。

不安と孤独はますます深まるばかりだった。いつも彼に愛され、甘やかされ、守られてきたのに。そのジャイルズがもう愛してはくれない――少なくともルーシーにはそう思えた。

だれかにおなかの赤ちゃんのことを尋ねられたりすると体が拒絶反応を起こしてこわるのだが、そんなとき、いつもはどこかに隠れている母性本能が彼女に助け船を出した。本能はまたルーシーの体にも働きかけた。食欲は増し、体の動きは緩慢に、睡眠時間は長くなり、意識のうえでいかに子供を毛嫌いしようが、母体そのものが確実に胎児の成長を促しているようだった。

初めて胎児がおなかを蹴《け》るのを感じたのは、庭に出てその夜の夕食会に飾る花を摘んでいたときだった。ルーシーはその瞬間驚いて花を取り落とし、瞳には突然感動の涙がわき上がったが、それでも帰宅したジャイルズには何も言わなかった。

二人の間の溝はますます深まるように思われた。最近のジャイルズはめったに視線を合わせようとさえしないし、キスもそっけないあいさつ程度のものでしかない。

彼らはその夜、地元の弁護士夫妻を食事に招いていた。妻はルーシーより二、三歳年下だったが、小さい子供が三人もいるせいか、はるか年上に見えた。

「そろそろ赤ちゃんがおなかを蹴るころじゃないかしら？」食事をしながら彼女がにこやかに尋ねた。「ジョンが初めてわたしのおなかを蹴った日のことは今でも忘れられないわ。早くその話をしたくて主人の帰りをどんなに待ちわびたか。いつまた蹴るかと、彼ったらひと晩じゅうわたしのおなかに手を当てていたのよ。真冬で、とても寒かったのに」

フォークを持つルーシーの手が震えた。ジャイルズはわたしに触れるどころか、まともに見ることさえしなくなった。

妊娠六カ月を過ぎたころ、ルーシーは早産の危機に見舞われた。そのときジャイルズは仕事で外出しており、異常に気づいたルーシーは慌てふためいてかかりつけの産婦人科医に電話をした。応対に出た看護師はとっさに緊急事態であると判断し、すぐに救急車を差し向けて彼女を入院させた。

父親が病院に到着する前に男の子が生まれた。子供は母親に抱かれることもなく、すぐに未熟児用の無菌の保育器に入れられた。秘書を通じて医師からの伝言を聞き、二時間後に息せききって病院に駆けつけたジャイルズは、子供は非常に危険な状態にあると担当の医師に宣告された。

ルーシーはショックのあまり、医師の話をまだはっきりと理解していないようだった。それまで危険な前兆は何一つなかっただけに、思いがけない事態が信じられなかった。ときにはそういうことも起こりうるのだといって看護師は慰めたが、ルーシーは早すぎる出産を自分のせいにし、罪の意識に苦しんでいた。生まれた子に会いたかった。だが出血がひどく、医師は何よりもまず母体の安静を優先させた。

朝になったら息子に会える、と医師は言い、ジャイルズもそう言った。不安に青ざめて病室に入った彼は、憔悴《しょうすい》しきった妻になんとか息子の様子を話そうとした。だが、口ごもりがちな説明はかえってルーシーの不安をかき立てる結果になった。ジャイルズは早産をわたしのせいにしている。暗黙のうちにわたしを責め、腹を立てている……。

しかし事実はそうではなかった。ジャイルズはただ、息子の痛々しい姿を思い出すのがつらかったのだ。何本ものチューブを差し込まれ、プラスチックの保育器の中に横たわるあまりにも小さな体を……。

実際にこの目で見るまで、彼は血を分けた息子の存在がこうも強烈であるとは思っていなかった。ルーシーが子供を欲しがっていないことは知っていたし、彼自身、妻を愛していたからそれはそれでかまわないと思っていた。しかしルーシーは妊娠し、腹を立て、そのことでぼくを恨んだ――ジャイルズはそう考えた。おなかが大きくなって大義そうなルーシーの様子を見るにつけ、なんとはなしに後ろめたかった。彼はできる限り妻をそっとしておこうと気を遣い、欲望に負けて妻を煩わせまいと寝室を別にしさえした。本当は丸くせり出したおなかに触れたくてたまらなかった。我が子を身ごもった官能的な肉体を愛撫したかった。妻と生まれてくる子供への愛を全身で確かめたかった。だが、ルーシーが妊娠を喜んでいないのを知りながら、自分一人がはしゃぐわけにはいかないと思い直した。

そして今、病室で、さっき保育器越しに対面したばかりの息子への愛に胸を震わせながら、ジャイルズは息子がどんなふうだったかを妻に話していた。とても小さく、か弱く……話すうちに涙が喉に詰まり、まぶたを焦がし、ここで泣いてはいけないとジャイルズは慌てて妻に背を向けた。不運にも彼はそのとき、息子の話をもっと聞かせてほしいと手を差し伸べた妻のしぐさに気づかなかった。

ルーシーは予想だにしなかった我が子への深い感情にとまどっていた。子供をそばに置き、この腕に抱き、乳を含ませたい――その切実な母性の欲求は肉体を、魂を揺さぶった。

ジャイルズがいったん家に帰ってから何時間かあと、ルーシーはついに息子との面会を許された。何よりも母体の安静こそ望ましいが、子供に会うまで母親の興奮はおさまるまいというのが医師の判断だった。未熟児保育室に車椅子を押していきながら、看護師は早産で生まれた子供がいかに小さく、はかなげなものかをそれとなく警告した。

しかしルーシーは聞いていなかった。「わたしの赤ちゃん……わたしの息子……」

狭い保育室にはさまざまな装置が並び、五つある保育器はモニターやらチューブやらの中に埋もれていた。

車椅子を見て当直の看護師が眉をひそめて立ち上がったが、ルーシーは彼女の存在にすら気づかず、ただひたすら保育器の中に横たわる小さな我が子を見つめていた。わたしの赤ちゃん……わたしの息子。看護師の制止も聞こえぬようにルーシーは車椅子から立ち上がり、おぼつかない足取りで保育器に近づいた。

子供は目を開け、顔をこちらに向けて仰向けに横たわっている。いくつものチューブが挿入された小さな体を見てルーシーはショックを受け、小刻みに震えた。背丈は大人の男性の手の長さほど。細い手足が痛々しい。

ルーシーは保育器から子供を抱き上げたいという衝動をかろうじて抑えた。いとおしい分身への愛と苦悩に彼女の体は引き裂かれていた。そのとき彼女をとらえた感情はこれまで経験したことのないほど激烈なものだった。じっと見守る母親を見返す息子——それ以外のことはもう目に入らなかった。小さなプラスチックの箱からこの子を抱き上げ、愛に波打つ温かい胸に抱き締めたくてたまらない。でも、そうすれば息子の命を危険にさらすことになる……。

生きてちょうだい——そのためならどんな代償でも払うから。引き換えに差し出せと言われれば、この命さえためらわずに差し出すから……保育器の前に身じろぎもせずに立ち、ルーシーは心の中で懸命に祈った。神さま、我が子を生かしてください。この小さな息子に命をお与えください。罪はわたしにあります。この子を望まなかったわたしに。どうか愚かな母親のために息子を罰しないでください。

しかし祈りは聞き届けられなかった。

残念ながら彼の体は外界に適応できるほどに成長してはいなかった。短い命ではあったが彼は小さい体でよく頑張った、とあとで医師たちは両親を慰めた。

ルーシーは医師の口から聞かされる前に息子の死を予感していた。許される限り、彼女はいつも保育器の傍らに座り、小さな体から片時も目を離さずに見守り続けた。そうすることで自らの命と愛を息子の体に注ぎ込めるとでもいうように。しかしいくら子供のそばにいたいと懇願しても、ついには見るに見かねた看護師たちに車椅子でベッドに連れ戻されるのだった。

「忘れないで」看護師は聞き分けのない患者をたしなめた。「あなた自身出血がひどくて、まだ充分に回復してはいないんですよ」

それでも夫が病室に来ると、ルーシーは我が子ニコラスにつき添っていられるようになんとか取り計らってほしいと訴えた。しかしジャイルズからも医師と同じ意見を聞くと、ルーシーは怒って彼に背を向け、むっつりと黙り込んだ。妊娠を境に口を開けた夫婦の間の亀裂《きれつ》は、ニコラスの早産をきっかけにいっそう深まったようだった。

ルーシーは知らなかったが、ジャイルズは早産の危機に妻のそばにいられなかったことをひどく気に病んでいた。異常があったときに妻のそばにいたら、もしかしたら事情は変わっていたかもしれない――そう思うとたまらなかった。仕事先から病院に駆けつけたとき、ルーシーはひどく具合が悪そうに見え、初めは妻の身を案じるあまり息子のことまで思いが及ばないほどだった。

二人の息子ニコラスへの愛情の重さに胸が痛んだ。息子への愛……しかしその思いを言葉でどう表現したらいいかわからず、特にルーシーと向かい合うとジャイルズは何も言えなかった。

ニコラスの誕生はルーシーを根底から変えた。妊娠にいら立ち、夫に八つ当たりをした激情は影をひそめ、瞳に苦悩と悲しみをたたえ、子供以外の存在には目もくれない、どこかぼんやりした、抜け殻のような女性がいるばかりだった。彼女は夫からも遠ざかり、ちょっとでも触れられると、びくっと身を引きさえした。

「ジャイルズ、お願い、あの子のそばにいさせて。いてあげなければいけないのよ」ルーシーは自分の足で立つこともできないもどかしさにいら立ち、しだいにヒステリックに声を荒らげた。

ルーシーの瞳に涙があふれた。でも泣いてはいられない。それより叫び、怒り、恐怖を吐き出し、どうしてもニコラスのそばにいなければならないことをみんなにわからせたかった。しかしそこで看護師が駆け寄ってきて手首を押さえ、安静にしていなければいけないと厳しく命じた。

ルーシーは与えられる薬を拒絶し、重いまぶたを閉じまいと頑張り、その闘いに負けつつあると感じながらぼんやりとかすんでいくジャイルズの顔に必死で焦点を合わせようとした。

何時間かして、ルーシーは突然目を覚ました。心臓が異様に高鳴り、口はからからに乾いている。時計を見ると二時を過ぎたばかりで、ルーシーはなぜそのとき目覚めたのかすぐにぴんときた。

病棟のドアが静かに開き、入ってきた看護師が病棟の端にあるカーテンで仕切られたところへ向かうのが見えた。ルーシーは声をあげて泣きたかった。だが苦悩のあまり泣くこともできない。

ジャイルズは？　なぜ彼はここにいないのだろう？　もうわたしを愛してはくれないの？

未熟児保育室の外で、ジャイルズは椅子にもたれて座り、何度もぱちぱちとまばたきをした。終わったことが信じられない。ルーシーが睡眠導入剤で眠ったあと、看護師に帰宅したほうがいいとすすめられ、ジャイルズはいったん家に帰った。だがニコラスのそばにいたいと必死で懇願する妻の顔がまざまざと思い出され、病院へ引き返した。

ルーシーは予感していたのだろうか？　罪の意識と失意、息子を失った悲しみに押しつぶされそうになって彼は震えた。ぼくたちの子供……生まれ、そして逝った小さな命。

今夜はとにかく家に帰ってやすみ、明日の朝また来るようにと医師に説得されて、ジャイルズはようやく椅子から立ち上がった。明日の朝は奥さんに悲しい事実を知らせなければならない。そのときはご主人の支えが必要になるでしょう。ですから今夜は……。

ジャイルズはニコラスのことを妻と語り合いたかった。どんなにあの子を抱きたかったか……いずれにしても彼を救うことができなかったのであれば、一度でいい、あのプラスチックと金属のベッドからあの子を抱き上げ、この胸に、骨肉を分け合った父親の胸に抱き締めたかった。だが、その心情をどんな言葉にしてルーシーに話したらいいか見当もつかず、ジャイルズは医師に促されてただうなずき、よろめくように病院をあとにした。

奥さんは朝の九時まで起きることはないでしょう、と医師は言った。その前に家に帰り、ひと息つく時間がある。ルーシーがその前に目覚めていたとしても、それはだれの責任でもなかった。

ルーシーは看護師の交替時間を待った。病棟は忙しく、夜勤の見習い看護師は自力でトイレに行こうとする患者を見とがめはしなかった。

未熟児保育室まで歩くのにかなりの時間がかかった。こんなにふらふらするのはおそらく薬のせいなのだろう。どれほど大量の出血があり、母体がどれほど危険な状態にあるか、ルーシーは知らされていなかった。

看護師が気づいたときはもう手遅れで、ルーシーはすでに未熟児保育室に入り、チューブが外された保育器の傍らに立っていた。小さな体からはすべての生命維持装置が外され、ニコラスはブルーと黄色の熊《くま》の縫いぐるみの刺繍《ししゅう》がしてある、人形の服ほどに小さい白いニットのロンパースを着て安らかに横たわっていた。そのベビー服はやはり息子を早産で失った母親が病院に寄付していったもので、こういうことには慣れているはずの看護師も、何日も生きられなかったニコラスにそれを着せながら涙を流さずにはいられなかった。

看護師はルーシーの様子を見てくどくどしい説明は不要だと判断し、いつものことながら子への母親の愛情の深さに心を動かされた。看護師は何も言わずにニコラスを母親の腕にゆだね、ルーシーの病棟に連絡をしにその場を離れた。

小さな体はまだ温かく、まるで眠っているようだった。ルーシーは小さな顔に手を触れた。なんて柔らかいのかしら。それに、ジャイルズそっくり。本当によく似ているわ……そっと息子の頬にキスをし、その瞬間、苦悩と絶望の震えに身を貫かれてルーシーは抑制を失った。

ジャイルズが病院に着いたとき、ルーシーはすでに薬で眠らされていた。

妻への気遣いと、ニコラスの葬儀――ルーシーがちゃんとした葬儀をするといって譲らなかったため、その準備に心急《せ》いて、ジャイルズには妻とゆっくり話し合う余裕がなかった。彼が母親の代わりにずっとニコラスにつき添っていたこと、息子の死を看取《みと》ったことをルーシーはまったく知らなかった。

苦しみを少しでも和らげようと、妻の入院中、ジャイルズはすっかり準備ができていた子供部屋の壁紙をはがし、ペンキを塗り直した。病室に妻を見舞うときは決して子供のことは口にせず、ルーシーはそれを、息子を早産で奪った母親への無言の非難と受け取った。だが、たとえジャイルズが妻を責めたとしても、ルーシー自身が自分に課した重い責め苦には及ばなかったろう。妊娠をのろった罪深い母親から神が子供を連れ去ったとしか彼女には考えられなかった。

ルーシーはカウンセリングを受けるようにという医師のすすめを断った。待ち望んでいた子供を亡くした母親にはカウンセリングが必要かもしれない。でも、わたしの場合は違う。わたしは子供の死に責任があり、そのため苦しむだけ苦しまなければならないのだ。

退院後もルーシーはニコラスのことはいっさい口にせず、一人になるとポラロイドで撮ったたった一枚の息子の写真をぼんやり見つめて過ごすことが多くなった。

ジャイルズは前よりもいっそう仕事にのめり込むようになったが、ルーシーは毎日疲れ果てて帰宅する夫の存在にすら気づいていないかのようだった。彼女は外界のすべてに心を閉ざし、だれ一人手の届かない孤独の世界に、底知れぬ苦悩と悔恨の暗闇に引きこもっているのだった。

ニコラスの死から半年が過ぎたころ、ジャイルズは夫婦の関係を取り戻そうと試みた。だがルーシーは愛し合う喜び、慰めを自分に許す気にはなれず、即座に夫に背を向けた。わたしには愛の快楽に苦悩を忘れる権利はない。それだけの価値はない。ニコラスにはどんな喜びが、どんな慰めが与えられたというのだろう？　母親に生きる権利さえ拒まれた哀れな息子に？

ジャイルズは妻の拒絶を誤解し、ニコラスの死に立ち会えなかったことで今でも腹を立て、ふさぎ込んでいるのだろうと解釈した。

二人とも現状について話し合う努力をしなかった。ジャイルズは悲しく、孤独で、ルーシーはニコラスのこと以外何も考えていなかった。もし月満ちてまともな出産をしていたら、ニコラスは今ごろ生後三カ月を迎えていただろう。にこにこ笑い、うれしそうに声をあげ、大きな瞳をくりくりさせて夢中でお乳を飲んでいただろう。母としての肉体は今でも、そしていつまでも、息子を求め続けるに違いない。

さらに何カ月かがたち、ルーシーはようやくのように、ジャイルズがいかに遠い存在になってしまったかに気づき始めた。今でも同じベッドでやすんでいるし、夫婦の関係も皆無ではない。が、かつて分かち合った強烈な愛の歓喜は見いだせなくなっていた。ジャイルズは以前のように赤裸々な欲望をぶつけてはこないし、繰り返し愛をささやくこともなくなった。

ルーシーはしだいに怒りと恐怖にむしばまれていった。ニコラスを奪われたように、今度はジャイルズも奪われるのではないか。母親として、妻として、さらには人間として失格なのでは……。

例によってルーシーは、そうした恐怖との闘いをジャイルズへの攻撃にすり替えた。仕事ばかりでちっとも家にいないとヒステリックに夫を責め、ある時期、熱病のようにセックスを求めたかと思うと、またある時期は冷淡に彼をはねつけた。

それこそルーシーが恐れていたことだった。母が言ったように、息子のいない女性はいずれ夫の愛を失う。ジャイルズがいらいらするとそれはニコラスを失ったためだと思い込み、彼がダヴィーナに笑いかけたりするとニコラスを死なせた妻に愛想を尽かしたからだと勘繰った。父が母を、そして娘を拒絶したように、ジャイルズもまた妻を拒絶していると……。


彼女の激しい感情の起伏、すさまじい怒りの爆発はジャイルズを困惑させ、いら立たせた。精神に恐慌をきたしたルーシーが救いを求めてもがけばもがくほど、ジャイルズはさらに混乱し、孤独な沈黙の中に退却するのだった。

もちろん今でもルーシーを愛してはいる。が、彼女の予測のつかない感情の波立ちはジャイルズをほとほと疲れさせた。妻の中にくすぶり、あるとき唐突にヒステリックな罵詈《ばり》雑言《ぞうごん》となって噴出する怒りが恐ろしかった。

ルーシーにとって過去を振り返るということは、長くて暗いトンネルをのぞくようなものだった。かつては確かにジャイルズに愛されていた。彼の世界の中心に存在していた。でも今はその愛は失われ、遠からずジャイルズもわたしの手から奪われるだろう。

　ジャイルズを失いたくなかった。今でも夫を愛しているし、そのことをなんとか伝えたいとも思う。でもそう口に出そうとするたびに哀れなニコラスのことが思い出され、深い罪悪感と敗北感に身がすくむのだった。わたしはジャイルズに愛される資格はない。わたしは息子を死にいたらせ、そのために天罰を受けなければならないのだから。

　ダヴィーナなら子供はいらないと叫びはしないだろう。彼女なら身ごもった子を拒絶したりはしないだろう。ダヴィーナなら心穏やかに、月満ちるまで胎児を守り、すこやかな赤ちゃんを――ジャイルズの息子を産むことができる。ダヴィーナが意識的にジャイルズを奪うとは思わないが、それでもダヴィーナはそこにいて、ジャイルズは彼女を尊敬し、女性として彼女を求めている。

　ルーシーはどうしたらいいかわからず、苦悩の中で途方に暮れていた。

7

　ドライブ中に休憩をはさむつもりはなかったが、渋滞につかまってしまい、ソウルは予定より到着が少し遅れると車から妹に電話をした。

　クリスティは、かまわないわと答え、コルドンブルー並みの豪勢な食事は期待しないでよとつけ加えて笑った。

「例の学会の原稿を書くのに大忙しなの。それに、午後の四時以降に重い食事をとるのは消化器官によくないのよ」

「いいんだ。謝る必要はないさ」ソウルは言い、妹が大きく息を吸うのを聞いてにやりと笑った。

「謝ってなんかいないわ」

　慎重で用心深い兄と違って、クリスティは感じたことをすぐ態度に表す。子供のころ、クリスティは兄がいつも父にえこひいきされて得をしているのが我慢ならないとかんしゃくを起こし、兄妹《きょうだい》はときどき激しくやり合った。

そんなとき、若くて傲慢《ごうまん》だったソウルは妹の怒りの陰にある悲しみに気づかず、そんなことはないと反論した。今では昔よりはるかによく妹の心の動きを理解できるようになりはしたが。クリスティは兄よりもずっと人生に対してまじめでひたむきで、それは彼女自身の信念と生き方にはっきりと示されている。そこもまた兄とは違うところだ。

ソウルは受話器を置いて眉をひそめた。どうしたことだろう？　今の自分の生き方に満足できないからといって、それを父のせいにするのは安易にすぎる。安易どころか、不当でさえある。なんであれ、父は息子に強制したことはなかった。

ソウルはハイウェイの出口をうっかり見落とすところだった。結局、クリスティのところには思ったより早く着きそうだ。

三十分後、彼はトレシャムを走っていた。さびれた市の立つ町《マーケットタウン》で、六〇年代の開発の波にものまれなかった小さな町だ。いまだに道路は狭く、ジョージ王朝風の小さな家がごちゃごちゃと立ち並んでいる。町の広場にファストフード店のネオンを見てソウルはぞっとした。だが、店の前にたむろしている若者たちの様子から察すると、なんの抵抗感もないようだ。考えてみれば、ファストフードの店なんてものは新しいアイデアでもなんでもない。市の立つ日にこの広場に群がるパイやお菓子の屋台と本質的にはなんら変わりはないのだから。

ここからケアリー製薬はそう遠くはないはずだ。ソウルはふと思いついて道端に車をとめ、ブリーフケースから調査会社のレポートに添付されていた地図と工場の図面を取り出した。

ケアリー製薬は妹の家に行く道筋にある。時刻は九時ちょっと過ぎ。辺りは暗く、だれにも見とがめられずに工場を下見するにはいい時間帯かもしれない。

現在のケアリー製薬は夜は稼働していないし、報告書を信じるなら専任の夜警はいない。それもそのはず、会社を食い物にしたグレゴリー・ジェイムズのおかげで、ケアリー製薬にはもはや盗むに値するようなものはほとんどないのだから。

ケアリー製薬への道を探すのは難しくなかった。舗装されていないでこぼこ道を行くと、ヘッドライトの光の輪の中に〝歩行者用通路〟と書かれた標識が浮かび上がった。そういえば、たしかこの敷地は中央を横切る道路で二分されているはずだった。

アレックス卿《きょう》ならこういう状態を放置しておかないだろう。もちろん、政府の助成金をくすね取るためでなく、本当に会社を立ち行かせるつもりで買収に乗り出す気でいるならの話だが。

医薬品会社に新薬の開発を奨励し、それにかかる経費は国民健康保険の負担額を低く抑えることで相殺しようという政府の計画は悪くない。が、それを逆手に取って金もうけの手段にしてしまうアレックスのような人間がほかにどれほどいるだろう？　いずれにしても、どうしてぼくがそんなことを気にしなきゃならないんだ？　家族の正義の守護神はいつも妹のクリスティで、ぼくではなかった。

妹の前では言葉に気をつけなくちゃいけないな。ソウルはそう自戒しながら車をとめ、エンジンを切った。自分がこれから何をしようとしているかを考えると、なんともやりきれない気持ちになる。

だが、そうする以外にどんな道があるだろう？　会社を辞める？　いや、そんなことをしたらアレックスの差し金で二度とまともな職には就けなくなる。別れた妻と二人の子供を、道徳観念だの良心だのので養っていけるわけでもない。

とはいえ、良心を無視していつまでこの仕事を続けていけるものだろう？　こんなふうに、徐々に自己嫌悪にむしばまれていく自分にいつまで耐えられるかとなると……自信はない。

車から降りると、どこかでふくろうが鳴くのが聞こえた。古い製粉工場の上には何匹ものこうもりが飛び交っている。

ソウルはしばらく足をとめ、小さなこうもりのせわしない乱舞を見守った。子供のころ、彼はイーストアングリアに住んでいた。そこは平和な田園地帯で、子供が気ままに遊びまわるには格好の土地柄だった。彼はよく、自分が密貿易者の片割れで、フランスから密輸入した品物を担ぎ、税関の担当官に追われながら秘密の沼地を逃亡するところを想像して遊んだものだった。もう少し大きくなると、今度は父と二人で、時間を忘れて野生動物の観察に没頭した。

胸の奥深くに突然鋭い痛みが走る。大好きだった父……父を喜ばせ、父の誇りになりたかった。父の期待に応《こた》え、父のなしえなかった成功を手中におさめたかった。しかし、愛する父が亡くなってからほぼ十年がたち、もはや〝成功〟をささげる相手はこの世にはいない。

ソウルは深い郷愁、たとえようのない孤独感に襲われた。自分の生き方が、未来への夢を腐敗させる皮肉癖がいやだった。ボスのアレックスとの絶え間ない確執にもうんざりしていたが、とりわけ自分自身にいやけがさしている。ソウルはもの思いを振り払うように頭を揺すり、車のドアを閉めて建物の方に歩きだした。

ダヴィーナはオフィスのドアを閉め、ため息をついた。廊下の明かりは消えているが、歩き慣れているし、外からかすかな光がさし込んでくるからどうということはない。

長い一日だった。今朝、組合を代表する職場委員のグループが、現在会社がどういう状況にあるのかをききにオフィスにやってきた。

ダヴィーナはできる限り正直に答え、不安げに眉をひそめる彼らにケアリー製薬の閉鎖もありうることを隠さなかった。現在、会社をそのまま引き受けてくれる買い手を探しているところだと言うと、ある職場委員は辛辣《しんらつ》に問いただした。

「いったいどこのだれがこんな会社を買うっていうんです？　我々がどんなに危険で劣悪な環境で働いているか、ご存じないんですか？」

それには返す言葉もなくダヴィーナは赤面した。

「その点は申し訳ないと思っています。でも、改善する資金が不足しているので……」グレゴリーが株で失った金額を思うと後ろめたさに口ごもってしまう。

ダヴィーナは裕福な家に生まれ、若いころは質素な生活をたたき込まれはしたが、ここ数年は贅沢《ぜいたく》に慣れ、高価な服を着ることに慣れている。今着ているスーツにしても、数年前のものではあるが、工場労働者が一カ月に稼ぐ賃金よりもはるかに高かった。同席している二人の女性委員も労働者と経営者の立場の違いをはっきり意識しているのがわかり、ダヴィーナはひどく居心地が悪かった。

銀行はケアリー製薬の買い手を探してくれるだろうか？　支店長は悲観的なことを言っていたが……。

ダヴィーナはだれもいない、暗闇《くらやみ》に包まれた受付の前を通り過ぎた。この辺りの空気にはいやな、ほこりっぽいにおいがしみついている。グレゴリーが使っていたオフィスだけは贅沢にできているが、会社の顔ともいうべき受付周辺はみすぼらしく、ここを訪れる人々にすさんだ印象を与えかねない。ダヴィーナは顔をしかめ、急いでドアを開けて外に出た。

ドアに鍵《かぎ》をかけ、数メートル先にとめてある車に向かって歩きだす。会社の問題をあれこれ考えながら前も見ずに建物の角を曲がったとたん、ダヴィーナはいきなりだれかの胸に突き当たって驚いた。こんな時間に、こんなところに、自分以外のだれかがいるとは思ってもいなかった。

見上げるまでもなく、硬い筋肉の感触からしてぶつかった相手が男性であることはすぐにわかった。見知らぬ男性が、とっさに身を引こうとしたダヴィーナをしっかりと支えた。がっしりした指が腕に食い込み、その瞬間、夜の女性の一人歩きは危険だという、テレビや新聞で始終繰り返されている警告が頭をよぎった。

がっちりとつかまれていて腕を振りほどくこともできず、ダヴィーナは恐怖に駆られ、やみくもに彼の胸を乱打した。しかし彼のほうも予期せぬ鉢合わせに驚いたように小さく叫び、その声はいくらかダヴィーナを落ち着かせた。不意をつかれたのはわたしだけではないらしい。

そのときソウルもまた、自分が彼女を心底震え上がらせてしまったことに思い及んだ。角を曲がり、うつむきかげんで足早に近づいてくる女性に気づいて声をかけようとしたが、間に合わなかった。

ソウルは彼女を怖がらせまいと反射的に抱き寄せ、そうしながらおびえた子供をあやすように静かにつぶやいた。「大丈夫、怖がらないで……何もしないから」

ダヴィーナは当惑し、問いかけるように顔を上げて彼を見つめた。

ダヴィーナ・ジェイムズ。この顔は報告書に添付されていた写真で見て知っている。しかし写真では、彼女がこれほど華奢《きゃしゃ》で繊細だということまではわからなかった。大きく見開かれた瞳がこれほど澄みきって、ふっくらした唇がこれほど官能的だということも……。

彼女はかすかに震えている。どきどきと脈打つ胸の鼓動が感じられ、ソウルは無意識のうちに彼女を抱く腕に力をこめ、突然自分が何をしているかに気づいてびくっと動きをとめた。ほんの数秒前に彼女を抱いたのは純粋に衝突を回避するためだった。それなのに今は……まぎれもなく男の欲望に駆られての行動だ。

そんな自分が信じられない。女性たち、それも若くて美人でセクシーな女性たちと触れ合うのは少しも珍しいことではない。それは都会で働く者の宿命といってもいいくらいだ。エレベーターで、地下鉄で、オフィスで、毎日数限りない肉体との接触がある。現代社会の限られたスペースの中で生きている限り、意図せずに人と人とがぶつかり合うのは日常茶飯事だし、そんなことでいちいちびっくりしたりその気になったりしていては身がもたない。

考えてみれば……このところすっかり女性とは無縁の生活をしている。それについて考えることもなく、ましてやだれかとそういう関係になりたいとも思わない。仕事に追われて暇がないというのも事実だが、要するに欲望の熱い血のたぎりを感じないのだ。

「放してくださる?」

怒りを含んだ声にソウルは我に返った。彼は腕を落として一歩身を引き、指を曲げ伸ばししながら素早く考えをめぐらした。

彼女は最初のショックから立ち直り、今度は不法侵入者に激怒している。やれやれ、これではせっかくのプランも台なしだ。住居侵入罪で警察に突き出されでもしたらかなわない。

「失礼しました」ソウルは顔が陰になるような位置に立ち、いささかの敵意もないことを示してほほ笑み、両手を広げた。

胸の鼓動はまだおさまらないが、彼の穏やかな声、落ち着いた物腰に、ダヴィーナは直観的に身の安全を確信した。

「こんなところで何をなさっているんですか?」ダヴィーナは静かに、しかしきっぱりと問いただした。「ここが私有地であることはご存じでしょう?」彼は即座に手を放したし、謝りもした。でも、一瞬血を凍らせた恐怖はいまだ血管の中に残っていて、それは状況を完全に掌握できないもどかしさとあいまってダヴィーナの怒りをさらにつのらせた。ささいなことに過剰反応していると知りながら、どうすることもできない。彼に抱かれた一瞬、ダヴィーナは怒りの裏に確かに存在した肉体のわななきに気づき、動転していた。

まさか、そんなはずはない——夫に先立たれて欲求不満に悶々《もんもん》とする未亡人でもあるまいし。もし男性を求めているならジャイルズと……。

恥知らず――ダヴィーナは自分のあさましさに顔をしかめ、つかの間不法侵入者への怒りを忘れた。

「道を間違えたようです」ソウルは落ち着き払ってそう言った。

さっきの標識を思い出したのは幸いだった。あれを見誤ったことにすればいい。ソウルは彼女の瞳にためらいが浮かぶのを見逃さなかった。たまたまカジュアルな服装をしていたのも運がよかった。

ダヴィーナは眉をひそめた。道を間違えた？　もちろんありえないことではない。事実、たまに敷地内に迷い込む者もいる。だが、こんな時刻に不案内な土地を一人でうろつくというのも不自然ではないだろうか？

とことん追及したいと思う反面、何かが彼女をためらわせた。警戒心……子供のころ身につけた保身術のなせる業かもしれない。その答えが静かな水面に波紋を広げるとわかっているのに、あえて質問をぶつけるのは得策ではない。

「歩道はあちらです」ダヴィーナは敷地外の小道の方を身ぶりで示した。

「どうも」いかにもさりげないひと言。しかしダヴィーナはなぜかその声の響きにぞくっと震えた。顔は陰になっていてはっきりとは見えないが、軽く会釈をした男の瞳がきらりと光る。

背が高くてスリムで、意外なほどたくましい肉体——官能の記憶がよみがえってきてダヴィーナはまた身を震わせた。こんなふうに男性と触れ合ったのは久しぶり……マット以来のことだ。

マット……彼とこの男性との間にはなんの共通点もないのに、いったいどういうわけでマットを思い出したのだろう？　マットの場合、体つきはがっしりしているが背丈は平均より少し高いくらいだった。親切で陽気で、金髪を揺すってよく笑う、気ままな楽天家。しかし彼ら二人の肉体的な違いはともかく、ここにいる男性がマットのような〝気ままな楽天家〟でないことはひと目でわかる。それでも、ほんの一瞬ではあっても、彼はダヴィーナの肉体にある種の反応を呼び覚ました。

彼は踵《きびす》を返し、ゆったりとした大股で遠ざかっていく。ダヴィーナはその後ろ姿が暗闇にのみ込まれるまで見送り、それから自分の車に乗り込んだ。

ソウルはダヴィーナの車が走り去るのを確認してから自分の車に戻った。彼女が思い直して戻ってくる可能性もなきにしもあらずだ。今夜の偵察はやめにしておくほうが無難だろう。

車を出したはずみに助手席に置いてあったファイルから中の書類が滑り出し、ソウルはそれをもとに戻そうと手を伸ばして、ふとダヴィーナの写真に目をとめた。印画紙に焼きつけられたダヴィーナ・ジェイムズは、ケアリー製薬を買収するというアレックスのもくろみの障害になるとは思えなかった。しかし生身の彼女は……認めたくはないが、どうも厄介な存在になりそうな予感がする。

例の、自分で自分の生き方をコントロールできないもどかしさにいら立ち、ソウルはダヴィーナの写真を書類の下にぐいと押し込むと、手早くファイルにおさめてアクセルを踏んだ。


何か作って食べなければと思いながら少しも空腹は感じない。神経も肉体も過剰なほどに張り詰め、ダヴィーナはいつになく落ち着きを失っていた。

見知らぬ人と出合い頭にぶつかったからといって、こんなに動揺するなんてどうかしているわ――ダヴィーナは寝室の鏡をのぞいて顔をしかめた。頬はわずかに紅潮し、瞳は大きく、きらめきを増している。唇でさえ、たった今キスされたみたいにふっくらと赤みを帯びて……。

ダヴィーナはいらいらと鏡に背を向けた。いったいどうしたっていうの？　それでなくても考えるべきことがたくさんあるのだから、ばかげた想像にふけっている暇はないのに。想像って……どんな？　あの見知らぬ男性とキスをする？　そんなことにならなくてよかった。それでなくてもこんなに心乱れているのだから。

ダヴィーナは仕事着であるスーツとブラウスを脱ぎ捨てた。会社で一日過ごしたあとはいつも体に汚れがこびりついたような感じがする。

いつだったかマットは、イギリス女性の体は天下一品だと言った。でも残念ながら、彼女たちはその美しさを隠すことにかけても天下一だと。マットはさらに、世界の女性を観察する楽しみについて講釈をした。イタリアの女性の服装や身のこなしはなかなかセクシーで、小粋《こいき》で趣味のいいフランスの女性は少々高慢な感じはするが、それとない色気を感じる……。

あるときマットと一緒にロンドンに買い物に出かけたことがある。ダヴィーナは彼の尽きることのないエネルギー、果てしない好奇心に閉口し、さらに服に関する彼の妥協のない観察眼に驚かされた。デザインがどうこういうのではない。彼は素材の手ざわり、揺れ具合、それが女性の体をいかに美しく優しく包むかにあくまでもこだわった。しかしもちろん、芸術家である彼にとってはそういう細部こそが重要なのは当然のことだ。

マットはその後、カリフォルニアで交通事故に遭ってこの世を去った。ダヴィーナは新聞でその記事を読み、ひそかに彼の死を悼んだ。恋人としてではなく、寛容で人間みあふれる、才能豊かな芸術家としての彼の死を。

ダヴィーナはバスルームに入って下着を脱ぎ、鏡に映る肢体にちらっと視線を投げかけた。女性らしさを恥じることはない、不完全な容姿のあら探しをするのではなく与えられた個性を大切にすべきだと教えてくれたのはマットだった。善良で、優しかったマット。

彼と出会えたのは運がよかったし、彼と睦《むつ》み合ったことを後悔してもいない。それにしても、なぜ今夜のささいな出来事がマットとの思い出の扉を開けたのかはわからなかった。

そのとき、鏡の中の肉体が歓喜の記憶に反応するのを見てダヴィーナはぎくりとした。かすかにふくらみを増した胸の先端はばら色に染まって硬くなり、みぞおちの奥が締めつけられるように熱くなり、全身は男性の手に触れられたかのように小さく震えて……。

どうしたというの！　ダヴィーナは腹を立てて鏡に背を向け、シャワールームに飛び込んだ。体じゅうにせっせと石鹸《せっけん》をこすりつけ、ほとばしる湯で泡を洗い流し、用心深く鏡に目を向けるのを避けてタオルをつかんだ。

何をびくびくしているの？　何を見るのが怖いっていうの？

ダヴィーナは思いきってタオルをわきにほうり、挑むように鏡の中の自分を見据えた。ほっそりした肢体、つややかできめ細かな肌。目を閉じれば、今でもこの肌を滑るマットの手を、マットの唇を感じることができる。マットの愛撫《あいぶ》、マットのキス。あの見知らぬ人のではない……絶対に！

マットに初めて会ったのは、ある蒸し暑い夏の日の午後だった。買い物から帰ってくると、彼が中庭の重い板石をはがしていた。ダヴィーナは前々からその中庭が気に入らず、いつか設計の段階からやり直したいと思っていた。そしてひと月ほど前、いつも庭の手入れを頼んでいる地元の造園会社に連絡し、だれか人をよこすようにと頼んであった。

そのだれかがマットだった。彼は仕事の手を休めてあいさつをし、ダヴィーナが汗に光るあらわな胸からとまどったように目をそらしたのに気づいて無造作に傍らのシャツを頭からかぶった。そしてダヴィーナから穏当な距離を置いて立ち、図面を示しながら新しい中庭のアイデアを説明した。

あとでお茶を運んでいったとき、彼は造園会社の経営者のオーエン・グラハムとハイスクール時代の同級生で、一時的なアルバイトとして造園の仕事を手伝っているのだと言った。ダヴィーナはさらに、彼が一箇所に長くとどまることも、特定のパートナーに縛られることも好まない、根っからの放浪者であることを知った。

会ってすぐにダヴィーナはマットに好感を抱いた。率直で、自然で、彼のさりげない優しさは愛に飢えた心にしみ入った。とはいえ、最初のうちは彼への肉体的な欲望は意識していなかった。ダヴィーナは自分をセックス向きではないし、男好きのするタイプでもないと思い込んでいた。そのころグレゴリーとの夫婦関係は完全になくなっていたが、それでも、ハネムーンで味わった屈辱感を夫以外の男性と再び経験したいとは思わなかった。

グレゴリーに常に愛人がいることは公然の秘密になっている。ダヴィーナは結婚前に思い描いていた理想と実際の結婚生活との間のあまりにも深いギャップに苦しんではいたが、どこの家でも夫婦の関係は似たり寄ったり、グレゴリーのような夫は掃いて捨てるほどいるのだと自分に言い聞かせていた。世の中の夫たちがみなグレゴリーほど不誠実であるとは思わない。だが、妻として夫の求めに応じられず、歓《よろこ》びを分かち合うことができないのであれば、夫がほかの女性に慰めを求めたとしても責めるわけにはいかないだろう。かといって離婚をし、ほかの男性と新しい人生を始めるというのも考えられないことだった。

それに、ダヴィーナは自分が特別に不幸だとも思っていなかった。もちろん最初のころは毎日が悲しみと幻滅の連続だったが、夢を捨ててしまってからはどうということはない。ときどき、心の奥深くにしまい込んだはずの絶望と苦悩が頭をもたげると、人生なんてこんなものだと、勇気も自立心もないのであればこのまま続けていくしかないのだと自分を戒めた。

庭の手入れをオーエンの会社にまかせるようにと言いだしたのはグレゴリーだった。それはダヴィーナの家事の負担を軽くするためというより、単に体裁を取り繕うためだろう。たとえきつくても庭仕事は楽しいし、気晴らしにもなる。

ダヴィーナはあるとき、庭の小道にそったあじさいの植え込みにクレマチスを植えることを思いついた。開花の時期を見計らってその成果を見に行き、初めて咲いた赤紫のクレマチスが淡いピンクのあじさいと見事に調和しているさまを眺めていると、向こうから芝生を横切ってくるマットが見えた。

ダヴィーナはなぜか急にどぎまぎして赤くなったが、マットはそんな様子に気づくふうもなく快活に声をかけてきた。「すてきな配色だ。色彩感覚がいいんだね」

「わたしのアイデアじゃないわ」ダヴィーナは彼のさりげなさにほっとして立ち上がり、ほほ笑んだ。「どこかで見たのをまねしてみただけ」

「いずれにしても成功している。それに、まねするのは少しも悪いことじゃないよ。ぼくだってだれかの作品を見て、そのいいところをまねして稼いでいるんだから」

ダヴィーナはそのときの短い会話の中で、マットが芸術家であること、さまざまな友人知人から仕事を請け負い、生計を立てていることを知った。

彼の中には幾種類もの不思議な二面性が混在していた。どちらかというとずんぐりした、野性的な体格でありながら、身のこなしはあくまでも軽く、しなやかで、肉体労働をしていながら言葉つきは彼が上流階級の出であることを物語っていた。

結婚はしていない。たぶん、自由こそ生きる糧なのだろう。彼は世界を放浪し、聡明《そうめい》であると同時に、自分の考えをはっきり言える人間だった。しかし何よりも、ダヴィーナは彼の物欲のなさに驚かされた。車は使わず、住まいは近くの農家の小さなコテージを借りている。キッチンの設備は骨董品《こっとうひん》並みで、給湯システムはさらに年代物だと言ってマットは笑った。

裏庭に即席に作ったという原始的なシャワー設備の話には二人で大笑いしたが、次の瞬間、ダヴィーナはシャワーの下に立つマットの鮮明なイメージに圧倒されて黙り込んだ。たくましい筋肉質の体がぬれて光り、日焼けした肌を覆う金色の胸毛に水滴がしたたり……。

突然口の中がからからに乾き、思いもよらない感覚の目覚めに戦慄《せんりつ》を覚えてダヴィーナはごくりとつばをのんだ。そのときマットはどこかほかを見ていて、頬を染めた屈辱の色を見られずにすんだのは幸いだったが。

それ以来、ダヴィーナは自分の肉体の思わぬ反応に恐れをなし、マットが仕事に来る日は庭に出るのを避けるようになった。もし気づかれたら……二人とも気まずい思いをしなければならなくなる。

マットとの気楽なおしゃべりはもはや望めなかった。ダヴィーノは最近、ガートルード・ジキルの本を読み、彼女の作品のファンになった。マットは彼女の仲間、特に建築家のエドウィン・ラチェンズ卿に関してよく知っていて、彼らの逸話はダヴィーナの興味をそそった。

仕事の予定がないある日の朝、マットがなんの予告もなしに家にやってきた。手には茶色の紙包みを持っている。

「チェスターの本屋でこれを見つけたものだから」マットは包みを掲げてみせ、身を引いたダヴィーナの前を通ってキッチンに入った。

なんと言ったらいいかわからず、ダヴィーナはぎこちないしぐさでお茶の用意を始めた。しかしマットはがっしりした体格からは想像しにくい身軽さで彼女の背後に立ち、そっと腕を取って振り向かせた。

「いったいどうしたんだ、ダヴィーナ？　ぼく、何かいけないことをしたかな？」

ダヴィーナは黙ったままかぶりを振った。マットの手が触れた部分からしびれるようなうずきが全身へと広がっていく。

「じゃ、怒っているわけではないんだね？　急によそよそしくなったのは、きみを抱きたくてたまらないぼくを懲らしめるためではないんだね？」

ダヴィーナは聞き慣れない言葉に困惑して彼を見上げた。今まで男性からそんなふうに言われたことはなかった。

「今度は驚かせてしまった？」マットはほほ笑んでいる。ちょっと悲しそうに、しかしまったく自然にくつろいで。「赤くなったね」彼は腕を放し、こぶしを作ってダヴィーナのほてった頬をそっと撫《な》でた。そしてグレイの瞳を潤ませた涙に気づいて眉根を寄せる。

「ダヴィーナ、どうしたっていうんだ？」

マットは彼女を抱き寄せて優しく揺すった。まるで子供をあやすように……。

「泣かないで。きみを困らせるつもりはなかったんだ」

「そうじゃないのよ……あなたのせいじゃ……」寄り添う体のぬくもり、無言の思いやりに包まれて、ダヴィーナはそのとき初めて、かつてだれにも見せたことのない心の傷をさらけ出した。グレゴリーのこと、惨めな結婚生活のこと、さらに――彼女自身驚いたことに、自分の体が性的に機能しないのではないかという、女性として最も個人的な、最も屈辱的な悩みまでも包み隠さずに……。

マットは涙でとぎれがちな言葉を途中でさえぎることなく、ダヴィーナが痛みと悲しみのすべてを吐き出すまでただ黙って耳を傾けていた。

あとになってそのときのことを思い出すたびに不思議な気がする。会って間もない男性にためらいなく心を開き、それまで自分自身に考えることさえ禁じてきた屈辱的な疑惑を余すところなく告白したのだから。だが、ひとたび話しだすと、長い間胸にためてきた苦しみの瓦礫《がれき》とともに、せきを切ったようにあふれ出した言葉の洪水をとめることはできなかった。

マットはその奔流を押しとどめようとはせず、すべてを話し終えたダヴィーナの手に真っ白なハンカチを押し込んだ。「さあ、これではなをかんで」

感情の波にもみしだかれていたダヴィーナは彼の率直さにつられてくすっと笑った。

「それでいい」マットはうなずき、泣き笑いの顔を見下ろした。

そのときふと彼の表情が微妙に変化し、ダヴィーナはそれまでとはまったく違う感情にとらえられて息をのんだ。

「なぜグレゴリーがきみを求めないのか、ぼくにはわからないが」マットは続ける。「ただ言えるのは、それが絶対にきみの責任ではないということだ。きみが性的に機能しないなんて話は……」彼は意味ありげに口をつぐんでほほ笑み、話の道筋を変えた。「よかったら今夜ぼくのところに食事をしにおいでよ。庭の設計のことで話したいこともあるし」彼はダヴィーナの不安げな顔つきを見てさらに笑みを広げた。「心配しないで、誘惑はしないから。セックスはお互いの歓びのためにお互いが求めたときに成立するものだ。もちろんぼくはきみを抱きたいと思うし、きみをベッドに横たえ、グレゴリーがいかに考え違いをしているかを証明したい。だが、きみが望まないことは絶対にしたくないんだ。だからダヴィーナ、ぼくを怖がる必要はまったくないよ」

でも、怖いのはマットではなく、予測のつかない自分自身の感情だった。良識は彼の招きを断るべきだと主張するが、彼女の中にある無謀な部分がその警告を黙殺した。

父は何日か休暇を取ってゴルフに出かけているし、グレゴリーはだれかを家に招いてでもいない限り、いつも真夜中を過ぎなければ帰ってこない。つまり、ダヴィーナが今夜だれとどこにいようが気にする人はいないということだ。

「ありがとう……じゃ……うかがうわ。庭をどんなふうにしたらいいか、あなたの意見も聞きたいし」それでも彼をまともに見ることができず、ダヴィーナはうつむいたまま言い訳がましくつけ加えた。「ずっと前から花壇の形を変えたいと思っていたんだけど……」それは嘘《うそ》ではないが、気恥ずかしさに声が小さくなってとぎれ、顔が赤らむのをどうすることもできない。

「ぜひきみに見せたい本もあるしね。参考のために、二、三枚スケッチを描《か》いてみてもいいな」

「ありがとう……本当に」それだけのことを言うのにどうしてこんなに声がうわずってしまうのか、どうしてこんなに頬がほてるのかわからない。

マットは瞳をきらめかせて笑い、上気したダヴィーナの頬に手を添えた。「震えているね」彼の視線は唇をとらえて放さない。「ぼくたちが愛し合って最高に燃え上がったとき、きみはぼくの名を呼んでもっと激しく震える……」

その言葉が示す甘美な約束にダヴィーナの心は激しく波立ち、めくるめくような歓びの戦慄が体を貫いた。

変だわ――マットが帰ったあと、ダヴィーナは何時間もぼんやりと椅子に座り、何度も彼の言葉を反芻《はんすう》した。考えてみると、彼は一度としてわたしをベッドに誘いはしなかった。一度として強引に誘惑はしなかった。それなのになぜかわたしは彼に求められていると確信し、体は彼のひと言ひと言に感応し、歓喜に震える。

今でも彼の声を思い出すだけで、健康に輝く肉体を想像するだけで、しぐさや言葉の一つ一つをよみがえらせるだけで、体の奥に熱いうずきが走る。

良識、分別、自制心、慎重さ、誇り……これまで大事にしてきたすべての信念が、たまたまある男性に望まれたからといって突然意味を持たなくなるものだろうか？　今までこんなふうに感じたことはなかった。夫婦生活が絶えて久しいのを特に不幸とも思わない。事実、多少後ろめたくはあったが、グレゴリーが体を求めてこなくなってからは気が楽になっていた。ダヴィーナは自分が性に執着するタイプではないことを知っている。満たされぬ欲望を持て余したこともない。それなのになぜ、一人の男性の出現にこうも心を乱され、欲望をかき立てられるのだろう？

彼女は赤くなり、自己嫌悪に駆られて目を閉じた。恥を知りなさい、ダヴィーナ。今夜、マットの家に食事に行くわけにはいかない。約束をすっぽかせば彼にもわかるはず。わかるって、何が？　誘惑しないと言われてがっかりしたのが？　ダヴィーナはそう考えていっそう顔を赤らめた。

それでもやはり、夕方になるとダヴィーナは自分でも気づかぬうちに出かける支度をしていた。

食事をし、庭の設計について相談するだけ……何も特別なことが起こるわけではない。ダヴィーナはそう自分に言い聞かせ、村のコテージに向かってゆっくりと車を走らせた。しかしいくら落ち着こうとしても胸は早鐘のように打ち、体は期待と不安に張り詰めている。

でも、もう引き返すことはできなかった。ダヴィーナはすでにコテージの前に車をとめており、マットがドアを開けて待っている。

心臓が喉元に詰まったように息苦しい。ダヴィーナはのろのろと車を降り、さらにゆっくりと玉石敷きの小道を歩き、足の裏に何か柔らかいものを踏んだような気がして立ちどまった。見ると、玉石のすきまにさまざまな種類の苔《こけ》が植えられている。その瞬間、ダヴィーナは緊張も息苦しさも忘れ、灰色の玉石に配された柔らかな緑と黄色の苔に心奪われた。見事な色の調和。マットの芸術家としての審美眼がこの繊細で微妙な配色を生み出したに違いない。

「気に入った？」

かがみ込んでいたためにマットがすぐそばまで来ているのに気づかず、はっとしてダヴィーナは顔を上げた。いいにおい……人工的なコロンの香りではなく、さわやかな石鹸のにおいだ。ダヴィーナは不意に男性としての彼を強く意識した。ジーンズと洗いざらしのコットンシャツというカジュアルな服からも清潔な石鹸と日ざしのにおいがするのはいかにも彼らしい。

ここへ来たのは庭の設計を相談するためよ、忘れないで。ダヴィーナは懸命に自分に言い聞かせながら、マットのあとについてコテージに向かった。

玄関のドアを開けてすぐのところがこぢんまりした居間になっていた。暖炉に燃える火が夕暮れの肌寒さを和らげ、室内に優しい光を投げかけている。ここを初めて訪れた人は、部屋の粗末さよりもまず、色彩のぬくもりに目を奪われることだろう。

石敷きの床にはいくつものラグが敷かれ、ひび割れた古い革張りのソファにはチェックの毛布がかかっている。窓枠にはさまざまな鉢植え、壁という壁には本がぎっしり詰まった書棚。

ダヴィーナはその部屋の不思議な魅力に心奪われて辺りを見まわした。父が高価な骨董品で飾り立てた家とは大違い。ここには堅苦しさもなければ、富と地位を誇示するための華美な装飾もなく、何もかもが優しく、手を触れたくなるようなぬくもりと安らぎがあった。

マットはダヴィーナの顔に次々と現れては消える感情の移り変わりを見守った。純粋で、繊細で、清らかで、彼女は自分のあふれるような美しさ、たおやかな色気に気づいてもいないようだ。見るもの、触れるものにこんなにも敏感に反応する人をマットはほかに知らない。彼女がいかに感じやすいかに初めて気づいたのは、庭で植物の世話をする姿を見かけたときだった。草花に触れ、その色合い、感触をいとおしむ様子を見れば、彼女が人一倍感受性の強い女性であることがよくわかる。

愛に飢えた人なのだろう。だが彼女が真に求めているのは単に肉体的な渇きを癒《いや》すことではなく、抑圧された心の解放であるような気がする。この手で生命の歓喜を、官能の歓びを教えてあげられたら……この部屋で、この暖炉の前で、黄金色の炎が白い肌を染め、光と影が肉体にミステリアスな輝きを与える中で愛の奇跡を教えてあげられたら……。

外で、コテージの裏にある小さな果樹園の柔らかい草の上で愛し合うのもいいかもしれない。からみ合う肉体にまぶしすぎる太陽の光を浴び、自由で自然な生命の息吹を感じるのも……。

そしてもし冬までここにとどまるとしたら、屋根裏部屋にある一つきりの古い真鍮《しんちゅう》のベッドで抱き合うだろう。窓から忍び込む神秘的な雪明かりを受けて滑らかな素肌がばら色に輝いて……。

部屋の美しさに気を取られていて、ダヴィーナはマットの悩ましい想像に気づきもしなかった。振り向くと、彼は口元にかすかな笑みを浮かべて自分を見つめていた。

「すばらしい部屋……」ダヴィーナは言葉が見つからず、首を小さく左右に振った。「なんていうか……とても、あなたらしくて……」

マットはにっこり笑い、そのときダヴィーナは初めて、だれかと――それが男性であれ女性であれ、笑いを共有することのすばらしさを知った。これまで心から笑い合ったことなどなかったし、そうしたいと思ったこともなかった。けれど、マットとなら自然に笑いがこみ上げてくる。この人となら……。

彼がぜひ見せたいと言った本を取りに行っている間に、ダヴィーナはすすめられるままに靴を脱ぎ捨て、ソファの上に脚を横に出して座った。マットの言ったとおり、ダヴィーナはすっかりその本に夢中になり、バラエティーに富んだ庭園の写真の一枚一枚に歓声をあげ、うらやましげにため息をついた。大輪のピンクのばらがからみつくつる棚の写真を感心して眺めているると、マットはスケッチブックと鉛筆を取り出し、素早いタッチでダヴィーナの庭の絵を描《か》き始めた。一枚の紙の上で、平凡だった庭が見る間に魅力的な空間に変わっていくのをわくわくして見守るうちに、さっきまでの不安と緊張は嘘のように消えていった。

「すてきだわ。でも、父とグレゴリーがどう思うかしら」ダヴィーナはもの思わしげにため息をついた。

「どうしてその二人にきかなきゃいけないんだ？」断固たるマットの口調に、ダヴィーナの心は突然重く沈んだ。「きみはもう子供じゃない、ダヴィーナ、ちゃんとした大人なんだ。きみの人生はきみ自身のものだし、自分のことは自分で決めればいい」

彼はもう庭の設計について話しているのではなかった。けれどダヴィーナが何か言おうとする前に、マットはスケッチブックをわきに置いて立ち上がった。

「食事にしよう」彼は機嫌よく言い、続いて立とうとしたダヴィーナをそっとソファに押し戻した。「きみはここにいて」

ほどなく、彼はチーズやソーセージの載ったトレイを持って戻ってきた。

「チェスターですごくおいしい店を見つけたんだ」テーブルにトレイを置きながらマットは言った。「ちょっと待って、今ワインを持ってくるから」

マットがよく冷えたワインをつぐと、グラスは瞬時に白く曇った。高価なクリスタルカットのグラスを好むグレゴリーなら顔をしかめそうなシンプルなグラス。でもそれは、今まで夫が選んだどんなワインよりもおいしかった。

「どう?」マットはじっとダヴィーナの表情を見守っている。

彼女は満足げにうなずいた。

「よかった。イタリアの小さなぶどう園で作っているワインなんだ」マットはさりげなく言い、そのぶどう園のオーナーが伯父であること、ワイン造りは伯爵であるその伯父の貴族的な道楽であり、市販されているわけではないので、限られた人だけが味わえる貴重な一本だということまでは説明しなかった。伯父は自慢のワインの香りを、清らかなバージンが初めて性の歓喜におののくときのデリケートでエロチックな香り、と表現した。まさにダヴィーナ・ジェイムズと分け合うにふさわしいワインだとマットは思う。もちろん、厳密な定義でいうなら彼女はバージンではない。が、いまだ真の歓喜を知らず、愛の目覚めを待ち受けているという意味においては、彼女は今の時代にきわめてまれなバージンといえるだろう。

香り高いワイン、ぴりっとスパイスのきいたソーセージ、まろやかなチーズ――その絶妙な味覚の取り合わせはダヴィーナにとってまったく新しいものだった。車で帰ることを考えてワインは一杯しか飲まなかったが、それでも、そのかぐわしい液体は血管の隅々まで行き渡り、感覚を研ぎ澄まし、ダヴィーナはマットの存在を、小さなコテージに二人きりでいることを痛いほどに意識した。

皿を置き、もう帰らなければとつぶやいたダヴィーナをマットは引きとめようとはしなかった。彼は黙って彼女にジャケットを着せかけ、一緒に外に出て車のドアを開けた。そのしぐさにはわざとらしさも仰々しさも、性的なほのめかしもない。ダヴィーナは車に乗りながらかすかな心の震えを意識し、それが失望ではなく、安堵《あんど》の感謝のわななきなのだと自分に言い聞かせた。

エンジンをかけると、マットは車の窓に身をかがめてささやいた。「ダヴィーナ、忘れないで。必要なときはいつでもぼくがここにいることを……」

8

あの晩、何も起こらなくてよかった。もちろんよかったに決まっている――マットのコテージを訪ねてから四日間、ダヴィーナは繰り返し自分にそう言い聞かせたが、それでもまだどこかに疑いが残った。

なぜなの？　まるで悪魔払いの祈りの言葉のように、なぜそんなことを何度も繰り返さなければならないの？　頭ではそれでよかったのだと思いながら、なぜ体は渇き、うずき、張り詰めて夜中に目覚めるのだろう？　マットのコテージの小さな居間を、マットのついだワインの香りを、マットの選んだチーズの味を、なぜ絶え間なく思い出さなければならないの？　そしてなぜ、そう願いさえすれば二人の間に起こっていたかもしれない愛の奇跡をあれこれ思い描かずにはいられないのか……。

わたしを抱き、キスをし、服を脱がせるマット。一つのグラスで代わる代わるにワインを飲み、素肌にしたたる甘美な雫《しずく》を温かい舌でぬぐうマット……ダヴィーナはそんな光景を想像し、欲望の渦に巻き込まれてくらくらしながら、一方では恥ずかしさと罪悪感でいっぱいになるのだった。

マットが欲しい。もはやそうでないと自らをだますことすらできなくなっている。けれどダヴィーナはその欲望を恥じ、彼がそれに気づいていると思うとなおさら恥ずかしかった。

夜にはへとへとになってベッドに倒れ込むほかなくなるまで、昼間はめいっぱい働いて体を酷使したが、肉体をじりじりと焦がすマットへの熱いあこがれは日ごとにつのるばかりだった。

マットが庭の仕事をしに来る日、ダヴィーナは買い物に出かけて家を空けた。自分を抑える自信がないのなら、危険に近づくべきではない。

父はまだ休暇で出かけていたが、その日グレゴリーは珍しく早く帰宅した。

夕食に何を食べたいかと尋ねようとしたとき、電話のベルが鳴った。グレゴリーは自分が出ると言って素早く受話器を取ると、わざとらしくダヴィーナに背を向け、声をひそめた。それが部屋から出ていくようにという無言の合図であることは明らかで、ダヴィーナは黙って出ていった。今さら波風を立てても意味はない。電話はすぐに終わったが、キッチンに入ってきたグレゴリーの顔がかすかに紅潮し、目がいつにない興奮にきらめいているのに気づかないわけにはいかなかった。

「食事はいい。外で食べるから」

理由はきくまでもない。いつもなら女性から家に電話がかかることはないが、それはたぶん、父に電話を取られては困るからなのだろう。でも、ここしばらく父はいない。

ダヴィーナは何も言わなかった――言っても仕方のないことだ。グレゴリーの車が遠ざかる音を聞きながら、彼女は苦々しさをかみ締めていた。夫の裏切りに傷ついたわけではない。何年も前にそうした感情には封印をした。ダヴィーナを傷つけてやまないのは彼の思いやりの欠如、夫婦としての最低限の礼儀すら守ろうとしないぶしつけな態度だ。グレゴリーには妻を一個の人格として尊重するつもりもなければ、結婚という形式を重んじるつもりもまったくなかった。

そのときすぐにマットに救いを求めることはしなかった。というより、できなかった。あまりにも惨めで打ちのめされて、その傷が生々しすぎたからだ。

ダヴィーナは眠れぬままにベッドに横たわり、何度も何度も寝返りを打った。〝きみはもう子供じゃない……自分のことは自分で決めればいい〟マットはそう言わなかっただろうか？

もしマットと関係を持ったとして、ほかのだれが苦しむだろう？　ほかのだれが傷つくだろう？　マットが呼び覚ます欲望に屈するのと、グレゴリーのような残酷な夫との生活に耐えるのと、どちらがより卑しむべきことだろうか。

ダヴィーナはもはや十代の少女ではなく、れっきとした大人の女性だった。大人の女性？　いいえ、違う。外見はともかく、真の意味では完全な女性ではない。でもマットといると……マットといるときだけは、自分が女性であると感じ、自然に女性として反応することができる。マットとなら……。

とはいえ、愛の介在しないいつかの間の情事を、わたしは本当に望んでいるのかしら？　でも、〝愛〟って何？　愛にもさまざまな形があって、厳密に唯一無二のものを指すわけではない。マットはダヴィーナの中に、夫も父も認めようとしない女性としての存在価値を認め、評価してくれている。それも一つの愛の形かもしれない。

マットとのどんな関係も長続きするわけではないのはわかっている。彼は根っからの放浪者であり、最初からそのことを隠さなかった。だが彼は決して意図して人を傷つけたり、だましたり、利用したりすることはない。

それならなぜためらうの？　たぶん、自分を真正面から見つめる勇気がないから。自分がどうしたいのか、心の声に耳を傾ける勇気がないから。〝必要なときはいつでもここにいる〟とマットは言った。それが本気であることを祈るしかない。

少なくとも夜の十一時に訪ねてきた理由を説明する必要はないだろう。車に乗り、シートベルトを締めながらダヴィーナは考えた。真夜中近くに社交的な訪問を思い立つ人はいない。

心の半分ではマットの不在を祈り、もう半分では逆のことを願い、コテージに向かうダヴィーナの心は揺れていた。前方に延びる暗い夜道を見つめ、彼になんと言おうかといくつものせりふを考えたが、結局のところ言葉は必要なかった。

車の音に気づいたのか、エンジンを切ったときはすでにマットが家の前に迎えに出ていた。彼は近づいてきて車のドアを開け、降り立ったダヴィーナのひんやりした腕に温かい手を添えた。「ダヴィーナ、ちょうど今きみのことを考えていたんだ」

コテージの中に入るまで待って、ダヴィーナは大きく息を吸い、かすれた声で言った。

「今夜来たのは……それは……あなたに愛してほしかったから……」

そのときマットの目に浮かんだ光は賛嘆だろうか？　ダヴィーナが本当の自分を見つめ、自分が何を望んでいるかを率直に認めるのにどれほどの勇気がいったか知っているかのように、腕に触れるマットの手からはいたわりと励ましが伝わってくる。

このうえなく優しく手を取って、マットは居間に彼女を招き入れた。あのときと同じように柔らかな光に包まれた部屋、優しい手のぬくもりはダヴィーナをくつろがせる。

マットは何も言わない。もしそれがほかの男性だったら、ダヴィーナは長引く沈黙を拒絶と受け取っていたかもしれない。が、マットの場合はそうではなかった。彼の沈黙には臆病《おくびょう》さも残酷さもありえないことが、なぜかダヴィーナにはわかっていた。

胸の思いを打ち明けていくらか落ち着きを取り戻したダヴィーナに、マットは静かに言った。「きみは勇敢な女性だ。それに、とても正直でもある」

「正直？」結婚の誓いを破ろうとしているわたしが？　そう尋ねたかったが、言葉にはならなかった。結婚の誓いを破るのはあくまでも自分自身であって、彼とはかかわりのないことなのだから。

「そう、正直だ」マットは言いながらダヴィーナの手を持ち上げ、てのひらに軽くキスをした。その羽根のような感触はダヴィーナのみぞおちにかすかな期待のおののきをもたらした。しかしそれも、てのひらの上で弧を描いて滑りだした舌の動きと比べればどうということもなかった。

　てのひらへのキスにこれほど感じるのであれば、もっと濃密な愛撫《あいぶ》をされたらどうなってしまうのだろうと心配になる。

「正直で、誠実で」マットはくぐもった声で繰り返した。「最高にすばらしい女性……」

彼は手首の内側の敏感な部分を舌でなぞり、ダヴィーナはもう歓喜のわななきを抑えることができなくなった。

　本能に促され、ダヴィーナは我知らずしなやかに彼に寄り添った。

「絹のようだ」金髪に差し入れた指を滑らせてマットはささやく。「きみの肌はフランスの最高級のサテンのようにつややかで、すべすべしていて、暖炉の火に照らされて美しく輝く……」

　官能的な言葉の愛撫にダヴィーナは激しく身を震わせた。色を深めたグレイの瞳は高ぶった感情のすべてを映している。

マットはぬれて大きく見開かれた瞳をのぞき込み、上気した頬を親指の腹でなぞった。その苦しいほどに甘美な感触にダヴィーナは不安と恥じらいを忘れた。

唇が近づいてくる。ダヴィーナはいっそう彼に身を寄せ、自然に唇を開いた。それは情熱にまかせた荒っぽいキスではなく、ダヴィーナの勇気をたたえ、歓迎し、愛の歓《よろこ》びを先触れするゆっくりしたキスだった。彼は片方の手でうなじを支え、親指で耳の後ろを優しく撫《な》でる。熱い情熱の波がじわじわと押し寄せてきてダヴィーナの五感を満たし、夫に抹殺された女性としての感覚が目覚め、息を吹き返した。

マットはそっと彼女を放し、もう一度唇にキスをしてから少しうわずった声で言った。

「今夜ここに来たのは例のワインの味が忘れられなかったから、そうかな？」彼はソファにダヴィーナを連れていき、優しく肩を押して座らせた。「特別な夜を祝うには特別なワインがふさわしい。取ってくるからここで待っていて」

この小休止は自らの意思を持ったダヴィーナの勇気に乾杯するためでも、夫に負わされた性的コンプレックスを排除し、くつろぐ時間を彼女に与えるためでもなかった。それはむしろマット自身のため、一人の女性を慎重に、確実に、めくるめく世界にリードするには彼自身が自制心を取り戻し、意識を集中させる必要があったからだ。ダヴィーナといずれこういう関係になることはわかっていたが、それでもこんな形は想像していなかったし、彼女がこれほど勇敢だとも思わなかった。

マットはキッチンでワインのコルクを抜いた。もしぼくが放浪者でなかったら、もしだれか一人の女性と生涯をともにしたいと思うなら、そのだれかはダヴィーナ・ジェイムズに違いない。

居間に戻るとマットはワイングラスをダヴィーナに差し出し、自分のグラスをちょっと上げてみせた。「きみに乾杯」

ワインを口に運ぶ手がかすかに震え、グラスの縁からこぼれた透明な液体が指を伝う――ダヴィーナはふと、いつかの白昼夢を思い出して顔を赤らめた。二人で一つのグラスを分け合い、肌にこぼれたワインを舌でぬぐうマット。その話をしたらマットはなんと言うだろう？　笑い飛ばす？　それとも……。

マットは自分のワインを飲み干し、ダヴィーナのグラスを取ってわきに置くと、彼女を立たせて腕に抱いた。

ダヴィーナの不安と自信のなさを知っているかのような、それは穏やかな、時間をかけた愛撫だった。服を脱がせながら、彼は裸体が半ば陰になるように心を配り、素肌を滑る手の動きはあくまでも優しく、ダヴィーナの緊張を解きほぐしていく。

何年も結婚生活を続けてきた女性にしてはダヴィーナは信じられないほど無知だった。長い間グレゴリーの冷酷さにさらされて硬直した肉体は、マットに触れ、マットを愛撫し、マットをかき立てるすべを知らない。

　ベッドの上では、グレゴリーは終始無言だった。しかし驚いたことに、マットは愛撫しながら低く、歌うように甘美な言葉をささやき続けた。きみの肌はギリシアの太陽のにおいがする……きみがぼくの愛撫に震えると、ぼくはローマの全能の神になったような誇らしい気持ちになる……。

　ダヴィーナはどうしたらいいかわからず、自分の無知を恥じ、うろたえた。だがマットはそんな心の動きをすべて見通しているかのように彼女の手に自分の手を添え、優しくリードした。「こうすると……とてもいいんだ」

　まるでダンスを習っているみたい。一度愛のリズムを覚えると、それに合わせて踊るのはいとも自然で簡単だもの……。

「そう」マットは唇を重ねたままつぶやいた。「すごくいいよ、ダヴィーナ……」

　今度はマットが彼女に触れる。ダヴィーナの中から張り詰めていたものが溶けていき、新たな、まったく異質の緊張が体にみなぎった。

　こういうやりとりは大人のものではなく、ティーンエイジャーだけの楽しみだと思っていた――巧みな指の愛撫にくらくらしながらダヴィーナはぼんやりと考える。少なくともグレゴリーは決してこんなふうにはしなかった。

　そのときマットの熱い唇を胸に感じ、ダヴィーナはグレゴリーを忘れ、身内に高まる熱情以外のすべてを忘れた。マットを内部に感じるのはまったく新しい感動だった。欲望は愛のリズムとともにふくれ上がり、ダヴィーナは彼をとらえて、迎え入れ、包み込み、さらに深く、深くいざなっていく。

ある瞬間マットがいきなり動きをとめ、ダヴィーナは思わず抗議の小さな叫び声をあげた。そして突然、それが何を意味するかに気づいて赤くなった。でもまだ……まだ解放のときは訪れていない。ダヴィーナは自分の身勝手さを恥じ、激しい脈動とともに肉体の解放を求めて逆巻く血潮を黙殺しようとした。しかしマットは愛撫をやめず、唇を重ねたまま少し体をずらした。

「大丈夫。いいんだ、ダヴィーナ……わかってる」マットはつぶやき、巧みに指を使ってダヴィーナを歓喜の極みに導いていく。彼にはわかっていた――ダヴィーナにはそれが恥ずかしくもあり、うれしくもあった。

そしてついに、彼女はまつげに涙を震わせて絶頂の大波に打ち上げられた。

しばらくあと、マットの腕に抱かれてソファに座り、ダヴィーナはワインの残りをゆっくりと飲み干した。

「どうしてほしいか、恋人に言うのは少しも恥ずかしいことじゃないんだよ、ダヴィーナ。愛し合う二人が歓びを分かち合うのは当然のことなんだから。男にも女にもセックスを楽しみ、絶頂に達する権利がある」マットは赤くなったダヴィーナにほほ笑みかける。「こういう話を恥ずかしがるなんておかしいよ。人間は肉体的には比較的たやすく親しくなれるのに、お互いの歓びについて率直に語り合えないのはなぜだろうね。みんながみんな人の心を正確に読めるわけじゃない。恋人同士なら、パートナーがどんなふうに感じているか、どんなふうにしてほしいと思っているか、知りたいはずじゃないかな。愛する人が全身で歓びを表すのはすてきなことだ。でも、もし口でそう言ったらもっとすてきだと思わない？　たとえば、ぼくがこうしたら……」

マットは頭をさげてあらわな胸にそっと舌を這《は》わせ、その先に誇らしくそそり立つばら色のつぼみを口に含んだ。その瞬間、ダヴィーナは思わぬ愛撫に息をのみ、体を貫いた欲望の痛みにあえいだ。

「ほら、ね」マットは顔を上げ、体を離す。「こうしたら、体の反応からきみがすてきな気持ちになったってすぐにわかる。でも、もし言葉でそう言ってくれたら……もっとそうしてほしいって言ってくれたら……」マットの声はしだいにかすれていき、そのささやきを聞きながらダヴィーナは新たにこみ上げてきた欲望に身を震わせた。「さあ、ダヴィーナ、ぼくにキスして。きみにキスされるとどんな気持ちになるか教えてあげよう」

家まで運転していこうかというマットの申し出を断ってコテージをあとにしたのは夜も白み始めたころだった。送ってもらえば、彼は帰りの八キロの道のりを歩かなければならなくなる。

「これはぼくたちの結末じゃなく……」別れのキスをしながらマットは言った。「始まりだよ」

「でもわたしたち……愛し合っているわけではないわ」ダヴィーナは夜明け前のひんやりした空気に小さく震えた。その事実を否定してほしくて言ったのではない。ただ、愛なしにこれほど深い歓びを経験できる自分が信じられなかったのだ。

「〝恋して〟はいないかもしれない」マットは言葉を訂正した。「でも、こういう場合、ある種の愛があるからこそ歓びも深まるんだ。互いに触れ合ったときにそれを感じなかった？　ぼくは感じたよ」マットはもう一度キスをした。「きみが生涯をかけて本当に愛さねばならない人間はたった一人。きみ自身だ」

　その意味を真に理解したのはそれからだいぶあとのことだった。二人の関係が終わり、マットが去って初めて、ダヴィーナは彼にいかに多くのすばらしいものを与えられたかをしみじみと悟った。彼は生きとし生けるものの根源的な歓びだけでなく、自分を大事にし、慈しむことを教えてくれた。

　幸いひと夏の経験が表沙汰《おもてざた》になることはなかった。グレゴリーは自分の情事にかまけて妻が何をしようと気にもとめなかったし、父は唐突に会社を引退し、二カ月間スコットランドでゴルフざんまいの生活をすると宣言した。

　あとになってその夏を振り返るたびに、ダヴィーナは自分が短い間にいかに劇的な変容をとげたかを感慨深く思い出さずにはいられなかった。

マットは直観的にダヴィーナの問題をかぎ取り、理解し、長い間抑圧されてきた性を解放した。自然に、ストレートにダヴィーナを求めることによって、彼女にもまた率直に肉体の声に耳を傾ける勇気を与えた。男にも女にも、与え、受け取る、同等の権利があることを彼女に教えた。

そして十月、マットの中に変化の兆しが見え始めた。彼はときにダヴィーナの存在を忘れたようにぼんやりしていたり、妙に落ち着きを失ったり、神経をとがらせたりすることがあった。二人の関係がいずれ終わる運命にあることをダヴィーナは最初から知っていた。ひとところにとどまることのない放浪者マットと、安定と永続性を求めるダヴィーナ。二つの人生が重なり合うことはない。

十月の終わりに、マットはついに別れを口にした。「オーエンのところにはもうぼくの仕事はなさそうだし、これ以上とどまったら……」マットはダヴィーナを見つめ、顔に手を触れた。「きみを一緒に連れていきたくなるよ、ダヴィーナ。でも、ぼくたちの生き方はそれぞれに違うから、一緒にいたら遅かれ早かれ……」彼はため息をつき、かぶりを振った。「もしきみを愛していると言ったら……うれしい？　それとも悲しい？」

「うれしくもあり、悲しくもあるわ」

二人は笑った。だれかと笑い合うこと……それはマットに教えられたもう一つのすてきなことだった。

「いつまでもグレゴリーのそばにいちゃいけない。きみにぼくの生き方を押しつけることはできないが、そのままのきみを受け入れ、幸せにできる人が世界のどこかにいるはずだ。不毛な結婚生活から抜け出さない限り、そういう男性と出会うチャンスはないと思うよ。きみは幸せにならなきゃいけない。そしていつかめぐり会う人生のパートナーを幸せにし、きみたちの子供を幸せにしなくちゃいけない」

彼らは最後の夜をともに過ごした。それは二人で分け合ったすべてを感謝する祝祭であり、ひと夏の情事を締めくくるにふさわしい儀式でもあった。別れは悲しいし、マットのいない日々の寂しさは想像に余りある。でも絶望してはいなかった。ダヴィーナは彼とともに多くを学び、本当の意味で大人になっていた。

マットは離婚をすすめ、それが幸せになる唯一の道だとダヴィーナも思う。しかしグレゴリーが簡単に離婚に応じるはずがないということもわかっていた。別れたらグレゴリーには何も残らないし、父がすんなりと娘の離婚を認めるはずもない。

でも、どうして今さら父の承認がいるだろう？　ダヴィーナはもう自分の人生は自分で選び、決定できる大人なのだ。

スコットランドから帰ってきた父の身のまわりの世話に追われて、しばらくはマットとの思い出にふける暇もなかった。彼の手の、唇のぬくもりを思い出すのは、夜、暗闇《くらやみ》の中で独りベッドに横たわるときだけだった。今では夫婦の関係は完全に絶え、それぞれが別の寝室でやすんでいる。もちろんマットに会えないのは寂しかった。でもすべては別れを前提として始まったことであり、事実は事実として受け入れるほかなかった。

マットが去って一カ月もたたないうちに父が最初の心臓発作を起こした。それから数カ月、床についた父の看病を続けながら、ダヴィーナは離婚のきっかけをつかみそこねたことを知った。

完全な回復は望めないと医者は言った。体は不自由でも頭は相変わらず切れのいい父は以前にも増して短気になり、看護人として娘以外のだれをも寄せつけようとはしなかった。さらに、父とグレゴリーの間になんらかの根深い確執があるようで、ダヴィーナは彼らの間の緩衝役として始終気を遣わなければならなかった。

平和で静かな生活環境を保つのは、父の看病をし、家事全般を取り仕切るよりはるかに大変なことだった。父が発作を起こす前に離婚の話を持ち出すべきだったと悔やんでももう遅い。今となっては病人を見捨てて自由になるわけにはいかなかった。

いずれにしても、グレゴリーが無条件で離婚に応じるとは思えなかった。形ばかりであっても法的に結婚している限り彼が経済的に困ることはないのだから。もちろん、彼が会社の全経営権を握るとなれば話は違ってくる。グレゴリーは何度か、引退をしおにケアリー製薬の株式を娘婿に譲るべきだと父に迫ったことがある。が、父は頑として首を縦には振らなかった。娘の将来を案じたからではない。第一線から退いたとはいえ、なんらかの形で会社への影響力を保ち、グレゴリーの首根っこを押さえていたいという父のあくなき欲望のためだった。

「早くくたばればいいんだ」父とのいつにも増して激しい口論のあと、グレゴリーは吐き捨てるように言った。しかしそう言ったグレゴリー自身、父より一年も長生きはしなかった。

そして今、父も夫もこの世にはなく、ダヴィーナはあれほど切実に求めた自由を手にしていいはずだった。会社の問題さえなかったら……。

自由。完全に自由な人間が果たしてこの世に存在するものなの？　過去から現在に思いを引き戻し、ダヴィーナは疲れたように考えた。

たとえば今夜、会社の前で出会ったあの男性。彼は自由なのだろうか？　孤独な一匹狼《おおかみ》という印象を受けたけれど、その孤独にはなぜか禁欲的な厳しさが感じられた。自由で孤独でありながら常に人間的な温かさを感じさせるマットとは正反対だ。

それならなぜ、あの男性とぶつかったとたんにマットを思い浮かべたのだろう？　男性との何げない接触がすべてマットを連想させるわけではないだろうに……。

その思いはダヴィーナをひどく困惑させた。見知らぬだれかと触れ合うたびにマットを、最も親密な歓びを分かち合った恋人を思い出すのではたまらない。今夜出会った男性が特別にセクシーだったわけでもないのに……ダヴィーナは不穏な胸の鼓動に眉をひそめた。セクシーであるかないかは別として、彼には何かが――肉体はその存在を認めても頭では決して認めようとはしない何かがあった。

ダヴィーナは自分の考えていることにぞっとして、落ち着きなく身じろぎした。ほんの一瞬の、かすかなことではあっても、体があの見知らぬ男性に反応したという事実にいら立った。

もしかしたらこれは一種のすり替えなのかもしれない。ジャイルズがわたしを求めているのは確かでも、彼がルーシーの夫であることを考えれば応じるわけにはいかない。たぶんその埋め合わせとして、今夜出くわした男性に過剰な反応をしたのだろう。それとも、あの不法侵入者のことが執拗《しつよう》に思い出されるのは、無意識のどこかで、現在直面しているより深刻な問題――たとえば会社の存続とか従業員の将来の雇用の問題から気をそらしたいという思いが働くからだろうか？

当然のことながら、労働組合は会社の経営状態がどうなっているかを知りたがっている。だが、万一会社の危機が公になればケアリー製薬の買い手を探すのがいっそう困難になると、ジャイルズからも銀行からも口どめされていた。その理屈はわからないではない。それでも、従業員をだますのは決して気持ちのいいことではなかった。彼らには事実を知る権利が、新しい仕事を探す権利があるはずだ。新しい職場が見つかる可能性はほとんどないとしても……。

ほかにこれといった働き口がないからこそ、ケアリー製薬は低賃金と劣悪な労働環境にもかかわらず労働力を確保してこられたのだ。きりきりと良心が痛み、ダヴィーナは目を閉じた。グレゴリーの死後初めて工場を訪れたのはついこの間のことだった。

ダヴィーナの質問に、監督の一人は仏頂面でこう答えた。「工場の美観はともかく、せめて安全面での配慮をしてほしいと、何度ミスター・ジェイムズにお願いしたかわかりませんよ」

ダヴィーナは恥じ入った。会社の経営をグレゴリー一人にまかせておくべきではなかった。おまえは株主ではあっても経営者ではない、とグレゴリーは横柄に言い、事を荒立てたくないダヴィーナはただ黙って引っ込んだ。

譲るべきではなかった。責任を放棄すべきではなかった。何も知らなかった、気づかなかったという言い訳に逃れ、グレゴリーに搾取される多くの弱者を見捨てるべきではなかった。

でも、少なくともこれからは事情が違ってくるだろう。家のデスクにはダヴィーナが考えた工場の改善計画書が載っている。ケアリー製薬で働く人々が人間としての尊厳を保てるような労働環境、彼女自身が働きたいと思うような環境を早急に整える必要があった。

最優先課題である安全面での配慮はいうまでもなく、ほかにも改善すべき点はいくつもある。明るい社員食堂、清潔でくつろげる洗面所とトイレ、レジャー活動をも含めて、労使の関係を円滑にする親睦《しんぼく》のための厚生施設も必要になるだろう。さらには就学前の幼児を持つ母親のために保育所もいる。

そのもくろみについてはまだジャイルズにも銀行にも話していないが、買い手がそのプランのすべてを実行に移すと約束しない限り、ケアリー製薬の売却に応じるつもりはなかった。

従業員の利益と安全を確保できるなら、たとえ会社自体を買いたたかれても仕方がないと思っている。これまで劣悪な労働環境に耐え忍んできてくれた従業員に対する、それがせめてもの罪ほろぼしではないだろうか？

もちろんジャイルズと銀行は反対するだろうが、いずれにしても会社はダヴィーナのものであり、最終的な決定権はこちらにある。たとえこれまでの自分の弱さを償うだけだとしても、会社のため、ひいてはダヴィーナのために働いてきた人たちに報いることができるよう、断固意志を貫く覚悟だった。

いつだったかマットに、きみは厳格なモラリストなんだね、とからかわれたことがある。あらゆる借りは返さなければならず、あらゆる約束は果たされなければならない。

マット……多くのものをわたしに与え、人生の多くを教えてくれたマット。

〝女性であることがどういう意味を持つか、もうわかったね、ダヴィーナ？〟別れのときにマットは言った。〝それを忘れちゃいけない。そして何よりも、女性であることを否定してはいけない。きみは愛されるべくして生まれてきた人だ。自由になり、本当の意味で愛し合える男性を見つけるんだ〟

しかしそうはいかなかった。そんなチャンスはなかった。父が発作を起こしてからは家に縛られ、グレゴリーとの生活に縛られた。愛し合える男性を見つける？　ダヴィーナは悲しげにほほ笑んだ。今のところ、なんとしても見つけなければならないのは恋人ではなく、ケアリー製薬を買収する能力のある企業だった。どうか買い手が見つかりますように――わたしのためではなく、ケアリー製薬で働き続けなければならない多くの村人たちのために。

鋭い電話のベルの音が静けさを破り、ダヴィーナはびくっとした。ちらりと時計を見て数秒ためらい、それから受話器を取って耳に当てる。真夜中過ぎのこんな時間にいったいだれかしら？

「ダヴィーナ？」

ジャイルズの声だ。ダヴィーナは新たな緊張に身をこわばらせた。走ってでもいたのか、気持ちが高ぶっているのか、息遣いが重く荒い。

「ジャイルズ……」

「ダヴィーナ……会いたいんだ……きみと話がしたい」

かすれた声に赤裸々な欲望を聞き取り、ダヴィーナは胸を高鳴らせた。今ジャイルズと会うわけにはいかない。マットとの愛の記憶に身も心も感じやすくなっている今は……。

「今夜はだめよ、ジャイルズ。もう遅いし、今ベッドに入ろうとしていたところなの」

握り締めた受話器の向こうから彼の失望が伝わってくる。でも……ジャイルズがここに来るのがそんなにいけないこと？　彼は明らかに苦しんでいる。二人とも大人だし、彼が妻帯者であることは百も承知なのだから……自分勝手なささやきに耳をふさぎ、ダヴィーナは静かにおやすみを言って受話器を置いた。ジャイルズの懇願に負けてしまいそうな自分が怖かった。

みんな彼のせい……今夜、会社の前にいたあの人の。彼に抱きとめられなかったらマットを思い出すこともなかったのに。ダヴィーナは震え、両腕で自分の体を抱き締めた。

だれかのぬくもりが欲しいからといって、だれかに愛されたいからといって、そのだれかがジャイルズであっていいわけはない。今夜たまたま見知らぬ男性の胸に抱かれ、その一瞬、マットの言う〝女性であること〟を強烈に意識したからといって、友だちの夫を受け入れていいわけはない。

9

腹立たしいことに、あれから二十分後、主要道路から妹の家に続く静かな小道へ入ったときも、ソウルはまだダヴィーナ・ジェイムズのことを忘れられずにいた。

チェシャーに移り住むことを決めたとき、クリスティは寝室が四部屋あるがっしりしたヴィクトリア朝の家を買った。その家は小さな市の立つ町《マーケットタウン》の外れにあるのだが、その建築様式はひなびた田舎には少々場違いな感じで、どちらかというとリバプールとかマンチェスターとかいったにぎやかな都市周辺にこそしっくりくるような建物だった。ヴィクトリア朝の開発業者は、鉄道敷設を見込んで成功した抜け目ない企業家たちの先例にならったつもりだろうが、思惑は外れた。

しかしクリスティはひと目でその家を気に入った。町の中心部にも診療所にも近いし、庭は広く、間取りにも余裕があり、おまけに値段も手ごろだというのがその理由だった。値段が安いぶん購入後の手入れも大変だし、維持費もかなりかかるだろうから、多少狭くても新しい家のほうが住みやすいのではないかというソウルの忠告にもクリスティは耳を貸さなかった。

　考えてみればその家は妹にぴったりだと、ソウルはあとになって認めることになる。家の改装計画は延び延びになって結局のところ何一つ変わらなかったが、クリスティはそのほうが案外よかったみたいと屈託なく笑った。平凡な白い陶製のバスタブや洗面台はリバイバルでまた流行の兆しがあるし、大きな暖炉も、腰羽目も、天井蛇腹も、今の時代にはかえって新鮮だと注目されるようになってきている。

　そうかもしれない。だが――ソウルは皮肉っぽく考えた。キッチンにふてくされたように居座っている気まぐれなボイラーに関していえば、懐古趣味などとんでもないと言いたいところだ。シャワーを浴びようとコックをひねり、お湯が出てくるか雪解け水が出てくるかはボイラーのご機嫌しだい。たいていの場合ちょろちょろと水滴がしたたるだけか、いきなり熱湯が噴き出すかのどちらかだった。

　そのことで文句を言うと、クリスティは笑いながら兄をからかった。「ずいぶんやわになったものね。わたしたちが子供のころはセントラルヒーティングでさえ考えられない贅《ぜい》沢《たく》だったじゃない。忘れたの？」

　もちろん覚えている。父の前でよその家の贅沢を話題にしてはいけないと肝に銘じたのもそのころだった。ソウルはあるとき、家族の前で級友の父親が新車を買った話をするというへまをやった。そのとき瞬時にこわばった父の表情を見てソウルはすぐによけいなおしゃべりを後悔し、それ以来、大好きな父を傷つけまいと裕福な友だちの話はいっさい口にしなくなった。父とそれほど結びつきの深くなかったクリスティはそんなことは気にせず、よく友だちの家の羽ぶりのよさをうらやんではため息をついていた。それなのに、どういうわけか今のクリスティは周囲があきれるほど無欲だった。

人間に余分な富はいらない、というのがクリスティの持論なのだ。与えられるべきは愛と健康、そして人間としての可能性を追求するチャンスだと彼女は言う。人間同士、互いに尊重し合い、人生になんらかの意味、目的を見いだすことが大事なのだ。あり余る富は、赤貧と同様、人間から自己達成の喜びを奪い、感受性を鈍らせる。いずれにせよ、クリスティは富む者より貧者の側に同情的だった。金持ちは良心のうずきをなだめるために何かができる。たとえばほかの人々のために金を施すといったようなことで。だが貧しい者たちはそれほどのことすらできないというわけだ。

ソウルは眉根を寄せ、妹の家に向かってゆっくり車を走らせていた。クリスティはダヴィーナ・ジェイムズをどう思うだろう？　二人はまったくタイプが違う。頑張り屋で、独立心旺盛《おうせい》で、頑固で、信念の命ずることに情熱を傾け、常に社会的弱者への思いやりを忘れないクリスティ。一方、ダヴィーナ・ジェイムズは金持ちの家に生まれ、子供のころから大人になるまで自立のために働く必要はなく、夫の数知れない裏切りを知りながら平然と結婚生活を続けてきた。

　ソウルは落ち着きなくシートの上で体を動かした。ダヴィーナ・ジェイムズのことを考えるとなぜこんなに腹が立つのだろう？　そういう生き方をしているのは彼女だけじゃない。ソウルの知り合いにも何組かそういう夫婦はいた。表向きは仲のいいカップルを装いながら実際は完全に冷えきった夫婦。もし互いへの愛も友情もないのなら、彼らはなんのために一緒にいるのだろう？　眉間《みけん》のしわをさらに深くして、ソウルはハンドルを切って妹の家の私道に入った。

　ダヴィーナ・ジェイムズが夫の不貞に目をつぶっていたからといって、ぼくがいらつく理由はない。アレックス卿《きょう》はケアリー製薬を手に入れればいいのであって、ジェイムズ夫妻の関係がどうあったかは問題ではないのだから。それにしても、暗闇《くらやみ》で彼女を抱きとめたとき、この体を突き抜けた鋭い感覚の震えはなんだったのだろう？　ぼくにぶつかった瞬間、彼女の体は初めて男性に触れたかのようにびくっとこわばった。それほど繊細で過敏な女性が、なぜ冷ややかな無関心の鎧《よろい》をまとい、不実な夫との結婚生活を続けてこられたのだろう？　それとも、彼女は冷感症で、夫がよそで欲望を満たすことをむしろ歓迎していたのだろうか？

　ばかげた想像をする自分に新たな怒りがこみ上げてくる。いいかげんに彼女のことは忘れるんだと自分に言い聞かせ、ソウルは妹の家の前に車をとめた。ダヴィーナ・ジェイムズの存在は重要ではない。自身の人生の行方が重要でないのと同じように……。

車から降り、ソウルはことさら乱暴にドアを閉めた。砂利を踏んでいくと防犯灯がつき、玄関から飛び出してきたキャシーが久しぶりに会う伯父に抱きついた。ジョジーとはなんという違いだろう。気性の激しい妹にこんなにも穏やかな、愛らしい娘ができるとは不思議なものだ。人生の喜びを純粋に表現するキャシー……だがジョジーは……。

身をかがめて姪《めい》を抱き締めながら、ソウルは鋭い心の痛みを黙殺しようとした。最近のジョジーがシニカルな物質主義に傾きつつあるのは父親のせいだろうか。ジョジーはキャシーより年が上だし、生活環境も違う。でもキャシーが幸せでジョジーがそうでないという事実に変わりはなかった。

「急患があって、ママは出かけちゃったの」並んで家に向かいながらキャシーは言った。

「そんなに遅くはならないって言ってたけど」

「じゃ、今日はメドゥーサがいるんだね？」ソウルはわざと恐ろしげな顔をする。

メドゥーサとは、クリスティが出かけなければならないときに手伝いを頼む年配の家政婦のあだ名だった。アグネス・リンチは一見手ごわい女傑という感じだが、実際は誠実で心優しい未亡人で、クリスティとキャシーに献身的に尽くしてくれている。彼女は男性というものを是としない、今の時代には珍しいタイプの女性で、この女性がかつて結婚していたとは信じがたかった。彼女は亡き夫のことを話すときはいつも冷ややかに〝ミスター・リンチが……〟と言う。一度でも夫をクリスチャンネームで呼んだことがあるのだろうか、とソウルはときどきいぶかった。

　アグネス・リンチが抑圧されているとしたら、長年にわたって男性が女性に押しつけてきた行動パターンのせいだとクリスティは言った。アグネスはおそらく子供のころから、男性たちに道理をわからせ、礼儀を守らせるのは女性の責任だと教え込まれてきたのだろう。

「男の人って、まるで子供なんだから」クリスティはそう言って兄をからかった。「好き勝手をしておいていつも責任逃ればかり。〝それは男のせいじゃない、ノーと言わない女のせいさ〟――そういうわけ？　ばかばかしい！　男性にだって自制心はあるんだし、女性にだってセックスを楽しむ権利がある、そうでしょう？」

　ソウルは何も言わなかった。彼はときどき、弁舌さわやかに女の性の解放を説く妹と、キャシーの父親にあれほど残酷に拒絶され、見捨てられた妹とのギャップに首をかしげることがある。それでも、クリスティの性分をよく知っているソウルは、その疑問をあえて口にすることはなかった。

「軽い食事を作ったわ」キャシーは大人びた口調で言った。「キッチンに用意してあるけれど、その前にまずお部屋に落ち着きたいでしょう？」

　こまごまと気を遣う小さな母親のようだ――ソウルは笑みを押し隠した。だれに似たにせよ、母親でないことだけは確かだ。母親のほうは彼を冷蔵庫の前に引っ張っていき、この中から勝手に食べて、と言いかねない。

　クリスティが一時間後に帰ってきたとき、二人はキッチンのテーブルで語合わせゲーム《スクラブル》に熱中していた。彼女は娘にキスをし、兄を抱き締めてからそっけなくきいた。「大事な仕事っていったいなんなの？」

「大事な仕事があるなんてだれが言った？」ソウルはとぼける。クリスティは感情的かもしれないが愚かではない。それどころか……もしアレックス卿がケアリーを買収したがっている本当の理由を話したら、彼女に何を言われるかわかったものではない。

　だが、なぜ妹の意見など気にする必要があるだろう？　これまで二人の道徳基準がかけ離れているからといって問題になったことはなかった。でもそれは、ソウルが貪欲《どんよく》に出世街道をひた走るのも父の夢を果たすためだという大義名分があったために、妹からそれほど手厳しい攻撃を受けなかったからにすぎない。でも今はその隠れみのも意味を失った。

「兄さんはアレックス卿の右腕だもの。よほど重要な仕事じゃなかったらわざわざこんなところまで来たりしないでしょう？」クリスティはじっと兄を見つめた。

「ああ……実は、最近アレックスのご機嫌をそこねちゃってね。こんな仕事をさせられるのは一種のお仕置みたいなものさ。アレックスはこの地域のある会社の買収に興味を持っているんだ」ソウルはさりげなく言い、そんなことよりキャシーとの勝負のほうがよほど重大だというふうに新たな単語をもう一つでっち上げた。

「会社って？」クリスティは眉をひそめた。「こんな田舎にアレックス卿が食指を動かすような会社があるっていうの？　この辺りで会社らしい会社といえばケアリー以外に……」そこまで言ってクリスティは不意に口をつぐみ、まじまじと兄を見つめた。「ケアリー製薬なのね？」彼女はいぶかしげに眉根を寄せた。「でも、なんのために？」

「さあ」ソウルは肩をすくめた。「彼がどの程度本気なのかはまだよくわからない」

「ケアリー製薬には大いに問題ありね」クリスティは腕を組み、顔をしかめる。「事故は絶えないし、最近あそこの従業員が接触皮膚炎にかかって相談に来る件数が増えているのが気になっているの。給料はよくないし、従業員はだれ一人グレゴリー・ジェイムズをよく思っていなかったみたい」

「彼を知っていたのかい？」

「いいえ。風評から判断する限り、彼とわたしにはなんの共通点もなかったわ。でも、彼の奥さんとは何度か会っているのよ。もの静かで従順な感じの女性だったけど……」

「けど？」ソウルは妹のためらいを聞き逃さなかった。身構えて返事を待つソウルのてのひらに小さなアルファベット文字の駒《こま》が食い込み、敵意とも怒りともつかない感情に心臓がとくとくと打つ。

「彼女とは二年ほど前に病院の資金集めの委員会で一緒だったの。実は、病院のお偉方に新たな治療法を調査検討するようにと説得したのは彼女だったわ。手ごわい相手をどうやって説き伏せたのかはいまだに謎《なぞ》だけれど……」

「つまり、彼女は見かけほどしおらしくはないということかい？」

「さあ、なんとも言えないわ。それほど親しいわけじゃないし……ただ、これまではめったに表に出てくることはなかったのに、ご主人が亡くなってから急にケアリー製薬の問題に取り組み始めたんでみんな驚いているわ」クリスティは娘にもう遅いからやすむようにと言い、それから再びソウルを振り返った。「ジョジーとトムは元気にしてる？」

「ああ」妹の思慮深いまなざしを意識してソウルはちょっと硬くなる。

「その話題、きつい？」

ソウルはそんなことはないというふうに肩をすくめた。最近子供たちとはどうもしっくりいかない。が、自分が父親失格であることは妹にさえ認めたくなかった。「二人とも大きくなったよ。特にジョジーがね。それぞれに自分たちの世界、自分たちの友だちを大事にするようになった」

クリスティはそのとき何も言わなかったが、キャシーがベッドに入って二人きりになると、またその話を蒸し返した。彼女は二人分の飲み物を作りながらキャシーのちょっとした不始末について愚痴をこぼし、それから静かに話の方向を変えた。「ジョジーとトムのこと、どう思っているの？　二人とも兄さんの子供なのよ」

ソウルは受け取ったカップをテーブルに置き、できれば避けていたい話題を持ち出した妹に腹を立て、そんな自分の臆病《おくびょう》さにさらに腹を立てた。「生物学的にはね。でもあの子たちが父親を必要としないならどうしようもないさ」

「もしかしたら二人に試されているんじゃない？　特にジョジーは子供から大人になる微妙な年ごろだわ。兄さんはあの子の父親なんだし、ジョジーだってきっと兄さんのことを……」

「ぼくを必要としているって？」ソウルは立ち上がり、険しい表情で妹を見下ろした。「だったらキャシーはどうなんだ？　あの子も父親が欲しいと言っているかい？」

クリスティの顔から血の気が引き、ソウルは自分の残酷な言葉をすでに後悔していた。

「ああ、クリスティ、悪かった……ひどいことを言ってしまったね」

「いいのよ。当然の質問だもの」クリスティは低くつぶやいた。「正直言って、わたし自身、そう自分に問いかけない日はなかったわ。キャシーは年齢のわりには幼いけれど、でもわたしはできるだけあの子に正直であろうと努めてきたつもり。もちろん彼女の心を傷つけない範囲でね。わたしたちが出会ったとき、すでに彼には妻子がいたってことはあの子も知っているし、今までのところその事実を受け入れているようだわ。ただ、彼が妊娠中絶を望んだこと、たとえ出産しても認知はしないし、子供が大きくなって父親に会いたがっても名乗るつもりはないとくぎを刺されたことまでは話していないの。でもキャシーは――いいえ、キャシーに限らず人の子ならだれしもそうだと思うけれど、いずれ父親がだれか知りたがるはずだわ。そのときに傷つくあの子を守ってあげられないのが苦しくて……それがわたしの背負い続けてきた十字架なの。そうなる前に事実を話しておくべきかもしれない。でも、もし話したとして彼女がすんなりそれを信じるかしら？　それが事実かどうか、自分自身で確かめたいと思わないかしら？　もしわたしがあの子の立場ならそうすると思うわ。わたしにできるのは、ショックに耐えられるだけの強さをあの子に教えることだけ。充分な愛情を注いで、試練にもへこたれない人間としての勇気と自信をつけてあげることくらいじゃないかしら」

クリスティの瞳をぬらす涙を見てソウルは自分の残酷さを恥じ、手を差し伸べ、妹を抱き寄せて優しく揺すった。

「許してくれ、クリスティ。おまえはすばらしい女性だ。おまえといるといつだってぼくの欠点が目立ってしまっていやになるよ」

「欠点？　兄さんに？」兄の腕の中でクリスティはくすっと笑う。「欠点があるのはわたしのほうで、兄さんはいつもいい子だった。だからお父さんにかわいがられたんでしょう？」

ソウルもつられてほほ笑んだ。二人とも、父が娘より息子を偏愛した事実を認め、受け入れている。強くて寛容な少女だったクリスティはそのことで兄を恨むでもなく、比較的早いうちから人生の目標を定め、独立独歩の人生を歩み始めていた。

「結果として、わたしたち、キャシーの父親に拒絶されてよかったと思ってるの」クリスティは涙をふき、ソウルの胸をそっと押しやった。「どう考えてもうまくいくはずはないもの。あとで気づいたんだけれど、わたしはただ彼に認められ、称賛されたかったんだと思うの。つまり、父親に求めて得られなかったものが欲しかったのね。彼を台座に奉って神のように崇《あが》めて……でも拒絶され、はっきりと現実を見たあとは……そうね、キャシーが生まれるころには、彼が大西洋の向こうで仕事をしていてよかったと思ったくらい」

「彼はまだアメリカに？」

「さあ、どうかしら。彼が今どこにいるのか調べるのは簡単だけれど、知りたいとも思わないわ」クリスティは兄の腕に軽く触れた。「ジョジーのことをあきらめないで、ソウル。あの子は兄さんを必要としているわ。もちろんトムも」

「カレンはそうは思っていない」ソウルはせせら笑うようにつぶやいた。

クリスティは寂しげな兄に理解のまなざしを向けた。「わたしはもう部屋に引き揚げるわ。学会の講演の原稿に手を入れたいから」

「ぼくはもう少しここにいるよ。もしかまわなければ」

「もちろん、お好きなように」クリスティはほほ笑み、ドアを開けて出ていった。

一人になるとソウルは再び椅子に腰を下ろした。クリスティの言うように、子供たちは父親を必要としているのだろうか。カレンはそうは言わなかったが。

カレン。今となっては彼女と結婚したことさえが信じられない。二人が本当の意味で愛し合ったことがあったかどうかも……。

ソウルは目を閉じて椅子の背によりかかり、昔のこと――オックスフォードからハーバードに留学したときのことを思い出した。ハーバード行きは二つの重大な結果をもたらした。一つはカレン・マナーズと出会ったこと。もう一つはニューヨークの伝統ある証券アナリストの会社から誘いがかかったことだった。

やはりイギリスからヴァッサーに留学していたカレンに会ったのはハーバードに来て間もないころだった。赤毛で背が高く、目鼻立ちのはっきりした彼女はときとして辛辣《しんらつ》とも思える鋭いウイットを発揮し、セックスに関してかなり男っぽい割り切った考え方をしていて、鉄が磁石に吸い寄せられるように、ソウルはたちまち彼女に惹《ひ》きつけられた。

共通の友人が催したパーティーの席上で初めて出会ったのだが、大勢のアメリカ女性の中でカレンはどこか異質な感じがした。彼女には何かが、国籍が同じだという以外に妙に相通ずる何かがあった。その〝何か〟が、自身が抱いているのと同質の野心と衝動であると気づいたのはそれからだいぶあとのことではあったが。

初めての夜、一見冷ややかで超然としたカレンがベッドでは思いのほか大胆であることをソウルは知った。大胆でありながらクールな恋人――安全で気楽で、パートナーとして申し分ない女性。カレンといると、ソウルは自分の生き方が支持され、評価されていると感じて心が安らいだ。カレンはほかの女性たちとは違っていた。女の子とは感情的で甘ったれで要求がましいものと相場が決まっているが、カレンの場合、セックス以外で彼に何かを要求することはない。

一緒に暮らそうと言いだしたのはカレンのほうだったが、ソウルはそうすることにためらいを感じなかった。彼女のほうも相当な野心家であり、同棲《どうせい》したからといって彼の将来の重荷になるような形で人生に割り込んでくることはありえないと思ったからだ。

彼らは結局、管理人夫婦が家の雑用を引き受けてくれる小さなアパートメントを借りた。もう少し家賃の安いところを探そうと言ったソウルに、今の時代、家事つきのアパートメントは決して贅沢ではなく、共働きのカップルにはぜひとも必要な条件だとカレンは言い張った。しかしソウルの頭にはいつもけちくさい金銭感覚がしみついていた。貧しさがどんなものかよく知っているし、節約を強いられる生活がどれほど父のプライドを傷つけてきたかを忘れてはいない。

「だって」カレンは冷静に言った。「あなたにもわたしにも、家の雑用に精を出す時間はないわ」

それももっともな話で、ソウルはすぐにカレンの意見に同調した。確かに、夜家に帰ってから掃除、洗濯、皿洗いに労力を費やすのはばかげている。相当量の勉強をこなさなければならないうえ、学生生活ではなおざりにできないグループ活動があった。成績優秀だけでは充分ではない。社交上手であることも出世の一つの条件なのだ。アメリカでは特に。そのときソウルはすでに、アメリカこそ自分の能力を最大限に生かせる国だと決めていた。収入はもちろん、将来性においても母国イギリスよりアメリカで働くほうがずっと有望だった。そのことについてはすでにカレンとも話し合っており、意見の一致を見ている。カレンは広告代理店に入社を希望しており、めぼしい数社をリストアップして早々と〝就職戦線突破計画〟なるものを立てていた。

ソウルはカレンの成功を疑ったことはなかった。いわゆる美人ではないかもしれない。が、彼女には人の目と心を引きつけずにはおかない個性、クールな落ち着き、人生への不動の決意と確かな自信があった。お似合いのカップルだとだれもが言った。ほっそりとエレガントな容姿の二人は見た目にもぴったりだったし、肉体の欲望においても申し分なく合致し、慎重に境界線を引いた二人の関係に何一つ不都合はなかった。互いを裏切る必要はない。清潔で快適で、適度な距離を置いた共同生活の中に彼らの求める条件はすべてそろっていた。

カレンは上流階級の出であり、イギリスにいたら彼らが出会うことはなかっただろう。称号はあってもお金はない親戚《しんせき》がうようよしているのよ――カレンは率直に認めた。でも、その称号のおかげでわたしと弟たちが名門校に受け入れられたわけだけれど。

「親戚には独身の大伯母が何人もいて、一族だけで修道院が一つ作れるくらい」あるときカレンは顔をしかめてそう言った。「みんな第一次世界大戦の犠牲者なの。だれもが〝もし恋人が生きていたら……〟という追憶の世界に生きているわけ。わたしは絶対にあんなふうにはなりたくないわ。人生をまっとうするのに男性を当てにするなんてつまらないじゃない？」

将来への周到な計画性、あくなき向上心といった点でカレンはソウルとよく似ていた。ソウルの前にも恋人やボーイフレンドは何人もいたが、だれ一人重要ではなかった。カレンにとってはセックスもほかのあらゆる活動と同じで、一定のレベルに到達するには学び、研究し、経験を積まなければならないというわけだ。スキーしかり、乗馬しかり、だれとでもすぐに話を合わせられる知識の豊富さしかり。すべては鍛練のたまものであり、セックスにしても例外ではなかった。

カレンはソウルの愛のテクニックをほめあげる一方、どういったものがいいか、どういったものがよくないかをはっきり口にする。セックスをするからにはクライマックスに達しなければならず、まれに取り残されるようなことがあると相手より自分の集中力と意欲の欠如を責めているようだった。

分析的で機能的なセックス。だが、アンジェリカと経験した熱く抑制のきかない関係よりそのほうがずっと扱いやすいとソウルは思っていた。熱病のような恋がいかに危険かは経験ずみだ。

カレンとの関係はそうではなかった。彼らの間には、互いに敬意を払い、互いの立場を尊重し、互いのテリトリーには踏み込まないという暗黙の了解があった。たとえば、二人はそれぞれに個室を持っていて、愛し合うときは当然どちらかの部屋で一緒に寝ることになるのだが、カレンが勉強をしに自室にこもれば、ドアが開け放しになっていない限りその夜は独りになりたいという意思表示であるとソウルは解釈した。二人ともセックスがすべてではないと思っていたのだ。

そのころ彼はマッケーン、アボット、ドルーリの三社から誘いを受けた。ソウルは丸一日考え、それからカレンにその話をした。

「一流ね」話を聞き終えるとカレンは淡々と言った。「でも超一流ではないわ。それに、あなたはまだ学位を取っていないし」

ソウルの成績が個人指導の講師が言うほどに優秀であるとしたら数社から誘いがかかってもおかしくないのかもしれない。それでも、なんの後ろ盾もないイギリス人学生が、ハーバードから一流会社に迎えられると思うと自尊心をくすぐられた。人材は彼だけではなく、家名と強力なコネを使って好きな会社に就職できる特権階級の子弟たちがほかにいくらでも転がっているのだから。

「急ぐことはないわ」それが考えた末のカレンの答えだった。

それがどういう意味か二人ともよくわかっている。ソウルはうなずき、こうつけ加えた。

「そうだね。あんまりがつがつしていると思われないほうがいいかもしれない」

「ええ、そのとおりよ」

　クリスマス休暇にカレンはイギリスに帰ったが、ソウルはその余裕がなかったのでアメリカにとどまり、勉学とアルバイトに精を出した。カレンの話からちょっとしたヒントを得て、彼はその冬、スキーのメッカ、コロラド州アスペンにアルバイトの口を見つけ、ついでにスキーの技術を習い覚えた。賃金はさほどでもなかったが、かなりのチップが入るうえ、スキーパスとレッスン料がただというありがたい特典があった。

　スキーはなんといってもウインタースポーツの花形だ。ソウルがそのことを知らなかったとしても、冬休みを前にした学生たちの会話から、スキーの腕前が一種のステータスシンボルになっていることを彼は感じ取った。休暇でスキーに来ている女の子たちからベッドに誘われることもあったが、ソウルはそうした誘惑をいっさい断った。そんなことよりほかにしたいことがいくらでもあった。

　スキーに熱中し、長い時間屋外で過ごす活動的な日々は、勉強ばかりでいささかなまっていた肉体を鍛え直す結果になった。雪焼けしたブロンズ色の肌は豊かな黒髪と澄んだブルーの瞳をはっとするほどに際立たせ、彼はひときわ男らしく引き締まり、健康そのものでハーバードに帰った。

「休暇は楽しかったけれど、あなたに会えなくて寂しかったわ」空港で出迎えたソウルにカレンはそう言った。寂しかったのはソウルも同じで、彼はそのとき、コロラド滞在中ずっと抑えてきた性衝動が体内にいっきにみなぎるのを意識した。

アパートメントのドアからまっすぐ寝室に直行したソウルの性急さに驚いたとしても、カレンは何も言わず、いつもの巧みな愛撫《あいぶ》で彼の欲望を受けとめ、彼はほとんどすぐにクライマックスに達した。そのあとカレンは傍らに寄り添い、耳元で〝今度はわたしの番よ〟とささやいた。そのときみぞおちを襲った後味の悪さ――暗黙のルールを破ったという不快感のようなものを彼は見て見ぬふりをした。しかしもう一度愛し合ったあと眠り込んだカレンを見つめ、ソウルは相反する感情にいら立ってなかなか寝つけなかった。

ソウルは優等で卒業し、評判の高い数社から入社の打診を受けはしたが、それでも超一流といえる企業の内定はすべてほかの連中――成績はたいしたことはないが血筋のいい学生の手に渡ったことを認めざるをえなかった。彼は申し出を受けた中から最も有望と思われる会社を選び、本格的に動き始める前に家族に会いにイギリスに帰った。

久しぶりに会った父は顔色が悪く、体もひとまわり小さくなったように思えた。父は喜び、息子の輝かしい成績を誇りに思うと言ってくれたが、なぜかソウルはむなしかった。何かを失ったような……何かが足りないような……。たぶんそれは超一流企業に見向きもされなかった無念さからくるのだとソウルは自分に言い聞かせ、ニューヨークに帰ったら彼の前を素通りした人事担当者たちを悔しがらせる働きをしてみせると心に誓った。必ずや専門分野でトップになる……なってみせる……帰りの飛行機の中でソウルは何度もそうつぶやいた。

カレンもまたキャリアの階段のトップを目指し、卒業後は念願の広告代理店に就職した。二人ともニューヨークで働くのだし、目をむくほどの物価高を考えればこれまでのように一緒に暮らしたほうがいいと意見は一致した。すでに彼らの間にはある種の気安さ、セックスにおいても社交生活においても一定の気楽なパターンができ上がっていた。

学生時代のように、掃除洗濯を通いのメイドに頼みたいとカレンは主張し、さほど広くない部屋の掃除くらい二人でなんとかなると反対したソウルの意見は通らなかった。

「あなたがそうしたいならご自由に。でもわたしにはそんな時間はないわ」カレンは言った。彼女にとってはキャリアは何よりも優先されなければならないのだ。ソウルは折れた。給料はかなりよくても生活費が高いので生活は楽ではなかったが……。

そのうちに、会社が若い幹部候補生にある種の社会的なステータスを求めていることにソウルは気づくようになった。そういえば、同期に入社した社員の中で裕福な特権階級出身でないのはソウルただ一人だった。カレンの勤めた代理店と違ってソウルの会社はきわめて保守的で、新入社員になんらかの格式の高い社交クラブに所属し、社会的信用度を高めるようにとそれとなくすすめた。

アダムズ・アダムズ&ヒューイットソンで働くようになって半年後、ソウルは初めて、会社側がカレンとの同棲を快く思っていないらしいことに気がついた。

ある重役の六十歳の誕生日を祝うディナーダンスにカレン同伴で出席し、後日、上司にやんわりと二人の関係について尋ねられたとき、ソウルはうかつにもその真意を理解しなかった。だが、その次にはもっとあからさまな警告を受けることになった。社会通念を無視した私生活は出世の妨げになるが、ふさわしい相手との結婚は野心に燃える若者にとってきわめて有利に働く、というわけだ。良家の出であるカレンはその点申し分ない妻になるだろう、と。

ソウルはその夜、食事をしながら、上司との会話の要点をカレンに話した。彼らはほとんど毎晩外で食事をしていた。たまにこぢんまりした家庭的なレストランに行くこともあるが、ほとんどの場合は彼らと似たような若きエリートたちが好むファッショナブルな店で食事をとった。

ソウルの話にカレンはちょっと考え込むふうだったが、そのときは何も言わず、その夜ベッドで愛し合ったあとで再びその話を持ち出した。

「ねえ、さっきの話だけれど、わたしたち、結婚のことを考えてもいいんじゃない？」

「でも、きみは結婚したくないんだろう？」ソウルは驚いてカレンを見つめた。

「ええ、初めのうちはそう思ってたわ。でも今は……ただし、普通の結婚生活は無理ね。わたしにとって仕事が何よりも大事だってことをわかってもらわなくちゃならないもの。

もちろん、あなたがそれでもいいと思うなら……」

ソウルは新たな目でカレンを見つめた。妻としてカレンなら申し分ないかもしれない。

これまで二人の関係を結婚と結びつけたことはなかったが……考えてみればそれも一つの選択肢ではある。

「急いで結論を出すこともないわ」カレンはそう言ったが、会社の上司たちは結論を急いでいるようで、その話を持ち出してから一カ月後、ソウルはもう一度、今でも結婚の意思があるのかどうかを彼女にきいてみた。カレンはイギリスに飛び、一週間後、結婚の了解を得て帰ってきたが、実家の経済状態を考えると式はニューヨークで簡素にすませたほうがよさそうだと言い添えた。「家柄にふさわしい結婚式を挙げようとすればかなりの費用がかかるから、そのほうがいいだろうってパパは言うの。こっちでこっそり式を挙げてしまえばよけいな気を遣うこともないでしょう？」

ソウルは反対はしなかったが、心のどこかで例の悲しみが――少年時代に味わったことのある、痛みとも失望ともつかぬ悲しみがうずいた。しかし彼はその痛みを黙殺し、上司や同僚たちの祝福に笑顔で応《こた》えた。

結婚を祝って二人は行きつけのレストランでパーティーを開いた。広告代理店のスタッフ、ニューヨークで知り合った特権階級出身の友人、ソウルの会社の保守的な上司たち――それぞれに個性の違う人々が違和感を覚えないように、カレンは場所とメニュー選びに気を配った。

　前途有望な青年にカレンは理想的な伴侶《はんりょ》だというのが重役の妻たちの大方の意見だった。彼女なら教養もあり、家柄は申し分なく、裕福な特権階級出身ではないという夫の不運を埋め合わせるだろう。

　二人が正式な夫婦になってからはあちこちから招待が舞い込むようになった。カレンはさまざまな慈善団体から委員会のメンバーにならないかと勧誘され、そんな時間はないとぶつぶつ言いながらも結局は断らなかった。

「ここでは慈善団体の活動が社交の重要な一環なのよ」結婚してからはほとんど顔を合わせる時間がなくなったとこぼすソウルにカレンはそう説明した。「業界に顔のきく実力者とも会えるし、そういうサークルに入っていると何かと有利だわ。そういえばわたしたち、もっとハイクラスのカントリークラブに入らなくちゃ。噂《うわさ》では、あなたのボスが近々引退するそうね？　つまり、だれかが昇進して彼の椅子に座り、そのだれかの椅子にだれかが座り……そうやって順繰りに昇進するわけよね？　ということは、あなたにもチャンスはあるわけだわ」

「今年は四人入社したんだ。その中でぼくの給料が一番低いし……」

「だったらなおのことあなたが昇進する可能性は大と考えるべきね」

　その夜、二人は別々にやすんだ。カレンは疲れていると言って先にやすみ、ソウルは部屋でオフィスから持ち帰ったファイルを開いた。そういえばもう一週間も愛し合っていない。しばらくしたらカレンを起こして……。

しかしソウルはすぐさま仕事に没頭し、カレンへの欲情を忘れた。

10

ソウルは昇進し、給料も跳ね上がった。お祝いにレ・キルケで食事しようとカレンのオフィスに電話をすると、彼女は仕事で一週間出かけなければならなくなったといつになく興奮した声で言った。「急なんだけど、新しいキャンペーンの企画をまかされて、一週間そのための会議があるのよ」

カレンはある大手クライアントのために、それまでとはまったく違った新しい宣伝プランを企画するチームの責任者に選ばれた。それは驚くべき抜擢《ばってき》で、本来ならもっと経験を積んだスタッフに割り振られるべき仕事なのだという。上司であり、そのクライアントの直接の担当者であるブラッド・サイモンズはカレンをオフィスに呼び、これはきみの才能を証明するための異例の抜擢なのだと説明したうえで、詳細は今夜食事をしながら話そうとつけ加えた。

ソウルは失望を気取られないように電話を切った。思いがけないチャンスの到来にカレンが有頂天になるのも無理からぬことと認めながらも、自分の昇進が二の次にされたようで寂しかった。

周囲のだれもが彼らを運のいい、理想的なカップルだと言い、各方面から応じきれないほどの招待を受けるようになった。ソウルは上司や同僚の受けもよく、『ウォールストリート・ジャーナル』で〝注目すべき若き証券アナリスト〟として華々しく紹介されもした。彼の業績は社内で高い評価を受け、それとなくではあっても、よその会社から引き抜きの誘いがかかるのも一度や二度ではなかった。

それでも、夜中にソウルはなんともいえぬ胸苦しさを覚え、目を覚ますことがあった。夢の中で一人の少年が泣いていたという意識が残っている。そんなとき、彼は眠るカレンの隣に横たわり、胸にぽっかりとあいた空洞から目をそむけようとした。そんなはずはない。この人生が空虚であるはずはない。今までのところ、自分自身に課した人生の目標はすべて達成した。カレンという理想的なパートナーに恵まれ、仕事は順風満帆。友人たちの羨望《せんぼう》の的となり、故郷の父は息子の出世を喜んでくれている。計画どおりに一歩一歩人生の階段を上り、今の段階で望みうるすべて、いや、それ以上を手に入れた。それなのに、心の中には常に焦燥感が、何かが足りないという漠たる不安があった。

そんなとき、カレンが仕事を失った。

金曜日の夜にソウルが帰宅すると、蒼白《そうはく》なカレンが取り乱した様子で部屋の中を歩きまわっていた。

会社を追い出された、とカレンは言った。はっきり言ってくび。あの恥知らずが仕掛けた罠《わな》にはまったのよ！　ブラッド・サイモンズはマッコールがほかの代理店に乗り換えるという情報を事前につかんでいて、卑劣にもその責任をわたしに押しつけるべく画策したの。異例の抜擢ですって？　とんでもない嘘《うそ》っぱち！

初めのうちカレンは憤りのあまりまともに話すことさえできなかったが、だんだんと事情がはっきりしてきた。カレンの勤める広告代理店は最近大事なクライアントをいくつか失っていた。中でも一番の得意先、マッコールが彼らとの契約を打ち切ろうとしているのを事前に察知し、担当者であるブラッド・サイモンズは自らの責任を回避するためにカレンを利用することを思いつき、周到にプランを練り、それを実行に移した。

「だまされたの。彼によく思われていないのは最初からわかっていたのに、うかつだったわ。彼は自分の立場を守るために卑劣にもわたしを陥れたのよ」

カレンがこれほど怒りで我を忘れるのを見るのは初めてだった。瞳はぎらぎら燃え、体は触れるのもためらわれるほどにこわばり、顔は土気色だった。

「世界の終わりってわけじゃない」ソウルはなんとかカレンを慰めようとした。「仕事はほかにもあるさ」

カレンは怒りに引きつった顔を彼に向けた。「ええ、あなたの世界は終わりじゃないわよね」彼女は険悪に言い返した。「ほかに仕事があるっていったって、どこがわたしなんかを雇うと思う？　わたしはもうおしまいよ、ソウル。どこに行こうがマッコールをほかの代理店に奪われた無能な女というレッテルはついてまわるわ。今日オフィスを出るときだって、だれもが知らんぷり。声をかけるどころか、顔を上げようともしなかったわ。会社の連中はやっかんでいたのよ。わたしがみんなとは違うから……身分が違いすぎるから……」

声を震わせ、怒りに瞳をかげらせて、カレンは再び部屋を行ったり来たりし始めた。

広告業界以外にも働く場所はあるし、ほかの分野で成功する可能性だってあると言ってもカレンは耳を貸さなかった。世の中はそんなに甘くないわ。人の気も知らないで、と。

ソウルはそれ以上なんと言ったらいいかわからず、抱いて彼女を慰めようと両手を差し伸べた。

「やめてよ、ソウル」カレンはその手を邪険に振り払った。「さわらないで。こんなときにそんな気になれると思うの？　本当に男って……」彼女は蔑《さげす》みに唇をゆがめた。「セックスのことしか考えられないのね」

それは不当な言いがかりであり、ソウルは彼女の声ににじむ非難と軽蔑《けいべつ》にたじろぎ、反射的に身を引いた。セックスのことなど考えてはいなかった。ただ、幼いころ母の胸に抱かれて慰められたように、カレンを抱き、痛みを分かち合いたいと思っただけだった。しかしカレンは彼の慰めなど無用だということをこのうえなくはっきりさせた。

ソウルはその週末仕事で出かける用事があった。が、仕事を断って家にいようかと言ったソウルに、カレンは反対に、そんな必要がどこにあるのかとときき返した。それから一カ月、カレンはどこへも出かけず、だれとも会わず、ただひたすら家に閉じこもっていた。

ある日ソウルの直属の上司、ボブ・ルーカスが、彼の妻が委員会のことで何度かカレンに電話をしているのだが、いつもつかまらないので心配していると眉をひそめながら言った。マッコールが広告代理店を替えたという記事は業界紙にも載ったし、そのためにカレンがくびになったことも周知の事実だったが、上司はそれについてはひと言も触れなかった。

カレンはその夜帰宅したソウルに、昼間、ボブ・ルーカスの夫人が訪ねてきたと報告した。カレンがボスの夫人にどんな応対をしたのかが気になって、ソウルは慎重に妻の表情をうかがった。

「わたしたち、そろそろニューヨークを引き払いましょうよ。ウエストチェスターには条件のいい物件がたくさんあるし……」

「ウエストチェスター?」ソウルは驚いてカレンを見つめた。彼女はいつも都会に固執し、郊外に移り住む人たちをばかにしているのに。

「だって」カレンは彼の目を見ずに続けた。「子供ができたらもっと広い家が必要になるでしょう」

「子供？　でも、きみは仕事を続けたいんだろう？」

「いいえ、仕事はもういいの。いずれにしてもどこを探せばわたしのための仕事があるっていうの？　顔に泥を塗られ、恥をかかされて会社を追い出されたのよ。まともな代理店ならどこだってわたしのような疫病神を背負い込もうとは思わないわ」

「きみは今度のことを深刻に考えすぎているんじゃないかな」ソウルは穏やかに言い含めようとした。「傷ついたのはわかる。でも、マッコールが代理店を替えたのはきみのせいじゃなく、以前から決まっていたことなんだ。きみがブラッド・サイモンズに利用されただけだってことはだれもが……」

「ええ、わたしがうまく利用されただけだってことはだれもが知っているわ。見え透いた罠にやすやすとはまるほど愚かだってことも。わたしはもう仕事には戻れないし、戻りたいとも思わない……」ソウルの説得にも応じず、カレンはウエストチェスターに家を買う余裕はできたはずだと言い張った。「もうそろそろ一戸建てに住んでもいいころでしょう。わたしも二十五歳だし……子供を産むことを考えてもいい年ごろだわ」

　それはもっともな話だが、ソウルはなぜか割り切れないものを感じた。ほかの何よりもキャリアが大事だというのがカレンの口癖ではなかったか？　もちろんソウルも子供は欲しかった。だが、カレンが唐突に出産を考えだしたその動機にいささかの不安を感じざるをえない。しかしソウルはその危惧《きぐ》を口には出さなかった。最近のカレンはひどくぴりぴりしていて激しやすく、とても冷静な話し合いができる状態ではなかった。

結局、ソウルは何も言わず、カレンの望むままにウエストチェスターに家を買った。会社側はソウルの英断を評価し、給料はさらに上がり、責任は増えても多少の時間的余裕が得られるポストに格上げされた。最初のころ、ハーバード卒の同僚たちは特権階級出身でないソウルを一段低く見る傾向にあったが、今では彼に一目置くようになり、中には彼の能力をねたむ者さえいた。頭がいいだけでなく、それを充分に使いこなすすべを心得てお り、仕事は常に完璧《かんぺき》にこなす意欲的な野心家――それが業界内でソウルに与えられた評価だった。そのうちに会社関係以外の知り合いが職業上のさまざまな問題に関して彼のアドバイスを求めてくるようになり、彼にはさらに〝知っていて得をする人物〟という評価がつけ加えられた。

ウエストチェスターに買った家は小さいが、閑静な住宅街の一角にあり、充分な広さの庭があった。カレンは間もなく妊娠し、慈善団体の仕事に熱を入れ、今の生活に満足しているとソウルに請け合った。

仕事で出かけていてジョセフィーン――ジョジーの出産に立ち会えなかったソウルは、小さな娘に面会して初めて、父親になるのがどういうことかを実感した。

生後三日目の娘に会ったとたん、ソウルは人生で二度目の恋に落ちた。しかしこれはアンジェリカに抱いた感情とはまったく違うものだった。ぼくの子供……血を分けた娘。手を伸ばして小さな体に触れたとき、ソウルの目に涙があふれ、いたいけな命へのいとおしさに胸を締めつけられた。

カレンは申し分ない母親であり、周囲のだれもがそう言った。彼女は娘のために最善の環境を与えたいと望み、ソウルも同じ気持ちだった。いつかおまえも父親になり、家族を支える立場になるのだと言った父の言葉をソウルは忘れていなかった。社会で成功し、家族を幸せにすることの大切さを説いた父の言葉を。かなりの給料を取ってはいたが支出も増え、ソウルはこれまでにも増して長時間働くようになった。カレンは仕事ばかりでほとんど家にいないと言って夫を責める一方で、ジョセフィーンをお金のかかる私立の有名保育園に入れると宣言した。

ジョセフィーンが二歳になったとき、ソウルと同期に入社したジョン・フェルサムが会社の共同経営者に抜擢された。カレンは夫の肩を持ち、あなたにこそその地位にふさわしい実力があるのにと息巻いた。もちろん、ジョン・フェルサム三世ほどのコネはないにしても……。

カレンの言葉にある何かがソウルの神経にさわった。共同経営者に指名されなかったことで暗に自分が責められているような気がしてならなかった。失敗したのだろうか……まだまだ充分ではないのだろうか？　〝よくやっている〟というだけでは充分ではない。父が言ったように、だれよりも成功し、だれよりも抜きん出なければ。ソウルはほかの職場を探し始め、設立されたばかりで急成長をとげつつある会社に新たな活躍の場を求めた。給料が上がったので彼らはさらに広い家に移り、ジョセフィーンが二歳半のとき弟のトーマスが生まれた。

今度の場合もカレンは完璧な母親役をこなした。ジョセフィーンが生まれてから、ソウルは父親として最善を尽くそうとしたが、妻は彼を子供部屋に寄せつけようとはしなかった。トーマスのときは、ソウルは最初から子育てにかかわるのをあきらめ、すべてをカレンにまかせた。いずれにしても彼が家にいることはほとんどなかった。仕事で西海岸に行くことが多く、会社側はソウルをロサンゼルスに常駐させたほうが効率的だと冗談を言ったくらいだった。

めったにないことだが、たまに考える時間があると、ソウルは最近カレンとの間の溝がさらに深まりつつあることを実感せずにはいられなかった。彼らの生活はばらばらで、ソウルが家にいるとカレンはいらいらし、子供たち、特にトーマスは父親になんの関心も示さなかった。

ソウルにもいちおう休日や長期休暇はあるのだが、そんなときに限って重要な仕事が持ち上がり、休みを返上して働かなければならないはめに陥った。しかし出世したいなら文句は言えない。守るべき家族を持った今、ソウルの中でビジネスでの成功はさらに大きな意味を持つようになっていた。

　トーマスがまだ乳飲み子のころ、仕事でイギリスに行く機会があり、ソウルはその間なんとか家族に会いに行く時間をひねり出した。そのとき、彼は妹のクリスティが妊娠していることを知った。相手の男性には妻子があり、最初からクリスティの子に責任を持つつもりはないという。

「なぜなんだ、クリスティ？　中絶することもできただろうに……」ソウルは思わず妹を問い詰めた。

「できないわ。ここにいるのはわたしの子よ、ソウル」クリスティは胎児を守ろうとするかのようにおなかに手を当てた。「わたしの赤ちゃん」

「だが、もうじき医師の資格が取れるという大事なときに……」

「わかってるわ」クリスティは目を伏せた。

「父さんと母さんは知っているのかい？」

「いいえ、まだ話してないの。勇気がなくて。お父さんもお母さんも――特にお母さんが、わたしのことをとても誇りにしてくれているから。お父さんは女性が医者になることをあまり喜んではいないにしても……」

　これまで積み重ねてきた努力を今一歩というところでふいにしなければならないとは……。ソウルは妹と生まれてくる子供の行く末を思い、取るべき道は一つしかないと心を決めた。

クリスティが両親のところに妊娠の事実を話しに行くとき、ソウルも一緒に行った。どんなことがあっても妹は勉強をあきらめるべきではないとソウルは両親に力説し、ニューヨークに帰る前に一つの結論を出した。クリスティは両親の家で子供を産み、そして赤ん坊を母にあずけて勉強を続け、資格を取る、と。

「お礼の言いようもないわ」ヒースロー空港まで見送りに来たクリスティは涙に声を詰まらせた。

「お礼なんか言う必要はないさ。勉強を続けて資格を取ってくれたらそれでいい」ソウルは妹を抱き締めて別れのキスをし、彼自身の胸に重くのしかかる未解決の問題を抱えてニューヨークに戻った。

夫の話を聞いてカレンは喜ばなかった。

「二人の子供の教育にいやというほどお金がかかるのに、三人目まで面倒を見る余裕はないわ。もしクリスティの学費まで援助するとなると四人も背負い込むことになるじゃないの」

言いつのるうちに、カレンの声はしだいに甲高く、ヒステリックになっていった。彼女は若いころより体重を減らし、かつてはエレガントだった容姿はぎすぎすした感じになり、いつのころからか顔つきやもの言いまでがとげとげしくなっていた。不平不満をもらす妻を見て、ソウルは苦い思いで自分のいたらなさを認めた。カレンがこんなふうになったのは夫として、父親としての自分の力量が足りないからなのだ。これでは男として充分に成功したとは言いがたい。

ソウルは新たな職探しを始めた。もちろん、これまで以上に稼ぐ必要に迫られているのも事実だが、今度の場合、単なる雇われの身に甘んじるつもりはなかった。努力しだいでいずれは経営陣のトップに立つ可能性を秘めた職場でなければならない。アレックス卿《きょう》から誘いがかかったとき、ソウルはまさに絶好のチャンス到来とみた。

アレックス卿はデイヴィッドソン・コーポレーションのオーナーであり、息子がいないために後継者となるべき人物を物色中だと、はっきり言った。アレックス卿はソウルを有力な後継者候補になりうると考え、ソウル自身もそう確信した。

ソウルはそれまで培った知識と経験のすべてを駆使して〝優良企業〟だったデイヴィッドソンを業界トップの〝最優良企業〟にまで急成長させた。業界紙はソウルの手腕を絶賛し、アレックス卿は広いオフィス、新車、昇給などで彼の働きに報いたが、まだトップの地位は譲り渡さなかった。

アレックス卿はしかし、ロンドン支社を再編成すべきときだというソウルの意見には賛成した。デイヴィッドソンの主な経営基盤はニューヨークとロンドンにあるのだが、ロンドンのほうでは期待される収益を上げていない。だが、その提案をしたとき、ソウルはまさか自分がロンドン支社をまかされることになろうとは思っていなかった。

そのころソウルはすでに会社の支配関係には精通していたし、アレックス卿の提案にはいつも裏があるということを見抜いていたから、ロンドンへの異動が体のいい左遷なのかもしれないという皮肉な考えが頭をかすめないではなかった。アレックス卿が後継者にふさわしいとした〝野心的で有能な青年〟が、実はこれまでにも何人かいたことを、ソウルはデイヴィッドソンに入社して間もなく知った。ぼくが最初ではないにしても、最後の後継者候補になればいい。

そのニュースを聞いてカレンは憤慨した。彼女も子供たちもアメリカでの生活に溶け込んでおり、今さらロンドンで暮らすなんてごめんだわ、ときっぱりとはねつけた。その異動が栄転であり、将来の出世にもつながるのだといくら説明してもカレンは首を横に振るばかりで、ソウルは妻のかたくなな態度に困惑し、ついには怒りを爆発させた。すべてはきみのため、子供たちのためだということがわからないのか？　しかしカレンは断固として譲らず、ロンドンへは行かないと繰り返した。行くなら一人で行けばいいわ。いずれにしても、その仕事がうまくいくという保証がどこにあるの？

ソウルはカレンの言葉を自分の能力に対する不信と解釈した。家族の生活を守り、将来の安定を築く能力のない夫……妻の拒絶はソウルの中にかつての不安と緊張をよみがえらせた。これしきの成功で満足するわけにはいかない。もっと実績を上げ、トップにのし上がる実力があることを証明しなければならないのだ。夫とともに行くのを拒んだカレンが正しいのかもしれない。妻に、世間に、ソウルが自らに課した目標に到達できることを証明せよという要求は正当なのかもしれない。

ソウルは単身ロンドンに渡り、それから半年後に離婚を求められた。彼らの結婚生活はだいぶ前から破綻《はたん》していた、とカレンはクリスマス休暇で帰宅した大に冷ややかに言った。

ソウルはクリスマスイブにウエストチェスターの自宅――デイヴィッドソンに入って一年目の報奨金をもらったときに新たに購入した広いチューダー・ゴシック様式の屋敷に帰った。敷地は主要道路からかなり奥まったところにあって、門から玄関までは生け垣に囲まれた長い私道が続いている。車が近づくとつたに覆われた家の外に柔らかな明かりがつき、開いたドアの向こうに見事に飾られたクリスマスツリーが見えた。無数の豆電球がちかちかとまたたき、枝にはサテンのリボンが結ばれ、昔ながらの赤や金の飾りが趣味よく配されている。ホールに敷かれた深紅のカーペットは広々とした空間にぬくもりを添え、ドアの左右の窓には上品な模様のカーテンがかかり、重厚な木彫枠の暖炉では丸太が赤々と燃えている。

部屋はクリスマス独特の豊かで温かい香りに満ちていたが、中に入った瞬間、ソウルは凍りつくような寒気を覚えた。過去のどこかで感じたことのある寒さ。子供のころ、立身出世の大切さを教えられるたびに感じた不安と混乱が頭をもたげてきそうな冷たい予感……。

食事の間じゅうジョジーはおとなしく、父が話しかけるたびに母の顔色をうかがってからでなければ返事をしなかった。幼いトムでさえ父の差し伸べる手に抱かれようとはしない。

ソウルは料理にはほとんど手をつけぬまま席を立ち、口元を引き締めて見上げたカレンに首を振った。突然食欲はうせた。彼は見知らぬ家にさまよい込んだ異星人だった。ロンドンで買ってきた人形は冷ややかに父親を見つめる他人行儀な娘にはいかにも取ってつけたようなプレゼントだったし、息子のために買った鉄道模型に関していえば……トムはまだ列車で遊ぶには幼すぎた。息子がこの模型で遊ぶ日にここにいることはないだろうと思うとソウルの胸は悲しみにひたされた。

「リチャードおじさんが火曜日に公園に連れていってくれるって言ってたわ」ジョジーが母親に言っている。「クリスマスの翌日にフェルドマンさんのところによばれているのを忘れないようにママに伝えてほしいって。夕方迎えに来るって言ってたわ」

ソウルの皿を片づけるカレンの顔がかすかに赤らんだ。相変わらずやせている。出産前に体重を落として以来もとに戻ることはないようだ。運動を続けているせいで肉体に緩みはなく、硬い少年のような体つきはなぜかソウルを気落ちさせた。もともとスリムではあったが、初めて会ったころのカレンは今よりふっくらしていてずっと女らしかった。

ヘアスタイルを変え、化粧を変え……今のカレンはイギリス人というより典型的なアメリカ人に見える。彼女を際立たせていた――そしてソウルがあんなにも惹《ひ》かれた強烈な個性はどこかに消えてしまった。絹のシャツとシンプルなウールのスカートを身に着け、暇とお金をかけて季節を問わず肌を小麦色に保つ裕福なアメリカ女性。どう言ったらいいだろう。そう……完璧に磨き上げた……磨きすぎた女だ。エレガントで高慢で、ベッドに誘う気にはとてもなれない女。もしベッドをともにしたとしても、それは清潔このうえない環境での義務的な交わりにすぎず、行為が終わるや、彼女はバスルームに駆け込んで彼の肉体の痕跡《こんせき》を徹底的に洗い流そうとするだろう。ソウルの胸に冷え冷えとした悲しみがしみわたり、重い憂鬱《ゆううつ》、深い敗北感が広がっていく。

クリスマス休暇に子供たちをアスペンにスキーに連れていくとカレンが言っている。ソウルは眉をひそめ、年内にロンドンに戻らなければならないから一緒に行くのは無理だと説明を始めた。

「リチャードおじさんと一緒に行くのよ」

ソウルは好戦的な口調でさえぎったジョジーに驚き、突然、自分に向けられた家族全員の敵意を意識した。

「ジョジー、お父さまにはわたしから話すわ。しばらく向こうの部屋でトムとテレビを見ていらっしゃい」

静かに、目を伏せたままジョジーは椅子から滑り下り、トムを連れてドアの方に向かった。

「離婚したいの」ドアが閉まるや、カレンは冷ややかに言った。

ソウルは驚いて妻を見つめた。胸の鼓動が突然速まり、こみ上げてくる猛々《たけだけ》しい怒りに体がこわばったが、カレンは彼に話す間を与えなかった。

彼らの結婚生活はとうの昔に破綻していた、とカレンは言った。結婚そのものが失敗であり、ニューヨークでのキャリアをあきらめたのも間違いだった、と。

ソウルは妻の言い分を黙って聞いていた。なぜ妻であるわたしだけが子育てのためにキャリアをあきらめなければならなかったのか。仕事にかまけて家族をかえりみようともしない夫の陰で、なぜ女性ばかりが家に閉じこもらなければならないのか。好きな人ができたの、と彼女は告白した。妻であり、母である以上に、女性であることを認めてくれる人が……実の父親よりジョジーとトムを理解し、かわいがってくれる人が……。

すったもんだはなしにしましょう。みっともない口論は子供たちのためにもよくないわ。反対を押し切って単身でロンドンに行ったんですもの、あなたにとっては妻も子供たちもたいした意味はなかったのよ。経済的には困らないわ。彼にはわたしたち三人を養っていけるだけの充分な収入があるから。この家を売りに出して、売れたらそのお金は折半しましょう。

「家はきみが好きにすればいい」カレンがようやく言葉を切ったとき、ソウルが吐き捨てるように言ったのはそれだけだった。

その夜遅く、モーテルの部屋で独りベッドに横たわり、ソウルは妻の言い分になんの反論もしなかった自分の愚かしさをのろった。言うべきこと、言わねばならないことはいくらでもあったのに……。

いったいどこでどう間違ってしまったのか——モーテルの部屋で孤独なクリスマスを過ごす間、ソウルは何度となくそう自問した。父に言われたとおり、がむしゃらに頑張ってきたのではなかったか？　懸命に学び、働き、成功という目標に向かって着実に進んできたはずじゃないか。

その後の話し合いでもカレンの決意は変わらず、ついにはソウルも離婚に応じた。何よりも、彼は問題をこれ以上こじらせて子供たちを動揺させたくはなかった。カレンが言うように二人ともソウルを父親とは思っていないにしても。

離婚の成立を待ちかねたようにカレンと〝リチャードおじさん〟は結婚した。カレンの弁護士は離婚に際し、子供たちに会う権利を放棄するようにとソウルに圧力をかけてきた。父親と会っても子供たちは混乱するばかり、というのがカレンの言い分だった。いずれにせよ、これまでだって父と子が顔を合わせることはめったになかったのだから。ソウルはクリスマスイブに会ったときの子供たちの冷ややかな反応を思い出し、彼らのためにと、カレンの出すすべての条件をのんだ。

結婚して一年後、リチャードが経営していた会社が倒産した。カレンは電話をよこし、ジョジーとトムにかかる費用は実の父親が負担すべきだと主張した。ソウルは養育費の支払いを約束したが、それでも子供たちとの面会は許されなかった。

あの子たちを動揺させたくないのよ、とカレンは決まり文句を繰り返した。それでも、弁護士のはからいで一度だけ子供たちに会う機会があった。しかしそのときジョジーもトムもまるで他人の子のようによそよそしく、ソウルは苦い思いを胸に引きさがるしかなかった。いずれにしてもそのころはロンドン支社が忙しく、アメリカに滞在することはめったになかった。皮肉なことに、デイヴィッドソンのロンドン支社は予想を上まわる業績を上げるようになり、その功労者であるソウルが、アレックス卿お気に入りの後継者候補であることは業界でだれ一人知らぬ者はなかった。

ソウルは数年にわたり、複数の女性と関係を持ったが、だれとつき合う場合でも厳密に肉体だけの関係であり、感情的にかかわるつもりはいっさいないことを初めからはっきりさせた。最初のうちは、だれもその言葉をうのみにはしない。だが間もなく、ビジネスこそが、生き馬の目を抜く熾烈《しれつ》な戦いこそが彼の生きがいであり、それ以外のものに興味はないと思い知るのだった。

そしてあるとき、カレンとリチャードが突然イギリスに移ってきた。会社の倒産後、リチャードは西海岸に本拠を置くコンピューター会社に勤めた。その会社がイギリス南部に支社を開設することになり、彼はほかのスタッフ数人とともにイギリスに配属されたのだという。

ソウルがそのことを知ったのは、子供の養育費の送金先を変更してほしいという連絡をカレンから受けたからだった。

「ジョジーとトムに会いに行ったら？」兄からそのいきさつを聞いたクリスティが言った。

「なんといっても二人は兄さんの子供なんだから」

「彼らのほうはぼくを父親とは思っちゃいない」ソウルはぶっきらぼうに応じたが、そのことを考えるたびに――なるべく思い出さないようにしてはいるのだが、胸の内に痛みと孤独がうずくのだった。

だれもがソウルを手ごわい相手とみなし、彼の前に出ると少々おじけづく。しかし妹の娘、キャシーだけは例外だった。キャシーはソウルになついていた。まだ小さいうちから伯父を慕い、彼が時間を作って会いに行くたびに抱いてほしいと両手を広げてせがむのだ。ソウルのほうも、我ながら不思議に思うほど幼い姪《めい》を溺愛《できあい》した。なぜだろう？　妹の子をこんなにも愛せるのに、なぜ自分の子供を充分に愛せなかったのか……いや、愛せなかったのではない。カレンがどう言おうと、子供たちが生まれたときに感じたあの喜びに偽りはなかった。病院で初めてジョセフィーンを抱き上げたときどんなに感動したか、今でもありありと思い出すことができる。

あのとき看護師が慌ててやってきて、まだ新生児にさわってはいけないと彼の腕からジョセフィーンを抱き取った。退院してからはカレンが同じことをした。あるとき、カレンが買い物に出かけている間にジョセフィーンが泣きだした。抱き上げるとおむつがぬれている。ソウルはなんとか替えようとするが、彼の手は大きく、子供はあまりにも小さかった。ジョセフィーンはベビーベッドから全幅の信頼を寄せて父親を見上げ、ソウルはそのとき自分の不器用さを恥じ入りながらも、胸の内に娘への愛と誇りがふくれ上がるのを感じた。

「いったい何をしているの？」帰宅したカレンはすごい剣幕で夫を押しのけ、ジョセフィーンは驚いて泣きだした。「大丈夫よ、ダーリン。ママはここにいるわ……」よけいなことをしたのだと、自分が必要とされていないのだと感じ取り、ソウルは黙って子供部屋を出た。

キャシーの場合はそうではなかった。長い時間診療所で働き、くたくたになって帰ったときなど、クリスティはベッドからキャシーを抱き上げて兄の腕に押しつけ、こう言うのだ。「抱いてあげて。さもないと世の中は女性ばかりで構成されているんだと思い込みかねないわ。世の中には男性もいるんだってことをこの子にも教えなくちゃね」

カレンと違って、クリスティは娘をソウルにゆだねることになんの抵抗も感じていないようで、彼も当たり前のようにぬれたおむつを替え、キャシーは愛らしい笑顔でそれに報いた。時間がありさえすればソウルは妹の家を訪ねていき、小さな姪と過ごすことが多くなった。

そして父が亡くなった。葬儀の間、ソウルは参列者の列から独り離れて立ち、複雑な感情と折り合いをつけようとしていた。もちろん、心の大半を占めるのは深い悲しみ、そして後ろめたさ――父に託された夢のすべてを実現していないという後ろめたさがあった。ソウルはまだ人生に求めたすべてを手にしていない。究極の目標に到達できることをまだ父に証明していなかった。そしてさらに、そうした感情のほかに、ふつふつとたぎる怒りがあった。

父への怒り！　あんなにも愛してくれた父への怒り！　父は息子のために最高を願ってくれた。ひとかどの男になることの大切さを、家族を養う責任の重さを、男は強くあらねばならないことを教えてくれた。それなのに……。

カレンとリチャードがイギリスで暮らすようになってから、ソウルは何度か子供たちに会わせてほしいとカレンに頼んだ。そのときの気分しだいで返事はまちまちだったが、面会は決まって惨めな結果に終わった。子供たちはほとんど口をきかず、トーマスは単に無関心なだけだったが、ジョセフィーンのほうは父への反抗心をむき出しにした。

イギリスでトーマスは全寮制の学校に入り、ジョセフィーンは女子だけの私立学校に通っている。学費は当然ソウル持ちだが。二人ともよくやっているわ、とカレンは当てつけがましく言った。頑張るしかないじゃないの。いずれは自力で厳しい世の中を渡っていかなければならないんだから。

カレンは最近ますます辛辣《しんらつ》になり、ソウルとの結婚で彼女自身のキャリアも夢もあきらめざるをえなかったと、ことあるごとに子供たちに言い聞かせているようだった。

だがソウルは何も言わなかった。言ってなんになるだろう？　離婚したことは後悔していない。だが、子供たちとの関係に関して言えば……会うたびに敗北感が深まっていくのをどうすることもできず、ときにはそのやましさのために彼らと会うのをためらいさえした。

一方、デイヴィッドソン・コーポレーションはめざましい発展をとげていた。ソウルの指揮のもと、問題を抱えた弱小ライバル会社を次々と買収し、彼らの資産を容赦なく、徹底的にはぎ取る手腕には経営にかかわるだれもが度肝を抜かれた。が、それでもまだ会社の実権はアレックス卿が握り、ソウルは成功への最後のステップを上りきってはいなかった。

ソウルが三十九歳の誕生日を迎えたあとのクリスマス、キャシーがいかにもうれしそうにソウルにほほ笑みかけた。「わたし、とても幸せ。ときどき、こんなに幸せでいいのかしらと思うことがあるわ。伯父さまもそう？」

反射的にうなずこうとしたのに、なぜか首が硬直して動かない。その瞬間、飾りけのない妹の家の心地よく散らかった居間がふっと暗くなり、ソウルは再び成功の大切さを説く父の前に立っていた。父の目には失意と悲しみがあり、少年に戻ったソウルは大好きな父親が幸せではないらしいと感じて胸を痛めた。そのイメージを消し去ろうとまばたきすると、今度は別のイメージが浮かび上がった。ウエストチェスターの玄関ホール。赤と金のサテンのリボンが結ばれたクリスマスツリー。不満げなカレンの表情。打ち解けぬ娘と父になつかぬ息子。ソウルは胸を貫いた痛みに思わず顔をしかめ、それに気づいたクリスティは具合でも悪いのかと兄に尋ねた。

クリスティの料理はいつも冗談の種になる。去年のクリスマスも、ソウルは彼女の焼いたローストポテトは焦げた砲弾のようだとからかった。そうするのはキャシーのためだ。伯父が母をからかい、母が伯父に応酬するのをキャシーは喜んだ。

「いや、なんでもない」ソウルはクリスティと自分自身にそう言ったが、それ以降はすべてが以前とは変わってしまった。

まるで自分の世界の機軸がわずかにずれ、いつもとは違った、不安定なアングルから物事を見ているような、そんな感じだった。それまで考えたこともなかった疑問が浮かび、その存在に気づきさえしなかった感情に揺さぶられ、重要な会議の席では議事の流れの外に身を置くことが多くなった。夜は不眠に悩まされ、部下にいら立ち……ソウルは自分の人生が抑制のきかぬ方向に走りだしているという不安に駆られた。その不安は、失いつつある自分自身への支配権を取り戻そうとする闘いの中で、さらに怒りに、恐怖に変わっていった。

恐ろしかった。これまでの人生のどんなときよりも深い恐怖にとらえられていた。幼いころ、父の目に悲しみを見たときより……上級課程の試験に失敗したときより……小さな娘を初めて腕に抱いたときより……カレンに離婚を求められたときより……。

望んだものはほとんどすべて手に入れた。確かに、そのためにいくつか犠牲を強いられはしたが、離婚をし、子供たちとの絆《きずな》を断たれた男性は彼一人ではない。そんな話は世の中に掃いて捨てるほどあり、悲しいかな、それもまた人生のありふれた現実の一つなのだ。彼は成功した。半年ほど前、アレックス卿は遠からず引退することをほのめかしたし、役員のだれ一人後継者としてのソウルの力量に疑問をさしはさむ者はいない。それならなぜ、朝目を覚ましたときに口の中に苦い悔恨の味がするんだ？　なぜ、鏡をのぞくたびに嫌悪感に胸が悪くなるのか、なぜ、子供たちの顔を思い浮かべるだけで理不尽な怒りがこみ上げてくるのか？

ストレスです、と医者は言う。ストレス！　最高の勲章というわけか！　ついにゴールに到達したという認定証。有能なビジネスマンならだれでもその言葉の持つ意味を知っている。彼らはあらゆる矛盾をその病名のもとに正当化し、再び企業戦士として立ち上がるのだ。しかしソウルのストレスはそのたぐいではなく、やる気を燃え立たせるどころか徐々に彼の内部を破滅させつつあった。あたかも彼の肉体、感覚、知覚が反旗を翻し、彼自身への逆襲を開始したかのように……。

その時期、アレックス卿はソウルとダン・ハーパーの友情に目をつけ、彼の会社を買収し、その資産を根こそぎ搾り取る命を下した。しかしソウルの中にある何かが、それまで存在することすら知らなかった何かが、ボスの命令を退けた。

大人になってから初めて、頭脳が必ずしも感情を制するとは限らないことをソウルは知った。その認識は、ほかの人間にとっては完全なノイローゼに陥るほどの大きな衝撃を彼に与えた。その変化を受け入れるのに数週間、いや、数カ月かかり、以来、それまで経験したことのない苦しい内省と自己分析の日々が続いている。

ソウルは父の鋳型にはまった自分ではない、父の影を背負った自分でもない、ありのままの自分、自由な意思と欲求を持つ一個人としての自分と向き合っていた。それもかつてないことだった。そして、人生の最も大切なものに目をふさがれていた人間の魂の内奥の孤独と苦悩を知った。

彼はそうした感情を黙殺しようとした。黙殺し、闘い、撃退しようとした。だが、いったん頭をもたげた疑惑は執拗《しつよう》に取りついて離れようとはしない。彼の中に二人のソウルが存在し、一方がもう一方を告発し、尋問し、判決を下し、これまでの彼の人生を否定し、本来そうあるべきであった人生との比較をやめなかった。

ほかのもっと弱い男性だったら、すべてを父親のせいにしたかもしれない。だがソウルはそうはしなかった。父を愛していたし、その気持ちは今でも変わっていない。それでも……父が息子に託した野心、父が息子に望んだ人生に意味があったのかということになると……。

ソウルは疲労を覚えて椅子から立ち上がった。もうだいぶ遅い。いつまでも無意味な内省にふけっているよりベッドに入ったほうがよさそうだ。

明日は早くからケアリー製薬に関する調査を始めなければならない。あの会社が買い手を、あるいは出資者を探しているのは知っている。けれどアレックス卿の出す条件をすべてのませ、さらに買収の結果、会社がどうなるかを相手方に納得させるのは容易ではないだろう。

アレックス卿は慈善家でも博愛主義者でもない。彼は会社の経費を最小限に抑えるために大量解雇、事実上の生産中止を決めるはずだ。製薬会社は形だけの存在になり、政府の助成金を獲得するにあたってアレックス卿が必要と判断した場合にのみ生産ラインは復活する。もちろん、そうなったところでケアリー製薬の株主たちは痛くもかゆくもなく、銀行にしても、多額の貸付金が清算されるのであれば買収話を歓迎しこそすれ、けちをつけるはずはなかった。株の大半はダヴィーナ・ジェイムズの名義であり、報告書の内容から察する限り、彼女が会社を喜んで手放す気でいるのは間違いない。

それならなぜ、ケアリー製薬の買収話がそれほど簡単にはまとまらないだろうといういやな予感にさいなまれるのだろう？

11

会議室から出てきた午後の四時、レオは館《シュロス》から電話を受けた。楽な会議ではなかった。重役会の間じゅう、ウィルヘルムはレオの出す案にことごとく異議を唱えた。

父が遺言で弟のレオを後継者に指名したのは、兄にとってと同様、レオにとっても意外であり残念だということをウィルヘルムはかたくなに信じようとしない。そんな兄の子供じみた意固地さを相手にするまいと思う一方、彼のしつこい攻撃には怒りを抑えかねた。その執拗《しつよう》ないやみと攻撃を懸命に無視しようとしていると、またひどい偏頭痛が始まりそうな予感がする。

偏頭痛の持病はもう何年も前に撃退したと思っていた。しかし会社経営を引き継いでからというもの、再びその不吉な兆候が現れ始めている。父ならそんなものは弱さのしるしだと言うだろう。だがレオはそうは思っていない。もし偏頭痛がなんらかの感情によってもたらされるのであれば、それはおそらく後ろめたさ——兄があれほど欲しがっていた会社のトップの座を、望まぬこととはいえ弟の自分が手にしたせいだ。

望まぬならその地位を兄に譲ったらいいのだろうが……レオは眉をひそめた。微に入り細にわたり、こと細かに記された父の遺言のもとではそれも不可能であることを、自分も、そしてウィルヘルムも知っている。実際、遺言の内容はきわめて厳密で、レオはそれを読んだとき、父は会社をウィルヘルムに継がせたくないがために自分を利用したという印象を受けたほどだ。

レオは最初、祖母の家政婦エルガからの電話にうわの空で応じた。しかし彼女の取り乱した声を聞いたとたんみぞおちがきゅっとよじれ、思わず受話器を固く握り締めた。九十二歳の祖母は夫に、姉妹に、そして娘にさえ先立たれ、ついに今、自らの長い人生の終わりを迎えようとしている。老男爵夫人の死が間近であることを身内に知らせるように看護師に指示されたとエルガは涙声で言い、レオはすぐにシュロスに向かうと約束した。

受話器を置いてすぐにウィルヘルムのオフィスに電話をしたが、彼はだれにも行く先を告げずにどこかへ出かけたあとだった。レオは唇を引き結んだ。たぶん新しい愛人のところに行ったのだろう。蛙《かえる》の子は蛙。父のように、ウィルヘルムには結婚の誓いを尊重するつもりなどさらさらない。少なくとも、父と違ってウィルヘルムは妻のアナに暴力をふるってはいないようだが……。

レオはぼんやりとオフィスの窓に目を向けた。窓ガラスの向こうにはネッカー川とハンブルクの工業地帯の見慣れた景色が広がっている。惨めな少年時代、レオにとって祖父母の存在は慰めだった。だがウィルヘルムは祖父母をけむたがり、休暇をシュロスで過ごすのを喜ばなかった。監禁されているようで息が詰まるというのだ。それでも、ウィルヘルムは時に応じて、それが相手にインパクトを与えると踏んだときには、それとなく祖父の称号を口にする抜け目なさを持ち合わせていた。そして父と同じようにウィルヘルムもまた、カール大帝の時代にまでさかのぼる由緒ある貴族の血筋が母方のものであることを少なからず無念に思っていた。

彼らの両親は遠い親戚《しんせき》関係にあった。父方の祖父は母方の祖父のまたいとこで、父ハインリッヒ・フォン・ヘスラーが一族の家系をたどる旅の途中でシュロスを訪れ、そのとき母と知り合った。それは第二次世界大戦勃発《ぼっぱつ》直後のことで、そんな時勢に父があちこち自由に旅行ができたというのはどう考えても不思議だったが、ほかの多くのことと同様、その話題もおおっぴらに口にすべきではないとレオは本能的に感じ取っていた。

急に出かけなければならなくなった理由を秘書に説明しながら、レオはウィルヘルムの自宅に電話をした。兄嫁のアナはエレガントな、しかし哀れなほど無力でか弱い女性だ。独身時代はモデルをしていたのだが、若いころの生き生きとした美しさは不幸な結婚を境に見る間にその輝きを失っていった。

レオはできる限り声を平静に保って祖母が危篤であることを話し、ウィルヘルムが帰ったらその旨伝えてほしいとアナに頼んだ。

「伝えるわ。万一、彼が帰ってきたら」アナは苦々しく言った。

それには返事のしようもなく、レオは受話器を戻し、シュロスに飛ぶヘリの準備ができたと伝えに来た秘書にうなずいた。これまでシュロスを手放さずにすんだのはヘスラー製薬からの経済的支援があったからであり、そのために祖父母が娘婿の〝情け〟をどんなに重荷に感じてきたか、レオは知っていた。しかしその祖父もレオが一五歳のときに亡くなってもうこの世にはいない。

レオは着替えを取りに家に立ち寄り、会社の自家用ヘリが二基並んでいるヘリポートに向かった。

待機していたパイロットのあいさつに応《こた》え、彼は準備を整えたヘリに乗り込んだ。かなり衰弱してはいるがまだ意識ははっきりしている、とエルガは言っていた。長い人生の終わりに近づいた祖母の心に去来するものはなんだろう？　苦渋に満ちた過去？　それとも安息が約束された来世？　多くのつらい経験をし、多くの悲しみを見てきた祖母。その重い命の灯が今吹き消されようとしているのだと思うと胸が詰まる。理性は避けられない現実を受け入れつつあったが、レオの内部に残る少年の心は、祖母を失い、独り取り残されるのを恐れていた。

空から見下ろすネッカー川の峡谷は箱庭のようだ。川の流れは夕日を浴びてきらめき、さまざまな色合いの緑に覆われた絶壁のところどころに、鋭くとがった歯のようにそそり立つ中世の城が見える。そうした城と比べるとシュロスは小さいほうで、中世期に建てられた本来の建築部分は十七世紀になってその時代の様式に装いを改めた。

今、前方に目指すシュロスが見えてきた。その昔カール大帝から授与された由緒ある家紋の旗が掲げられてはいるが、不吉な無風状態の中でその布はそよとも動かず、着陸態勢に入ったヘリからの烈風を受けて初めてばたばたと激しく翻った。

エルガはレオの到着を待ちかねていた。レオが覚えている限り、エルガはずっと昔から祖父母に仕えてきた。彼女の亡き夫はシュロスの管理人で、長い間祖母の運転手も務めた。二人とも祖母を敬愛し、よく尽くしてくれた。祖母の凛《りん》とした態度だけを見て高慢でよそよそしい女性ときめつける人もいないではなかったが、その裏に本当の優しさが隠れていることをレオは知っている。

「お祖母《ばあ》さまは？」エルガの涙にレオは胸をつかれた。

「まだ息はあります。でも、看護師さんはもう長くはないだろうと……」

がらんとした、物音一つしないホールの暗がりに目が慣れるまでに数秒かかり、レオはそれから無言でエルガの手を撫《な》でた。この中世のシュロスの広大なホールは十八世紀の祖先の手で壁のパネルを張り替えられていたものの、ここへ来るとレオはいつも中世の気分を呼び覚まされる。十字軍の戦士が持ち帰ったに違いない色あせた敷物が広い石敷きの床を彩り、繊細な彫りのある木の手すりが二階に続くいかめしい石造りの階段にいささかのぬくもりを添えている。

二階には巨大な窓があり、一族の家紋と勲章が色彩豊かに描かれたステンドグラスがはめ込まれている。その窓がネッカー川に面しているために、第二次世界大戦中このシュロスを接収したヒトラー親衛《SS》隊の隊長が、川と上空を見張るのにこんな色つきガラスは邪魔だと言いだした。それに対して祖母はこう言った——もし隊員を総動員してステンドグラスを一片一片取り外すならそれはそれでかまわないけれど、わたしとしては祖国の文化遺産が破壊されるのを黙って見ているわけにはいきません。そんなことに時間と手間をかけるより、もっと見晴らしのいい屋根裏の窓からネッカー川を監視すればいいでしょう。レオはその話をエルガから聞き、祖母の勇気と知恵に感じ入ったものだった。

ステンドグラス越しにさし込む夕日が、天使のように愛らしい童子の頭部を黄金の後光で縁取っている。その童子の絵姿は、このシュロスの主であった中世の男爵が大君主への忠誠心を示す人質として敵に差し出したのち、屍《しかばね》となって返されてきた幼い息子を象徴していると伝えられている。

そう、シュロスには長い暴力の歴史が刻まれてきた——それを受ける側であれ与える側であれ。その昔、一族が人質を閉じ込めたという地下牢《ろう》の存在を兄に教えられたときに感じた嫌悪をレオは今でも忘れることができない。過去のあらゆる残虐行為にもかかわらず、シュロスは今、長い歳月がこの壁の中で起こったすべてを浄化したかのように平安に息づいている。あたかも、人が犯しうる不正と蛮行のすべてを知っているシュロスが、人間の弱さ、欠点を見つめ、それに耐え、それを許し、壁の内側にある人々に慈悲深い安らぎを与えているようだった。

レオは独り二階に上がり、幼いころからよく知っている迷路のような狭い廊下をまっすぐ祖母の部屋に向かった。西棟にある祖母の寝室はここに嫁入りしたときから使っている部屋で、彼女はそこでレオの母である一人娘を産み、そこにある大きなベッド——何代にもわたる祖先たちの生と死を見守ってきた揺りかごであり柩《ひつぎ》でもあるベッドで祖父を看《み》取《と》った。

小さくノックしてから部屋に入ると、ベッドわきに座っていた看護師が立ち上がって彼を迎えた。

看護師は素早くレオに近づき、低い声で淡々とささやいた。「まだ息があります。でもそう長くはないでしょう。わたしは廊下におりますから、お二人だけで……」

レオは看護師が空けた椅子に腰を下ろした。静かに横たわる祖母の体はあまりにも小さく、ベッドカバーの上に置かれた手はやせてしわだらけで、金の指輪は摩耗して輝きを失っている。レオは思わず両手を差し伸べ、枯れ木のようなその手を握った。

「レオ」

名前を呼ばれて彼ははっとする。

祖母は目を開けてほほ笑んだ。「ようやくわたしにもお迎えが来たのね」レオの悲しげな顔を見て、祖母は再び微笑した。「いいのよ。もう心の準備はできているの。ウィルヘルムは？」

その声は弱々しい。だが祖母の意識がこれほどはっきりしているとは思っていなかった。実を言うと、レオはここに来るのが恐ろしかった。死を目前にした祖母を見るのが怖かった。けれど、祖母はこれまでいつもそうであったように優しく、穏やかだった。

「会議があって……メッセージを残してきましたから、もうすぐ来るでしょう」

「また女の人ね？」祖母の瞳が憂いを帯びる。「運命って皮肉なものね。あなたがウィルヘルムの父親にそっくりで、ウィルヘルムがあなたの父親にそっくりだなんて」

レオはまじまじと祖母を見つめた。聞き違いだろうか？　急に寒気がし、心臓がおかしくなったように打ち始める。目を閉じた老婦人に彼は顔を寄せた。

「お祖母さま……」祖母は再び目を開ける。「今のはどういう意味なんです？　ウィルヘルムもぼくも同じ父の息子じゃないですか」

「わたしが現実と幻想の区別がつかないほどもうろくしたというの？　ああ、レオ、そうだったらどんなにいいかしら。このことは永遠に黙っていたほうがいいのかもしれません。でも、あなたのお母さまが亡くなってから、わたしはずっと罪の意識から逃れられなかった……娘とハインリッヒとの結婚を許してはいけなかったんです。あんなに悲惨な結婚生活に耐えることになるくらいなら、世間の目など気にせずに婚外子を産んで育てたほうがよほど幸せでしたよ。でもあのころは時代が悪かったし、わたしたちはすでにナチに疑いをかけられていた。あなたのお祖父《じい》さまはヒトラーに公然とたてついていましたからね。男爵という称号がなかったら、とうに破滅させられていたでしょう。わたしたちはいつも危険と隣り合わせでした。そのころあなたの父親、ハインリッヒは……」

祖母は気持ちを静めようとするように目を閉じ、おもむろに続けた。

「お祖父さまに近づき、エリーザベトと結婚させてほしいと言ったんです。でもあの子にはほかに好きな人がいて……大学で知り合ったその人と深く愛し合っていました。今でいう〝良心的兵役拒否者〟というのかしら、彼は勇敢な平和主義者でした。ハインリッヒはその青年を嫌っていたから、ひょっとしたら彼をSSに密告したのはハインリッヒかも……でも、それは知らないでいるほうがいいことですからね。その青年は逮捕され、死刑を言い渡されたわ。エリーザベトは彼を助けてほしいとハインリッヒに懇願したけれど、それは逆効果でした。そのとき、わたしは娘とその青年とが恋仲だとは知らなくて……エリーザベトはまだ若くて、やっと十八歳になったばかりでしたから。彼の死刑が執行されてから何週間かあと、エリーザベトがハインリッヒと結婚すると言いだしたときは本当に驚きましたよ。実は亡くなった恋人の子供を身ごもっているのだとあの子はわたしにわたしだけに打ち明けたんです。生まれてくる子供のためにハインリッヒと結婚すると。……

婚外子を産んで周囲から白い目で見られるのは耐えられないと。そのときすでにハインリッヒに身をまかせたと、あの子はわたしに告白しました。恋人の子供を守るためならどんなことでもする決意だったんでしょうね。結婚式は内輪だけが集まる簡素なものでした。そしてこのシュロスでウィルヘルムが生まれ、幸い安産でしたから、新婚初夜に身ごもった子供が予定より三カ月早く生まれてきたということにしたんです。ハインリッヒはウィルヘルムが自分の息子だと信じていたわ。これはわたしの推測だけれど、あなたのお母さまはハインリッヒが最初で最後の恋人であるふりをしたんでしょう。それこそ命がけでね。そしてウィルヘルムが生まれるとすぐ、二人はスイスに移ったの」

祖母の声は弱々しくとぎれ、レオは震えて閉じたしわ深いまぶたを見つめた。死の床にある祖母を質問攻めにはしたくないが、知らなければならないことは山のようにあり、過去への冷たい疑惑はさらにふくれ上がる。

レオはベッドに身をかがめ、骨張った祖母の手をそっと撫でながら低くこわばった声できいた。「父は……死ぬ前にそのことを知ったんですか？」

もはや祖母には何も聞こえていないのだろうか？　すでに生と死の境の無意識の領域に滑り込んでしまったのだろうか？　レオがそう思ったとき、祖母は首をわずかにかしげ、ゆっくりと目を開けた。

「ええ、あなたのお母さまが……亡くなる前にすべてを打ち明けたわ。ハインリッヒはとても残酷でした。わたしはあの二人を別れさせたかった。でもエリーザベトは決してそうはさせなかったでしょう。息子たちを奪われるのを恐れ、彼の復讐《ふくしゅう》を恐れていたから……でも最後に、あの子は胸に秘めてきたすべてを吐き出したんです。エリーザベトは自分の死を予感していたわ。それで、ウィルヘルムの本当の父親がだれかを秘密にしたまま死ぬことはできないと覚悟を決めたんです」

レオに見守られ、祖母は震える息を吸い込んだ。

「一人娘が夫に侮辱され、徐々に破滅していくのを見るのはどんなにつらかったか……あの子が夫に真実を話したのは良心の呵責《かしゃく》に耐えかねたからではなく、怒りのためだったとわたしは今でも思っています。そのあとでハインリッヒが来て……」祖母の目に涙が光った。「あの子の言うことは本当なのかと尋ね、わたしはそうだと答えましたよ。プライドが許すなら、あのとき、彼はその場でウィルヘルムの相続権を正式に取り消したでしょうね。それでも、ウィルヘルムはあなたの息子だと、わたしはあの人に言ったんです。あなたにそっくりではないかと。〝息子なものか〟とハインリッヒはぞっとするような目つきで言ったわ。〝本当の息子なんか一人もいない〟と。〝それもみんなあんたの娘のせい、あの雌狐《めぎつね》のせいだ〟とも。レオは正真正銘あなたの息子だと言うと、ハインリッヒは残酷にこう答えました。〝ぼくの種でできた、それだけのことさ。あんたの娘のおかげであいつは父親とは似ても似つかない腰抜けになった。ぼくはあんたの娘にだまされた。あんなやつは地獄に落ちればいいんだ〟と」祖母は小刻みに震え、再び目を閉じた。

「もしだれかが地獄に落ちるとしたら……もし実際に地獄というものがあるなら、そこに行くのは母ではなく、父のほうです」レオは言った。

流すことのできない涙が喉の奥で燃えている。レオは不意に、父の過去を知った悲しみ、胸に渦巻く恐怖と苦悩をこの女性に――いつも愛と慰めを与えてくれたこの女性にあずけたいという思いに駆られた。少年のときのように。しかしまばたきすると同時に彼の中の少年は消え、大人の彼が立ち戻った。すでに多くを背負い、苦しんできた祖母にこれ以上の重荷を負わせるわけにはいかない。

「それで父はヘスラー製薬をぼくに譲ったんですね」

「ええ。あなたが彼の血を引いた息子だから」

〝レオ……わたしの息子……〟今となれば、父がいまわの際に口走った言葉の意味がよくわかる。しかしもう一つ、きいておかねばならないことがあった。

「ウィルヘルムは……その事実を知っているんですか？」

祖母は無言で首を横に振った。

男爵夫人は午前二時に息を引き取った。最後に浅い呼吸を一つして永遠の眠りに引き込まれていくとき、レオは傍らにいて祖母の手を握っていた。息を引き取ったことはすぐにわかったが、彼はそれからしばらくの間、まだぬくもりの残る手を包んでいた。

ぽってりした顎にひげそりの傷をつけた不機嫌きわまりないウィルヘルムがやってきたのはその日の朝だった。

事実を知った今でも、ウィルヘルムが父の実の息子でないとは信じられない。兄は生まれたときからハインリッヒの影響を強く受けて育ち、態度も気質もものの考え方も父親そっくりだ。母にはしかし、息子が恋人との間の子であることを夫に知られてはならないと気遣うあまり、ウィルヘルムの身に何が起こっているかに目を向ける余裕はなかった。夫がなんの疑問も抱かずにウィルヘルムを自分の子として受け入れたと確信したとき、母は心底安堵《あんど》したに違いない。ところが時がたち、夫が息子を——亡き恋人の子をどんなふうに育てたかに気づき始めたころはもう手遅れだった。母がいつもレオを目の届くところに置いたのは、ウィルヘルム同様、次男もまた夫の鋳型にはめられるのを恐れたためだろう。

哀れみと同情に心を痛めてレオは兄から顔をそむけた。もし父に性格をゆがめられなかったら、傲慢《ごうまん》さ、強欲、独善を教え込まれなかったら、兄はたぶん……。

今さら真実を告げることはできない。事実を知ったら兄は完全に破滅するだろう。

「じゃ、祖母さんはもう死んじまったんだな」ウィルヘルムは投げやりな口調で言い、レオは重々しくうなずいた。

「ああ真夜中過ぎに」

あとで独りになると、レオは祖母の口から告げられた事実について改めて思いをめぐらせた。人間は――たとえそれがハインリッヒのような男であっても、生まれたときから我が子として育ててきた息子を死の瀬戸際で拒み、遺言から外すことができるものなのだろうか？　子供を愛するということはその子の中にある遺伝子を愛するわけではなく、すべてをひっくるめてその人間性を愛するということではないのか？　だが考えてみれば、父は二人の息子のどちらをも本当の意味で愛したことはなかった。というよりむしろ、父はだれ一人――彼自身をも愛したことはないのかもしれない。欠点も弱さも含めて、人間はまず自らを愛さなければならないとレオは思っている。そうでなかったら、どうして他者を理解し、哀れみ、許し、愛することができるだろう？

愛も信頼もないぎくしゃくした両親の関係、裏切りに満ちた兄の結婚生活を目のあたりにしてきて、レオは結婚という形態に深い不信を抱いている。もし結婚して子をもうけたら自分もまた父のようになるのではないか……そして我が子もまた……そうであるなら、父の遺伝子をこの世に残すべきではないのかもしれない。

もちろんレオも何度か恋をしたことはある。が、彼の場合、結果的に恋人を傷つけてしまうのが怖くて積極的になれなかった。ハイデルベルク大学在学中に同じクラスで学ぶガールフレンドがいた。レオは彼女を深く愛し、そのことを告白したくてたまらなかった。しかし例の不安が彼をためらわせ、彼女は真の人間関係を回避しようとしていると言って彼を非難した。

死の直前、父はレオに結婚を促した。結婚し、子孫を残すのが男の義務だと。それはウィルヘルムが、従って彼の息子たちが、ヘスラーの血を受け継いでいないことを知ったからに違いない。

息を引き取ってから四日後、祖母は男爵夫人の爵位にふさわしく厳かに葬られた。

祖母のいないシュロスはがらんとしてむなしく、寂しかった。今時これほど大きな館《やかた》を一家族が所有するのは時代錯誤かもしれないとレオは思う。そもそもこの館は領主とその一族、さらには奉公人とその家族が暮らすために建てられたもので、現代の核家族が住むように造られてはいない。

祖母の遺言によってシュロスがレオに遺《のこ》されたと知っても、レオ自身も、そして幸いなことにウィルヘルムも驚かなかった。

「うまくやったじゃないか」ウィルヘルムはそう言ってさっさとハンブルクに帰っていった。

レオはそれから二日ほどシュロスにとどまった。祖母は死を迎える準備を完璧《かんぺき》に整えていたから、特に整理すべき何かがあったわけではない。あらゆる書類、あらゆる遺品はきちんと整理されていて、祖母は最後まで誇り高い生き方を貫いた。

しかしそういつまでもここにとどまっているわけにはいかなかった。二日後にはエジンバラでの学会に出なければならないし、そのついでにチェシャーにいるアラン・ケアリーの娘に会いに行くつもりでいる。彼女に会い、話を聞き、父親の過去に関して調べられるだけのことを調べない限り、自分が故意に真実を避けようとしているという後ろめたさから解放されることはないだろう。ドイツ国内での調査からはなんら新事実の発見はなかった。もし……もし父がSSとなんらかのつながりがあったとしたら、父はそのことをよほど慎重に隠し続けたに違いない。あるつてを通してイスラエルの裏事情に詳しい人物に照会してみても、父がSSのメンバーだったという事実の確認はできなかった。それでも、この目で見た新聞の切り抜き記事を無意味な過去の遺物として葬り去ることはできない。

個人的にアラン・ケアリーの過去をほじくり返したいわけではないが、立場上、当事者以外のだれにも知られることなく内密に調査を進めなければならない。従って人を介さず、あくまでもレオ自身が直接ダヴィーナ・ジェイムズに会う必要があった。

ひそかな調査の結果、アラン・ケアリー本人より、娘のダヴィーナ・ジェイムズの人物像が明確に浮かび上がってきた。彼女は控えめながら人に好かれる温厚な女性で、夫の裏切りに耐える一方、父親の看病という重荷を一身に背負ってきた。そして今、破産寸前の会社という新たな重荷を背負い込んだわけだ。いつも重荷を負わされる運命にある女性――そんな彼女に、父親の暗い過去という、さらに大きな重荷を背負わせる権利がいったい自分にあるものだろうか？　だが、彼女に会わない限り……なんらかの証拠をつかまない限り……。

これ以上どんな証拠がいるというのだ？　心の内ではすでに真実をかぎつけているのに。その事実の醜悪さに、すでに胸が悪くなっているのに。

時の流れをさかのぼることも、過去を塗り替えることもできないのはわかっている。それでも、ダヴィーナ・ジェイムズに会うまで心の安らぎは得られないだろう。

アラン・ケアリーが過去をだれかに打ち明けたとしたら、その相手は娘ではなく、娘婿だったのかもしれない。入手した情報によれば、アラン・ケアリーとグレゴリー・ジェイムズにはどこか共通点がありそうだ。いずれにしても、その二人はもはやこの世にはいない……そしてハインリッヒ・フォン・ヘスラーも……ありがたいことに。

ハンブルクに戻ったレオはヘリポートから自宅に直行した。旧市街にこの家を買ってもう十年以上たつが、いまだに本当の意味でそこを我が家と感じたことはなかった。留守中はいつも通いの女性が部屋の掃除をし、空気を入れ換え、家具などもぴかぴかに磨いておいてくれる。今日もホールのテーブルには花が生けられ、バターミルク色の壁紙が柔らかな光を放ってはいる。が、なぜか我が家に帰ったという安堵と喜びは感じられない。それはこの家のせいだろうか？　それとも自分自身の？

恋人とともに一夜の愛の営みに乱れたベッドで朝を迎えたのは……あれはいつのことだったろう？　目を覚まし、傍らで眠る恋人の顔をしげしげと見つめたのは……恋人の肉体を求め、歓喜に声をあげたのは……。

最後につき合った女性とは、レオの母親が亡くなって間もなく、だれに知られることもなくひそかに別れた。エルとの関係は二年ちょっと続いた。彼はレオよりいくつか年上の、背の高いエレガントなブロンド美人で、彼らはあるディナーパーティーの席で知り合った。国家公務員だという、父子ほど年の離れた彼女の夫は、それが表沙汰《おもてざた》にならない限り妻の浮気に寛大だった。

最初に誘いをかけてきたのはエルのほうだった。彼女は適当な口実を作ってレオの家を訪れ、微妙な言いまわしながら訪問の目的をはっきりさせた。もちろん選択の余地がなかったわけではない。エルは頭のいい女性で、相手にその気がなければいかようにでも断れるチャンスを残した。レオはしかし知的でセクシーなエルに惹《ひ》かれ、頭のどこかでかすかに響いた警戒信号を黙殺した。

ハンスは申し分ない夫だし、離婚とか別居は全然考えていないのよ、とエルは率直に言った。

「あなたとのセックスがどんなにすばらしくても、いずれはどんな関係も色あせるわ、レオ。刺激的なセックスなんてそう長くは続かないものよ。結婚生活に必要なのは性欲でもなければ愛でもないの。少なくともわたしにとってはね。ハンスはわたしを理解してくれているわ。わたしたち夫婦はうまくいっているし、これからだってずっとこのまま続くはず。ただ、家庭生活とは別に、あなたとわたしが楽しんじゃいけないという理由はないと思うの……だれにも知られない限り」

彼らはまさにその言葉どおりの関係を続けた。レオの母親が他界した直後、エルが天気のことでも話すような気軽さで別れ話を持ち出すまで……。

「わたしたち、すっかり落ち着いてしまったわ」エルはそう言ってちょっと顔をしかめた。「お互い、そろそろ新しい相手を見つけるべきね」

別れは寂しかったが、苦しみは予想したほど長くは続かず、数カ月後に新しい恋人と一緒にいるエルに会ってもまったく嫉妬《しっと》は感じなかった。ただ、甘い蜜《みつ》を求めて人生のうわっ面をやすやすと渡っていけるエル一流の能力を少々うらやましく思いはしたが……。

セックスのパートナーとしてエルは最高だった。だが、レオの内なる部分はそれだけでは満足できず、いかにベッドでの愛の交歓がすばらしかろうと、常に肉体の結びつき以上の何かを求めてやまなかった。単純に男性としての肉体を求められるより、人間として愛され、必要とされるほうがより官能をそそられ、歓喜が深まることをレオは知っている。

ところが、世の中の通念とは反対に、女性であるエルは性的な欲求を満たすためだけに彼を必要とし、男性であるレオは二人の関係に情緒的、精神的な要素を求めた。

レオは思い出を振り捨てて二階に上がり、バスルームに入ってシャワーを浴びた。

ウィルヘルムがハインリッヒの実の息子ではないと知らされたときのショックは今でも尾を引いている。兄は父そっくりで、実の息子であるレオよりはるかに多くを父から受け継いでいた。その事実からすると、自分の中に悪辣《あくらつ》で残酷な父の血が流れていると決め込むことはないのかもしれない。今のところそうした悪の遺伝子がレオの中で眠っていたとしても、自身の子、つまり父の孫にそれが継承されるのではないかという危惧《きぐ》にも根拠はないだろう。兄が父にそっくりなのは血筋のせいではなく、単に育った環境のせいだということがはっきりした今、レオは自分があまりにも厳しい断定――事実より恐怖に根ざした断定をしてきたかもしれないと思い始めていた。

レオはシャワーをとめ、バスタブから出てタオルをつかんだ。たくましい筋肉質の体を保っているのは運動を欠かさないせいだ。普段はメンバー制のジムで泳ぎ、冬になればスキーをし、たまに時間があるとスカッシュをする。最近、スカッシュには少々年を取りすぎたと感じるようになりはしたが……。

いつだったかエルがこう言ってレオをからかったことがある――あなたの体はギリシアの神、横顔はローマのコインに刻まれた肖像のようだわ。エルは照れたレオを見て笑い、彼の太腿の内側に長い爪を滑らせた。レオはその感触に新たな欲望をかき立てられ、全身が総毛立つのを意識した。

二人の関係の主導権を握るのはいつもエルのほうだった。レオはときどき、彼女がわざと忍耐ぎりぎりのところまでこちらをじらし、猛々《たけだけ》しい反撃を仕掛けられるのを楽しんでいるのではないかと思うことがあった。だが、どんな形であれ、女性に暴力をふるうのはレオの信条に反した。女性への暴力や虐待をなんとも思わない父や兄のようには絶対になりたくない。ときにはエルの執拗な攻撃に煽《あお》られて体内に潜む〝獣〟が目覚め、彼女を組み敷き、征服したいという強烈な欲求に負けそうになったが、そんなときはつかの間の歓喜のあとに残るのは重苦しい自己嫌悪ばかりであることを肝に銘じた。

エルとの情事が終わって以来、ベッドをともにしたいと思うような女性と出会うことはなかった。レオは肉欲より情感に刺激される人間で、単なる性衝動に行動を支配されることはない。彼にとっての愛の営みとは、優しく女性に触れ、柔らかな肌に手と唇を滑らせ、彼女の内部に官能の花びらが開きつつあることを示す最初のわななきを感じ、キスをし、抱擁し、腕の中で歓喜に身もだえ、張り詰める肉体をいとおしむことだった。女性の髪のにおい、肌のぬくもり、しなやかな動き、優しさ、ほほ笑み、まなざし、ささやき……そのすべてが、互いを内部に取り込み、歓《よろこ》びの極みに向かって愛のリズムを刻む原始の行為と同じくらいエロチックで刺激的だった。

二日後、レオはルフトハンザ機でイギリスに飛んだ。もし会社の創立につながる医薬品の化学式を父が不正な手段で手に入れたのだとしたら……今後の訪問でそのことがはっきり証明されたら……レオは重苦しい疑惑を押しやろうと目を閉じた。

時は移り、世の中の見解も道徳観も刻々と変わっていく。父の成功をほめたたえ、うらやみ、同じように立身出世を渇望した世代は、彼らほど功利主義にとらわれていないしなやかな世代に道を譲った。かつては人々の病を癒《いや》す存在として無条件で支持された医薬品メーカーも、最近では懐疑的な目で見られることが少なくない。人々の救済より会社の利益を優先させている、あるいは病ある人間をモルモットとして利用している——そうした告発も最近では珍しくはなくなった。

この世にあるいかなる企業も——ヘスラー製薬ほどの大会社も例外なく、その顧客であった人々によってつぶされる可能性は常にある。もし彼らがヘスラーに背を向け、医薬品をボイコットしたらどうなるか……。

喫煙に反対し、アルコール撲滅を叫ぶ世論を見れば、だれであれ、我が業界だけは安泰とたかをくくるのがいかに愚かな思い込みかわかるだろう。会社を設立し、強大にした父のやり方を息子としてどう評価するかは別として、そこで働き、家族を養う多くの従業員のためにも、まずヘスラーの存続を確実にするのがレオの責任であり、義務なのだ。

もし別の角度から、より副作用の少ない穏やかな薬を開発する研究に着手できれば、もちろんそうしたいと思っている。しかし今、ほかの何よりも優先させるべきは、父の暗い過去によってヘスラーが破滅させられることがないように力を尽くすことだった。

12

「いいこと」娘を抱き締め、クリスティはわざと真顔を作って言った。「ソウル伯父さんがテレビを見すぎて夜更かしをしないように気をつけてあげてね」

キャシーはくすっと笑い、母に抱擁を返した。

いとおしい子……クリスティは娘の額にかかる柔らかな髪を撫《な》でつけた。怒りと屈辱の中で生まれてきたとしても、この子がわたしの命、大切な宝であることに変わりはない。

クリスティは娘の頭越しに、何か考え込んだ様子で空港のコンコースから外を見つめているソウルを見やった。大好きな兄ではあるが、二人は気質も人生観もまるで似ていなかった。子供のころからソウルは男性としての自信、優越性で武装し、悔しいことに、クリスティがかんしゃくを起こそうがけんかをふっかけようが泰然として受け流すだけだった。成人してからも二人はそれぞれに違う人生を歩んではいるが、クリスティはキャシーを身ごもったときに親身になって支えてくれた兄への感謝の気持ちを忘れたことはなかった。

そして今突然、クリスティは兄の中の変化に気がついた。孤独な内省とでもいおうか、これまでの兄とは無縁の雰囲気が感じられる。手を差し伸べて兄に触れ、何か悩みでもあるのかと問いかけたい気持ちに駆られたが、思いとどまった。いずれにしてもはねつけられるのはわかっている。人間を弱くするものとして、父は感情とか情緒とかいうものを認めず、息子にも、男というものは常に感情を抑制しなければならないと教えた。もしかしたら兄は、悲しいことに、父の教えが必ずしも正しいとは限らないということに気づき始めたのだろうか？　悲しいことに、というのは、もしそうなら……もしあんなにも偶像視していた父を台座から引き下ろすことになれば、これまで兄の人生をぐいぐいと引っ張ってきた大きな力の源を失うことになるからだ。

思えば、父親に関して兄妹《きょうだい》の間で冷静な意見を交わすことは今まで一度もなかった。スコットランド行きの便に搭乗する前に、もう一度ソウルとキャシーを抱き締めながらクリスティは考えた。

十代のころ、ソウルに対するクリスティの感情は複雑で、ときには自分の頭がどうかしているのかもしれないと思ったほどだった。兄を尊敬する反面、ときには猛烈に腹を立て、恨み、憎悪すら覚えることがあった。クリスティはそのころすでに、自分が父親の関心の対象ではないことに気づいていた。もの静かで控えめで、狭い家庭生活の枠内で生きることに満足していた母は、若い理想と信念に燃える血気盛んな娘の手本にはなりえなかった。もちろん母が好きだった。でも、先まわりしてこまごまと夫の世話をやき、機嫌をとり、男性のエゴを許し、ちやほやと甘やかす母の生き方を見てきたクリスティは、自分は絶対にそんなふうにはなるまいと心に誓った。ときどき、本当にそんな夫婦関係に満足しているのか、いつも夫ばかりを優先させて自分のことは二の次という生活でいいのかと母に問いただしたいと思うことがあったが、なぜかそう口に出してきくのはためらわれた。もしかしたら……今思えば、母の返事を聞くのが怖かったからかもしれない。

母は思いやりの深い女性で、問題を抱えただれかがしょっちゅう家に相談に来ていた。周囲の人々がいかに母を愛し、尊敬していたか、いかに母の判断力と聡明《そうめい》さを頼りにしていたかを知ったのはクリスティが大人になってからだった。ほとんどの人が父より母の人間性を高く評価したけれど、生涯を通して、母は父の影を薄くするような態度をとったことはなかった。母の人生にはどれほどの忍耐、どれほどの自己犠牲が必要だったのだろう？　そしてどれほどの愛が？　わたしには絶対にあんな生き方はできない、とクリスティは思う。女性にも一つの人格があり、男性同様、自己実現を目指して闘う権利があるのだということを認めようともしない狭量な男性たち。そんな身勝手な男性を満足させるために自らの理想、野心をあきらめるなどとはとうてい考えられなかった。

父は娘が医者になるのに反対で、看護師のほうがずっと女向きの仕事じゃないかと眉をひそめた。クリスティはそのことで父と激しく口論し、慌ててやってきた母に部屋の外へ連れ出された。

「お父さんはなぜわたしの話を聞こうともしないの？」キッチンで母と二人きりになると、クリスティは涙ながらに訴えた。「ソウルには勉強して偉くなれって言うくせに、女のわたしには医学の勉強をする権利はないっていうの？」

「お父さんはそういう面ではちょっと時代遅れかもしれないわ」母はそう言って娘をなだめた。「今の時代の考え方に慣れるまで、もう少し待ってあげてちょうだい。お父さんがどんなふうか、あなたも知っているでしょう？　人に意見を押しつけられるのが嫌いなのよ」

「自分の考えだけが正しいと思っているんだわ」クリスティは怒りに体をこわばらせ、瞳を燃え立たせて抗議した。「女は男の言うことを聞いていればいいっていうの？　自分の意思は持つなっていうの？　いいえ、わたしはそんなふうにはなりたくない！」クリスティの目に涙があふれた。それは怒りの涙、失望の涙、そして悲しみの涙でもあった。自分が兄ほど父に愛されることはなく、ありのままの自分が受け入れられることもないのだと、そのときはっきり知ったからだ。

結局、医学部への進学を支持してくれたのはソウルであり、乏しい奨学金の不足を補ってくれたのも兄だった。

そのころ、娘に対してとりわけ冷ややかで辛辣《しんらつ》だった父の態度にクリスティは混乱し、傷ついていた。かなり年上のデイヴィッド――キャシーの父親に惹《ひ》かれたのは、無意識のどこかで彼の中に父性を、父からは得られなかった承認を求めていたのかもしれない。

デイヴィッドが初めての恋人だったわけではない。人並みにクリスティも十代で性を知り、その経験から、女の子を快楽の道具としか見ない同世代の男の子たちのエゴに幻滅した。でもデイヴィッドはそんな少年たちとは違っていた。

デイヴィッドと初めて会ったのはクリスティが医学生のときで、彼は腕のいい心臓外科の専門医として大学病院に招かれてきたのだった。

二十二歳のクリスティが四十二歳の優秀な外科医に夢中になるのにさほど時間はかからなかった。デイヴィッドは〝人を見る目〟にはいささか自信があると自負していたクリスティをいとも簡単にあざむいた。というより、自身が自らをあざむいたのかもしれないが……。

デイヴィッドは大人の魅力を漂わせた男性で、彼が多くの女子学生の中から特にクリスティを選んで話しかけてきたとき、彼女はうれしさのあまりぼうっとしてろくに口もきけなかった。

もちろん、デイヴィッドが結婚していることは秘密でもなんでもなかったし、彼の華々しい出世の影にはハーリー街の著名な外科医である義父の力が働いているという噂《うわさ》も耳に入っていた。だが、彼は頭がいいばかりでなく抜け目ない人間でもあって、結婚生活は単なる法的義務の遂行にすぎず、もはや妻を愛してはいないことを言葉の端々にそれとなくにおわせるのを忘れなかった。妻は二人の息子と一緒にアメリカに住んでいる」と彼はどうでもいいことのように言った。クリスティは愚かにもそんな言葉を信じ、それ以上追及しようともせず、デイヴィッドに愛されていると思い込んでいた。

セックスに関していえば、不器用な少年と違って、彼は信じられないほど強烈な肉体の歓《よろこ》びを彼女に教えた。つまり、そのころのクリスティはそれほどうぶで無知だったことになる。が、もちろんピルは常用していた。いくらデイヴィッドを愛していても、子供を作るつもりはなかった。

デイヴィッドとの関係はある種の麻薬のような効果をもたらし、その時期、肉体的な欲望ばかりか勉強への意欲も異様に刺激された。クリスティにとって成功は二重の意味で重要な課題となった。無関心な父に女性にも〝できる〟ことを証明し、さらにデイヴィッドには、社交界でちやほやされ、買い物か慈善活動以外に興味を示さない彼の妻とは違うのだということを証明したかった。

「頭のいい女性が好きなんだ」あるとき、ベッドの中で彼は言った。「そういう女性には意欲をかき立てられる」のぼせ上がっていたクリスティはその言葉の真の意味を理解しなかった。彼は聡明な女子学生を肉欲におぼれる愚かな女たちの一人におとしめ、意のままに操り、見下し、そうすることで男性の優越性を確認したかったのだと気づいたのはそれからずっとあと、キャシーが生まれたあとのことだった。

デイヴィッドとともにいる喜び、強烈な性の歓喜、大人の男性に求められる優越感にすっかり酔いしれて、クリスティはただひたすら現在の快楽にのめり込んだ。もちろん、いつまでも人目を忍ぶ関係でいるつもりはなく、いつか堂々と胸を張って彼の傍らに立ち、優秀な外科医のカップルとして仲間たちの喝采《かっさい》を浴びたいと夢見てはいた。けれど、目の前に沸き立つ歓喜に目がくらみ、実際のところ、将来のことを深く考えてはいなかった。

あるとき、デイヴィッドは友人の別荘を借りたからとクリスティを週末旅行に誘った。金曜日の夕方にいつもの場所――学生寮から一キロほど離れた人目につかないところに迎えに行く、と彼は言い、そのあと一週間ほど用事で留守をしなければならないとつけ加えた。

どんな用事かという無邪気な質問に、彼はしばらくためらってからこう答えた。「きみとは関係のないことだし、べつにたいしたことじゃない」彼は週末のプランを話し始め、クリスティは期待と興奮に胸をときめかせ、〝たいしたことじゃない〟用事についてはきれいさっぱり忘れ去った。

待ちに待った金曜日、激しい腹痛と吐き気で目覚めたが、なんとか起きて身支度をし、朝の講義に出席した。午前中いっぱい気分が悪く、昼食時には食べ物のにおいをかいだだけで吐き気を催し、慌てて外に出て新鮮な空気を吸い込むありさまだった。午後の講義に出たとき、学生の間で食中毒が発生していることを知らされた。でも、たとえ何があってもデイヴィッドとの週末旅行をあきらめるわけにはいかないと、薬局で処方してもらった薬をのんでその場をしのいだ。幸いクリスティの症状はさほど重いほうではなく、完治したわけではないにしても、その日の講義が終わるころには吐き気と腹痛はだいぶ和らいでいた。

クリスティは本能的に母親の行動パターンをまねて、迎えに来たデイヴィッドに体の不調については何も言わなかった。

あれほど待ちかね、楽しみにしていた週末は期待外れに終わった。それは自分のせい、過剰な期待をした自分のせいだと思いながらも、人気のない辺鄙《へんぴ》な場所で車から降ろされたときは、あくまでも彼らの関係を内密にしておこうとするデイヴィッドの徹底ぶりを見せつけられたようで悲しかった。本当にそこまでしなければならないのか――しかし試験の準備に追われ、それについてくよくよ思い悩んでいる時間はなかった。

デイヴィッドはそれから一週間ではなく三週間、どこかに出かけていた。帰ってきてからもなかなか連絡がつかず、ようやく彼に会えたのはその次の週だった。そのころ、クリスティはすでに妊娠の兆候に気づいていた。食中毒にかかったせいでピルの避妊効果が失われたのだろうか？　子供など望んだこともなく、ショックは大きかった。中絶する以外にないけれど……いずれにしてもまずデイヴィッドに相談すべきだろう。なんといっても彼は子供の父親なのだから。

そのときはまだクリスティ自身、自分がどれほどデイヴィッドを当てにしていたかに気づいていなかった。心のどこかで、彼が手を差し伸べ、快く重荷を引き受け、ぼくたちの子供が欲しいと言ってくれることを期待していた。しかし、もちろんそんな考えは甘かった。

「ピルをのんでいたんだろう?」それが最初の反応で、クリスティは彼の目に浮かんだ驚きと怒りにすくみ上がった。「もしそんな手を使って結婚を迫ろうというんなら……」

その言葉は石つぶてのように降りかかり、クリスティは一瞬、考えることも口をきくこともできなくなった。傷ついた自尊心から血がにじみ出し、じわじわと痛みが広がっていく。

「ぼくが結婚しているのはわかっているはずだ。そんなスキャンダルが表沙汰《おもてざた》になったらどんな騒ぎになると思う? それは本当にぼくの子なのか? もしかしたらほかの男との……」

クリスティはそのとき無意識に何か苦悩の声をもらしたらしい。デイヴィッドが口をつぐみ、驚いたように彼女を見つめたからだ。突然、彼が老けて見えた。不意に輝きを失い、ありのままの、卑しい、くたびれた中年の男性として彼はそこに立っていた。

「クリスティ、冷静になるんだ。力になるよ。どこか中絶できるところを探して……」

胸がむかむかし、めまいがする。「子供を堕《お》ろせというの?」クリスティは声を震わせた。重い現実をそんな簡単なひと言で片づけてほしくない。
「落ち着いて。今は何よりもきみのキャリアを大事にすべきだ」
「あなたのキャリアを、でしょう?」苦悩を通り越し、すべてを通り越し、クリスティは
ただひたすら心に負った致命的な傷に耐えていた。
もはやこの人を愛してはいない。残酷な言葉を投げつけられ、怒りのまなざしを向けら
れたあとで、どうして愛することなどできるだろう?
「あなたのおっしゃりたいことはよくわかったわ、デイヴィッド」クリスティは静かに言
い、彼の顔に浮かんだ意気地のない安堵《あんど》の表情にいっそう胸を悪くした。
「そう、さっきも言ったように、中絶するのが一番いいんだ」
クリスティはまっすぐに顔を上げ、冷ややかにほほ笑んだ。「わたしの体とわたしの赤
ちゃんをどうするかはわたし自身が決める問題で、あなたとは関係ないこと、そうでしょ
う?」呼びとめる彼の声を背中に聞いたが、振り返りはしなかった。
そんな状態で学生寮に帰ることはできず、クリスティはその夜、小さな安ホテルに部屋
を取り、独り閉じこもって幻滅と悲しみの涙を流した。
もう二度と愚かな熱情に屈してはならない……もう二度と同じ過ちを繰り返しては。デ
イヴィッドに愛されていたわけではなかった。彼はただクリスティの若さと無知を利用し
て男のエゴを満足させたにすぎない。いったいこれまでに何人の女の子が彼の罠《わな》にかかり、

今後何人の女の子が彼の毒牙《どくが》に傷つくのだろう。一番つらいのはデイヴィッドに愛されていなかったという事実ではない。それより、彼の人間性を知った今、そんな彼を愛していると信じ込んだ自分の愚かしさがたまらなかった。

クリスティはそっとおなかに手を当てた。妊娠を告げたときのデイヴィッドの慌てようがどんな言葉より明確に彼の本心を物語っていた。あんなにうろたえる必要はなかったのに……本当のところをいえば、あのときすでに中絶するしかないと感じていたのだから。

でもなぜかクリスティはその決定を一日延ばしにし、時がたつにつれて心の中にためらいが生まれてきた。こんなに優柔不断なのはかつてなかったことだ。しかしクリスティは今、それまで知らなかった複雑な感情に揺さぶられ、絶え間ない不安と緊張に当惑していた。それはデイヴィッドの真実の姿を見たせいかもしれず、試験が目前に迫っているせいかもしれない。だが、断じて妊娠しているせいではない……断じて。子供は欲しくなかった。母親になるなど考えたこともなかったし、貧乏医学生の身で子供を育てられるはずもない。

間もなく、デイヴィッドがアメリカのジョンズ・ホプキンズ大学病院に迎えられることになったという噂を耳にした。彼の妻と義理の父親がしばらく前からアメリカに滞在していたから、たぶん彼らが根まわしをしたのだろう。その噂を聞いてもクリスティは何も感じなかった。彼のことよりほかに考えるべき問題はいくらでもある。あとで思えば、初期の比較的安全な中絶時期を逸したのは、どこかで決断を渋る気持ちが働いたからかもしれない。けれどそのころ彼女は混乱し、絶望していて、大事な時期を見過ごしたのは間近に試験を控えたストレスのせいだと思い込んだ。

そうした動揺のさなか、黙ってすべてを引き受け、将来への道筋をつけてくれたのはソウルだった。

キャシーが生まれたとき、クリスティは自分の中にあるとも思わなかった母性愛の強さに圧倒された。デイヴィッドは彼のいるべき場所、ぼんやりした過去の領域に消え去り、彼の弱点も彼女自身の愚かさも人生経験の一つとして彼女の中に取り込まれた。大事なのはキャシー、我が子、愛する娘だけだった。

大人になり、慎重になり、道理をわきまえ、クリスティは生まれ変わった。かつては外科医として華々しい成功をおさめることばかり考えていた。でも今は違う。今、彼女にとっての患者とは単なる病名の寄せ集めではなく、一つの貴重な命、一つの完結した人格だった。

専門医を目指していたクリスティは一般医になるべく方針を変え、マンチェスターのとりわけ貧しい地域の診療所に勤務した。患者のほとんどは町外れの荒廃した高層住宅に住む人々で、医者として患者と同じ環境に住むべきだと考えたクリスティは診療所のすぐ近くにフラットを借りた。

その地域の劣悪な社会的環境と貧困はすさまじいものだった。苦しんでいるのは主に女性と子供たちで、彼らは狭い住宅に押し込まれ、生活苦と社会的不安の中で孤立していた。エレベーターの多くがこわれていて、高層住宅の上階に住む子持ちの女性は、赤ん坊とベビーカー、さらには重い買い物袋まで抱えて果てしなく続く階段を上らなければならなかった。薄暗い階段にはごみが散乱し、ときとしてその辺りにたむろするホームレス——職もなく家もなく、唯一の財産である腕力の行使とけちな盗みでその日その日を送る若者たちの排泄物《はいせつぶつ》が悪臭を放っていた。

薬物依存症は、アルコール依存症同様、男女を問わず住人の健康をむしばむ要因になっている。太陽や新鮮な空気といった自然の恵みの恩恵を受けることもなく、不健康に青ざめた子供を抱いて診療所にやってくるやつれた母親たちの姿には胸が痛んだ。彼らにいったいどんな選択肢が、どんな希望があるというのだろう。うつろなまなざしの子供たち、過激で暴力的な若者、絶望し、孤立する女性たち——彼らはみな同じ苦しみに耐えていた。

「わたしたち、いったいここで何をしているのかしら」クリスティはあるとき、仲間の医師たちの前で怒りと不満をぶちまけた。「彼らに本当に必要なのは清潔な住まいときれいな空気、広々とした空間だってことがわかっているのに、わたしたちはただ患者に薬を与え、狭苦しい家に帰すしかないのよ。無気力な彼らにやる気を起こさせ、生きがいを見つけられるように手助けをしてあげなければならないのに」

「どうやって？」同僚の一人が眉をひそめた。「ぼくたちは機械が人間に取って代わる時代に生きているんだよ。満足に教育も受けられない子供たちが大人になったってろくな仕事が見つかるわけはないし、平穏な将来も望めない。つまり、次の世代も親たちの苦しみをそっくりそのまま引き継ぐほかないんだ。ぼくたちにできるのは彼らに子供を産まないようにと話すことくらいだ。彼らには――」

「彼らには？」クリスティは義憤に駆られて同僚の医師の言葉をさえぎった。「彼らには子供を持つ資格がないとでもいうの？　そういう意味？　もしかしたら資格がないのはわたしたちのほうかもしれないわ。だって、彼らに……生まれることさえできなかった彼らの子供たちに悲惨な運命を押しつけているのはわたしたちですもの。現実に目をつぶり、悲しい事実を隠し、世論に訴えることすら拒んできたのはわたしたちですもの。そう、半年も風邪をひいているトレーシーには抗生物質を、あの子の母親には精神安定剤を処方しましょうか？　でも、本当はトレーシーには薬なんかよりちゃんとした家と広い庭のほうが効きめがあるし、母親だってもっと自由に出歩ける安全な環境にいれば気持ちも落ち着くはずだわ。子供と二人、朝から晩まで狭い部屋に閉じこもっていたらだれだっておかしくなるでしょう？」

絶望はクリスティを打ちのめし、怒りは胸の内に硬いしこりを残したが、悲しいかな、個人にできることは限られている。

クリスティは地方自治体にかけ合って空いているフラットを借り、母親と子供たちの集う場所として保育所を開設した。地元の日曜大工の店に頼み込んでペンキと刷毛《はけ》を寄付してもらい、無気力な母親たちを集めて子供たちの部屋の壁に自由な発想で絵を描《か》くようにと励ました。実際、彼女たちが居間の壁に描いた絵は予想以上の出来映えで、クリスティは謙虚な気持ちと賛嘆のまなざしで彼女たちの変化を見守った。母親たちは徐々に自信をつけ始め、保育所の設備を整えるために寄付を集めるグループを作るまでになった。

クリスティは短期間で保育士の資格が取れる養成所を探してそこに三人の女性を送り込み、親子でピクニックを楽しむグループを作るようにと彼らにすすめた。毎日診療所とフラットの往復で浮いた話の一つもない彼女を、気心の知れた女性患者たちは〝男っ気がない〟と言ってからかったが、クリスティは、〝男性なんか必要ないわ〟のひと言であっさりと片づけた。

だが、患者の観察は当たっていなかった。クリスティはある男性とこの数カ月つき合っていた。彼とは高層住宅に住む貧困層への援助を自治体に求める交渉の過程で知り合った。パートナーと建築事務所を共同経営し、離婚して二人の子供を引き取っているというピーターはユーモアがあり、幸い恋人としてもすばらしかった。以前はセックスのよしあしなど考えたこともなかったクリスティだが、最近ではそれも人生の重要な部分だと思うようになっている。彼女はそれでも、ピーターとの間に一定の距離を置くことを忘れなかった。

今のままの関係が快適なのであって、それ以上感情的に深くかかわり合うつもりはないからだ。デイヴィッドとの苦い経験で、恋をすると女性は人間性の最も重要な部分――精神の主体性を失うということを身をもって学んだ。たかが一人の男性のために自分を見失うという過ちを二度と繰り返すべきではない。

ピーターが結婚を口にし始めたとき、クリスティは彼との関係をきっぱりと断ち切った。肉体的な孤独はつらかったが、それでも意志を翻すほどの動機にはならなかった。それに、あらゆる意味での自立こそ彼女の求めるものだった。独立独歩の精神、自尊心、誇り――苦しみの中から学んだ貴重な教訓を危険にさらすわけにはいかない。

毎日が多忙で、充実していた。医師としての仕事があり、すばらしい娘、キャシーがいる。娘への愛情はまさに奇跡の産物だった。決して母性愛の強いほうではないと思っていたので、娘を守ろうとする動物的な本能はときにクリスティ自身を驚かせた。というのも、身の危険を感じるトラブルがあったからだ。これまでに二度、偽の呼び出し電話を受けて往診に出かけ、その間、明らかに薬をねらった泥棒に車を荒らされた。幸い二度とも診察鞄《かばん》を持って出たので被害はなかったが、そのとき警官に護衛なしでの夜の往診は控えるようにと注意された。女性であることのハンディキャップをもどかしくは思っても、自衛のためにはそうする以外になかった。キャシーはすくすく成長し、そのころには送り迎えの人を頼んで保育所に通うほどになった。

土地の若者の暴力沙汰、敵対する不良グループの噂が以前にも増して報告されるようになり、診療所に来る患者たちの間に新たな不安が広がった。警察は地域の診療所と薬局に対して、麻薬を目的とする盗難に充分気をつけるようにという警告を発し、クリスティは可能な限りの自衛策を講じた。自分のことはともかく、キャシーの身の安全は確保しなければならない。

ある日の午後、診療所から帰ってフラットがめちゃくちゃに荒らされているのを見たとき、クリスティは一つの重大な決断を迫られることになった。

犯人がだれであれ、麻薬目的の犯行であることはほぼ間違いないと警官は言った。医者である限り今後も常に彼らの標的にされるだろう、と。室内を手当たりしだいに荒らし、家具をこわしていったのは、彼らが相当追い詰められている証拠だ。盗まれたテレビや時計、そのほかこまごました品物は、フラットで見つからなかった薬を買うためにどこかで売られるのだろう。自分では気丈なほうだと思っていたクリスティも、子供部屋の惨状を見たときは背筋が凍るほどの恐怖に貫かれた。ベッドのマットレスは鋭い刃物でずたずたに切り裂かれ、破られた上がけからは中の詰め物が飛び出し、もしここにキャシーが寝ていたらと思うと生きた心地はしなかった。

これほど難しい決断を迫られたことはなかった。身ごもった子を産む決心をしたときでさえ、これほど悩みはしなかったと思う。でも、キャシーのためになんとしても決断しなければならなかった。

　診療所を辞めるという彼女の決意をほかのスタッフたちは冷静に受け入れた。「そもそも、こういう地域での医療活動は小さな子供を抱えた女性には無理なんだ」上司に当たる年配の医師はそっけなく言った。

　涙で目頭が熱くなったが、クリスティは泣くまいと歯を食いしばった。心の半分では、自分が意気地のない負け犬だと感じている。ここを去るのは、自分を必要としている大勢の患者を裏切り、見捨てることであり、彼らへの義務と責任を放棄することにほかならない。しかし一方では、母親として娘を守る義務と責任もある。何者かがフラットに侵入したとき、運悪くキャシーがそこにいたとしたら……想像するだけで血の気が引いていく。それでもやはり、自分を頼りにし、徐々に立ち直りつつある患者たちのことを思うと胸が痛んだ。

　新しい勤務先はすでに決まっていた。今度の診療所はごみごみした都会ではなく、子育てに適した静かな田舎町にある。

　まったく性格の違う兄妹でありながら、医師としての義務と母親としての責任の板ばさみに悩む妹をだれよりもよく理解してくれたのはソウルだった。

「おまえの決断は正しいと思うよ」ソウルは穏やかに言い、ちらりと微笑を浮かべて続けた。「元気を出して。チェシャーの片田舎にもきっと挑戦すべき何かが見つかるさ。どう、用ずみで放棄された哀れなトラクターの保養所でも作ったら？」

　クリスティは笑った。そう、わたしたち兄妹にも一つは共通点があった――優しいユーモアのセンスが。

　クリスティはふと過去から現実に立ち戻り、小さな窓から外を見た。もの思いにふけっていて時のたつのに気づかなかったが、機体はすでに着陸態勢に入っている。いつもがむしゃらに前進するばかりのわたしが過去の思い出に没頭するなんてどうしたことだろう……でも、チェシャーに移って間もなく、貧困と人権侵害はなにも都会だけの悲劇ではないことがわかってきた。たとえばケアリー製薬――あの会社は明らかに法律で定められた安全基準を満たしておらず、労働者は最低賃金で酷使され、従業員の間に蔓延《まんえん》している接触皮膚炎について調査したいと申し出たときも、グレゴリー・ジェイムズは地位と特権を盾に取って診療所の要請をはねつけた。

　クリスティは手荷物を膝に載せ、眉をひそめる。ここ数年、医療現場の医師たちにやたらと医薬品を売り込もうとする大手メーカーの強引なやり方に疑問を感じてきた。しかも、中には病気を治す効果より副作用のほうが気になる薬もないではない。

　製薬会社の利益は有力な議会圧力団体《ロビイスト》に支えられているが、クリスティは医師として、彼らの活動の動機が純粋な利他主義に根ざしているとは信じてはいなかった。〝患者より利益を優先する医療〟に関連して自然医薬品の見直しを問うのが、今回の学会の小部会でクリスティが講演するテーマだった。運がよければその内容が地元の新聞に紹介される可能性もある。しかし全国規模の日刊新聞は、当然のことながら、大手メーカーが学会の席を利用して発表することになっている画期的な新薬の紹介に紙面を割くだろう。

飛行機が着陸すると、クリスティはほとんどの乗客が降りてからゆっくりと席を立ち、にこやかな客室乗務員に会釈を返して機内から空港ビルに向かった。

到着ロビーは旅行客でごった返していて、そのうちのかなりの人数が学会に出席するために各地から集まった代表者であるらしかった。クリスティはタクシー乗り場にできた長い行列を見てうんざりしたが、それでも並ばないわけにはいかない。列の最後尾につくと、またすぐ後ろにだれかが並び、背が高くて男らしい、自信に満ちた身ごなしの男性がちらっと視野に入った。

クリスティは靴のヒールを調べるふりをして体をよじり、肩越しにもっとしっかりと彼を観察した。それに、ハンサムだわ。年は三十代後半といったところだろうか。観察されているとは知らずに彼は腕時計に目を落とし、ほんの少し眉をひそめた。急いでいるのだろう。服装からして裕福な暮らしをしているのは確かだが、なぜか医師ではないという印象を受ける。

あの高価な服をはぎ取ったらどんなふうかしら……クリスティは再び列の前方を向き、ひそかにセクシーな想像を楽しんだ。髪は、前髪にひと筋の金髪がまじっている以外、全体はほどよく焼けたトーストの色だ。体毛も同じ色だろうか？　柔らかくてくるくる巻いたトースト色の胸毛……それとも胸にはりつくような直毛？　さもなければ、ちょっと硬くてざらざらした感じ？　個人的な好みからいえば柔らかい巻き毛がいいけれど……ちょっと、わたしったらいったい何を考えているの？　クリスティはかすかに笑みを浮かべた。でも、それがそんなにいけないこと？　頭の中で魅力的な異性の裸体を想像するのは、なにも男性だけの特権じゃないはず。男の人は年じゅうそうしている。でも、これは単なる楽しみではない。たった今自分がしていたことにはある種の力があり、それが男性の隠された本性をえぐり出すことになる場合も……。

クリスティは素早く頭のチャンネルを切り替えた。ありがたいことに、タクシーは次々とやってきて客を運び去り、行列はどんどん短くなっていく。ようやくクリスティの番になったとき、次に来たタクシーは彼女を無視して後ろの男性の前に車をとめ、早く乗るようにと手招きをした。

「こちらの女性のほうが先でしょう」彼は感じのいい穏やかな声で言った。なまりのない、きれいな英語ではあるが、クリスティは彼がイギリス人ではないと直観的に感じ取った。

二人のうちどちらがチップをはずんでくれるかは明らかで、当ての外れた運転手は渋い顔をしている。

「よろしかったら相乗りしません？」クリスティは素早く提案した。「学会があって、エジンバラに行くところですから」

「ぼくもです」二人は笑みを交わし、彼はクリスティの前に出てタクシーのドアを開けた。手荷物だけのクリスティと違って、彼は小ぶりのアタッシェケースのほかにスーツケースも持っている。彼が動くとスーツの上に重ねたレインコートの前が翻り、内側のラベルがちらっと見えた。ドイツ製。そういえばスーツケースにルフトハンザ航空のタグがついている。

　ドイツ人とは思わなかった。でも考えてみれば、ドイツ人のだれもが青い目をしたこちのゲルマン民族とは限らないわけだけれど。クリスティは陳腐な思い込みを自戒し、タクシーの後部座席に乗り込んだ。

　彼はあとから乗ってドアを閉めた。「自己紹介をすべきでしょうね？　ぼくはレオ。あなたは？」

　レオだけ？　クリスティは自分の名を告げながら首をかしげた。ドイツでは初対面の人にクリスチャンネームしか名乗らないのかしら？

「エジンバラのカンファレンスセンターは初めてですか？」タクシーが走りだすと彼はきいた。

　クリスティはうなずいた。「あなたは？」

「一度来たことがあります。もう七、八年も前になりますが。カンファレンスセンターが建て替えられてからは初めてです。あなたは医者ですか？　それとも薬学の専門家か……科学者？」

クリスティは彼の態度に好感を持った。たいていの男性は女性とみると反射的に秘書かアシスタントと決めてかかるのに、この人はそうではなかった。

「医師です。あなたも？」

彼はちょっとためらい、それからあいまいに答えた。「薬剤のほうです」

レオは窓の外を流れていく町の風景を眺めた。なぜこの人に姓と職業を隠しておきたいと思うのだろう？　彼女が医者であるなら当然ヘスラー製薬を知っているだろうし、学会が始まれば遅かれ早かれ身分も知れる。それならなぜ正体不明でいるほうがいいと感じるのか――たぶんそれは、ヘスラー製薬のトップとしてより、個人としての自分を評価し、認めてほしいから？　出会ってまだ五分とたたないのに、どうしてこの人の意見が気になるのかはわからない。ただ、自分がだれか知ったら、この女性がすぐさま心を閉ざすに違いないということだけはわかっていた。

魅力的な女性だ。つややかな黒髪、引き締まっていながら女らしい曲線を描く体、生き生きとした雰囲気。世に言う意味での美人ではないかもしれない。が、会った瞬間、レオはこの女性にあらがいがたく引きつけられた。そ知らぬふりをしてはいたが、レオはタクシー乗り場で振り向いた彼女の視線に気づいていた。じろじろ見られたわけではないにしても、それとなく観察されていたのは確かだ。いつもならだれにどう思われようといっこうにかまわないのに、彼女にはどう評価されたか気になって仕方がないとは……自意識過剰じゃないか？　心の中でレオはそんな自分をからかった。

　彼女も向こう側の窓から外を見ている。自然で、率直で、飾り気のない女性……気取らず、取り繕わず、常に本音で生きている人だという印象を受ける。肉体の歓びを最大限に味わう能力に恵まれた愛の達人、惜しみなく与え、貪欲《どんよく》に奪う恋人。

　恋人？　だれの？

13

切迫した夢におびえて目覚め、ダヴィーナはベッドの上に起き上がって震える体に両腕をまわした。ベッドわきの置き時計を見ると、まだ早朝といえる時刻だ。でももう眠れそうもない。

ベッドから滑り下り、化粧台の鏡に映る自分の姿を見てダヴィーナはふっと苦笑を浮かべた。子供っぽいナイトシャツを着ているせいか、寝ぼけまなこのせいか、その一瞬、ダヴィーナは過去にタイムスリップしたような、奇妙な既視感《デジャヴ》にとらえられた。いつもはきちんとしている髪もくしゃくしゃに乱れて背中に波打ち、短い木綿のシャツからのぞく脚は子馬のように細くしなやかだ。

ダヴィーナは寝室のカーテンを開け、青く晴れ渡った空を見つめた。あのとき、マットのコテージで朝を迎えたときも空はこんなふうに輝いていた。素肌の上に洗いざらしの男物のシャンブレーシャツを着て、髪もこんなふうにくしゃくしゃで……でも、あのときの髪の乱れは夢にうなされたせいではなく、一夜の愛の嵐《あらし》に吹かれたせいだった。

早朝の光の中で、ダヴィーナは震え、不意に押し寄せてきた欲望のうずきに困惑した。マットとの愛の思い出に官能が刺激されたわけではない。そうではなく、内部の暗い、意識の下に潜む思い――その思いが投影された明け方の夢がよみがえってきて彼女を震わせたのだ。

夢の中で、マットは細い道を歩いていた。ダヴィーナの存在に気づいていないようで、いくら呼んでも振り返ろうともしない。ダヴィーナはあえぎ、息を切らし、追いつこうとあせるのだが、彼との間の距離は広がっていくばかり。振り返ってほしい、気づいてほしい、立ちどまってほしい……不安、恐怖、怒り、悲しみ、孤独がないまぜになって彼女をパニックの渦に巻き込んでいく。そして突然彼は立ちどまり、振り返った。でもマットではない。見知らぬ人……ケアリー製薬の前で鉢合わせをしたあの見知らぬ男性だ。ダヴィーナは今そのことをはっきり認め、窓辺から離れた。

あの人の夢を見たのは、考えようによってはそれほど突飛なことではないのかもしれない。コーヒーをいれるため階段を下りながら、ダヴィーナは自分を納得させようとした。いつ何が起こるかわからないこの物騒な世の中で、角を曲がったところでいきなり見ず知らずの男性とでくわしたら、女性ならだれだって心臓がとまるほどびっくりするはず。女性たちは最近になってようやく、本当の選択の自由、本当の男女同権、本当の機会均等は、これまでと同様、幻想にすぎなかったことに気づき始めた。原則的には女性にも学問、政治、専門職の分野で成功する機会が与えられている。だが、彼女たちに町なかを安心して歩く自由はなく、田舎道を無事にドライブできるという保証もなく、ノックする見知らぬ男性にドアを開ける自由はない。であれば、暗がりでだれかとぶつかったくらいのことでも、まかり間違えば悲劇につながる可能性もあったわけだ。

今の時代、女性は他人を――ときによっては知り合いをも、まず疑ってかからなければならないというのが常識になっている。もし警戒を怠って家に侵入されたり、盗難に遭ったり、暴行されたりすれば、この男性本位の社会では、女性がそうなるべくそそのかしたのだときめつけられてしまうのだ。

だが、夢の中で振り向いた男性がマットではないと知ったときに感じたおののきはそういうたぐいの恐怖とは別物だった。不安？　そう、それもある。しかしそこにはまた、見知らぬ男性に呼び覚まされた危険な感覚のざわめきへの警戒心、彼に肉体の渇きを鋭く意識させられたことへの理不尽な恨みと怒りが混在していた。

コーヒーができた。ダヴィーナはその芳香をかぎながら、もっと差し迫った現実の問題に頭を切り替えた。そろそろコーヒーが切れるし、ほかにもいろいろ足りないものがあるから買い物に行かなければ……それに、地元の不動産業者に連絡をしてこの家の査定を頼み、売りに出す算段もすべきだろう。独り住まいには広すぎるうえ、生まれたときから住んできた家であっても、庭に多少の未練を感じるくらいで屋敷そのものに愛着はない。屋敷の売却代金の一部で小さな家を買い、残ったお金でしばらくは会社を続けていけるかもしれないという期待が頭のどこかにあるのも確かだった。ケアリー製薬をたたむことにでもなれば従業員への保証金にそのお金が必要になるかもしれないとも思う。でも、今はまだそこまで考えたくなかった。銀行の支店長のフィリップ・テイラーもジャイルズも、会社が倒産した場合はそういった保証金の支払い義務はなくなると言ってはいるが……。

個人資産を守ることにかけてグレゴリーは非常に慎重だったとフィリップ・テイラーは言った。ケアリー製薬は企業として銀行から多大な借金をしていたが、グレゴリーはその借金の担保物件から個人財産を周到に除外していた。そういう甘い条件で資金を融資した当時の支店長はすでに銀行を辞めており、彼の後任者であるフィリップ・テイラーはグレゴリーの先見の明――というよりずる賢さというべきものを半ばねたみ、半ば称賛しているようだった。しかしダヴィーナは、夫は法律こそ犯していないが、道義的、社会的には有罪だと思っている。そして、夫のしていることを知っていたわけでも、承認したわけでもなかったけれど、妻である自分にも連帯責任があると感じていた。

「それがビジネスというものなんだ」ジャイルズはグレゴリーのやり方を弁護するような言い方をし、ダヴィーナはそのとき、男と女の倫理観、道徳意識の違いを再認識させられた。

フィリップ・テイラーは――それについていえばジャイルズさえも、ケアリーの倒産がもたらす最も深刻な問題は雇用不安であるというダヴィーナの考え方には同調しなかった。従業員たちの行く末を案ずるダヴィーナに、昨今の企業はそこまで責任を取る必要はないのだとジャイルズは言った。重視すべきは投資家、株主、競合企業、金融業者であって、労働者たちではない、と。

「あなたはビジネスの世界については何も知らないから……」ジャイルズは優しくなだめるように言い添えた。そのときは何も反論しなかったが、ダヴィーナは彼の事なかれ主義にいら立った。人事担当であるならもっと従業員に同情的であってもいいはずなのに……だが、ある意味でジャイルズの考えが正しいことは認めざるをえなかった。

ビジネスに無知である限り、主義主張がいかに正当であってもまともに取り合ってはもらえないとじきに気づかされた。もし自分の意見が尊重され、聞き入れられることを望むなら、どんな反論にも対抗できるだけの知識を身につける以外にないだろう。

だれがなんと言おうと良心の命ずるところに従いたかった。人間を、従業員の福利を何よりも優先させたい。ダヴィーナはその信念を貫く覚悟を決め、ケアリーに関するすべて――それまでの経営方針、財政状態、流通方式、さらにメーカーと医療現場の医師たちとのかかわり方について、一から学び始めた。そして、従業員の福利厚生に関するグレゴリーの無神経ぶりに加えて、医薬品メーカーの生命線ともいうべき新薬開発のために会社がいかに予算を出し惜しみしてきたかを知って愕然《がくぜん》とした。

数十年前に開発した心臓病の薬の特許期限が過ぎたらケアリー製薬の経営が先細りになることは父もグレゴリーも充分承知していたはずだ。それなのに、父が生きているころでさえ、企業収益は会社の将来のための研究開発費にはほとんどといっていいくらいまわされていなかった。研究室はあるにはあったが、規模においても質においても二流人学の実験室ほどのレベルにも達せず、市場をリードする新薬の開発にはいたっていない。父もグレゴリーもそのことを知っていたのに、なぜいっさい手を打とうとしなかったのだろう？医学を勉強していた父は、戦後、祖父がなんらかの偶然で発見したという心臓病の特効薬を商品化し、祖父とともにケアリー製薬を設立した。その利益を新しい時代の医薬品の開発につぎ込んでいればケアリーの新たな発展もありえただろうに。

生きている間も、亡くなってからも、父はダヴィーナにとって謎《なぞ》であり続けた。第二次大戦中、医学を専攻していた父が若い理想に燃え、学業半ばにして衛生兵として陸軍入隊を志願したということは知っていたが……それほどの使命感を持った若者が、戦後、せっかく受けた教育を有効に利用する意欲も持たず、人類に貢献する新たな薬品開発にも挑戦せず、ただひたすら会社の利益を食いつぶしてきたというのはどういうことなのか。

もしかしたら父は、どんなに頑張っても祖父を超えることができないと思い込み、努力する意欲を失ったのかもしれない。しかし、医学の教育を受けていない祖父が心臓病の薬を発見したのは、努力や才能の所産というより、ほとんど偶然の結果だったという。それなら、教育を受けた父が祖父の足跡をたどり、ケアリー製薬をいっそうの発展に導くことも可能だったのでは？

答えの出ない疑問をいくらほじくり返しても仕方がない。ダヴィーナはコーヒーを飲みながらそう自分に言い聞かせた。それより目の前の、そして将来の問題について考えなければならない――もしケアリーに将来があるなら。

ダヴィーナは郊外の巨大なスーパーマーケットを取り囲む駐車場に車をとめた。手早く機械的に必要な食料品をショッピングカートにほうり込み、レジの前にできた長い行列を見てため息をつく。自分の番になってカートを前に進めようとしたとき、ダヴィーナはすぐ後ろの女性のカートにはほんのいくつかの品物しか入っていないのに気がついた。そのうえ急いでいるらしく、何度か腕時計に目をやっている。わざと急《せ》いたふりをしているのではないかと思いはしたが、いずれにしても、ダヴィーナはその女性に先に進むようにと身ぶりで合図をした。そして後退して彼女を通したとき、隣のレジに並んでいる男性に気がついた。

心臓が激しく打ち始める。ケアリー製薬の前でぶつかったあの人だわ。あのときはとても暗かったけれど、今、マーケットの中はまぶしいくらいに明るい。でも、視覚で彼の姿をとらえたというより、彼の存在を感覚のどこかで感じ取ったというほうが当たっているかもしれない。彼のほうはダヴィーナに気づいていないようで、隣に立つ少女に笑顔で話しかけている。娘かしら？　少女が安心しきった様子で彼に寄り添い、仲よさそうに話しているところをみると、近しい身内であるのは確からしい。

彼らを見守るうちに、ダヴィーナの胸に不可解な痛みが芽生え、広がっていった。かつて、もっと若くて純粋だったころ――それははるか昔のことのように思えるが、子供が欲しくてたまらなかった。しかしその後、グレゴリーの人間性を知るにつれ、彼の血を引く子供を産みたくないという気持ちに傾いていった。今では二人の間に子供を授けることを拒んだ運命を恨むより、むしろそのほうがよかったと思うようになっている。それでも、娘らしき女の子と仲よく語り合うあの人を見た一瞬、深い喪失感と孤独、鋭い痛みを伴う怒りと嫌悪を覚えたのはなぜだろう？

それ以上彼らを見ている気にはなれず、ダヴィーナは急いで顔をそむけて精算をすませ、買い物の山を片端から紙袋に詰め込んだ。

家に帰って落ち着きを取り戻して初めて、さっきの理不尽な心の動きを自己分析しようとした。なぜ赤の他人にあれほどはっきりした敵意を抱いたのだろう？　思わぬ出会いに虚をつかれ、心の弱い部分を防御する間がなかったから？　説明のつかないなんらかの理由で、彼がマットとの思い出をよみがえらせたから？　その答えを追及しても意味があるとは思えない。ダヴィーナは頭を揺すって思いを切り替え、買ってきた食料品をしまった。

「ソウル伯父さま、これからどこに行く?」

駐車場を歩きながら、ソウルは楽しげに見上げる姪《めい》にほほ笑みかけた。いつも幸せに輝いているキャシー。この子には森羅万象を愛し、人間性の中にいいものばかりを見てきた少女特有の温かさと純朴さがある。買い物袋を車のトランクに入れ、ソウルはオープンマインドで人なつこい姪と、厭世《えんせい》的で物欲の強い我が子たち――特に娘ジョジーをひそかに比較した。

ジョジーはキャシーよりいくつか年上だし、物質主義に偏りがちな環境にさらされているのもまた事実だ。しかしジョジーの冷笑主義、父親にばかりか、かかわりのあるすべての人間に向ける根深い蔑《さげす》みと不信のまなざしはいったいどこからくるものなのか。それが父親であるソウルの責任であるとしても、いつも一緒にいるわけではないのだから子供たちが自分の影響を受けているとは思えない。それなら、父親の不在そのものが問題なのだろうか?

ジョジーもトムも父親を必要としている、とクリスティは言う。だが本当にそうだろうか? ソウルはときどき、カレンとの間に子供を作るべきではなかったとさえ思うことがある。二人とも理想的な親どころか、ごく当たり前の親にもなれなかったのだから。責任ある大人として、子供を産まない選択もできたはずだ。ダヴィーナとグレゴリー・ジェイムズのように……。

ダヴィーナ・ジェイムズ！　さっき、スーパーマーケットでジーンズにルーズなコットンシャツというカジュアルな格好で買い物をしている彼女を見かけたのには驚いた。気づかれていないのを幸いに、きびきびと無駄のない動きで品物を選んでいく彼女の姿をそれとなく観察した。低い棚から何かを取ろうとしてほつれ毛が顔にかかったりすると、彼女は立ちどまって髪をかき上げていた。そんなとき、大人の女性の落ち着いた物腰とは相いれないか弱さ、少女を思わせるはかなさが顔をのぞかせるのだ。それはどこかキャシーの持つ雰囲気に似ていなくもない……ソウルはあらぬ想像をめぐらす自分に腹を立て、顔をしかめた。彼女がケアリー製薬のオーナーであり、会社の筆頭株主であるという以外、ダヴィーナ・ジェイムズとはなんのかかわりもないはず……。

ソウルはふと、キャシーがまだ返事を待っていることを思い出した。「そうだな、どこかに寄ってお昼を食べようか？」

キャシーは大きくうなずいた。町を走っているうちに、全国チェーンのファミリーレストランが目に入った。そこで食事をしようかとのソウルの問いかけに、キャシーは大喜びで顔を輝かせた。昼時とあって店内は家族連れで込んでいたが、にこやかなウエイトレスはすぐに彼らをテーブルに案内した。

メニューを受け取るキャシーの大人びたしぐさに笑みをこらえ、彼はメニューにざっと目を通して眉をひそめた。ここにはクリスティの言う〝栄養バランスのとれたヘルシーな料理〟は見当たらない。ソウルはしかし心の中で〝今回だけ〟とつぶやいて良心の呵責《かしゃく》をもみ消した。

隣のテーブルでは夫婦と息子二人の四人家族が食事をしており、キャシーは中学生くらいの男の子が頬張っている魚のフライとポテトの大盛りをもの欲しげに見つめている。メニューにはソウルの食欲をそそるような料理は何一つ載っていなかったが、それでもこの中から選ばないわけにはいかない。注文をすませたとき、隣のテーブルから興味深い会話が聞こえてきた。

「聞いてよ、バート、わたし、頭にきてるの。皮膚が荒れたりかぶれたりするのは女の子たちが扱う薬品のせいだってことはだれもが知っているのに、ケアリーはなんの手も打とうとしないのよ。会社のために働く従業員のことなんか全然考えていないんだから」妻が憤慨した口ぶりで言った。

「ケアリー、ケアリーって……今は勤務中じゃないんだぞ」それはこれまでに何度も繰り返されてきた話題であるらしく、夫のほうはうんざりしたように手を振った。「ぼくに文句を言ったって仕方がないだろう。ぼくがあそこに雇われているわけでもなし」

「ええ、ありがたいことにね。いずれにしても、近いうちにみんなくびになるわ」

「ミセス・ジェイムズがそう言ったのかい?」

妻は頬張っていた食べ物をのみ下してから首を振った。

ソウルは運ばれてきた料理を食べるふりをして隣席の夫婦の会話に耳を澄ました。

「いいえ、はっきりそう言ったわけじゃないらしいけど、聞いた話では、彼女、ケアリー製薬の買い手を探しているみたい。でもね、少なくともあの人は亡くなったご主人より従業員のことを心配してくれているわ。グレゴリー・ジェイムズが工場の生産ラインに顔を出すことなんてめったになかったもの。従業員の中に目をつけた女の子がいない限りね。彼、そっちのほうでは手当たりしだいだったわ。事故で死んだときも愛人と一緒だったそうじゃない？　ミセス・ジェイムズがジャイルズ・レッドウッドになびく気持ちもわからなくはないわ」

隣席の男性は皿の上にナイフとフォークを置いた。「じゃ、ミセス・ジェイムズはジャイルズとできてるのかい？　彼女はぼくの好みじゃないが、ジャイルズの好みとも思わなかったな。ジャイルズの奥さんはダヴィーナ・ジェイムズとは正反対のタイプじゃないか。へえ、彼女がね……」

「バート！」妻は息子たちの様子を気にしながら夫をにらんだ。しかし男の子二人は食べるのに夢中で両親の会話を聞いているふうもない。

「やきもきしなさんな。ぼくの好みはうちの奥さんなんだから」バートと呼ばれた男性はにやっと笑い、二人は官能的なまなざしを交わしながらテーブルの下で手を取り合った。

そう、ダヴィーナ・ジェイムズはジャイルズ・レッドウッドと関係があるのか……。

ほとんど手をつけないまま昼食の皿を押しやった伯父をキャシーはいぶかしげに見つめた。

隣のテーブルの夫婦は食事を終え、早く食べるようにと息子たちを急かしている。母親は小柄ながらバイタリティにあふれた赤毛の女性で、父親のほうは背が高く、のんびりした感じの男性だ。レストランから出ていく家族を目で追っていたソウルは、夫が妻のおしりをさっと撫《な》でたのに気がついた。カレンだったらお行儀が悪いと顔をしかめ、彼らを軽《けい》蔑《べつ》するだろう。しかしその一瞬、ソウルが感じたのはむしろ羨望《せんぼう》だった。どこにでもいそうな平凡な夫婦。ごく普通の平和な家族。経済的に恵まれているわけでもなく、満足な教育も受けていないかもしれない。だが彼らにはソウルとカレンとの間に決定的に欠けていたもの――温かい結びつき、互いへの自然ないたわりの心があった。

沈みがちな思いを強いて振り払い、ソウルはデザートのチョコレートサンデーに挑戦する姪を見守った。知り合いの医者によると、深い内省にふけり、自己憐《れん》憫《びん》の迷路に迷い込むのは、男女を問わず現代人特有の問題であるという。しかしソウルの場合はその反対で、長年にわたって内省を拒み、自分自身の欲求に耳をふさいできたことこそが最大の問題なのだ。

それは父が人生に投げかけてきた影を振り返って見るのが怖かったせいだろうか？　その影の後ろにいるはずの真の自分を見いだせないかもしれないという不安があったせい

で？

「ごちそうさま、ソウル伯父さま」キャシーは空になったデザートのカップを押しやった。

その日の午後、ソウルは持ってきたファイルにもう一度目を通し、そこにチェシャーに着いてから入手した情報の断片をつけ加えた。

クリスティは何も変わりはないかとスコットランドから電話をかけてきたが、その話しぶりはいつになくうわの空で落ち着きがなく、ソウルはそれを学会の前で緊張しているせいだろうと考えた。

次なるステップは、ケアリー製薬の取引銀行の支店長と会って話をし、彼の、つまりアレックス卿《きょう》の考え方を伝え、銀行を味方につけることだ。それほど難しい交渉にはならないだろう。銀行はケアリー製薬に多額の融資をしており、昨今の経済情勢を考慮に入れれば、その負担を肩代わりしようというアレックス卿の申し出を受け入れるほうがいいに決まっている。融資を受けるとき、グレゴリー・ジェイムズは個人財産を担保に差し出すようなへまはしなかった。あらゆる担保物件の価格が下落している現在、ケアリー製薬が倒産を余儀なくされることを考えれば、銀行としても、たとえ融資額の半分でも回収できればありがたいはずだ。銀行の支店長は両手を広げて我々を歓迎し、会社を手放すようにとダヴィーナ・ジェイムズを説得する役を喜んで引き受けるに違いない。

ソウルは指先でテーブルをとんとんとたたきながら考え込んだ。ダヴィーナ・ジェイムズはビジネスには素人だ。つまり、夫亡きあとは会社経営のためにジャイルズ・レッドウッドを引きとめる以外になかったのだろう。

彼と寝るという条件つきで？　それとも、二人の情事は行きがけの駄賃というところか。もしかしたらグレゴリーが死ぬ前からの関係なのかも……いずれにせよ、彼らが親密な仲だという噂《うわさ》が事実なら、ケアリー製薬の買収にかかわる状況判断の材料として新たな要素が加わることになる。もしダヴィーナ・ジェイムズがこちらの条件をすんなりのまなかったら、ジャイルズ・レッドウッドを買収してケアリーに見切りをつけさせるという手もある。が、彼らのつき合いの度合いによってはそう簡単に事は運ばないかもしれない。その関係にどちらがより強く執着しているかにもよるだろうが……たぶん、ダヴィーナのほうだろう。長年夫に裏切られてきた、愛に飢えた孤独な女性なら……。

ソウルはかすかに眉根を寄せた。ダヴィーナ・ジェイムズがあらかじめ思い描いていた人物像にしっくり当てはまらないのが気に入らない。情報を収集すればするだけ彼女のイメージは混乱し、はっきりしなくなるのだ。彼女には相反する要素があまりにも多すぎる。それにしても、なぜダヴィーナ・ジェイムズのことをこれほど気にしなければならないのだろう？　夫の死後、いやおうなしにケアリー製薬の経営権を引き継ぐことになった三十七歳の未亡人。会社の大半の株を所有しながら、経営にはまったく興味を持たなかった女性。つまり、交渉相手としてはかなり御しやすいタイプではないか？　若くもなく、美人でもなく、特別頭が切れるというわけでもない。それならなぜ、窮屈な靴の中に小石が入り込んだみたいに、頭の中にダヴィーナ・ジェイムズが居座ってしまったのだろう？

ソウルは肩をすくめ、いら立たしい小石の存在を無視しようとした。長い間、自分以外のだれかの人生を歩み、だれかが設定したゴールを目指していたという事実を無視してきたように……。

ソウルを駆り立ててきたのは、実は彼自身の出世欲でも、金銭欲でも、名誉欲でもなかった。ただ、父に愛され、ほめられ、認められたいがために、父の指差す方向に向かってやみくもに突っ走ってきたにすぎない。

ソウルは傍らで静かに本を読んでいるキャシーに目を向けた。この娘には、母の愛に満たされているかと尋ねるまでもないだろう。しかしぼくの子供たちは？　息子が、娘が、生まれてくるすべての子供たちに当然与えられるべき肉親の愛を求めていないとだれが言い切れるだろう？　彼らが親の愛を疑い続けることで人生を浪費させないと、いったいだれが言い切れるだろう？　そのことに気づきもせず、それについて真剣に考えさえしない――それで父親といえるだろうか？

ソウルは椅子の上で落ち着きなく体を動かした。子供たちは父親の不在をなんとも思わず、父親の愛情など望んでもいないのを事あるごとに態度で示した。でも、もしそれが本音でなかったら？　冷ややかな無関心を装いながら、その実、父の愛を、時間を、関心を求めているとしたら？

視界がぼやけ、ソウルは目の疲れをもみほぐそうとまぶたを押さえた。だが、視野がかすんだのは疲労のせいでも、ストレスのせいでもなかった。これは子供たちのための涙？それとも自分自身のための涙だろうか？

今は何よりも、じっくり考え、心の整理をする時間が必要らしい。感情に負けて衝動的な行動に走るなど得策ではないし、許されてもいない。個人的な問題に頭を悩ますより、まずケアリー製薬買収という仕事を片づけるのが先決問題だ。必要とあらば銀行がダヴィーナ・ジェイムズに圧力をかけるだろうから、それほど手間暇はかからないだろうが……。

ダヴィーナ・ジェイムズ。彼女は今どこにいるだろう？　恋人のところに？　聞いた話から察すると、相手は妻のいる男性らしい。なぜか、彼女がそういうタイプの女性とは思っていなかった。タイプ？　人間をタイプ別に仕分けする必要などあるだろうか？　男女の行動パターンをややシニカルに観察してきて、その関係が破綻《はたん》する主な原因はおおまかにいって二つしかないとソウルは考えている。多くの場合、男と女を結びつけている二大要素は色と金。過去においては、概して金をコントロールするのは男性、色をコントロールするのは女性と相場が決まっていた。人は最も根源的な人間関係に損得勘定を持ち込み、男は女に、女は男に求めるものをはかりにかけ、それに見合うだけのものを〝お返しする〟というのが今の社会の一般的な風潮になっている。しかし一方、完全に自由で対等な人間同士として惜しみなく与え合うのでなければ、その関係に真の価値はないと気づくのも早いようだ。恋愛関係に計算が働くと、互いに満たされ、豊かになるというより、隠された恨みと怒りにその関係は毒されることになる。

ダヴィーナ・ジェイムズが離婚しなかったのも金銭的な打算が働いたからだろうか？ソウルは眉を曇らせた。またもや彼女のことを考えている。いったいどうしたっていうんだ？

いずれにしても彼らの場合、アラン・ケアリーの周到に練られた遺言によって、すべての財産を相続したのは娘のダヴィーナだった。夫としては面白くなかったに違いない。経営者はグレゴリー。しかし実際に力を持っていたのはダヴィーナ・ジェイムズ。力――そう、すべてはそのひと言に帰結する。金……支配力の源。

ルーシーは念入りに化粧をした顔を鏡に映した。涙の跡が残っていないかしら？目の下が少し赤く、いくらかはれぼったい感じはするけれど、これくらいならジャイルズが気づくはずもない。それどころか、帰ってきて妻が居間の床でほかの男性と裸で抱き合っているのを見たとしても気にもとめないだろう。怒りの涙が頬にこぼれて化粧を台なしにしないように、彼女はしっかりと目をつぶった。

ゆうべ、ジャイルズは夜遅く帰宅した。ゆうべもまた、というべきか。それも酔って。

正確にいえば酔っていなかったかもしれないが、かなり飲んでいたのは確かだ。たぶん、だれかと一緒に――ダヴィーナと？　問いただしても、もちろん彼は認めやしなかったけれど。

ジャイルズが帰ってきたとき、ルーシーは居間のソファに座って雑誌を読むふりをしていた。彼はルーシーがまだ起きているのを見て驚いたのか、あるいは顔を合わせるのを渋ったのか、ドアのところで立ちどまった。

ちょっとためらったあと近づいてきた彼は、妻の額にキスしようとぎこちなく身をかがめた。ところがルーシーがするりと身をかわしたので、彼はいきり立って乱暴に妻を立たせ、抱きすくめようとした。夫婦が触れ合ったのは数週間、いや、数カ月ぶりのことで、ルーシーは自尊心を傷つけられて乱暴に夫を押しやった。酔ってだれがだれだかわからなくなったときしか触れようとしないなんて……。

しかしジャイルズはルーシーをがっちりつかんで放そうとせず、今でもそのときのあざが腕に赤黒く残っている。普段は暴力をふるうような人ではないのに、ゆうべは……なんとか妻に応《こた》えさせようとする荒っぽいキスと抱擁を思い出して、ルーシーは震えた。

「さわらないで！」ルーシーは満身の力をこめて夫を押しのけた。「わたしはダヴィーナじゃないわ。あの人は……」

「そう、きみはダヴィーナじゃない」ジャイルズは辛辣《しんらつ》に妻の言葉をさえぎった。「ダヴイーナは隅から隅まで本物の女だ。彼女は愛をもてあそびはしない」

その非難は真実であるがためにルーシーの怒りを倍増させ、彼女は夫に向けて思いつく限りの悪口雑言を浴びせかけた。あなたは恋人としても夫としても失格、そうしたければいつでもダヴィーナのところに行っていいのよ。そうしてくれればこっちもせいせいするわ……。

「お似合いのカップルじゃない？」ルーシーはヒステリックに言いつのった。「二人ともベッドでは無能なんだから」

その瞬間、ジャイルズは突然ルーシーに飛びかかり、抱き寄せた。そのあとに起こったことはかつて二人が分け合った親しさ、優しさとは無縁の、すさまじく破壊的な攻撃だった。しかしその攻撃のさなかのある時点で、ルーシーの愛に渇いた肉体は抵抗をやめ、ジャイルズの怒りに燃える所有欲に熱く、激しく反応した。

翌朝感じたかすかなうずきは、肉体の痛みより深く、より癒《いや》しがたい心の傷の痛みのように思えた。

あのあと、ルーシーはショックと苦悩、そして欲望を解き放ったことに身を震わせながら、妻に乱暴したとして夫を非難した。今の時代、たとえ夫婦であっても一方的なレイプは許される行為ではない。だがその一瞬、ルーシーは夫の目に浮かんだ絶望を見てたじろいだ。腕を広げて彼を抱きたかった。彼の怒りを煽《あお》り立てたことを、彼を見失っていたことを、そして何よりも二人の子、ニコラスを失ったことを謝りたかった。しかしジャイルズのまなざしに険しさが戻り、一瞬の和解のチャンスは過ぎ去った。

「そんなにダヴィーナがいいなら、彼女のところに行けばいいのよ」ルーシーは蒸し返した。「行って！　わたしにはあなたなんか必要ないんだから。彼女をレイプしてみたら？　あの人なら大喜びするわ」

ジャイルズは足音高く家を出ていき、エンジンの爆音を残して車はどこかに走り去った。ルーシーは過ぎていく一刻一刻を見つめながら、受話器を取り上げてダヴィーナの番号を押したいという衝動と必死で闘った。もちろんジャイルズは彼女の家にいる。ほかに行くところがある？　申し分ない妻であり、男性にとって――少なくともジャイルズにとっては願わしい女性であるダヴィーナは、傷ついた彼を優しく迎え入れ、慰めるだろう。


シャワーを浴びていると電話のベルが鳴り始めた。午後いっぱい庭に出て植木の手入れやら花壇の草むしりやらに精を出したので、体のあちこちが痛む。ダヴィーナは勢いよくほとばしる湯の下で眉をひそめた。だれかしら？　それがだれであれ、しばらく出なければいずれあきらめて切るか、さもなければあとでかけ直すかするだろう。しかし電話はしつこく鳴り続け、ダヴィーナは根負けしてシャワーをとめ、タオルに手を伸ばした。

「ダヴィーナ……いたんだね。ダヴィーナ、きみに会いたいんだ……今すぐ」

打ちひしがれたジャイルズの声。酔っているみたいだけれど、日ごろ節度のあるジャイルズがこんな時間からお酒を飲むだろうか？　でも、背後に音楽や人声やらのざわめきが聞こえる。

「ジャイルズ、今どこからかけているの？」

「高速道路ぞいのモーテルから。ゆうべはここに泊まったんだ。もうだめだ、ダヴィーナ、ルーシーとは別れるしかない。これ以上……」

「いい、ジャイルズ、そこにいて。すぐに迎えに行くから。いいえ、あなたは運転しないほうがいいわ」ダヴィーナは反対しようとしたジャイルズを押しとどめた。断定はできないが、彼の声の様子からして安全に運転できる状態ではなさそうだ。

十分で着替えをすませ、化粧もせず、ぬれたままの髪をとかしただけで彼女は車に乗った。

そのモーテルは車で十五分ほどのところにあり、入っていくと、ジャイルズはフロントデスクの前のソファに肩を落として座っていた。いつもは人一倍身なりに気を遣うほうなのに、服装はだらしなく乱れ、目はうつろに血走っている。そんな彼を見てダヴィーナの胸は同情と哀れみに締めつけられた。

彼はダヴィーナが入ってきたのに気づかず、彼女が近づいてそっと腕に触れて初めて、疲労のにじむ顔を上げた。表情にかすかな安堵《あんど》の色が浮かぶ。

「ダヴィーナ」ジャイルズは腕を差し伸べて立ち上がった。ダヴィーナは反射的に身を引いたが、彼の傷ついた表情を見てすぐに後悔した。「悪かった」彼はぎこちなくつぶやいた。「ぼくはただ……」

「いいのよ、ジャイルズ。それより、もうチェックアウトはすませたの？」

ジャイルズは何もしていなかった。この様子では当然だろう。ダヴィーナが代わりにフロントデスクで支払いをすませる間、彼はぼんやりと後ろに立っているだけだった。何か大きな精神的ショックを受け、一時的に放心状態に陥っている。車の窓を開け放っていたせいか、家に着くころにはジャイルズもいくらか酔いがさめたようだった。だが顔は青ざめ、表情は硬い。

家に入るとダヴィーナはまずキッチンでコーヒーをいれ、居間に運んだ。

「いったい何があったの？」ソファに座り、ダヴィーナは切り出した。手入れの行き届いたエレガントな居間を背景にすると、ジャイルズの乱れた身なりがいっそう場違いに見える。

ジャイルズは椅子の背にもたれかかり、目を閉じた。喉仏が上下する。顎から首にかけてうっすらと不精ひげが生え、近づくと少しばかり汗のにおいがした。いつものダヴィーナなら、男性の体臭を毛嫌いするほどではないにしても、そのにおいにそそられるということはない。もちろんマットとの場合は別だった――彼と愛し合うとき、あらゆる文明の衣を脱ぎ捨てることにためらいはなかったし、特に、熱く駆り立てられた男のにおいをセクシーだと思いさえした。でもジャイルズはマットではない。ダヴィーナはただ、苦しみの中で身だしなみを整えることすら忘れた男性を母親のように慰めたかった。そっと手に手を重ねると、ジャイルズは体をびくっとこわばらせ、苦悩をたたえた目を開けた。

「ああ、ダヴィーナ。ぼくはゆうべ恐ろしいことをしてしまった。どうにも自分を抑えられなくなって……いきり立ったルーシーがあまりにもひどい言葉を投げつけてくるんで、かっとなって……」

衝撃と恐怖にみぞおちが締めつけられた。これ以上聞きたくない。ジャイルズと妻との間に何があったにせよ、話を聞くことによって彼らのいさかいに巻き込まれたくなかった。彼の背負う後ろめたさの一部を引き受けたくはなかった。でも、本当に自分は無関係だと言い切れるだろうか？　わたしにも責任の一端はあるのでは？　ほかに何もないとしても、少なくとも彼らの友人として。

現実から逃避したいという思いを抑え込み、ダヴィーナは静かに言った。「ジャイルズ、何があったのか、話してくれなければわからないわ」

ジャイルズは目を開け、ダヴィーナに焦点を合わせてはいたが、そのまなざしは彼女を通り越し、その先の何かを見つめているようだった。

「昨日のことだった。きみに会いたかったんだが……とても家に帰る気になれなくてね。

一人で少し考えようとパブに寄って何杯か飲んだんだ。夜遅く家に帰るとルーシーが起きていて、言い合いになった」ジャイルズは口元をゆがめた。「言い合いが珍しいわけじゃない。このところほとんど毎日のことだからね。ぼくはただ、ルーシーを黙らせたかった……手荒なことをするつもりはなかった」彼はうめくように言い、両手で顔を覆った。「まるで何かに取りつかれたみたいに……ぼくたちは長いこと触れ合ってもいなかったし、ルーシーは……ぼくは彼女を強引に犯したんだ」ジャイルズは露骨に打ち明けた。「自分の妻をレイプした。そのあとひどい自己嫌悪に陥って、自分で自分の首を絞めたいと思ったくらいだ。誓って言うが、これまであんなふうに自制心を失ったことはない。一度も。彼女に離婚を要求されても文句は言えないんだ。何か言ってくれないか、ダヴィーナ。ぼくが撃ち殺されるべきだと思うなら、正直にそう言ってくれていいんだ」

ダヴィーナはかろうじて笑みを作る。「いいえ、そんなふうには思わないわ」

「でも、驚いただろう？　最低な男だと思うだろう？」

ダヴィーナはため息をついた。そう、確かに驚いたし、暴力をふるうなどジャイルズらしからぬ行為だとも思う。だが、絶望と自責の念に打ちひしがれ、肩を落として座っているジャイルズを見守るうちに、彼への、そしてルーシーへの同情が心の底からわき上がってきた。ダヴィーナはためらいがちに手を差し伸べ、ジャイルズがたじろぐのを見てその動きをとめた。

「ぼくなんかに触れないほうがいい。本当なら、ここに来てきみに迷惑をかけるべきじゃなかったんだ」

「いつでも家に帰れるでしょう」ダヴィーナは穏やかに言った。「ルーシーとよく話し合って、仲直りを……」

「家に帰る？　ルーシーは警官を何人も家に張り込ませているかもしれないよ。最近は夫であっても妻の合意なしにセックスを強要すれば罪に問われるんだ。ああ、こんなことになるなんて……以前はルーシーを愛していた。彼女が人生のすべてだった。だが、ニコラスを亡くしてから彼女はすっかり変わってしまった。あんなことになったのはぼくのせい、望まぬ妊娠をしたのもぼくのせいだと、彼女はいつも心の中でぼくを責めている。辛抱強く、時間をかけて、なんとか彼女を理解しようとした。まかり間違ってもゆうべのようなことをするつもりはなかったんだ」

ジャイルズは唐突に椅子から立ち上がり、くるりと背を向けた。しかしその直前、ダヴィーナは彼の目に涙が光ったのに気がついていた。反射的に彼女も立ち上がってジャイルズに近づき、悲しみを和らげたいという女性的な衝動に促されて彼を抱き、優しく揺すった。

最初のうち、ジャイルズは身を硬くしてあらがったが、それはほんの一時のことだった。彼は感情に耐えかねたように震え、ダヴィーナの体に腕をまわした。

「ああ、ダヴィーナ、よくこんな卑しい男のそばにいられるね。あんなことをしたぼくの……」

「何も言わないで……何も考えないで」ダヴィーナは姉のように、母親のように彼を慰めた。

「ダヴィーナ」

涙にぬれた唇が首筋に軽く触れ、その甘美な感触はダヴィーナの中にほかの瞬間、ほかの男性、ほかの場面をよみがえらせた。

「ダヴィーナ……」ジャイルズはうわずった声で繰り返し、首筋に触れただけのキスは、徐々に熱く、官能的に変わっていく。彼はブラウスの上から胸のふくらみを探り、ダヴィーナはそのときふと、男性の手がいかに大きいか、それが女性の胸をいかに自然に、心地よく包み込むかを思い出した。

そうなったのは彼の責任でも、わたしの責任でもない――あとになってダヴィーナはそう自分を納得させようとした。それは肉体の物理的な反応にすぎない。長い間抑えられていた欲求が、せきを切ったようにあふれ出したのだ。結局、ジャイルズは好ましい男性であり、前の晩ルーシーとの間に何があったにせよ、暴力的な男性でないことは確かだった。事実、彼の愛撫《あいぶ》に強引なところはまったくなく、その代わりにためらいがあり、問いかけがあり、迷いがあった。だからこそダヴィーナの体は誘惑に屈し、その逡巡《しゅんじゅん》が互いの情欲を刺激する一種の媚薬《びやく》になったのだろう。

ジャイルズを家に連れてきたときは、こうなるとは思ってもいなかった。だが、彼の手がゆっくりと胸を愛撫し、硬く張り詰めた体が押しつけられ、熱い唇が喉のくぼみをたどる今、ダヴィーナの体は官能への期待に小刻みに震え、彼を押しやるどころか、いっそうぴったりと身をすり寄せていった。男性にこんなふうに触れられるのがごく日常的なことのように、自然に、しなやかに……。

ジャイルズはゆっくりと唇を重ねた。吐息にウイスキーのにおいがして、酔いさえも伝わってくるようだ。ダヴィーナはがっしりした腕からうなじへと両手を上に滑らせていき、髪の中に指を差し入れて引き寄せ、彼の唇をむさぼった。ジャイルズは熱情に震え、キスを深める。

「ダヴィーナ……ダヴィーナ」

愛撫の手が熱を帯び、彼は片手でダヴィーナの腰を引き寄せながら、もう片方の手でもどかしげにスカートをまさぐった。彼はマットほど愛の達人ではなかったが、それでもダヴィーナの中に鋭い欲望の火をたきつけた。年齢を重ねたせいか、彼の武骨な愛し方ががえっていとおしい。ダヴィーナは唇を重ねたまま彼の手を取り、優しい言葉をつぶやきながらその手を胸のふくらみに引き戻した。ジャイルズは熱病にでもかかったように荒々しく震える。

服をはぎ取るマット、胸を愛撫するマット、おののく体に唇を這《は》わせるマット……一瞬、官能の記憶が鮮やかによみがえる。ジャイルズを誘うようにダヴィーナは体を弓なりに反らした。彼はブラウスのボタンをやみくもに外し始め、その不器用なしぐさを助けてダヴィーナ自身がボタンの一つに手をかけたとき、玄関のベルが鳴った。

「ルーシーだ！」ジャイルズは凍りつき、二人は反射的に互いの腕の中から身を引いた。

「頼む、ダヴィーナ、出ないでくれ」

「そんなことできないわ。知らんふりして彼女をずっと外に立たせておくなんて」

ルーシーは友だちであり、もし自分が彼女の立場だったらと思うと今さらながらに同性としての連帯感が芽生えてくる。ジャイルズの妻の当然の権利を無視し、さらに居留守を使って裏切りの上塗りをするなどとても良心が許さなかった。

熱を帯びた瞳にも、ぴんとせり出して布地を押し上げている胸にも、有罪の兆候がはっきり現れていることを後ろめたく意識しながら、ダヴィーナは慌ててブラウスのボタンをはめ、玄関に急いだ。だれかの――それが友だちであるならなおのこと、結婚生活をこわしたいと思ったことはない。こんなふうになったのもジャイルズを愛しているからではなく、抑圧された肉体が解放を求めたからにすぎないとなれば、罪悪感はさらにつのるばかりだった。

この成り行きをどう説明するか、頭の中であれこれ言い訳を考えながらドアを開けたが、その必要はなかった。ベルを鳴らしたのはルーシーではなかった。

ドアからのぞいたダヴィーナの顔つきを見て、ソウルはすぐさま状況を把握した。ほてった頬、潤んだ瞳、ばつの悪そうな様子――いくら鈍感な訪問者でも、今ここでどんなことが進行中だったかに気づくだろう。ブラウス越しに盛り上がった胸に一瞬目を当て、ソウル自身の体もぴくりと張り詰める。彼女が何をしていたかは明らかだが、愛の行為のどの段階で邪魔してしまったのかと気にならないでもない。かけ違えた二つのボタンが、彼女がいかにあせって服を着たかを物語っている。

ダヴィーナのあとからホールに出てきた男性に視線を移し、ソウルは唇を蔑みにゆがめた。不精ひげを生やした男。ここで一夜を過ごしたということか。男のうろたえぶりから察して、彼女のほうが情欲の闇《やみ》から比較的早く現実に立ち返ったようだ。確かに、彼女は男と過ごした翌朝、スーパーマーケットに買い出しに行くほど気分の切り換えが早い女性らしい。

「どうやら間の悪いときにお邪魔してしまったようですね」ソウルは皮肉っぽく言い、ダヴィーナは彼の視線をたどって自分の服装を見下ろし、真っ赤になった。ボタンをかけ違えているばかりか、ブラウスのすそがスカートのウエストからはみ出している。

この人はだれ？　いったいなんのためにわたしの家の前に立ち、蔑みをたたえた氷のまなざしでわたしを見つめているのだろう？　ダヴィーナはふと、彼がここで起こったすべてを見ていたという錯覚にとらわれた。彼はジャイルズがブラウスのボタンを探るのを見ていた……わたしがジャイルズを抱き、マットの愛撫を思い出しながらエロチックな夢想にひたるのを見ていた……。

寒々とした自己嫌悪に貫かれ、体が震える。用件を尋ねようと一歩前に踏み出したが、彼はすでに背を向け、車の方に歩きだしていた。本能の声が彼を引きとめるべきではないと警告を発する。

「いったいあれはだれなんだ?」走り去る車を目で追いながらジャイルズがきいた。

ダヴィーナは首を横に振り、眉をひそめた。「さあ、知らないわ」なぜあの人がここに? 偶然かしら? それとも……。

欲望の炎はかき消え、惨めさとショックが体を凍らせる。もしベルを鳴らしたのがルーシーだったら……彼女は友人であるわたしに誠実さを求める権利がある。

ジャイルズはどうしたらいいかわからないといった表情でダヴィーナを見つめている。

「コーヒーでも飲んで、それからあなたをさっきのモーテルまで送っていくわ。あそこに車をとめてあるんでしょう?」

「またここに戻ってきていいかい?」

「ああ、ジャイルズ、わかって。ルーシーは友だちなのよ」

「彼女はぼくを必要としていない」ジャイルズはかたくなに言った。「離婚したいと、はっきりそう言ったんだ。ダヴィーナ、きみを愛している」

「何もかもが急すぎるわ」ダヴィーナはかぶりを振った。「わたしには……」

「ルーシーのところに帰れというんだね？」ジャイルズは苦しげに言った。「きみとじゃなく、妻と同じベッドで眠れというんだね？」

ジャイルズの声に絶望を聞き、後悔はさらに重く、深く、ダヴィーナの心をむしばんでいく。「時間が……考える時間が必要だわ、ジャイルズ」

「わかった。今夜もモーテルに部屋を取るよ。ルーシーのところに帰るつもりはないんだ、ダヴィーナ。もう帰れない」

14

拍手がやむと、クリスティは落ち着いた物腰で壇上にもうけられた講演者用の椅子に戻った。

「なかなかよかった」隣に座っている男性が親しげに身を寄せて耳打ちをした。「考えさせられるテーマでしたよ。もしかしたら新聞に取り上げられるかもしれない。マスコミは話題性のあるテーマと魅力的な女性の取り合わせを喜びますからね」

クリスティはその男性に形だけの笑みを返し、すぐに小ホールの客席に注意を戻した。もちろんここはメインホールではない。彼女の講演の内容は現代医学の本流から離れた、どちらかというと二次的に扱われがちなものだったから、例年のように、会場はメインホールから少し離れたところにある郊外の古い教会のホールが割り当てられた。しかしそれでも、会場にはクリスティの講演に興味を持つ多くの人たちが集まってくれた。

こういう席で講演をするのは初めてではない。講演のテーマは以前から関心を寄せている自然医薬品に関するものだけに、雄弁とはいえないまでも話にはかなり熱が入った。

次の講演者が演壇に立ってテーマを告げると、聴衆の何人かがぱらぱらと席を立った。隣の男性はさりげなく椅子をずらしてクリスティに近づき、さらに顔を寄せてささやいた。

「今度のはあなたの講演ほど受けていないようですね。それに、彼はあなたほど魅力的でもない」

上首尾に講演を終えたあとの高揚した気分に水をさされて、クリスティはいら立たしげに隣の男性の方を振り向き、このうえなく冷ややかなまなざしで〝時間の無駄〟だということをはっきりさせた。残念ながらこういうたぐいの男性はどこにでもごろごろ転がっている。中年、妻帯者、自信過剰……女性はみんな彼を見てよだれを垂らすと信じ込み、一時の快楽を求めて血眼になる軽薄な男。

まなざしでのあからさまな拒絶に彼はいやな顔をしたが、そんなことはどうでもよかった。クリスティはすでに客席に顔を向け、壇上から聴衆の一人一人に視線を泳がせていった。冷静な部分がそんな自分を笑う――いったいだれを探しているの？　あの人が来ていないのは確かなのに、わかりきったことをもう一度確認しようというの？　いったい何を期待しているの？

ホテルの前でタクシーを降りてからというもの、どうも調子がおかしい。クールで落ち着いた女医というより、気もそぞろなティーンエイジャーに戻ってしまったみたいだ。ロビーに入り、レオという男性がフロントデスクに立ってチェックインの手続きをする間、クリスティは少し離れたところからそ知らぬふりをして彼を見つめていた。予約に手違いがあったのか、彼はそこでかなり手間取っている。ついにはプライドが勝ちを占め、クリスティは人の流れにまぎれてその場を離れた。いつまでも未練たらしくロビーをうろうろしているところを彼に見られてはたまらない。もし気づかれたら、声をかけられるのを待っていたと思われてしまうだろう。

考えてみれば、もし彼がその気なら、空港からここに来るタクシーの中でなんらかの手を打つ時間はたっぷりあったはずだ。そうしなかったということは……クリスティはため息をつき、人込みを縫ってエレベーターに向かった。

部屋の中は暖房がききすぎて、よどんだ空気のいやなにおいが鼻をついた。だが、窓を開けたくてもロックされていてびくともせず、メンテナンス係に電話をしてすぐに人をよこすようにと頼まなければならなかった。けれど、本当は窓のことなどどうでもよかったし、もはやここに来た目的さえどうでもいいことのように思われた。ただ、ホテルまでタクシーに相乗りしたあのドイツ人のことだけが頭から離れない。彼はレオと名乗った。でも姓のほうは？　今、エジンバラに何百人の学会関係者が集まっているかさえわからない。たとえ同じホテルに泊まっていたとしても、彼と再び出会うチャンスがどれほどあるかということになると……。

クリスティは世間知らずでもうぶでもない。だいぶ以前から、女性は恋愛感情なしにセックスを楽しんではいけないという少女趣味的な社会通念にとらわれまいと心に決めていた。食欲と同じように、性欲は肉体の充足を願う生き物本来の自然な衝動だが、かなりの部分を、分別と自己規制に支配されるべき領域だと思っている。そういう方面でクリスティは用心深く、慎重ではあったが、かといってセックスそのものを楽しめない、あるいは楽しむべきではないと考えてはいなかった。

結婚願望はない。ひとたび生涯の契りを結べば、たいていの夫は妻の自由を束縛し、妻より自分の事情を優先させ、妻のライフスタイルを都合のいいようにねじ曲げ、ときによってはものの考え方、感じ方にまで口をはさむようになるものだ。結婚と同時に女性がいかに劇的に変わっていくか、今までいくつもの実例を目のあたりにしてきた。

いつだったか、男性には束縛されたくないと言うくせに、キャシーには喜んで束縛され、身を捧げているではないかとソウルに言われたことがある。クリスティはそのとき、それとこれとは話が別だ、と反論した。キャシーは自分の娘であり、好むと好まざるとにかかわらず母親に依存している。でも、人生の伴侶《はんりよ》と称するもう一人の横暴な依存者を抱え込みたいとは思わない、と。

長い間、異性にこれほど強烈に惹《ひ》かれることはなかった。切迫した、熱い痛烈な欲望が肉体を焦がし、タクシーがホテルに着くずっと以前から、クリスティは彼の存在に溶かされ始めていた。体がほてり、みぞおちの辺りがきゅっと締めつけられるのを意識するあまり、思わず脚を組み替えたほどだ。

もしわたしが彼にも同じような影響を与えていたとしたら、彼はうまく反応を隠していたということ？　クリスティは少々やけになりながら考えた。

ようやく部屋の窓が開き、流れ込んできた冷たい外気に触れてクリスティはかすかに身震いした。

ホテルのサービスマンは出ていきがけに無遠慮にクリスティを見まわし、意味ありげに微笑した。またもや……男性のこういう態度にはいつもいらいらさせられる。無神経にも、彼らは女性の気持ちなどおかまいなしに、いつでも好きなように性的興味をちらつかせる権利があると信じて疑わないのだ。

クリスティは今、心の内で愚かな自分を笑いながらも壇上から客席に並ぶ一人一人の顔を目でたどった。聴衆の中にあの人の姿を捜すなんてばかげている。もしわたしに会いたいと思えばホテルのフロントできけばいいことだ。彼がわざわざこの小ホールに足を運ぶ可能性は限りなくゼロに近い。

午後の部はあと二人の講演者を残すだけとなった。いよいよ明日は大手医薬品メーカーの代表者たちがメインホールで講演をすることになっている。その中には四、五年前、薬害の被害者から正式な告訴をされる前に莫大《ばくだい》な和解金を払ってスキャンダルをもみ消した巨大企業も含まれている。

クリスティの患者の一人がその会社の薬品の犠牲者となった。その副作用はひどい痛みを伴い、片腕にまひをもたらした。その患者は貧しい年金生活者で、ヘスラー製薬を告訴するだけの力も経済的余裕もなかったので、会社が提示した和解金を傍目《はため》にも痛ましいほどにありがたがった。

もちろんその薬はすぐに市場から回収された……少なくとも表向きは。でも、おそらくそれは名前を変え、あるいは別の会社の流通経路を通して、いずれまた市場に出まわるに違いないとクリスティは読んでいる。その製品の開発には膨大な研究費がかかっており、もとを取らないうちは市場から完全に撤収するわけにはいかないのだ。

三十分後に午後の部が終わると、テレビの取材陣をまじえた地元のマスコミ関係者がクリスティを取り囲み、インタビューを始めた。

「どうも、なかなかよかったですよ」ひととおりインタビューが終わるとテレビ局のレポーターが言った。「化学薬品によらない自然志向の医療は今や世界的なブームですからね」

彼は皮肉っぽく笑った。「わたし個人としては、病気になったらちゃんとした医者の治療を受けたいと思いますが、ハーブティーを飲めばよくなると信じられればそれに越したことはありませんからね」

クリスティは歯を食いしばり、口元に冷ややかな微笑を浮かべた。「ほとんどの現代医薬が本来自然界に存在する薬効成分の模倣であることはご存じですよね。最初は自然の中から得ていたものを化学的に合成したにすぎないんです」

「ええ、ええ、それはもう」彼は軽薄な口調で応じた。「でも、もし母なる自然がそれほど病気の治療に熱心なら、どうして世界にはびこる疾病の万能薬を恵んでくれないんですかね？」

クリスティはむっとしてレポーターを見つめた。「どんなにいい薬だって栄養状態や衛生環境が悪ければ……」こんなところで議論をしても始まらない。「ご存じかしら、天然痘がはやると窓に赤い布をかけるというような、ある地域で行われている古くからの慣習もそれなりの意味があるということを？」

「ほう、それは初耳ですね。だが、わたしならやっぱり抗生物質のほうがいい。いずれにしても、そういう話はローカルニュースにはいいねたになりそうですよ。失礼ですが、お名前をもう一度……」

クリスティは事務的に名前を告げてその場を離れ、レポーターはほかの講演者に向かって突進していった。

ホテルの部屋に帰ってキャシーに電話をかけよう。ソウルがいるから問題はないとわかってはいるが、それでも娘の声が聞きたかった。

電話を終えるまで、だれかがドアの下から差し込んだらしい白い封筒に気づかなかった。クリスティは受話器を置き、眉をひそめてそれを取りに行った。何かしら？　封をした白い封筒にはあて名も差出人の名も書かれていない。爪でシールを開け、中から一枚の便箋《びんせん》を取り出した。

〈もしお時間があれば、今夜食事をご一緒にいかがでしょう。ルームナンバーは11aです。レオ〉

心臓が早鐘のように打ち、講演のあとのけだるい脱力感は瞬時に消えた。クリスティは迷わず電話に手を伸ばし、彼のルームナンバーをぽんぽんと押した。相手はほとんどすぐに受話器を取った。

「レオ？」

「クリスティ」優しい声がそれに応じた。「メモを読んでくれたんですね。よかった。もし今夜ほかに約束がなかったら……」

「ええ、何もありません」クリスティは大急ぎでそう言ってから唇をかんだ。これではまるで誘いを待ちかねていたみたいじゃないの。

「ロビーで、そう……八時はいかがです？」彼はよどみなく言い、返事を待っている。

「ええ、八時にロビーで」

受話器を置いて初めて、クリスティは自分が震えているのに気がついた。てのひらはじっとりと汗ばみ、脈拍は異常に速い。いったいどうしてしまったのかしら？　うぶな少女でもあるまいし……。クリスティはバスルームに入り、蛇口をひねって両手首を冷たい水にさらした。彼だってただの男の人よ。同じ人間であってオリンピアの神じゃない。

それでも……彼はベッドではどんなふうかしら？　エロチックな場面を思い描いて震え、つんととがった胸の先端を痛いほど意識した。落ち着いて——クリスティは高ぶった気持ちを抑えようと心の中でつぶやいた。ハンサムでセクシーだからといって必ずしも最高の恋人とは限らないわ。プディングだって、見かけはよくても食べてみるまで味はわからないじゃない？　彼女は唇を緩めて笑い、鏡の中で色を深めた黒い瞳を見つめた。彼はどんな愛し方をするのだろう？　今から期待とあこがれに体がうずく。今夜の食事への招待が、ともに過ごす夜のための前奏曲にすぎないことは間違いないだろう。

クリスティは窓辺に立ち、天を仰いで澄んだ冷たい空気を胸いっぱいに吸い込んだ。突然笑いがこみ上げてくる。こんなに興奮し、わくわくしたのは何年ぶりだろう。ずいぶん長い間、こんな大胆な気持ちを、生きているという実感を忘れていたような気がする。

セックスに関しても自分の容姿に関しても常に率直なクリスティには、男性の気をそそるようなドレスで身を飾る趣味はなかった。そういう服装は、男性を喜ばせるのが人生唯一の目的である、従順でしおらしい、古いタイプの女性のイメージと重なる。対等な人間として、一つの個性として、男性はありのままのわたしを受け入れるしかないのだ。わたしはわたしなりの感情と欲望を持った一人の人間で、単なる男性の情欲の対象ではない。

クリスティが電話を切ったあと、レオはしばらくそのまま受話器を耳に当てていた。

彼女の部屋を突きとめるのは容易ではなかったが、このホテルに部屋を取るときと比べればさほどでもなかった。最初、空室は一つもないとフロント係にそっけなく断られたが、レオはそのとき初めて、ヘスラーの名の持つ威力を最大限に利用した。

町の最高級ホテルに予約してあったスイートルームをキャンセルしてまでこのホテルに泊まりたいという彼の意向をようやく理解したとき、フロントの女の子はあきれたように彼を見つめた。しかしそれまでの木で鼻をくくったような態度は一変し、彼女はあたふたと支配人を呼びに裏のオフィスに引っ込んだ。そのためにほかの客が割りを食うはめに陥ったのであればいささか心苦しいが、幸運にも、支配人が出てきてスイートルームに空きがあると丁重に申し出た。その必要はない、普通の部屋で結構だと言い張るレオに、支配人はとんでもないことだと手を振った。それは遠慮でもなんでもなく、本当に普通の部屋がよかったのだが、レオはあきらめて折れた。

クリスティ・ジャーディン。彼女の輪郭がだいぶつかめてきた。レオは秘書に電話をし、クリスティのルームナンバーを調べるようにとさりげなく頼んだ。ボスが予約してあったホテルに現れないのでやきもきしていた秘書はレオのその依頼をいぶかしく思いながらも、好奇心を押し隠した。

自分が置かれた立場の数少ない利点の一つは、何をしようがそれに関する言い訳だの説明だのを求められずにすむことかもしれない、とレオは思う。実際、秘書のユルゲンはボスが優雅な高級ホテルをキャンセルしてまで平凡なホテルに固執した理由も、クリスティ・ジャーディンという女性に特別に興味を持つ理由も尋ねはしなかった。しかしユルゲンは徹頭徹尾ヘスラー製薬の人間であり、ミス・クリスティ・ジャーディンが大手医薬品メーカーのモラルを問う医師グループのメンバーであると報告をしてきたとき、彼自身の好奇心を満足させたに違いなかった。

クリスティへの不快感を隠さないユルゲンにまじめくさって礼を言いながら、レオは仕事上の地位を利用して彼女を調べさせたことを少々恥じ入った。ヘスラーに敵対する人物としてではなく、一人の魅力的な女性として彼女に興味を持ったのだと知ったら、ユルゲンはどう思うだろう？

レオはホテルの最上階の窓からぼんやりと町を見渡した。ここより高い建物といえば、町を見下ろすいかめしい宮殿くらいだ。フランスでこのうえなく優雅に暮らしてきた若きスコットランド女王メアリーが、この寒々とした宮殿に帰ってきたときの気持ちは察するに余りある。女王を批判し拒絶する人々に囲まれ、陰気な城の中でどんなに孤独だったことか……。

拒絶……ヘスラーの人間だとわかったら、クリスティ・ジャーディンもぼくを拒絶するだろうか。レオは眉を曇らせて窓辺から離れた。遅かれ早かれ自分が何者であるかを告げなければならない。人を平気であざむける性分ではないし、特にこういう重大な意味を持つ事実を隠し通せるわけもない。

　彼はもう一度受話器を取り上げ、さっき備えつけのメモ用紙に書きとめておいた電話番号を押した。実をいえば、町一番の――華やかさにおいてではなく、料理の質と雰囲気のよさで最高のレストランの名前と電話番号を調べてくれたのもユルゲンだった。

　どんなレストランを選ぶか、どんな料理を好むかで、その人のかなりの部分がわかるものだ。レオは再び眉をひそめた。なぜクリスティをそこに連れていく気になったのだろう――彼女を試すため？　それとも自分自身を試すため？　いや、そのどちらでもない。ただ魅力的な女性を食事に誘いたかった――それだけのことだ。だが本当にそれだけなら、なぜ姓を名乗らなかった？


　クリスティはシャワーの下に立ち、スポンジで体がほてるまでマッサージした。それでなくてもオリーブ色に日焼けした健康な肌には自信がある。張りがあって滑らかで、骨と筋肉をぴっちりと包み込んで無駄がない。石鹸《せっけん》の泡を洗い流し、タオルに手を伸ばしてふと思い直し、素足のまま裸で寝室の鏡の前に立った。

　すらりと伸びた長い脚。体つきは女らしく、胸の形も悪くない。キャシーを母乳で育てたので少女のころのような張りはないが、柔らかく、ふくよかだ。クリスティは鏡を見つめながらそっとおなかに手を当てた。ウエストはくびれ、ヒップは丸く滑らかで、下腹部はかすかに丸みを帯びたカーブを描いている。

わたしは恵まれているわ。自分の体を、欲望を、あるがままに受け入れられるのだもの。世の中にはそうでない女性があまりにも多い。毎日の診療の中で、自らの容姿や肉体を卑下する女性患者たちの話を聞くと心が痛んだ。もっと自信を持つようにと彼女たちを励ましたかった。女性であることに誇りを持ち、生きとし生ける者に与えられた権利として、まず自分自身を愛し、大切にするようにと。

クリスティにしても、父の目に映る〝娘〟のイメージを打ち破り、一つの個性として自らを認め、受け入れ、自分自身に確かな自信と誇りを持つにいたるまでにはかなりの歳月と自問の繰り返しが必要だった。

肉体を、欲望を、歓喜を、そしてちょっとばかりの弱さを恋人と分け合うのはいいかもしれない。でも、相手におぼれ、屈し、男性のエゴと欲望のために自分をおとしめることだけは絶対にしたくないとクリスティは思っている。もし男性が自分を同等と認めず、ときには女性の側の野心や欲望が男性のそれより優先されることもあるという事実を理解しないとしたら、人間として、夫として、もちろん恋人としても受け入れるわけにはいかない。

これまでずっと独り身だったのはそのせいだろうか……クリスティはふっと笑い、鏡から離れて水滴の残る体をバスタオルでふきながら、引き出しから絹のブラとショーツを取り出した。この上にタバコブラウンの絹のシンプルなドレスを着るつもりでいる。

髪をドライヤーで乾かし、勢いよくブラッシングする。肩までの豊かな髪は生まれつきのカーリーヘアで、子供のころ、父はよくこの髪を見てため息をつき、くるくる巻いた髪はいかにもやんちゃに見えると残念がった。

髪を一つに編みながらクリスティは小さく震えた。体はもうレオを求めている。この唇を、胸を、腹部をさまよう熱い唇の感触をイメージするだけで体がうずく。

八時一分前にロビーに下り、そこにレオの姿を認めてクリスティは満足した。マナーは合格。

マナーというものを、女性を一段劣った性として扱った時代の無意味な遺物だとみなす向きもあるが、クリスティはそうは思っていなかった。マナーとは単なる形式ではなく、男女を問わず、人間同士として当然払うべき互いへの敬意であり、思いやりなのだ。もしクリスティが彼を食事に誘ったのであれば、彼より少し早めに来て待つだろう。

レオはまぶしげにほほ笑み、称賛のまなざしでクリスティを迎えた。

「予約した店はさほど遠くないんです。歩いても行けるし、タクシーに乗っても……」

「歩きましょう」クリスティは即座に応じた。「ホテルの中は息苦しくて、外に出て新鮮な空気を吸いたいと思っていたんです」

レオはスーツを着ていたが、それは空港で着ていたかっちりしたビジネススーツとはひと味違う、おそらく絹混紡のカジュアルなものだった。その素材、仕立てのよさを見れば、ビジネスマンが香港《ホンコン》などでフライトの合間に即席にあつらえるような代物でないことはすぐにわかる。つまり、彼はお金持ちか、さもなければ必要経費を十二分に支給される役職にあるビジネスマンだろう。たぶん前者であるような気がするけれど。

レオはホテルのドアを押してクリスティを通したが、その先は腕を取るでもなく、肩を抱くでもなく、彼女の自由な歩みを尊重してゆったりと歩き始めた。そんなふうだとかえってこちらから近づきたくなるから不思議だわ――クリスティは歩調を調節し、彼との距離を縮めながら考えた。すべてはこうなることを見越したうえでの行動？　それとも、彼には男女平等の観念が自然に身についているの？

「そこがどんな店か、実はぼくもよく知らないんです。初めてなので」レオはそう言い、宮殿に通じる細い通りを左に折れるようにと身ぶりで示した。「いいレストランだと人に聞いたものだから」

「エジンバラにお友だちがいらっしゃるの？」

「いや、そうじゃなく……」

その声にためらいを感じてクリスティはわずかに身を硬くした。彼は何かを隠している。間近を歩くしなやかな体が一瞬こわばるのを感じてレオはひそかに自分をののしった。きらっとひらめいた彼女の瞳は、つかの間のためらいを見逃さなかったのだ。

レオは嘘《うそ》をつくのが嫌いだし、苦手でもある。ときによっては確かに嘘も方便ではあるが、レオの場合、いくら罪のない嘘でも喉に引っかかってうまく口から出てこない。

そのことでエルにからかわれたことがある。しゃれた嘘をつくのは人生最大の楽しみであり、恋上手の男性はたいてい大嘘つきだというのだ。〝でもあなたは嘘が下手なくせにすばらしい恋人だわ〟と彼女は笑いながら言い添えた。〝嘘がだめなぶん、人の感情とか心の動きに敏感だからかしらね〟エルの意見が正しいかどうかは別にして、クリスティ・ジャーディンが嘘を楽しむタイプでないことだけは確かなようだ。

「その店のことは……仕事仲間から聞いたんです」それは嘘ではないにしても、ぎこちなさは隠せなかった。

仕事仲間……それは女性？　クリスティは心の中で問いかけ、顔をしかめた。そのレストランをだれにすすめられたかがそんなに重大な問題？　それに、何げない質問に彼がちょっととまどったからといって気にするなんておかしいわ。親密な相手ならともかく、ただ一緒に食事をするというだけで、彼には人生のすべてを、知り合いのすべてをわたしに報告する義務はない。反対に、もし彼がわたしの私生活について根掘り葉掘りきき出そうとしたら愉快ではないだろう。

「たしかここを左に入るんだった」レオはそう言ってクリスティの肘《ワインド》に手を添えた。

大通りをそれてから、道は迷路のようにややこしくなってきた。路地の左右に迫る古い集合住宅は、かつては地方に住む裕福なスコットランド人の別宅として利用されたという。社交シーズンになると、彼らは田舎の地所を離れ、にぎやかな都会生活を楽しみにエジンバラに繰り出した。

突然ワインドがとぎれ、狭い中庭に突き当たる。クリスティは驚きと感動に目を見開き、建物の窓辺を飾る鉢植えや、灰色の石畳に並ぶフラワーポットを見まわした。

だれが選んだのか、咲き乱れる花のすべては淡いブルーか柔らかなラベンダーグレイ、豊かに群れる枝葉はシルバーグレイで、その幻想的な色合いは、北に位置する町のほの暗い暮色を背景に幽玄な一幅の絵画さながらだった。地中海地方に咲き乱れる色鮮やかな植物ではとうていこんなムードを醸し出すことはないだろう。鈍《にび》色の鉛のフラワーポットでさえ、しっとりした中庭の雰囲気にうまく溶け込むように吟味されている。クリスティはポットに刻まれた浮き出し模様をもっとよく見ようと石畳を歩いていった。

レオは、かがんでポットの模様を指でなぞるクリスティを見守った。エレガントな長い指。マニキュアをしていない自然のままの短い爪。夕闇《ゆうやみ》の中の美しい花やポットに魅せられてほかのことはいっさい念頭にないようだ。美しいものにこれほど自然に、率直に反応し、喜びをあらわにする人も珍しい。大人はもちろんだが、最近では小さな子供でさえ、人前でストレートに感情を表すことをためらう傾向にあるのに。

編んだ髪が前に垂れて彼女の顔を隠している。レオは手を伸ばしてその髪を耳の後ろに押しやりたいという衝動と闘った。

「このポット、鉛そっくりだけれど、プラスチック製だわ」クリスティは眉をひそめ、いかにも残念そうに顔を上げた。

「高価な鉛のポットは盗まれる危険があるんじゃないのかな。プラスチックの模造品ならその心配はないし、見映えも悪くない」

「ええ」クリスティは体を起こしてうなずいた。「遠くから見ている限りは」

「そう、遠くから見ている限り、人生のすべてが美しい」

クリスティは驚いてレオを見つめた。彼はたった今わたしが考えたことを見抜いたの？　それとも彼自身の思いを口にしただけ？　いずれにしても、二人が同時に同じことを考えたというのは不思議な気がする。

「少なくともその花は本物だ」

レオはクリスティのためにレストランのドアを押さえて待った。この女性にとって何よりも大事なのは真実、確かな現実であるらしい。

レストランは満員というほどではなかったが、ほどよく客が入っていた。バーは吹き抜けになった建物の二階部分の回廊にあって、もしそうしたければ、客は食前酒を飲みながら階下で食事をする人たちを眺めることができる。それでも、広い空間を隔てているので、見るほうも見られるほうも間の悪い思いをすることはなかった。

「なかなかよくできているのね」バーのテーブルについて注文した飲み物を待つ間、クリスティは感心して店内を見まわした。「人間観察を楽しみながら同時に食欲も刺激されるというわけですもの」

「そう、それに待たされている間、客に落ち着かない思いをさせずにすむ」

クリスティは彼を見つめた。知的で、ハンサムで、これまでのところ、成功した男性特有の傲慢《ごうまん》さのかけらも感じられない。

成功した男性？　彼のことは何も知らないのに、どうしてそう思うのだろう？　品のいい上等な服を着ているから？　洗練されたマナーと気負いのない自信のせい？

一見したところ、このレストランは豪華でもなければきらびやかでもなかった。だが、客のほとんどが――柔らかなアクセントから察すると多くが地元の人間らしいが、出世への階段に取りついている野心満々な連中ではなく、すでにある地位に上り詰め、富とか地位にこだわることなく人生を悠々と楽しんでいる人たちであることをクリスティは見抜いていた。

この店は、人生に何を求めるべきかを知っている人々、他人を気にすることなく自らの楽しみを追求する人々が集まるところであるらしい。ある女性客は運ばれてきた野菜を断ったが、そうしながらウエイターににこやかに話しかけている。おそらく彼女は常連で、この店が何よりも客の好みを大事にすることを知っているのだろう。ここには料理を出す側からの押しつけがましさもなければ、サービスを受ける側からの横柄な拒絶もありえないのだ。別のテーブルでは、美しく化粧をした女性がデザートのフルーツを注文する前に新鮮なラズベリーを一つ二つ口に含み、真剣な面持ちでその味と香りを吟味している。

「ここは地元産の野菜や果物を出すんだそうです」料理のメニューを見ながらレオが言った。「ことさら菜食主義をうたってはいないが、メニューにはあまり肉料理は載っていませんね。ぼく自身は菜食主義者ではないけれど、どちらかというとこってりした肉料理は苦手なんです」

「動物性脂肪のとりすぎは体によくありませんものね。わたしは魚料理が大好き。キャシーもわたしも生野菜と果物に目がなくて……」

「キャシー？」

クリスティは答える前にゆっくりとテーブルにグラスを置いた。こんなときに娘の話を持ち出すなんていつものわたしらしくない――少なくとも今のような状況では。キャシーのことも含めて、生活のプライベートな部分を初対面の男性にさらけ出したことはなかった。

「娘です」

その声にはそれ以上の詮索《せんさく》をためらわせる硬さがあった。しかしそのとき突然レオの中に〝娘の父親〟の存在を知りたいという思いがあらがいがたくわき起こった。でも、彼女は直接的な問いかけには答えようとはしないだろう。椅子の上で背筋をしゃんと伸ばし、これ以上の質問を拒絶する態勢をとっている。

「あなたは運がいい」レオは穏やかに言った。「ぼくには子供がいないんです。もちろん妻もいないわけだが」

「必ずしもその両方をセットにして考える必要はありませんわ」

「確かに」レオはうなずき、それからこう続けた。「結婚するしないは別として、もしぼくに娘か息子がいたら、その子たちの母親との関係はどうあれ、常に彼らのそばにいて成長を見守りたいし、父と子のいい関係を保ちたいと願うでしょうね」

出会って初めてレオの声にある種の硬さを聞き、クリスティはそんな彼の態度とキャシーの父親のそれとを比較せずにはいられなかった。

「いくらそうしたくても選択のチャンスが与えられるとは限らないでしょう?」彼女はきつい口調で言った。「子供の母親との関係がこわれたあと、あなたと子供との関係がこれまでどおり続くという保証はないんですもの。裁判になればたいていの場合は父親より母親に有利な判決が出るものだわ」

「それはそうです。しかし、男と女の間に愛がなくなったとしても親子の愛情は残るわけだから、たとえ一緒に暮らせなくても、両親が子供との関係を断ち切らずにすむようになんらかの取り決めをすべきでしょう。少なくとも過去に子供を作るまでに愛し合った仲であれば、別れに際してもせめてそれくらいの敬意を払うべきじゃないですか」

レオの理想主義的な潔癖さにクリスティはいら立った。彼は現実の人生がどういうものかわかっていない。男と女の別れはもっとどろどろした悲惨なものであって、自分たちが作った子供に関して理性的、かつ友好的な取り決めができるほど甘いものではないのだ。でも、そう口に出して言ったら感情的になってしまうだろう。

「それでも、地理的な問題が発生することもあるでしょう？　父親の側にいくら善意があろうとも、子供と遠く離れ離れに住んでいればそう簡単に会うことはできないし……」

交通機関の発達のおかげで二十四時間もあれば世界のどこにでも飛んでいける時代なのに？　しかしレオは反論しなかった。どうやら彼女の神経にさわるようなことを言ってしまったようだ。ということは彼女の場合、娘の父親との関係が険悪だということか？　なぜかレオの胸に安堵《あんど》が広がる。

料理を注文する間二人の会話はとぎれたが、そのあと、レオは気をきかせて仕事のことに話題を変えた。

いつものクリスティなら仕事のことを話しだすとつい夢中になってしまい、会話を独占しないように気をつけなければならないほどなのだが、今、胸ににじんだのはかすかな失望だった。がっかりした、という表現は強すぎるかもしれない。が、いずれにしても、私生活について詮索してほしくないというメッセージを彼が額面どおりに受け取ったのがいささかもの足りなかった。

何を期待していたのだろう——無言の拒絶をものともせず、レオがプライベートな質問をぶつけてくることを？　常日頃、本当はイエスなのに口ではノーと言う女性を高く評価していないはずのこのわたしが？　クリスティは自己嫌悪に体を硬くした。自分で考え、決定し、行動する権利を放棄し、男性に強引に口説かれてしぶしぶ身をゆだねることこそ女性の美徳だとする時代遅れの観念に迎合したような気がして情けなかった。相手の出方をうかがって駆け引きをするのではなく、本当にイエスならイエス、ノーならノーとはっきり言えるわたしであったはずなのに……。

ウエイターがテーブルの用意ができたと告げに来たとき、クリスティはまだ自分の中の矛盾した心の動きと折り合いをつけられずにいた。

レオは少し前を歩く彼女の無駄のない、優美な動きを目で追った。どこかけだるげな、あだっぽい歩き方をするエルとは対照的に、クリスティはさっそうとした小気味よい足さばきで歩いていく。活発で、バイタリティにあふれ、てきぱきと機能的でありながらせわしなさを感じさせない身のこなし——ベッドでもあんなふうに精力的な愛し方をするのだろうか。もしかしたらスローペースの愛撫《あいぶ》をもどかしがるかも……。

レオはせっかちではなく、クライマックスにいたる過程をゆっくり時間をかけて楽しむほうだ。エルはそのことを面白がり、いつだったか〝あなたには女性を骨抜きにしてしまう天賦の才能があるのね〟と言って彼をからかった。〝最高なのは、女性がクライマックスに達するまで持ちこたえられるだけの知識と経験がある恋人ね。自分が解放されればそれでいいというんじゃなく、パートナーの歓《よろこ》びに敏感な男、女性が到達するまで解放のときを自在にコントロールできる男……〟

ベッドでのクリスティは積極的な、ほとんど攻撃的な恋人であるような気がしてならない。男と女が同等であることを主張し、与えるだけでも与えられるだけでも満足しない恋人。彼女はたぶん、セックスを潤されるべき渇き、感情とは別次元の肉体の欲求、常に理性の支配下に置くべき何かと位置づけているのではないだろうか。

レオはしかし、中庭の美しさに息をのみ、瞳を輝かせて花びらに触れるクリスティを知っている。どんなにそうでないふうを装っても、彼女が豊かな感性、繊細な感覚の持ち主であることは明らかだ。

15

もちろん料理はすばらしかったが、それにも増してレオとのおしゃべりが楽しかった。

食事が半分ほど進んだころ、大手医薬品メーカーが医療機関に及ぼす影響力についての懸念を熱っぽく語っていたクリスティは、自分だけが一方的にしゃべっていることに気がついた。

気をつけなければ。本来は、男の人に会話をリードさせるもの。クリスティは内心、苦笑しながら非礼を詫《わ》びた。

「あなたはつまり、道徳的な観点から、大手医薬品メーカーの存在意義を認めないというんですね？」レオはきいた。話を聞くうちにだんだん気が重くなってきた。彼女の考え方とは多くの点で一致するが、大手医薬品メーカーとその経営陣への激しい攻撃はレオをひるませた。

「ええ、彼らが中立的な立場の監視機関によってもっと厳重に監視され、規制されるのでない限り」クリスティははっきりそう言い切った。「現在市場に出まわっている新薬のすべてが悪いと言っているんじゃないんです。問題なのは、ほかのあらゆる企業同様、医薬品メーカーも営利を追求する企業だってことですわ。現実にそういった企業は莫大《ばくだい》な利益を上げているし、中にはその経済力を背景に、医療機関にばかりか政府にまで圧力をかける人たちがいるのも事実。その結果、安全性が充分に確認されていない薬品の販売が認可されることもしばしばです」

「新薬の認可は厳密な法的手続きを経て行われているはずじゃないですか?」レオの穏やかな指摘にクリスティはかぶりを振った。

「厳密かどうかは別として、そういう法律があることは知っています。でも、臨床試験で薬効と薬害が充分に明らかにされないまま市場に出まわる薬があることもまた事実じゃありません? ご存じでしょうけれど、よくきくといわれる薬品には即効性がある反面、場合によってはほかの神経組織を破壊したり免疫力を弱めたりする副作用があるんです。それなのに、多くの医者は患者に強すぎる薬を処方する。もっと作用の穏やかな自然薬品を使用できる場合もあるのに……」

「自然薬といっても、化学的に合成された薬に勝るとも劣らぬ強力なものもあるでしょう?」レオは不服げに眉をひそめるクリスティを見て続けた。「あなたの考え方に反対しているわけではないんです。ただ、現代医薬が健康管理とある種の疾病の予防と治療に重要な役割を果たしている現実を否定するのはどうかと思うんです。医療本来の目的が患者の回復を助け、健康を守るところにあるとしたら、二者択一ではなく、時に応じていくつかの治療法をうまく調和させるべきではないかと」

「それは人種、宗教を問わず、あらゆる人々が調和して暮らすべきだという理想論に似ているわ。でもたいていの場合、結局は強者が弱者を圧迫する」クリスティは懐疑的なまなざしをレオに向けた。「もしかしたらあなた、医薬品メーカーに勤めてらっしゃる？　それで企業側の弁護をなさるの？」

「まあ、そんなところです」レオはほっとする。この話の流れの中で自分がだれであるかを告げるチャンスをつかめるだろう。食事だけで終わるなら身分不詳のままでもどうということはないのだが……クリスティから発せられるシグナルはそうしたければ無視できるほどにかすかでありながら、セクシャルな意図を誤解の余地がないほど明確に伝えてくる。

「男の人って、会社には忠誠を尽くすべきだと信じているのね。ソウルもそう……」

「ソウル？」

レオの声に男っぽい挑戦を聞き、クリスティは少々気をよくした。ソウルをわたしの恋人と思ったのだろうか？「ええ、兄のソウル……わたしたち、必ずしもいつも意見が一致するとは限らないんですけれど、何かあると兄はいつもわたしたちを支えてくれるんです」兄の中で何か心境の変化があったような気がしたことを思い出して、クリスティはかすかに眉をひそめた。ソウルは何かに悩み、苦しんでいる。子供たちのことで？

「それぞれに考え方は違っても仲がいい……うらやましいな。ぼくも兄のことをそんなふうに言えたらいいんだが」今度はレオが眉をひそめる番だった。どうしてこんなことを口走ったのかわからない。自分とウィルヘルムの関係など面白おかしい話題じゃないし、これまでだって一度として兄の話を他人にしたことはなかった。そういう個人的な話ができるほど親しい友人がいなかったせいもある。親しい友人？　会ったばかりのこの女性が？　ぼくが何者かさえ知らないこの女性が？

「お兄さまがお一人だけ？」クリスティがきいた。

レオはまだ身分を明かせなかった。二人とも兄が一人いるきりで、両親はすでに他界しているという共通点を伝え合うまでに会話を進めながら、レオはすでに自分の姓を告げるチャンスを逸していた。成り行きでそうなったのか、彼女がどう反応するかが不安でわざとチャンスを逃したのか、レオ自身にも定かではなかったが……。

「あなたとお父さんとの関係は、もしかしたらあまり親密ではなかった？」父親の話をするときのクリスティのかすかなためらいに気づいてレオはそうきいてみる。

「そうね、わたしより兄のソウルのほうが父にかわいがられていたのは確かだわ。わたしがこんなふうじゃなかったら事情は違っていたでしょうけれど。もしわたしが父の望むような愛らしい素直な娘だったら……」クリスティは小さく肩をすくめた。

「お父さんは娘の知性に多少気後れしたんじゃないかな。男というものは概して自分の無力さを際立たせる存在をけむたがるものなんだ。失礼、あなたのお父さんのことじゃなく、一般論を……」

「いいのよ、気になさらないで。あなたのおっしゃるとおり、父はいろいろな意味で人生に挫折《ざせつ》し、コンプレックスを持っていたんです。だからこそ父自身が達成できなかった夢の実現を息子のソウルに押しつけて……」クリスティはふと口をつぐみ、静かな澄んだ瞳でレオを見つめた。「自分の父親をこんなふうに批判するなんて、ずいぶんひどい娘だとお思いになるでしょう？　でもわたし、まやかしは嫌いだし、何事にも率直でありたいと思っているんです。父を愛していなかったというんじゃなく、ただ、どうしても好きにはなれなかったし、父のほうもわたしに対して同じ気持ちだったんです」

「それならあなたのほうがまだましだ。ぼくは父を愛していなかったし、好きでもなかったから」レオは自分の言ったことに驚いて不意に口をつぐんだ。なぜまたこの人に父のことなんか……だれにも話したことはなかったのに。血を分けた父を愛せなかったという事実は、レオの胸の中に今でも直視できない痛みとして存在していた。息子を否定し、拒絶し続けた父を愛する必要などないと理屈ではわかっているが、それでも……。「どんなに頑張っても親の望むような人間になれないと感じるのはとてもつらいことだ。最初のうちは惨めで、後ろめたく、苦しい。それから、なんらかの形で自分が親の期待を裏切っていると感じるようになる。そのあとは、手柄はいつも兄に持っていかれ、自分が何をしてもほめられることはないと気づくようになり、そして、もし運がよければ、あるがままの自分が受け入れられないことへの怒りで武装し、傷つくまいとする。さらに運がよければ、たとえ親に認められなくても、自分には自分なりの個性、価値、才能があるのだと思えるようになる」

クリスティは長い間黙り込んでいた。レオは彼女を怒らせるような何かを言ってしまったのだろうかと不安になった。そのとき、クリスティが目に涙を光らせてうつむいた。

「こういうのって危険じゃないかしら」ひと呼吸して気持ちの高ぶりを抑え、クリスティは顔を上げた。「あなたとあまりにも考え方が――波長が合ってしまうって……」

「危険？」レオは真剣な面持ちで問い返した。「なぜ？　人間はだれでも同じ周波数で語り合える相手を求めるものじゃないかな？」

「必ずしもそうとは限らないわ。そういうたぐいの近さって、ときとしてとても重くて、強烈で、心の隅々までを見透かされているような気がするものだもの」

「互いの中に深入りしすぎるのが危険だというわけかな？　そういう恐怖こそが今の時代を生きる人々に共通した心の病なんだ。真の親密さへのためらい。互いが互いの中に必要以上に踏み込まないように、我々はセックスという肉体的な親密さを隠れみのに利用する」

「普通、そんなふうに考えるのは女性のほうじゃない？」

「ぼくが男だから、心のつながりよりセックスを優先させるはずだと?」

「いいえ」クリスティはレオの穏やかな問いかけに不意をつかれた。「いいえ、もちろんそんなふうには思わないし、反対に、女性はセックスに消極的であるべきだとも思わないわ」

二人はレストランを出た最後の客になったが、従業員は少しも彼らを急《せ》かそうとはしなかった。

ホテルへの帰途、レオはさっきより間近に寄り添って歩くクリスティを意識した。それとも、寄り添っているのは自分のほうだろうか?

部屋の前まで来ると、クリスティはレオを見上げ、誘いの言葉を口にしようとした。その瞬間、彼は開きかけた唇を優しいキスで封じた。触れ合った唇は温かく、湿り気を帯び、柔らかな胸のふくらみが硬い胸板にぴったりと押しつけられる。

レオはもう一度キスをし、そうしながら丸い肩に、滑らかな首筋に、つややかな髪の中に愛撫《あいぶ》の手を滑らせた。あらゆる歓喜を約束するこの感触、この味わい……しかし、最初にそう感じたほどクリスティは攻撃的な恋人ではないのかもしれないとレオは思う。もちろん完全に受け身でもないが。

頭ではそうした事実を把握する一方、感覚ではクリスティのにおいを、味を楽しみ、しなやかに寄り添う肉体の重みを、その内部にたぎる欲望のうねりをはっきりと感じていた。

彼女は自らを差し出し、歓喜への戸口を開いて手招きしている。だが、自分がだれであるかを名乗らぬままその誘いを受け入れるわけにはいかなかった。あとでそのことを知ったとしても彼女は理解しようとはしないだろう。偽りを責めるだろう。まやかしは嫌いだと、率直でありたいと彼女は言った。その言葉どおり、彼女は心の内を率直に語りはしなかったか？　それならなおのこと、ぼくが故意に身分を偽って彼女を利用したと思うだろう。

レオはゆっくりと彼女を放し、後ろにさがった。

「もう行かなければ……仕事が少し残っているんだ。今夜は本当に楽しかった。明日の午前中は時間があるから、よかったら一緒に町を見物しませんか？」

そして明日こそ、折りをみて自分の本当の身分を明かそう。それでもなお彼女が望むなら、ともに一夜を過ごすのも……一夜だけ？　もし一夜だけの恋を楽しみたいなら、なぜ今そうしないんだ？　なぜ今夜を彼女とともに過ごさないんだ？

クリスティの瞳に失望と当惑が交互に映し出されるのを見て、レオはもう一度キスをしたいという誘惑と闘った。たった今のキスのせいで彼女の唇はまだしっとりとぬれている。首の横にある小さなほくろに唇を押し当てたくてたまらない。だがその衝動を抑えてクリスティの返事を待った。

クリスティには何がなんだかわからなかった。なぜ今になって？　食事中、二人の肉体は親密なメッセージを交わし合い、暗黙の了解に達したと思っていた。でも今、彼は身を引き、今夜はこれでおしまいだと言っている。わたしは途方もない誤解をしていたの？一方的な期待が今夜のすべてをばら色に輝かせていただけ？　でも、そうは思えない……キスをしたとき、彼の体はわたしを求めていた。それは確か。

でも、まさか彼を部屋に引っ張り込んで強引に犯すわけにもいかないし……クリスティはいつものシニシズムの鎧《よろい》をまとって自分を取り戻そうとした。明日の朝会いたいというのは本心だろうか？　それとも、それはお互いの顔をつぶさないための出まかせ？　廊下は暑すぎるほどなのに、彼のぬくもりを失った体は冷たく凍りついている。

「明日のことはまだわからないけれど」クリスティは慎重に応じた。「もし時間があったら町を見てみたいわ」もし彼がメンツを気にするならわたしもそうしよう。この体をさいなむ欲望のうずきを気取られてはならない。満たされぬとなるとますますうずく体の渇きを勘づかれてはならない。

「明日の朝、もし時間があったら、十一時にロビーでどう？」レオが口にした。

「ええ、もし時間があったら」クリスティは彼に背を向け、部屋のドアを開けた。ここを出ていくときの浮き浮きした気分のかけらも今はなく、苦い失望が肉体を責めさいなむ。

クリスティはおやすみを言ってかっちりとドアを閉め、内側から鍵《かぎ》をかけた。わたしにだってプライドがあるわ――そうつぶやきながらベッドの上にバッグをほうり投げた。相手がレオであれ、ほかのだれであれ、抱いてほしいと懇願なんかするものですか。彼がわたしに期待を抱かせておいて肩すかしを食らわせるのを楽しんでいたのなら、それはそれで結構。そんなことは気にしないし、明日の朝、彼に会いたいとも思わない。

それにもかかわらず、翌日の午前十一時、クリスティはエレベーターでロビーに下りた。そこにレオの姿を見つけて胸がときめく。

彼はまだこちらに気づいていない。もしかしたらゆうべは本当に急ぎの仕事があったのかもしれず、夜をともに過ごしたいという無言のメッセージに彼が当惑したというのが実際のところかもしれない。

町の見物とやらにどれくらい時間をかけるつもりだろうか？　もちろん彼だって午後の学会には出席したいだろう。なんといっても、今日の午後予定されている〝現代医薬の進歩〟と題したヘスラー製薬の経営者による講演が今週末のハイライトなのだから。

クリスティはヘスラー製薬を代表格とする大手医薬品メーカーとは対立の立場をとっているし、学会の期間中あちこちでふんだんにばらまかれる新薬のパンフレットやリンプル、わいろのたぐいを苦々しく思ってはいる。でも、講演後の質疑応答の時間に、質問者の辛口の批判にヘスラー側がどう答えるかに興味があった。今度の学会にかかる費用の一部をヘスラー製薬が負担しているという噂《うわさ》が事実なら、健全な批判がどの程度まで許されるかが問題だけれど。

そのときレオが振り向き、クリスティを見て喜びに顔を輝かせた。とたんに、クリスティの中から彼と再び会うことへのためらいが消えていく。

彼から二、三メートルのところまで近づいたとき、一人の男性があたふたと駆け寄ってきてドイツ語でレオに呼びかけた。「ヘル・フォン・ヘスラー、お兄さまから電話が入っています。最初に予約をしたホテルにおられないので連絡が遅れたとか……少々ご立腹のようです」

ヘル・フォン・ヘスラー！　ドイツ語はよくわからないが、ヘスラーという姓だけははっきりと聞こえた。クリスティはその場に凍りつき、まじまじとレオの顔を見つめる。

「今は手が離せない、ユルゲン。兄にはあとでこちらからかけ直すと言ってくれないか」

そしてレオはすぐさまクリスティに呼びかけた。だが彼女はショックと怒りに体をこわばらせ、すでに立ち去ろうとしている。

いくら急いでもロビーには人が大勢いて思うように動けず、クリスティはつかまれた腕を振りほどこうとして身をよじった。「放して」

レオはその理由がわからないふりはしなかった。「クリスティ、話を聞いてほしい。これにはわけが……」

「説明の必要はないわ。あなたのような……重要人物は身分を隠すのが当たり前だっていうんでしょう？」

人込みに押し戻され、クリスティは再びレオの硬い表情と向かい合っていた。彼は歯を食いしばり、口のまわりに青白い緊張を漂わせている。クリスティは怒りも蔑《さげす》みも隠そうとはしなかった。そんな必要があるだろうか？　彼はわたしをあざむいたのだ。それも故意に。

「そうじゃない。折りをみて話すつもりだった。ただゆうべはとても楽しくて、せっかくのいい雰囲気をこわしたくなかったんだ」

「いい雰囲気？」クリスティは鼻で笑った。「あなたはわたしをあざむいた。それなのにいい雰囲気ですって？　どういうこと？　あなたの正体を知ったら、わたしがベッドへの誘いを拒否すると思ったの？」

レオの顔が突然怒りに赤く染まった。「そうじゃないことはわかっているはずだ」

「ええ、そうね」クリスティは青ざめた顔でうなずいた。「それでゆうべは……あなたのような地位にある人は女性関係に慎重にならざるをえないんでしょうね。一夜の相手に子供でもできたら大変ですもの。あなたの子であれば、いつかはフォン・ヘスラーの財産を要求しかねない。そういうこと？　念のために言わせていただくけれど、わたしはそんな……」

「クリスティ、やめてくれ、ぼくはそんなことを考えていたわけじゃないし、そのことはきみだってわかっていたはずだ。自分がだれか、本当のことを話すまできみと深い関係になりたくなかった。今日こそ話すつもりだったんだ。ただ、運悪く、その前にユルゲンが……」

「あなたにとっては不運でも、わたしにとっては幸運だったわ」顔は怒りに引きつり、全身がかっと熱くなる。こんなに簡単にだまされるなんて……まるで世間知らずの子供みたいだ。

「ゆうべ、きみにそのことを話したかった」

「ゆうべ、わたしはあなたとセックスをしたかった」クリスティはあえてストレートな言い方をした。「つまり、二人とも思いがかなわなかったということね？」

「クリスティ、頼むから……」

「いいえ、レオ」クリスティは怒りと拒絶を瞳にたたえて彼を見上げた。「わたしは何よりも嘘《うそ》が嫌いなの。それなのにあなたは平気でわたしをあざむいた。姓を名乗らなかっただけだと言うかもしれないけれど、それだって偽りには違いないわ。わたしはあなたを信じて、すべてを率直に話した。それなのに……」

「それなのに？」今度はレオがたたみかける。「もしぼくがヘスラー製薬の人間だとわかっていたら、きみは違うことを言ったというのかい？」

「いいえ、相手がだれであれ、わたしの信念は変わらないわ」

「だったら、きみが率直に意見を言ったからといってなんの問題もないはずだ。ぼくは一人の人間であって、企業じゃない。実際……」

「あなたがなんだろうが、だれであろうが興味はないわ、レオ」クリスティは彼の言葉をさえぎった。「腕を放してくださる？　乱暴に扱われるのは好きじゃないの」

その声ににじむ蔑みにたじろぎ、レオは思わず手を放し、身を引いた。

「こう考えてみたら？」クリスティは辛辣《しんらつ》に言った。「ゆうべもうちょっと大胆になっていたら、二人でセックスを楽しめたはず。でも残念ながら、あなたが手にしたのはレストランのばか高い請求書だけだったってわけ」

「きみとセックスをしたいとは思わない」相手に負けじとレオも冷たく言い放った。

「でしょうね」クリスティは最後にもう一度冷ややかに彼を見つめ、身を翻してエレベーターの方に歩き始めた。

〝そうじゃない、セックスをしたいのではなく、ぼくはきみを愛したいんだ〟

レオが言いかけたその言葉はクリスティには届かず、苦く、むなしく舌の上に残った。

16

目を覚ましたとき、ジャイルズは自分がどこにいるのか思い出せなかった。薄いカーテン越しにさし込む光がひりつく目を容赦なくえぐり、渇いた口にいやな味がして、ベッドわきのタンブラーに半分残ったウイスキーのにおいがさらに胃をむかむかさせる。

ここはどこなんだ？　彼はようやく思い出した。そうだった。ナイトテーブルに置かれたタンブラー、そのわきにあるほとんど空になったウイスキーのボトル。

いったいどうしたっていうんだ？　苦い敗北感から逃れるためにアルコールに頼るほど、ぼくは弱い人間だったのか？　それほどいいかげんな意気地なしだったのか？　これではダヴィーナに追い返されて当たり前だ。普段はつき合いで飲むこともめったになく、ましてや深酒などしたことはないのだが、最近はつい……。

ルーシーとの言い合いが、彼女の辛辣《しんらつ》な言葉のすべてがよみがえり、ジャイルズはうめき、ベッドの中で体を丸めた。ひどい頭痛だ。結局のところ、ゆうべダヴィーナに拒まれてよかったのかもしれない。ウイスキーのボトルをほぼ空にする前でさえ、この体がまともに機能したかどうか……。

　いつだったかルーシーが、あなたは最高の恋人だと、これから先もあなたほどすばらしい男性とは出会わないだろうと言ったことがある。ジャイルズはそれに対して、もちろん一片の誇張もなしに、きみを愛し、きみの歓喜の表情を見るのが楽しみなのだと応じた。だがルーシーが彼に背を向け、あからさまな拒絶を示すようになって以来、ジャイルズは自分の性的能力にさえ懐疑的になっていた。まるで女性を喜ばせる力を失ったかのようで、彼は自信を失い、ルーシーを失望させるのを恐れ、さらに悪いことに彼女の憎しみを買うのさえ恐れて、妻の体に触れることもできなくなっていた。

　ルーシー……二人の間にあった愛はどうしてしまったのだろう？　ダヴィーナの静かな優しさ、穏やかな慰めを求める一方、たとえ彼女と愛し合ってもルーシーとともに上り詰めた強烈なエクスタシーの高みに達することはないだろうとジャイルズは心のどこかで感じていた。激しく、不安定で、予想のつかないルーシー。場合によってはまともに話し合うことさえできないルーシー。ときには彼女のことを考えるだけでくたびれ果てるほどだ。ルーシーとの関係を保つには男性として百五十パーセントのエネルギーを注ぐ必要があり、ジャイルズにはそれだけのパワーがなかった。特に、倒産寸前のケアリー製薬、さらに自分自身の失業の問題を抱えている今は。

　グレゴリーが生きているうちから、人使いの荒いケアリーを辞めて、もっとのんびり仕事のできる職場を探すようにとルーシーはせっついた。そのときはジャイルズもその気になったのだが、グレゴリーが亡くなってからは……力になってほしいとダヴィーナに頼まれてからは……。

〝きみはどんなに身勝手で恩知らずなことを言っているかわからないのか?〟ある晩遅く帰宅して口論となり、ジャイルズは妻の激しい攻撃にかっとしてそう怒鳴ったことがあった。身勝手なのはあなたのほう、とルーシーは言い返した。〝わかっているのよ、あなたをケアリーに引きとめているのはダヴィーナだって。いくら否定したってわたしはだまされないわ〟

ジャイルズは不快な記憶にびくっとたじろぎ、その小さな身動きすらが胃を刺激した。毛布を押しのけてそろそろと立ち上がり、ひどい頭痛と吐き気にふらふらとよろめく。

三十分後、シャワーを浴び、服を着て、ジャイルズは鏡に映る惨めな自分と向かい合った。

ダヴィーナのところに行けばいい、とルーシーに言われ、ジャイルズは怒りにまかせてその言葉どおりのことをした。しかしそれでも家には帰らなければならない。彼は責任を持つべき大人であり、気ままな子供のようにぷいと家出ができる立場ではないのだから。別居するにしても離婚するにしても、それなりの手続きが必要になる。離婚……その言葉の響きはなんと苦く、不吉であることか。その言葉が暗示するすべてがたまらなくいやだった。だが、傷つけ合う二人にそれ以外のどんな道がある？

一時間後、ジャイルズは家に帰り、階下のホールで立ちどまった。空虚な静寂が彼を迎え、その一瞬、心臓が恐怖に引きつった。だれもいない。ルーシーはどこかに行ってしまった。だからといってなぜこれほどの絶望感にひたされるのかはわからないが……。

ジャイルズはキッチンに入っていった。いつになくきちんと片づいていて、床も調理台もぴかぴかに磨き上げてある。ルーシーは普段、家の中がすっきりしているより雑然としているほうが落ち着くと言い、どの部屋にも色とりどりの花を飾り、写真だの、フリーマーケットや骨董市《こっとういち》で買い集めたこまごました陶磁器のコレクションだのを並べるのが好きだった。キッチンのボードにはいつも色鮮やかなペンで何か書いてあり、買い物メモ、絵葉書、招待状、覚え書きのたぐいがはってある。ずいぶん前――あるいはそう感じられるだけなのかもしれないが、ルーシーはよくそこにジャイルズへの愛のメッセージを書いていた。それはときには大きなＬＯＶＥであり、ときには小さなハートであり、またときには二人だけにしか通じないセクシャルな秘密の暗号であったりした。

しかし今日、伝言板にはなんのメッセージもなく、かつて存在した愛のかけらも見当たらなかった。この家にも、二人の生活にも。

ジャイルズはゆっくりと、機械的に階段を上がっていく。もう一度シャワーを浴びて着替えたほうがよさそうだ。もう一度ほとばしる水で体を洗い流し、肌に、髪に、山に残るウイスキーのにおいを消し去りたかった。

夫婦の寝室もやけにきれいに片づいている。バスルームに入るとルーシーの香水の残り香がほのかに鼻孔を撫《な》で、ジャイルズはそのとき猛然と襲いかかってきた官能的なイメージに身を硬くした。柔らかな肌、愛に高まった女のにおい……歓喜の頂に向かって上り詰めるルーシーの喉から切れ切れにもれる叫び……。

それから十五分後、彼はシャワーを浴び、着替えをすませて寝室を出た。

クローゼットにかかった衣類はいつものままだから、どこに行ったにせよルーシーはそのうちに帰ってくるだろう。気晴らしに友だちの家にでも行ったのかもしれない。

階段を下りかけて、かつての子供部屋のドアが半分開いたままになっているのに気づいてジャイルズは眉をひそめた。廊下を引き返してドアの前に立つ。ニコラスが亡くなったあと、一人病院から帰り、淡いブルーとクリーム色で内装したこの部屋を徹底的に破壊して以来、めったに足を踏み入れることはなかった。ジャイルズはあのとき、深い悲しみと怒りをこめて、安全で幸せであるべき子供の世界を象徴するかわいい動物の図柄の壁紙を乱暴に引きはがした。ニコラスの世界は安全でも幸せでもなく、悲しみと死に満たされていた。

ジャイルズはドアを押して中に入り、揺り椅子でボールのように丸まって眠るルーシーを見て足をとめた。その椅子は子供部屋に置くつもりで古道具屋で買ったものだったが、ニコラスを亡くしたときはたまたま化粧直しに出していたので破壊を免れていた。

　顔に化粧っけはなく、髪はくしゃくしゃで、ルーシーは大人の女性というよりあどけない少女のようだ。ジャイルズは閉じたまぶたに落ちかかるひと房の巻き毛をかき上げたい衝動をこらえ、息を詰めて妻を見下ろした。肌はミルクのように白く滑らかで、唇はふっくらと赤く、まつげは長く、ところどころでより合わさっている。

　ルーシーは片手に一枚の紙を握り締めており、床には引き裂かれた紙片が……。なんだろう？　ジャイルズはいぶかり、かがんでそのうちの一片を拾い上げた。結婚証明書の一部だ。心臓がずきんと大きく揺れる。

　彼は床に散らばった紙片を拾い集め、しわを伸ばし、形を整え、それが一通の書類に復元されるまで、ジグソーパズルでもするように窓際のチェストの上に並べていった。それからルーシーの手の中からそっと紙片を抜き取った。ニコラスの死亡証明書だ。

　涙が目の奥を熱く焦がす。ルーシーを抱き締め、重い悔恨と苦悩を打ち明けたかった。息子の死について、どうして今まで何も話し合わなかったのだろう？　妻を悲しませるのが怖かったから……どんなふうにその話を切り出したらいいかわからなかったから……それに、ルーシーは何事も起こらなかったかのように、ニコラスが存在さえしなかったかのように振る舞っていた。

　昨日はニコラスの命日であり、夫婦そろって失った小さな命を悼むべき日だった。それなのに二人ともそのことを忘れたふりをして醜いいさかいをした。もう遅すぎるだろうか？　それとも……。

ジャイルズは静かに部屋を出て階段を下り、再び車に乗り込んで園芸センターへ向かった。

二人のうち園芸に詳しいのはルーシーのほうだったが、ジャイルズは今、自分が求めているのが何か、はっきりしたイメージを持っていた。

「こいつはどんどん大きくなるから」若い店員は半信半疑でもの好きな客の顔を見つめた。「郊外の家の庭木には向きませんよ」

「これが欲しいんだ」ジャイルズはこみ上げる怒りと悲しみと闘った。この木は深く根を張り、豊かに成長し、葉を茂らせるだろう。ぼくが生きている間も、さらにそのあともずっと、短命だった息子の代わりにたくましく生き続けるだろう。ぼくもルーシーのためにこの木のように強くありたかった……。

木を届けてもらうために自宅の住所を書き、支払いをすませると、ジャイルズは園芸センターの正面にあるフラワーショップに向かった。店の女の子は注文を聞いて目をぱちくりさせたが、何も言わずにいくつもの花束を車まで運ぶのを手伝った。

「あんなに買い込んでどうするつもりかしら？」客が帰ると、女の子は隣にいたもう一人の店員にささやいた。「あれじゃ部屋じゅうが花だらけになっちゃうわ」

「きっと好きな人のベッドを飾るのよ」もう一人の女の子はうっとりとため息をついた。「すてきだわ。花いっぱいのベッドで愛し合うのってどんな感じかしら？　もみしだかれた花びらの香りが肌に移って……」

「あら、花によってはなかなかとれない厄介なしみがつくのよ。この百合《ゆり》だってそう。この間着てた黒いTシャツ。百合の花粉で台なしになっちゃったんだから。それに、もしベッドにばらの花をまいたらとげが刺さるじゃない？」相手がちょっと憤慨したように肩をすくめると、彼女は続けた。「でも、あの人、本当にベッドを花で埋め尽くすんだと思う？　そういえば一途《いちず》に恋する男の人みたいに思い詰めた雰囲気があったけど……」

自分の意思でというより、切迫した怒りと悲しみに駆り立てられて、ジャイルズは家じゅうから花瓶という花瓶をかき集めた。配色だのバランスだのにはかまわず、ジャイルズは手早く、ほとんど乱暴に花をひとつかみずつ花瓶にほうり込んでいき、間もなく階下の部屋はすべて花で満たされた。

そうする間、ジャイルズの頭にはただ一つのイメージ、小さな息子のイメージのほか何もなかった。「これはきみのために飾る花だよ、ニコラス」彼は小さな声で必死に語りかけた。「きみはこの世に生まれ、生きた。きみは確かにぼくとルーシーの息子だったんだ、ニコラス。これからもずっと、永遠に、きみはぼくたちの息子なんだよ」フラワースタンドを、テーブルを、棚を、ありとあらゆる空間を花で埋め尽くしながら、心の中で〝許してくれ……許してくれ……〟と繰り返し叫んでいた。

これまでは息子の存在を否定しようとしてきた。彼らの人生の一部として息子を受け入れることを否定してきた。でもこれからは違う。

「ジャイルズ……何をしているの？」

彼は振り返った。居間の戸口にルーシーが立っている。階下の物音に気づいて下りてきたのだろう。あれからシャワーを浴びて着替えをしたらしく、揺り椅子で眠っていたときの傷つきやすい少女のような面影は跡形もない。

「その花は……」

以前は花を――特に愛と喜びのシンボルであるばらの花を買って帰ることなど珍しくもなかった。ルーシーは今、そのことを思い出しているのだろうか？　心の重荷に胸が痛む。

「ニコラスのために飾ったんだ」

ルーシーはぼんやりと彼を見つめ、機械的に応じた。「命日は昨日よ」

「わかっている」ジャイルズは静かに言ったが、ルーシーには何も聞こえていないようだった。

「あの日、わかってたのよ。あの子が死んでしまうって」青白い顔に苦悩の影を浮かべ、ルーシーは独り言のようにゆっくりと話し始めた。「わたし、あの子のそばにいたかったのに、そうさせてもらえなかった。愛しているってあの子に伝えたかったのに……小さな体を抱き締めたかったのに。あの子に愛をあげたかった。それなのに、あんなふうに独りぼっちで死んでしまうなんて……」ルーシーのブルーグリーンの瞳に涙がふくれ上がるのをジャイルズは断腸の思いで見守った。「何もかもわたしのせい。子供なんか欲しくないと言ったから罰が当たったのよ。でも、あの子は欲しかった。この手で抱いていてあげたかったのに、独りぼっちで死なせてしまって……」

「独りじゃなかった」ジャイルズは感情にかすれた声で言った。「ぼくがついていた。あのとき、ぼくはニコラスのそばにいたんだ」

ルーシーはそのとき初めてジャイルズに焦点を合わせた。「嘘《うそ》！　いいかげんなこと言わないで、ジャイルズ。あなたは家に……」

「そう、家に帰った。だが、きみの言ったことが頭から離れなくて、どうしても眠れなかった。それでまた病院に引き返したんだ。あのときニコラスはじっとぼくを見つめた。たぶん……あの子にはわかったんだと思う。あの子の瞳にはすべてを理解した穏やかさがあった。ぼくはひどく腹が立って、悔しくてならなかった。息子がそこにいるのに何一つしてあげられないんだから。結果的にぼくはニコラスを、そしてきみを裏切ったわけだ。もしニコラスのそばにいたいというきみの願いに耳を貸していたら……」

「いいえ、だれがどんなことをしてもニコラスを助けることはできなかったのよ」ルーシーは花瓶に生けられた花のつぼみにそっと手を触れた。指先が小刻みに震えている。「あなたはあの子のことを忘れたいのかと思っていたわ。あの子が生まれたことを忘れ、あの子が召されたことを忘れ、あの子を人生から完全に締め出したいのかと思っていた……わたしを締め出したみたいに」

「ルーシー……」

ジャイルズは激しく震える妻の体を抱き締めた。それは目の前の悲しみへのとっさの反応であり、彼女の言葉を無言のうちに否定するしぐさだった。そして彼は、この腕に妻を抱くのがどんな感じだったか忘れていられた自分をいぶかった。

「ぼくたちはなぜ今までニコラスのことを話し合えなかったんだ?」ジャイルズは力なくつぶやいた。

「あなたがそのことに触れたくないんだと思っていたから……わたしに腹を立て、わたしを責めているんだと……」

「きみを責める? まさか! どうしてそんなふうに考えるんだ?」

「わたし、子供なんか欲しくないと言ったでしょう? でも本当はそうじゃなかったわ、ジャイルズ、あの子に生きてほしかった。絶対に失いたくなかった」

「もちろんだ。わかっているとも」傷ついた魂から絞り出される言葉を聞き、悲しみと苦悩に胸を痛めながら、ジャイルズは赤子でもあやすように妻の体を揺すった。

そのとき突然、共感と哀れみがジャイルズの中でかつてないほどに狂おしい欲望に変わった。彼は妻を抱き、慰め、息子の死以来初めて、二人は重い喪失感を共有していた。しかし次の瞬間、ジャイルズは狂暴な欲望に突き動かされて彼女を押し倒し、唇の下にわななく唇をとらえていた。

この感触、このぬくもり、このにおい……そのすべてに誘発されて、鋭い、切迫した歓喜の記憶がせきを切ったようにジャイルズに襲いかかり、ほかのすべてをのみ尽くした。ジャイルズは今、てのひらに柔らかな胸を包み、そのふくらみに唇を寄せ、耳に切れ切れの歓喜の叫びを聞いている。だが、いつ、どうやってルーシーを裸にし、自分の服をはぎ取ったのかは覚えていなかった。

鋭い快感がルーシーの体を震わせ、引き裂くと同時に、ジャイルズ自身の解放が訪れた。今まで、これほど熱く燃え、これほど敏感に反応するルーシーを見たことはない。しかし凝縮された欲望のコイルがはじけた今もなお、背中の手の届かないところにもどかしいかゆみが残ってでもいるように、ジャイルズの体は彼女を欲していた。

彼は目を閉じて横たわるルーシーを見下ろした。顔は涙にぬれ、息遣いは浅く、乱れている。過敏な肌には、情熱のさなかに彼がつけたあざがすでにうっすらと浮かび上がっている。あらわな、無防備な、歓喜の余韻に息づく体にジャイルズは胸をつかれた。

「ルーシー」ジャイルズはうめくようにその名をつぶやき、まぶたを上げたルーシーを抱いて、なだらかな胸のふくらみに頭を載せた。

ルーシーはこうなるとは思っていなかった。雷鳴がとどろき、稲妻が炸裂《さくれつ》する夏の嵐《あらし》のように激しく吹き荒れた情熱。頭がくらくらするのはむせるような花の香りのせいかしら？　それとも昨日の朝から何も食べていないせい？

ジャイルズは頭をずらし、胸の谷間に顔をうずめた。彼はいつも優しくて思いやりにあふれ、乱暴だったり支配的だったりしたことは一度もなかった。それなのに……さっきのキスで傷つき、今でも少し痛む胸のふくらみに唇を寄せ、抗議の叫びをあげるまで容赦ない攻撃を繰り返す。

これはわたしの知っているジャイルズではない。巧みな愛撫《あいぶ》でわたしをそそり、体の奥に衝撃的な欲望の炎をかき立てるこの男性はわたしの夫ではない。

二人はもはや夫婦でも恋人同士でもなく、結婚生活に破綻《はたん》をきたした男と女にすぎなかった。でもルーシーの愛に飢えた体はその警告に耳を貸そうとはしない。これは愛ではなく、ただの欲望。それがわかっていながら、燃えさかる肉体はその違いを認めるのを拒み続ける。

ジャイルズの愛撫にあえぎ、もだえ、せわしない息の合間にやめてと訴えながらも、指はそれ自身に意思があるかのように彼の髪をまさぐり、いっそう間近に彼を引き寄せようとする。こういう愛撫にはいつも抵抗できなかった。でも、今までこれほど鋭い感覚に引き裂かれたことはなく、彼女はいやおうなしに底知れぬ歓喜の深みへと引きずり込まれていった。

そのあと、愛の闘いに疲れ果てて、ジャイルズは青ざめて張り詰めたルーシーの顔を見下ろした。「どうしたんだ？　何をそんなに……」

「利用したのね」ルーシーは押し殺した声でつぶやいた。「わたしをダヴィーナの代わりに利用したんでしょう」

ダヴィーナ？　そういえば……彼女のことはまったく忘れていた。ルーシーには荒っぽいセックスをなじられるものと思っていたのだが。

「そうじゃない、ルーシー」ジャイルズは自分のしたことを思って赤面した。「違うんだ」

「彼女と寝てみて、やっぱりわたしのほうがいいと思ったわけ？」ルーシーは意地悪く言った。

ジャイルズの腕の中で、涙ながらに失った我が子への愛を吐露したルーシーはもはやそこにはいなかった。

「ダヴィーナとは寝ていない」

「そう？　だからわたしを彼女の身代わりにしたのね」

そうではないと、ダヴィーナのことは頭をよぎりもしなかったと、自分が切実に求めているのはきみだけだと言いたくてジャイルズは手を差し伸べたが、ルーシーは青白い頬を怒りの色に染めて身を引き、服をつかんで体に押し当てた。

「目的を果たしたんだから、もう行って！」

「ルーシー……」ジャイルズは心の中でののしりながら、起き上がって服を拾った。ただでさえ分が悪いのに、裸ではまともな話し合いもできやしない。「ルーシー、聞いてくれ、これは……」

「たいしたことじゃないっていうの？」ルーシーは唇を嘲《あざけ》りにゆがめた。「でもダヴィーナはそうは思わないんじゃない？　それとも、このこと、彼女には内緒にしておくつもり？」

ジャイルズは自分のしたことの罪深さに絶望し、腹を立てていた。ダヴィーナに愛を告白したのはつい昨日のことだ。それなのに今、劣情に駆られていともあっさりと彼女のことを忘れ去った。これほど無責任で身勝手な男の言葉が、なんであれ説得力を持つはずもない。今は黙って引きさがるほかなさそうだ。いずれにしても一人でじっくり考える時間が必要だった。

ジャイルズは服を身につけ、はっきりと言った。「ここは今でもぼくの家だ、ルーシー、出ていくつもりはない」

「ダヴィーナのベッドからだけじゃなく、家からも追い出されたの？」ルーシーは彼をにらみつけ、踵《きびす》を返して居間から出ていった。

二階の寝室のドアがばたんと閉まる音を聞き、ジャイルズは果てしない疲労を覚えて花に満たされた室内を見まわした。ルーシーがニコラスの死をあれほど深く悲しみ、彼の死にあれほど責任を感じているとは思わなかった。息子の最期をジャイルズが看取《みと》った事実にそれほど重い意味があろうとは思わなかった。彼女がショックから立ち直り、自身でそのことを口にするまでは、亡くした子供の話はしないほうがいいと医師に忠告されていた。しかしルーシーはさっきさめざめと泣きながら、二人の赤ちゃんのことをもっと話してほしかったと訴えた。

ジャイルズは今、暴力的なセックスで妻を汚した自分を責めると同時に、そうした妻の気持ちを理解できなかった自分を責めていた。

ダヴィーナ……彼女との関係は優しく穏やかで甘美ではあろうが、ルーシーとともに味わった刺激的な禁断の木の実の味はしないだろう。彼女との関係は控えめで、穏当で、ジャイルズの中に不道徳な狂気を目覚めさせることもないだろう。ジャイルズは疲れきったしぐさでジャケットに腕を通した。こんなことがあったあとでは、ダヴィーナと顔を合わせるのもつらい。

彼はホールに出て立ちどまり、階段を見上げた。さっき子供部屋の揺り椅子で縮こまって眠っていた無防備なルーシーの姿が目に焼きついて離れない。

頭も心も体も、何もかもが混乱していた。二人の結婚生活が決定的に破綻したとダヴィーナに打ち明けてからまだ二十四時間もたっていない。にもかかわらず妻を求め、欲情し、強引に奪い……それでもなお息子を失った悲しみを共有していると感じている。

滅びつつある愛の最後のあがきだろうか？　それとも……それとも、頭がどうかしてしまったのか？　ぼくはまったく違う二人の女性を愛する、まったく違う二つの人格に分裂してしまったのだろうか？

筋道立てて考えようと意識を集中させるあまり、ずきずきと頭が痛む。ゆうべはダヴィーナへの愛を確信し、ダヴィーナの穏やかな慰めを求めていた。だが今は……。

夫でありながら、妻が息子の死にどれほどショックを受けていたかになぜ今まで気づかなかったのだろう？　なぜ妻の思いを察し、苦しみを理解できなかった？　そしてなぜ、ルーシーは今まで悲しみを胸の中にしまっておいたのか？

やはり心を整理する時間が必要らしい。だが、ケアリー製薬の問題を抱え込んだ今、一人静かに内省する時間をどうやってひねり出したらいいものか……。

17

　ソウルとキャシーは空港でクリスティを出迎えた。妹の表情からひと目で何かあったらしいと勘づいたが、キャシーがベッドに入るまでソウルは何も言わなかった。

「何か話したいことがあるんじゃないのかい？」二人きりになると、ソウルはキッチンでお茶をいれているクリスティに声をかけた。

　クリスティは一瞬ぴくりと体をこわばらせたが、兄に背を向けたまま、さりげないふうを装ってきき返した。「なんのこと？」

「なんだかわからないが、動揺しているみたいだから」ソウルは言い、妹の肩を抱いて自分の方に振り向かせた。「クリスティ、とぼけたって兄貴の目はごまかせないよ。おまえは昔から感情を隠すのが下手だったが、相変わらずだな。エジンバラで何かあったんだね？」

「そうならよかったんだけど……」クリスティは顔をしかめた。「残念ながら何もなかったの」

いったいどうしたっていうの？　ティーンエイジャーでもあるまいし、食事をしただけでわたしを抱こうともしなかった男性にこんなに心を乱されるなんて……それも、大嘘つきの男に。

「じゃ、そういうことにしておこう」ソウルはあっさりと引きさがり、テーブルにケアリー製薬の資料を置いて椅子に座った。クリスティは通りがかりにそれを見て眉をひそめた。

「ケアリー製薬？　やっぱりね……でも、なぜアレックス卿《きょう》が片田舎のケアリーになんか関心を持つの？」クリスティは湯気の立つマグをソウルの前に置いた。「倒産寸前じゃないの？」

「彼はケアリー買収を医薬品市場に参入する足がかりにしようと考えているんだ」ソウルが慎重な言いまわしをする。

「製薬会社はうまくすればすごくもうかるし、不況知らずですものね」クリスティは皮肉っぽく言った。

ソウルはちらりと妹を見た。彼女が大手医薬品メーカーに批判的なのは知っていたが、今の言葉の響きにはそれとはちょっと違う、個人的な感情が含まれているような気がしないでもない。

「でも、ケアリーを買収してもたいしたうまみはないと思うけれど。噂《うわさ》では、会社のおいしいところはすべてグレゴリー・ジェイムズが吸い取って、残ったのは負債というかす、ばかりだって話。いずれにしても工場の閉鎖は時間の問題だと思うわ。前にも言ったように、あそこの安全管理はひどいものよ。法律で決められた健康管理と安全基準をクリアしていないのは確かね。劇薬に相当する薬品を扱うときだって従業員はなんら身を守る手段を与えられていないんですって。ちゃんとした調査をすれば、接触皮膚炎のほかにもいろいろ健康に悪影響が出ているのがわかるはずだわ」

話を聞きながらソウルは眉をひそめた。クリスティは感情的で直情型かもしれない。だが高度な教育を受けた専門家でもあり、明確な根拠なしにこのような判断、ほとんど告発とも思える非難をするのは彼女らしくないことだった。

「それは確かなことなのか?」ソウルはきいた。「ケアリーに直接的な責任があるってことは?」

「グレゴリー・ジェイムズの許可が下りなかったから実際に従業員の健康状態を調べたわけじゃないけれど、確かだわ。立ち入り検査があると彼らは工場を徹底的にきれいにして検査官の目をごまかすの。検査の日時がどうして事前にもれるのかはわからないけれど。おそらく役人にわいろを渡しているんでしょうね。そんなふうに働く人たちの健康を、ひいては彼らの家族の生活をおびやかすなんて犯罪行為に等しいわ。それもお金のため、会社の利益を守るためによ。犯罪行為よりひどい……醜悪そのもの」話すうちにレオへの怒りが、あの夜の深い失望と幻滅にさらにかき立てられた怒りが胸の中に広がっていく。何よりも真実を重んじるはずの自分が、心のどこかでレオの身分を知らなければよかったと思っているのがたまらなくいやだった。それとも、レオに望まれなかったことが小さなげのように胸に刺さっているのだろうか？　「アレックス卿がケアリー製薬の買収を考えていること、ダヴィーナ・ジェイムズはもう知っているの？」

「まだ何も知らない。明日ケアリーの取引銀行に行って、話し合いの場をもうけるべく仲介を頼もうと思っている」

「ダヴィーナ・ジェイムズは喜んで会社を売るでしょうね。いずれ倒産するなら今のうちに手放したほうが有利ですもの」

「アレックスはぎりぎりまでねばって買いたたく気でいるんだ」ソウルは渋い顔をする。

その声に聞き慣れない嫌悪が響き、クリスティはマグの縁越しにソウルの表情をうかがった。

「彼は根っからのギャンブラーで、ただで、あるいはただ同然で何かを手に入れるのがこのうえなく好きなのさ」

「アレックス卿のこと、あまりよく思っていないみたいね？」クリスティは首をかしげた。

「どうしたの？　兄さんは彼のことを尊敬しているんだと思っていたけれど」

「以前はそうだったかもしれない。でも最近はいろいろわかってきて、そう単純に彼を尊敬できなくなったんだ。ききたいことがあるんだが、クリスティ」ソウルは椅子を立って妹と向かい合った。「もしおまえが突然自分の生き方に疑問を持ったらどうする？　もし患者の治療に使った薬に問題があって、人を助けるつもりが結果的に彼らに害を及ぼしていたとわかったら？　どんなふうに感じる？　それにどう対処する？」

クリスティは兄を見つめ、自信なげに言った。「たぶん……打ちのめされるでしょうね。腹を立て、裏切られたと感じ……すべての努力も信念も無駄だったという虚無感に苦しむと思う」

「そうだな」ソウルはうなずいた。「それで、そういった気持ちにどう対処する？」

「さあ」クリスティは困り果てて兄を見た。「わからないわ」

「ああ、ぼくにもわからないんだ」

「兄さんが今そう感じているってこと？　これまでの生き方や仕事に疑問を感じているの？」

「ある意味ではね。自分でもよくわからない。ただわかっているのは、これまで目指してきた人生の目標が、ぼくにとってはもはやなんの意味もないということなんだ」

「ええ、わかるわ」クリスティは真剣な面持ちでうなずいた。「兄さんはお父さんが掲げた目標に向かって走り続けてきたのよ」

二人は無言で目と目を見交わした。クリスティの瞳は思いやりに満ち、ソウルの瞳は悲しみにかげっている。

「でもそれは父さんのせいじゃない」

クリスティは何も言わない。

「ぼく自身、いつでも自由な選択ができたわけだから」

それにも反応はない。

「で、今はどんな道を選ぶの？」しばらくたってからクリスティは静かにきいた。

「わからない。アレックス卿のために働くのはこれが最後だということだけはわかっているんだが。一方的に彼との契約を破ることになるんだから、少なくともケアリー製薬の買収は成功させたい。そうすれば負い目を感じることなくデイヴィッドソンを辞められると思うんだ」

「そのあとはどうするつもり？　シティーで新しい仕事を探す？」

「まだそこまで考えていない。ジョジーとトムと過ごす時間も作りたいし……もし、まだ間に合うならね。でも、その前にまずケアリーの買収問題を片づけなくちゃな」ソウルは身をかがめ、テーブルの上からファイルを取り上げた。「欲しいものはすべて手にしたと思っていた。それなのにある朝ふと目覚め、自分には何もないことに気がつく……何が現実で何が錯覚なんだろう、クリスティ？　人間はどうやって真実と幻想を見分けるんだろう？」

「本能で、直感で見分けるんじゃないかしら」クリスティは確信を持てないまま言った。

「問題は、わたしたちが必ずしも本能の声に耳を澄ましはしないってこと」

「それは無理もないかもしれないな。ほとんどの人間はその声を聞くのを恐れているから」ソウルはクリスティの頭のてっぺんにキスをした。「ありがとう」

「どうしてお礼なんか言うの？」

「そら見たことかと言いたいのを我慢してくれたんだろう？」ソウルは笑う。「そのとおりなんだから言われても仕方がないが、それでも、こらえてくれてうれしいよ」

「愛する兄さんにそんなこと言うはずがないでしょう？」

「愛は寛大で思いやり深く、ことさら正義を振りかざすことをせず、人間の弱さと欠点を許し、受け入れる……クリスティ、ぼくの最大の過ちは、本当の愛とは何かがわかっていなかったってことだ」

そのあとベッドに入ってからも、ソウルの言葉はずっと胸に残り、クリスティはなぜか切ない孤独感に涙した。

ソウルも眠れずにいた。彼は子供のころから父の愛を信じてきた。親としての愛情が息子を成功へと駆り立てたのだと信じてきたから、今になって実はそうでなかったと認めるのはたやすいことではなかった。父もまた不完全な人間であると認め、長い間父を祭り上げてきた台座をこわし、欠点も弱さも持った普通の男性として父を愛するのはさらに勇気が必要になるだろう。

父は息子の心の動きを把握し、彼らの関係が砂上の楼閣のようにもろい、実体のないものだと気づいていたに違いない。もし父が本当の意味で息子を愛していたなら、自らの手で台座をこわし、等身大の父親として息子に近づき、同じ人間としてありのままの息子を受け入れただろう。我が身を振り返ると……ぼくは子供たちに充分な愛を注いでいるだろうか？

ソウルは落ち着きなく寝返りを打った。アレックス卿にハーパー&サンズから手を引かせた借りをケアリー買収で埋め合わせ、なんの負い目もなくデイヴィッドソンの社屋をあとにする日が待ち遠しい。そうしたら子供たちと過ごす時間を作り、彼らを愛し、許しを請い、ほかのだれのでもない自分自身の人生のスタートを切ろう。

「ジャイルズは来ている？」

廊下にダヴィーナの声を聞いたとたん、ジャイルズはうろたえた。週末以来のさまざまな出来事がよみがえってきて体がこわばる。オフィスにダヴィーナが入ってきたとき、彼は妙に後ろめたく、居心地が悪かった。

後ろめたい？　自分の妻を抱いたことが？

今朝階下に下り、ルーシーが先に起きてキッチンで朝食の支度をしているのを見たときは驚いた。最近は出勤前に妻と顔を合わせることはほとんどなかったから、朝っぱらから不愉快な夫婦げんかをせずにすむのでジャイルズにとってはそのほうがありがたかった。だが、今朝のルーシーはひどく落ち込んでいた。もしかしたらひと晩じゅうニコフスのことを考えて泣いていたのかもしれない。

ジャイルズがぎこちなく朝食の礼をつぶやくと、ルーシーは冷ややかに肩をすくめた。「眠れなかったからよ。ダヴィーナほど料理はうまくないけれど」唇をゆがめてそっけなく言い添える。「あら、言い訳なんかしなくていいのよ、ジャイルズ」ルーシーは口を開きかけた夫を押しとどめた。「あなたがダヴィーナをどう思っているかはわかっているんですもの。何がお望み？　円満離婚？　すっきりしたスマートな決着？　結局、ゆうべのすべてはそのための伏線だったの？」彼女はさらに言いつのった。「好きなようにしていいのよ。心配しないで、もうあなたの邪魔はしないから。今さら何を言っても始まらないでしょう」

それから三十分後、ジャイルズは複雑な気持ちで家を出た。妻にそう言われても少しも救われた気分になれないのはなぜだろう？　それどころか、かえって惨めで気が重い。

ジャイルズは怒りと絶望に打ちひしがれていた。ニコラスを失った悲しみを胸に秘めて分け合おうとしないルーシーが腹立たしく、彼女の深い苦しみに気づかなかった自分の愚かさがのろわしかった。

そして今、ほほ笑みをたたえたダヴィーナの登場がさらにとまどいを倍増させる。

最初、ジャイルズはデスクの上の書類をめくるふりをしてダヴィーナと目を合わせるのを避けていたが、あいさつされて初めて、しぶしぶというようにこわばった顔を上げた。すぐに彼の緊張を感じ取り、ダヴィーナは一瞬ためらった。やつれ、青ざめ、書類をめくる手が震えている。どうしたのだろう？　なんだかひどくいら立っているようだし、居心地が悪そうだ。週末に熱っぽく愛を告白してきたジャイルズとはまるで別人……しかしダヴィーナはさりげなさを装い、天気のことなど当たりさわりのない話をしながら彼が緊張を解くのを待った。

最初は父、結婚してからはグレゴリーとの生活の中で、ダヴィーナはいつの間にか人々のむら気や不機嫌に巻き込まれることなく、冷静に対処するすべを身につけていた。しかしダヴィーナのそうした態度はジャイルズに誤解を与えた。

ぼくがどれほど後ろめたく、ばつの悪い思いをしているかに彼女は気づいてもいないらしい。ルーシーほど相手の感情に敏感ではないということか。隠し事だの心配事だのがあるとルーシーはすぐに勘づき、それが何かを白状するまで絶対に引きさがろうとはしない。ダヴィーナは週末のことなど忘れたかのように、女子トイレの排水管の具合がよくないとかなんとか言っている。ジャイルズはそんなダヴィーナをつかまえて揺さぶり、昨日の午後、自分がどんなに恥知らずなまねをしたかをぶちまけたい衝動と闘った。なんでもいい、彼女のばかげた落ち着きを乱す何かをぶちまけたかった。ばかげた？　そもそもぼくはダヴィーナのそういうところに、妻にはない穏やかな優しさ、見事な落ち着きに惹《ひ》かれたんじゃなかったのか？

ジャイルズはだれかを修理に向かわせるとうわの空で返事をし、それに対してダヴィーナは晴れやかな笑顔でこう言った。

「ああ、それはもういいの。配管工が来てくれることになったから」

ジャイルズはいらいらしてダヴィーナを見上げた。それならなぜわざわざそんなことを言いに来る必要がある？　ほかにもっと心配しなきゃならない重要な問題が山ほどあるというのに。

しかし、オフィスを出ていくダヴィーナの瞳にかすかによぎった皮肉な笑みにジャイルズは気づかなかった。

ああ、マット、あなたのせいだわ――廊下を歩きながらダヴィーナは胸の内でつぶやいた。わたしは手に負えない理想主義者？　それとも少しばかり人に厳しすぎる？　結局、ジャイルズにマットのような鋭いユーモアのセンスがないとしても彼が悪いわけではない……そして、きまじめすぎることも。わたしは男の人に何を求めているのだろう？　オフィスの椅子に腰を下ろし、ダヴィーナは自問した。それはぎらぎらした野心でも、闘争心でもなく、子供じみたむき出しのエゴでもない。そしてもちろん、女性を日陰に押しやり、自分の分け前以上にたっぷりと太陽の光を浴びようとするような男性は問題外。

容姿はどうでもよかった。ルックスに左右される年代はとうに過ぎた。そう、男の人には優しさと思いやり、それに強さも必要だ。恋人の情熱と友だちの気安さを兼ね備えた人。ともに笑い、互いに尊敬し、愛し合えるパートナー。しかし何よりも、ありのままのわたしを受け入れられるほどに強く、確かな自信を持った男性でなければならない。女性を一つの人格として尊重しながら、必要なときはいつでもそこにいて手を差し伸べてくれる人。家事を女性の仕事ときめつけず、ともに家庭を築くという意識と責任感を持った人。失意のときに支え合い、勝利のときに喜びを分かち合える人。ベッドも、日々の生活も、苦悩も歓喜も、あらゆる部分を共有できる人生の道連れ。そして最も重要なのは、周囲に壁をめぐらすことなく、愛と敬意をもって二人の世界を融合させられる、共通の価値観に結ばれた相手であることだ。

いったい現実にそんな男性がいる？　ダヴィーナは苦笑する。万一そんな人が目の前に現れたとしても、今度はその人が完璧《かんぺき》すぎると、人間離れしていると難癖をつけるのだろう。

でも、あらぬ夢想もこれまで、今はほかにすべきことがある。

ソウルは銀行に電話をかけるタイミングを慎重にはかった。それも経験から学んだ戦略の一つだったが、そうしたやり方は、彼が緻密《ちみつ》な行動計画をめぐらす抜け目ないビジネスマンであるばかりか、神がかり的な直感の持ち主であるという評判をさらに真実みを帯びたものにした。時代の最先端を行くシティーにおいてさえ、伝説や神話、迷信のたぐいは案外幅をきかせているもので、ソウルのずば抜けた手腕への畏敬《いけい》の念は、彼にまつわるさまざまなエピソードと相まって、彼をいつの間にか〝ビジネスの神さま〟のような存在に祭り上げていた。

しかしチェシャーはロンドンのシティーからはるか遠く、水面下に張りめぐらされたビジネスネットワークに組み込まれていないダヴィーナのような人間にとってはさらに遠かった。

その日の午後五時半、銀行の支店長からジャイルズに電話があった。しかしジャイルズは歯医者の予約があってたまたま早めに退社したので、代わりにダヴィーナが受話器を取った。

ケアリー製薬の買収に興味を持つある企業から接触があった、とフィリップ・テイラーはダヴィーナに伝えた。明日の朝九時に銀行で話し合いたいということだった。

ダヴィーナは了承し、受話器を戻してノートとペンを取った。会社の筆頭株主であればこの取り引きから最大限の利益を勝ち取ろうと策をめぐらすのが普通かもしれないが、ダヴィーナはそうはしなかった。彼女がまず取りかかったのは、会社を売る場合、ケアリーの従業員のために絶対に譲れない付帯条件のリストを作る作業だった。

相手側に交渉の準備をする猶予を与えないように慎重に時間を選んだソウルは、話し合いがどんな展開になるかおおよその見当はつけていた。彼らはケアリー製薬がいかに買い得かを力説するだろう。それに対して自分は会社が倒産寸前であるという事実を突きつける。その前提からスタートし、アレックス卿が満足すると思われる条件で合意に達するまで交渉を継続する。おそらく、銀行からの借入金とそれ以外の借金を清算したあとは、ダヴィーナ・ジェイムズの手にはほんのはした金しか残るまい。気の毒には思うが、彼女の側に切り札はない。

ダヴィーナはしばらくためらったあと、ジャイルズの自宅に電話をかけた。

受話器を取ったのはルーシーだった。ジャイルズは在宅かと尋ねながら、ダヴィーナはかすかに染まった頬の色を彼女に見られずにすんだことにほっとした。実際にジャイルズと寝たわけではないし、彼に離婚をすすめた覚えもないのだから負い目を感じることもないのだけれど……それでも、仲直りをするようにと積極的に働きかけもしなかった。

ルーシーは黙ってジャイルズを呼びに行き、そのあとダヴィーナはかなり長いこと待たされた。ルーシーが本当に彼を呼びに行ったのかどうか不安になりかけたころ、ようやく受話器を取り上げる音がした。

「ダヴィーナ?」ジャイルズの声は硬く、ぴりぴりしている。

愛人から自宅に電話があってうろたえる夫という役まわり?　でも、わたしは彼の愛人ではない――ダヴィーナはそう自分を納得させ、事務的な口調で銀行からの話を彼に伝えた。

「ケアリーを買収したいって……相手はだれだって？」ジャイルズは胸の内でののしり、鋭い口調できいた、よりにもよって、なぜぼくがオフィスにいないときにそんな重要な話が持ち上がらなければならないんだ？

「わからないの。それがだれであれ、まだわたしたちに身分を明かすつもりはないようだわ。明日の朝九時にフィリップ・テイラーをまじえて向こうの代理人と銀行で会うことになったから、それであなたに電話したのよ」

「朝九時だって？」ジャイルズは今度は声に出してののしった。「まるで不意打ちだな。だれだか知らないが、相手はケアリーがどんな状態か調査ずみで、ぎりぎりまで買いたたく気でいるんだろう」

「労働環境を改善して、これまでうちで働いてきた従業員を解雇しないと約束してくれるなら、どんなに安く買いたたかれてもかまわないわ」

「いいか、ダヴィーナ」ジャイルズはため息をついた。「世の中そんなにきれいごとじゃすまないんだ。我々が切羽詰まっていることを相手に悟られたら、つけ込まれるばかりだ。彼らは血に飢えた禿鷹《はげたか》のようにケアリーをむしり取るだろう」

「向こうはすでにフィリップ・テイラーと接触しているんだから、うちの財政状態を知らないはずはないでしょう？」ダヴィーナは穏やかに言った。

「うちの財政状態を他人にもらす権利はテイラーにはないはずだ」

「でも、銀行の利益を守るのがフィリップ・テイラーの仕事なのよ、ジャイルズ。いずれにしても、直接わたしたちに連絡せずに銀行を介して接触してきたということは、向こうがケアリーの状況を充分に把握している証拠だわ。何度も言うようだけれど、ケアリーの売却で個人的に得をしようとは思っていないの。重要なのは従業員の雇用が確保されることよ」

「そんなばかげた条件をのむ買い手がどこにいるんだ？」ジャイルズは不機嫌にうめいた。

「それは彼らがケアリーをどれほど欲しがっているかによるわ」

ジャイルズは反論しようとしたが、すでに電話は切れている。

「痴話げんか？」くさくさして受話器を置いたジャイルズにルーシーのいやみが追い討ちをかけた。

ジャイルズは聞こえないふりをして簡単に電話の内容を伝え、疲れたようにうなじをもみながら居間を見まわした。ゆうべ花瓶に手当たりしだいに突っ込んだ花がすべて丹念に生け替えられている。そしてもう一つ、彼は小さな変化に気がついた。部屋に出入りするたびに目につく小テーブルの上にニコラスの写真が飾られている。

ルーシーはそれに目をとめたジャイルズの表情をうかがった。

「今朝買い物に行って、そのフォトフレームを買ってきたの」彼女は弁解するように言い、ジャイルズに背を向けた。文句を言われるのを恐れてでもいるように、後ろ姿が張り詰めている。

ジャイルズはテーブルに近づき、フォトフレームを手に取ってしげしげと写真を見つめた。

ニコラス……小さくてか弱い息子。見ているだけで心が引き裂かれるが、それでも見ていたかった。それでも彼を思い出し、彼を感じたかった。

「今まで気づかなかったが」ジャイルズは低くかすれた声で言った。「ニコラスはきみにとてもよく似ているね」しかし振り返ったとき、ルーシーの姿はすでになかった。

ジャイルズは銀のフォトフレームをそっとテーブルに戻した。

ケアリー売却の条件をまとめる作業にさほど時間はかからなかった。それより、買い手にその条件を提示することにジャイルズとフィリップ・テイラーが賛成するかどうかが問題になりそうだ。

今度のことに関して銀行はどれほどの権限を持っているのだろう？　最終的な決定権は筆頭株主のわたしにあるはず。でも、もし銀行が借入金の即刻返済を迫ってきたら？　ダヴィーナは紙に数字を書き並べた。家と土地、グレゴリーの遺《のこ》した銀行預金。充分とはいえなくても、まとめればかなりの額になるはずだ。もし銀行が圧力をかけてきたらこの額を提示して……。

この件でフィリップ・テイラーがどういう立場をとるかについて甘い幻想は抱いていない。彼はケアリーの無条件、かつ即座の売却を要請するだろう。銀行のトップから焦げついた貸付金を早く回収するようにとせっつかれているだろうから、そのことで彼を責めるわけにはいかない。

ジャイルズは？　もちろん彼も会社を売るべきだと考えている。会社の問題にいちおうの決着がつけば、ルーシーとともにチェシャーを離れ、新しい仕事、新しい生活を始めることができるのだから。

買い手との交渉のさまざまな局面を想像して頭は冴え渡っていたが、ダヴィーナはひと仕事を終え、午前一時過ぎにベッドに入った。

翌朝、ダヴィーナは思案顔でクローゼットの前に立った。こんなとき、今時のキャリアウーマンはかっちりした男物仕立てのシャツとスーツで決めるのだろうが、ここにはそんな服は一着もない。手持ちの服はほとんどがシンプルで実用的なものばかり。無難なタイトスカートとジャケットを取り出そうとして、その奥にかかっていたファスナーつきのガーメントバッグに手が触れた。

それはグレゴリーが事故に遭う何カ月か前、彼女がルーシーと一緒にチェスターに買い物に出かけたときに衝動買いした服だった。普段は考えもせずにむやみに高い買い物をするほうではないのに、いったいそのとき何を思ったのか、今もってわからない。

もしかしたらまぶしいほどに晴れ渡った空のせいかもしれず、あるいはブティックの店員の〝高価なデザイナーズスーツなどあなたに着こなせるはずはない〟とでも言いたげな横柄なまなざしのせいかもしれなかった。アイボリーのジャケットの細いウエストまわりを飾る十センチ幅の金文字の模様は〝浪費〟というふざけたメッセージのように見えなくもなかった。

浪費と言われればそのとおり。だって買ってから一度も着ていないのだから。〝これをいただくわ〟と決定的な言葉をつぶやきながら、すでにダヴィーナはその服が日の目を見ることはまずないだろうと感じていた。店員もきっとそう思っていたに違いない。それは大胆で、積極的で、世間の思惑など意に介さない自由な女性のためにデザインされたスーツで、ダヴィーナのように地味な専業主婦が選ぶたぐいの服ではなかった。

ダヴィーナは何カ月ぶりかでガーメントバッグのファスナーを開け、改めてアイボリーのスーツに眺め入った。色合いといい、デザインといい、とてもビジネスの場に着ていけるような服ではなく、今朝のミーティングの性格を考えたら、これを着るのはほとんど挑戦的行為といえた。

でも、いいじゃない？　フィリップ・テイラーの口調には、ケアリーの売却に関してダヴィーナ側の意見や要求は差し控えるべきだと警告するかすかな威圧が感じられた。それならそれで結構。与えられた役柄をこなすまでだ。わたしの意見や要求に真剣に耳を傾けたほうがいいことを彼らにわからせよう。そして、そうするのにことさらキャリアウーマン風を気取る必要などないことを……。

ケアリー製薬のオーナーはほかのだれでもないこのわたしであり、従業員の将来を案じるのは当然の義務なのだ。かつて父と夫が犯した過ちへの罪ほろぼしのためにも、今彼らへの責任を放棄するわけにはいかない。

ダヴィーナはスーツを出し、体に当ててみた。確かに、奇抜、場違い……でもわたしはこれを着るつもりだし、それについて他人にどう思われようとかまわない。スーツのジャケットに腕を通したとき、ダヴィーナはどこからかマットの楽しげな笑い声が聞こえたような気がした。

九時五分前に銀行の前で車を降りると、ジャイルズも自分の車のドアを閉め、こちらに近づいてきた。ジャイルズは彼女の服装を見て一瞬ぽかんと口を開け、眉をひそめたが、ダヴィーナはそ知らぬふうを装って彼にほほ笑みかけた。

ミスター・テイラーがお待ちしております、とにこやかに告げた彼の秘書は、ダヴィーナのアイボリーのスーツを驚きと羨望《せんぼう》の入りまじったまなざしで見つめた。

案内されたオフィスにはテイラー一人がいるだけで、買い手らしき人物の姿はない。テイラーはちらりとダヴィーナを見やり、彼女の服装に気づいて目をむいた。

「ミスター・ジャーディンが来る前に二、三打ち合わせをしておきましょう」

「それはいいが、買い手とは、いったいどこのだれなんです？」ダヴィーナが何か言う前にジャイルズがきいた。

「彼らはなぜケアリーの買収に興味を持ったのかしら？」ダヴィーナの口ぶりは穏やかだが、きっぱりしている。

「その答えはソウル・ジャーディン本人から聞いたほうがいいでしょう」フィリップ・テイラーは上機嫌で言った。「とにかく我々はついていた。今時、傾きかけたメーカーの買い手を探すのは至難の業ですからね」

「彼らにはそんなことを言わなかったでしょうね」

ダヴィーナの質問に赤くなり、テイラーはデスクの上の書類をぎこちなくいじくりまわした。「ケアリーの状態はもはや秘密でもなんでもありませんよ。それに、彼らだって充分な調査をしているでしょうしね。いずれわかるでしょうが、向こうの提示する条件はそう悪くないと思いますよ。現在のケアリーの状況を考えれば……」

「買い手のほうもわたしの出す条件を悪くないと思ってくれれば話は早いんですけれど」

「あなたの条件？」フィリップ・テイラーは当惑して顔を上げた。「ダヴィーナ、あなたは今の状況がわかって――」

「もちろんわかっているわ、フィリップ。あなたは一刻も早く貸付金を回収したい。ミスター・ジャーディンとかいう人物はなぜか傾きかけた会社を買いたがっている。そしてわたしはケアリーの従業員の将来が保障されることを望んでいる」

「向こうがそんな条件をのむはずがない」ジャイルズが口をはさんだ。「事情によっては……」

「そうとも限らないわ」ダヴィーナは考え深げに彼を見上げた。

「どんな事情？」

「ケアリーの買収が彼らにとって重要な意味を持つとしたら……」

短い沈黙があり、それからフィリップ・テイラーが言いにくそうに提案した。「ダヴィーナ、この交渉はジャイルズとわたしにまかせてくれませんか？　あなたは確かにケアリーの筆頭株主だし、従業員の先行きを心配する気持ちもわからないではない。しかし、こういう交渉に関しては我々のほうが経験豊かだ」

なだめすかすようなその口ぶりを無視して、ダヴィーナは如才なくほほ笑んだ。「ありがとう、フィリップ。でもそういうわけにはいかないわ。これまでずっとほかの人たちに責任を押しつけてきたんですもの。あなたがおっしゃるように、わたしはケアリー製薬の筆頭株主で……」

そのとき秘書がドアを開け、ミスター・ジャーディンの来訪を告げた。

ダヴィーナはドアに背を向けていたし、振り返るつもりもなかったので、ソウル・ジャーディンがすぐそばに来るまで彼を観察するチャンスはなかった。

フィリップ・テイラーが椅子を引いて立ち、愛想よく〝ソウル〟と呼びかけながら手を差し伸べたとき、ダヴィーナも立ち上がった。冷ややかともとれる落ち着きは、父と暮らした長い歳月のうちに身につけた自己防衛手段の一つだった。

しかしあいさつをすべくまっすぐ視線を上げた瞬間、その完璧な落ち着きは揺らいだ。ちらりとこっちを見た長身の男性の瞳にかすかな嘲笑《ちょうしょう》が浮かんでいるのに気づいて怒りがこみ上げる。

そう、そういうことだったの……こんな明白なことになぜ今まで気づかなかったのかしら？

フィリップがそれぞれの紹介を始め、ダヴィーナは握手をする代わりに小さく頭をさげて椅子に戻った。

この人はビジネスの駆け引きをゲームのように楽しむ策士という感じがする。会社の外で鉢合わせをした夜、とっさに道を間違えただけだと言ったのも嘘つきゲームに慣れている証拠。

彼はあそこで何をしていたのだろう？　工場の警備が手薄なのを知っていて、闇《やみ》に乗じてこっそりケアリーを偵察に来た？　もしそうなら彼の勇気はたいしたものだ。工場の敷地が番犬や防犯装置で守られていないと、いったいだれが言い切れるだろう？　彼は策士であるばかりか、危険を引き受け、挑戦を楽しむ男性でもあるらしい。

「ご存じでしょうが、前の経営者が亡くなってからは未亡人のダヴィーナ・ジェイムズがケアリー製薬を引き継いでいるんです」フィリップ・テイラーが説明している。

「ミセス・ジェイムズとはすでにお目にかかっています。先日、事前に個人的な話し合いができたらと思ってお訪ねしたんですが、お取り込み中のようだったので……」

ジャイルズは赤くなり、ダヴィーナはかろうじて怒りを抑えた。

「それならそうとおっしゃってくだされればよろしいのに。用向きがわかればあなたのお申し出について有意義な話し合いができたはずですわ。いえ、失礼しました……あなたのお申し出というより、ほかのどなたかの、と言うべきでしたわね？」ダヴィーナはわざとらしい微笑を作った。「あなたはどなたかの代理で交渉にいらしたとフィリップから聞きました」

「そのとおりです」彼の声は硬く、まなざしはさらに険しい。

しかしダヴィーナは気圧《けお》されまいとした。「それで、そのどなたかは仕事仲間……それともあなたの雇い主ですの？」

「そう、わたしは彼に雇われています」ソウルはぴくりと口元を引き締めた。

「よろしければ、その方がどこのどなたか教えていただけます？」フィリップとジャイルズが困った顔をしているのがわかったが、ダヴィーナはかまわずにたたみかけた。

「もちろんお教えしない理由はありません。ただ、アレックス・デイヴィッドソン卿がケアリー製薬の買収に興味を持っているということはあくまでも内密にしていただきたいんです」

「彼にならってほかのだれかがケアリーに注目したらお困りになる？」

ソウルは改めてダヴィーナ・ジェイムズを見つめた。もしかしたらこの女性は思っていたよりしたたかなのかもしれない。それに、調査会社の情報から思い描いていた女性のイメージとはあまりにも違う。それにしても、どういうわけでこんな場違いな服を着てきたのだろう？　洗練された都会の女性が意中の男性との昼食の約束に選ぶようなスーツだ。その下によけいな下着は何もつけず、それとないしぐさで官能的な肉体の存在を感じさせる、そんな手管を身につけた、自信たっぷりな都会の女性が選ぶスーツ。ダヴィーナ・ジェイムズはそんなタイプの女性ではない。それとも……？

ソウルはもう一度素早く彼女を観察した。やはり……繊細な生地の下にかすかながらブラジャーのラインが透けて見える。つかの間であれ自分の判断力を怪しんだことをソウルはひそかに笑った。

「確かに多くの場合、アレックス卿が行くところ、人々は従う。しかし残念ながら、彼の持つ特殊な能力、つまり隠された落とし穴をかぎ分ける直感がないのでつまずくんです」

彼はダヴィーナの質問をはぐらかし、悠然と微笑を浮かべた。「お互い、率直に話し合いませんか？　あなたの会社は倒産寸前の状態にある。そしてわたしの雇い主は……」彼は〝雇い主〟という言葉をことさら強調して再びほほ笑んだ。「ケアリー製薬の買収を望んではいるが、当然のことながら、それについては市場の実勢をも考慮に入れなければならないと考えています」

「あなたのボスがケアリーを二束三文で手に入れるつもりだということをおっしゃりたいなら、その必要はありませんわ。およその見当はついていましたから、ミスター・ジャーディン」フィリップとジャイルズの緊張した面持ちを尻目に、ダヴィーナは立ち上がった。

「正直言って、わたしは会社の売却で個人的に利益を得ようとは思っていません。もちろん巨額の負債を忘れるわけにはいきませんけれど、それについて今あなたと突っ込んだ話をする必要はないでしょう。もし貸借の詳細がご入り用ならフィリップが説明するはずですから」ダヴィーナは困惑した表情の支店長にちらっと視線を投げた。「わたしがぜひとも知りたいのは、あなたを雇っておられる方がケアリーを買ってどうなさるおつもりかということです」

「どうする、ですって？」ソウルはその質問に面食らったようにきき返した。

「なんのためにケアリーを買収なさるのか」

「アレックス卿は部下に手の内をさらすような人物ではないんです」ソウルは穏やかに言った。「さっきあなたが指摘なさったように、わたしは一社員にすぎませんから」

「そうですの？」

ダヴィーナの探るようなまなざしを受けて、ソウルはそのとき突然、自ら危険区域に足を踏み入れたことを鋭く意識した。というより、巧妙に誘導された、というほうが当たっているのかもしれないが……。

「でしたらこうしましょう。ケアリーの売却に際してどうしても満たしていただきたい条件をリストにしましたから、それをよくご覧になって、それから改めて話し合いの場を持ちましょう。できればアレックス卿と相談なさったあとで」ダヴィーナは小型のブリーフケースからタイプしたリストを取り出して彼に差し出した。

「ダヴィーナ……それは？」

「心配しないで、ジャイルズ」ダヴィーナは揺るぎなくほほ笑んだ。「時間を無駄にしても意味はないわ、そうでしょう？」リストのコピーをジャイルズに、そしてフィリップ・テイラーにも手渡した。

「いつこれを？」ジャイルズはいら立たしげにリストに目を落とす。

「ゆうべ」ダヴィーナは静かに言った。「ミスター・ジャーディン、わたしの父は、孝行娘はタイプができなくちゃいけないと信じていたんです」彼女はソウルにほほ笑みかけた。

「父の教えとは思わぬときに役立つものですわね」

充分な準備の時間を与えないようにと、昨日の夕方に今朝一番のミーティングを指定したこちらのもくろみを彼女は見抜いていたのだろうか？

「ダヴィーナ、ケアリー売却の条件をリストアップするなんて話は聞いていなかったが……」フィリップ・テイラーが落ち着きなく言った。

ダヴィーナはしとやかにほほ笑んだ。「そうだったかしら、フィリップ？」

18

園芸センターの若者二人が庭に苗木を運び込んだとき、ルーシーは二階で常軌を逸した怒りに駆られ、クローゼットの中身の半分を部屋じゅうにぶちまけていた。

今、その狂おしい怒りは限界を超え、深い落胆に打ちしおれた。ジャイルズの忍耐が限界を超え、愛が打ちしおれたように？　涙が目ににじむ。ジャイルズにどう思われようとかまわないでしょう？　すぐにまたいい人が見つかるわ。ルーシーは苦々しげに顔をしかめた。ジャイルズと結婚して以来、言い寄ってくる男性たちをどれほどはねつけてきたかわからない。

そういうことにかけては、ジャイルズはいわゆる〝お人よし〟だった。彼が誇らしげに妻に紹介する友人たちが、如才ない社交辞令と愛想笑いの裏で、隙あらば友人の妻をベッドに誘い込もうと機会をねらっていることなど気づいてもいなかった。でも、これだけは胸を張って言えるが、ルーシーは結婚してから夫を裏切ったことはなく、男性たちにちやほやされていい気になったこともない。夫への貞節は自分が大人の女性であることのあかしであり、ジャイルズへの深い、純粋な愛のしるしだと彼女は信じていた。けれど、もし二人のうちのどちらかが異性関係で結婚の誓いを破ることがあるとしたら、それは自分ではありえてもジャイルズであるはずはないと思っていた。それも、よりによって相手がダヴィーナであるはずはないと……。彼女の夫は妻への嫌悪を隠そうともせず、二人でベッドに乗って天国に舞い上がろうと部下の妻であるルーシーにさえ誘いをかけてきた。グレゴリー・ジェイムズになどまったく興味はなかったけれど。

ジャイルズが仕事に出かけたあと、ルーシーは狂暴な怒りに駆られて二階に駆け上がった。熟考、自制、慎重な振る舞いは自身の得意とするところではない。そして今、ここ数カ月来のもやもやした、一触即発の危険をはらんだ空気がいっきに破滅に向かって集結していくのが感じられる。

ダヴィーナか、わたしか――ジャイルズがどちらを取るか決めるのを、なぜいつまでもじっと待っていなければならないの？　ルーシーは蔑《さげす》みに唇をゆがめた。ダヴィーナのほうがわたしよりいいと、彼は本当に思っているのだろうか？　ダヴィーナと寝てみて、わたし以上に彼をそそり、わたし以上に彼を酔わせる女性はいないとわかったのではなかったの？

ルーシーは化粧台の鏡をのぞいて顔をしかめた。頑固に結ばれた赤い唇とは裏腹に、ブルーグリーンの瞳にはたとえようのない不安が浮かんでいる。もしジャイルズがほかのものを、ダヴィーナにはあってわたしにはない何かもっと大切なものを求めているとしたら？

いつも胸の奥に潜んでいる恐怖が全身を貫き、ルーシーは震える体に腕をまわして窓辺に立った。

あの人たちは……ジャイルズが大事にしている芝生の真ん中に穴を掘って、いったい何をしているの？

ルーシーはダヴィーナのことも忘れ、急いで階段を下りてキッチンのドアを開けた。この庭はジャイルズの誇りであり喜びであり、だれであれ勝手に穴を掘るなんてことは許されはしない。それとも――ぎざぎざにとがった危険な岩礁のような恐怖が心のどこかで頭をもたげる。それとも芝生がどうなってもいいと思うほどに、ジャイルズの心はわたしから、この家から遠ざかってしまったの？

ルーシーに問われて、間違いなくこの家です、と彼らは答えた。

「いいんだ、ルーシー。ぼくがその木を植えるように頼んだんだから」

思いがけず背後でジャイルズの声がし、ルーシーはびくっとして振り返った。

「あなた、会社は……こんな時間にどうしたの？」刺すような不安はジャイルズの硬い表情を見てさらにつのる。ついに心を決め、別れを告げに帰ってきたというの？　それまで鎧《よろい》のように身にまとってきたヴェールが突然引き裂かれ、ルーシーは動くことも声を出すこともできず、おびえた瞳で彼を見つめるばかりだった。

「中に入ろう」

ルーシーは腕に添えられたジャイルズの手を振りほどいた。過去に存在した愛と情熱が哀れみと無関心に腐敗した今、彼に触れられることさえ耐えられない。

窓からはあふれるほどに陽光がさし込んでいるのに室内は妙に寒く、ルーシーは両腕を体にまわしてキッチンに立ち、部屋のあちこちに目をさまよわせるジャイルズを見守った。

何をしているのかしら？　ダヴィーナの家のぴかぴかで清潔なキッチンとここの乱雑さを比較しているのかもしれない。ルーシーはジャイルズの目を通して改めて自分の領域を見まわしてみる。朝食に使った食器はまだそのまま放置され、今朝届いた郵便物は封も切らずに重ねられ、テーブルといわず棚といわず、そこかしこに雑然とものが置かれている。それにひきかえダヴィーナの家は……。

モデルハウスのように整然と片づいたダヴィーナの家に行くと、ルーシーはいつもある種の反発を感じた。だいぶ前だが、あるとき彼女の家に花を持っていったことがあった。花びらに手を触れて礼を言うダヴィーナの目にはかすかな痛みがあって、いぶかしく思ったものだ。でもその翌日訪ねていくと花はどこかに消えていて、ダヴィーナは赤くなり、ディナーパーティーで飾る伝統的な生花以外はグレゴリーが飾ることを許さないのだと恥ずかしそうに打ち明けた。

すべてがあるべきところにおさまり、完璧《かんぺき》に統一のとれたダヴィーナの家。ジャイルズは本当にそんな家がいいのだろうか？　ジャイルズはゆっくりした歩調でキッチンを行ったり来たりし始めた。ルーシーは恐怖に金縛りに遭ったようで身動きができない。

「今朝のことはいまだに信じられない。まさかあのダヴィーナが……」ジャイルズが吐き捨てるようにつぶやいている。「彼女が会社の状況を充分に理解していないのは知っていたが、独断であれほど差し出がましいまねをするなんて――女の浅知恵でケアリーを売る絶好のチャンスをぶちこわしたんだ。あんな途方もない条件を出して、それで通ると思うほうがどうかしている。それもぼくに、いや、ほかのだれにも相談しないで……」

ルーシーは驚いてジャイルズを見つめた。彼は猛烈に怒っている――わたしではなく、ダヴィーナに対して。この新たな事態をのみ込もうとしていると、ジャイルズが立ちどまってくるりと振り向いた。

「ダヴィーナがあそこまでするとは思わなかった。まるで……まるで別人のようだった」

彼の声はショックと混乱、煮えたぎる怒りに震えている。「買い手と会う大事なミーティングに、よりにもよってあんな恥知らずな服を着てこなくたってよさそうなものなのに」

「どんな服を着てきたの？」ルーシーは興味をそそられ、そうきかずにはいられなかった。さっきまでの差し迫った恐怖の波は急速に引いていき、その代わりに、何かがぱんやりとわかりかけてきたような、新しい感情が胸に広がり始めた。

「なんだか白っぽい……スーツだった」ジャイルズはあいまいな言い方をする。「とにかく、あれはビジネスの会合に着てくるような代物じゃない。ジャケットに派手な金文字の模様があって……」

もどかしげな説明を聞いているだけで彼がその服にどれほど面食らったかがよくわかる。そう、ダヴィーナはあのとき買ったアイボリーのスーツを着ていったのだ。地味で控えめで、夫に言い返すこともしない献身的な妻というイメージの陰に、それとは別の、もう一人のダヴィーナが潜んでいることをルーシーは知っていた。

そのダヴィーナは茶目っ気があり、ユーモアのセンスにあふれ、過去の苦しい経験に裏打ちされた深い思いやりの心を持ち、他人を傷つけるよりは自分自身を冗談の種にして笑い飛ばすことのできる女性だ。女友だちの少ないルーシーに初めて真の友情を示してくれた女性でもある。

そしてわたしの夫を奪った女性。だが、今わかったのは、ジャイルズが求めていたのはそういうダヴィーナではないということだった。彼はあのアイボリーのスーツを着た自己主張の強いダヴィーナではなく、平凡で目立たない服を着た、堅実な妻のイメージに惹《ひ》かれたのだ。無言で夫の裏切りに耐え、人生の不都合な部分を静かに目をつぶってやり過ごす女性、夫の怒りを買うよりは友から贈られた花でさえ右から左へ捨ててしまう女性に。

生まれて初めてルーシーは感情を抑えた。ジャイルズと向かい合い、ほかのだれかに心を移したことをなじり、たまりにたまった苦悩と怒りをぶちまけたいという気持ちを抑え込んだ。そして、そうするよりましな方法があると、そのつもりになれば事態を好転させるいいチャンスだとささやく理性の声に耳を傾けた。

ルーシーは冷徹な計算で動く策略家ではなく、そのときどきの衝動の命じるままに行動するタイプだった。その衝動が激しければ激しいだけ、その裏にある感情は本物なのだ。しかし今、意外にも彼女は静かにこう言っていた。「それはダヴィーナらしくないことね。もしかしたら会社を引き継いだストレスのせいかもしれないわ。ねえ、ジャイルズ、座ったら？　今コーヒーをいれるから」

ジャイルズは目をぱちくりさせ、それから少々不安げに椅子に腰かけた。

「あとで冷静になって考えれば、ダヴィーナだってあなたに相談しなかったことを悔やむと思うわ」コーヒーを沸かしながらルーシーは言い添えた。

「まったく理解に苦しむよ。あんなばかげた条件をのむ買い手がどこにいるんだ？　従業員の将来を案ずるダヴィーナの気持ちはわかるし、ぼくだって彼らの不幸を望んでいるわけじゃない。しかし、今働いている連中の雇用をこの先最低三年間は保障しろなんていうむちゃくちゃな条件が受け入れられるはずはないんだ。もちろんケアリーが人手に渡れば全員が失業する。厳しくはあるが、それが世の中というものじゃないか。そのうえ子持ちの労働者のために託児所を作れだとか、合法的な給与体系による最低賃金の保障をしろとかいうんでは話にならない。こともあろうにダヴィーナはケアリーを売る千載一遇のチャンスを台なしにしたばかりか、我々みんなを笑いものにしたんだ。ジャーディンはシティーに戻ってこの茶番を面白おかしく吹聴《ふいちょう》するだろう。もちろんすべてはぼくの責任ということになる。そんな噂《うわさ》が広がったら、いったいこの先だれがぼくを雇う？　常識外れの条件を持ち出してまとまるはずの商談をふいにした無能な男――そんな不名誉なレッテルをはられるのはダヴィーナじゃなく、このぼくなんだ」

「コーヒーがはいったわ」ルーシーはなだめるように言い、夫の前にコーヒーカップを押し出した。

一人でまくし立てていたジャイルズはふと口をつぐみ、かすかに眉をひそめて妻を見上げる。

そのまなざしはルーシーにさっきまでのことを思い出させた。そうだった……ヒステリックになって、二階で泣いていたんだったわ。化粧は崩れ、髪は乱れ、きっとひどい様子をしているに違いない。いつもはきちんと化粧をし、服装にも細かく気を配り、外界に対して常に武装することを忘れないわたしなのに、ジャイルズが大切にしている庭が掘り起こされているのを見て……。

「そういえば、ジャイルズ、芝生は……あの木はいったいなんなの？」

「相談もしないで悪かった」ジャイルズはちょっと顔を赤らめ、ルーシーから視線をそらしてうつむいた。「ニコラスのために買ったんだ。あれは……」

ルーシーはその瞬間、凍りついたように立ち尽くした。ジャイルズが再び顔を上げたとき、彼女の顔にはまだ消えやらぬ感情の波立ちが残っていた。

ジャイルズは反射的に立ち上がり、そうしていいものかどうか迷ってでもいるようにこわごわルーシーの肩に手を置いた。「事前に相談すればよかったんだが、ぼく自身……衝動的に買ったものだから。あの木は強く、大きく成長し、いつまでもあそこで葉を茂らすだろう。ぼくたちがこの世から消えたあともずっと。ルーシー、きみがいやなら……思い出すのがつらいなら……」てのひらに華奢《きやしゃ》な肩の骨の突起が触れる。まるで骨に直接皮膚がはりついているみたいだ。ただでさえスリムなルーシーがこんなにやせてしまって――ジャイルズは不意にこみ上げてきた愛と同情に圧倒された。「いいよ、あの木を抜いて持ち帰ってくれるように頼もう」彼はかすれた声で言った。

「いいえ……いいの、あのままにしておいて。あなたの思ったとおりに」

泣くまいとしているのがわかる――いつもは涙も怒りも我慢することなどないルーシーが。その姿がかえって痛々しくジャイルズの胸を打った。妻を抱き、守り、大丈夫だと、何も心配することはないと言いたかった。でもどうやって？　悲しみの原因はこのぼくにあるというのに。

「ただ、何かしたかったんだ……ぼくたちが忘れてはいないってことを天国にいるニコラ

ス に伝えたくて……」どう説明したものか、この思いを的確に伝える言葉が見つからない。以前は二人の気持ちは常に一致していて、よけいな説明など必要なかったのに。

「ああ、ジャイルズ」

その声の柔らかさを意外に思ってジャイルズは妻を見つめた。瞳は涙にぬれていたが、そこに怒りはなく、ヒステリックな感情の爆発を先触れする不穏なかげりもなかった。

「ときどき、あの子がいたのを覚えているのはわたしだけなんじゃないかと思うことがあったわ。わたし以外のだれ一人、ニコラスを思い出したくはないんだと……」悲しみの底から絞り出すような声は、鋭いとげとなってジャイルズの胸を引き裂いた。「あれ以来だれもニコラスの名前を口にしないし、あの子の話をしようとしなかった」

ジャイルズはルーシーの声に感情のすべてを聞き取った。彼女は胸の内にためてきた思いをいっきに吐き出し、そうしている自分に驚き、衝撃を受けていた。そしてジャイルズは再び、妻につらい思いをさせ、彼女の心の底にある願いに気づかなかった無力感にさいなまれた。

どうして今まで妻のこれほどの苦しみに気づかなかったのだろう? 妻に何を言うか、どう振る舞うかの判断をなぜ医者まかせにしたのか、息子の死の悲しみと負い目をなぜ夫婦で分け合えなかったのだろう?

「子供が欲しくないと言ったのは本当じゃなかった……」ルーシーは苦しげに言った。

「そうじゃなく、ただ、とても不安だったの」

「わかっているよ」それは心からの言葉だった。ジャイルズは目を上げ、キッチンの窓から外を見る。

園芸センターの店員たちの姿はすでになく、支柱に支えられた一本の苗木は新しい環境と新しい役割にとまどってでもいるように、少々頼りなげな風情で立っている。まだ若いその苗木が成長して豊かに葉を茂らせるには愛と支えが必要だ。若く、もろい、すべての命が愛と支えを必要とするように。

「なんなの？」妻の手を取って戸口の方に歩きだしたジャイルズに、ルーシーはけいぶかしげにきいた。

ジャイルズは黙って庭に出て苗木に近づき、まるで愛撫《あいぶ》でもするようにその幹に手を触れた。樹皮は薄く、柔らかく、まだ外界から身を守るほどの厚さも硬さもない。なぜそうするのか自分でもよくわからぬまま、ルーシーも夫にならい、ためらいがちに柔らかな木肌に手を触れた。温かくて、まるで人の肌のよう……ルーシーはとまどってジャイルズを見上げた。

「この木はぼくたちが愛して、支えてあげなければ」

「ええ、そうね」ルーシーは震える声でささやいた。瞳を刺す涙には今、悔恨と喪失の悲しみ以外の何かがあった。

それは共感……希望……理解……愛？　よくわからない。でもそのとき、突然のひらめきとともにルーシーはあることを理解した。それは絶対にあきらめてはいけないということ、夫をやすやすとダヴィーナの手に渡してはならないということだった。その意識はまた、ルーシーの中に新たなエネルギー、挑戦への意欲をみなぎらせた。

ダヴィーナは疲れ切ってアイボリーのスーツを脱ぎ捨てた。ミーティングの主導権を握り、交渉を有利に運ぼうとする緊張から身も心もへとへとだ。

ジーンズをはき、シャツを頭からかぶりながら、ジャイルズが今朝のショックから立ち直るのにどれくらいかかるだろうか、とふと考える。ミーティングのあと、彼は怒りを抑えかねている様子で車のところまでついてきた。

「ダヴィーナ、いったいどうするつもりなんだ？」ジャイルズはついに怒りを爆発させて詰問した。

落ち着き払った笑みを浮かべてダヴィーナが振り返ると、彼は怒り心頭に発したというふうににらみつけた。まるで機嫌をそこねた坊やみたい。ソウル・ジャーディンとは大違いだ。

ジャーディンにしても事の成り行きに満足したはずはないが、あくまでも冷静で眉一つ動かさなかった。たぶん今ごろは頭脳と直観力という強力な武器の手入れをし、こちらを出し抜くべく戦いの準備を整えているのだろう。その準備が完了したとき、果たして互角に戦えるかどうか……。

　ジャイルズはまだ返事を待っている。

「これから車で家に帰るところよ」ダヴィーナはとぼけてみせた。

「そんなことをきいているんじゃない」ジャイルズはじれたしぐさで手を振った。「勝手にあんなリストを作ったきみの真意を聞かせてもらいたいと言っているんだ」その先をどう続けたらいいかわからずに彼はいったん口をつぐんだ。「我々は取り引きに条件をつけられるような立場じゃない。いいかい、ダヴィーナ、我々としては買い手が現れたってことだけでもひざまずいて神に感謝しなければならないくらいなんだ」

「だれがそう言ったの？　ソウル・ジャーディン？」

　ジャイルズは正気を疑うような目つきでダヴィーナをまじまじと見つめた。

「ところであなた、ジャーディンをどう思った？」気の毒なジャイルズをこれ以上混乱させるに忍びず、ダヴィーナは話の方向を変えた。

「手ごわい相手だ」ジャイルズは相変わらずの仏頂面でつぶやいた。「できる限り内密に、できる限り安い値でケアリーを買収しに来たんだろう。いずれにしても彼と対立していいことはない、ダヴィーナ。ああいうタイプはきみが簡単にあしらえるような相手じゃ……」

「彼はデイヴィッドソン・コーポレーションでかなり高い地位にいるんでしょう?」話の腰を折られて彼がむっとしているのがわかったが、ダヴィーナは長たらしいお説教を我慢する気はなかった。

「フィリップの話では、彼はアレックス卿《きょう》の後継者と目されているらしい」

「じゃ、重要な人物ということね? もしそうなら、田舎の小さな医薬品メーカーを買収するくらいのことに彼が直接かかわるというのも妙じゃない?」

「妙って?」

「つまり、アレックス卿がなぜケアリーの買収にそれほどご執心なのかわからないってこと。もしうちの買収が日常業務の一環程度のものなら、なぜソウル・ジャーディンほどの大物がわざわざ交渉に出てくるのかしら?」

「それは……それが彼の仕事だからだろう」ジャイルズは不機嫌につぶやいた。

そのときはくすっと笑ったが、一人庭を見つめて立っている今、ダヴィーナの顔に笑みはなかった。

緊張をほぐし、心を落ち着かせるには庭の草むしりが一番いい。空はどんより曇って今にも雨が落ちてきそうな気配だったが、そんなことにはかまわず、ダヴィーナは細長い花壇の端にうずくまって黙々と草を抜き始めた。

今は待つ以外、できることは何もない。アレックス卿がケアリーを欲しがる理由がなんであれ、こちらの条件を受け入れざるをえないほど重要であればいいのだけれど……。

　もしそうでなかったら？　しっかりと根を張ったきんぽうげの主根を探って土をほじくり返しながら、ダヴィーナは眉をひそめた。もしそうでなかったら……条件つきなら交渉は打ち切りだと言い渡されたら……ジャイルズとフィリップ・テイラーにどう嘲《あざけ》られ、ののしられても文句は言えない。


　ミーティングで手渡された書類にその場でざっと目を通しはしたが、今改めてゆっくりと読み返すうちに、ソウルにはダヴィーナという女性がますますわからなくなってきた。信じられない。倒産寸前の会社を売ろうというオーナーがこれほど高飛車な付帯条件を突きつけてくるとは。

　それにしてもこのリストは見事に仕上がっている――ソウルはぼんやりと考えた。間違いを自動的に訂正するワープロなら当然かもしれないが、昔ながらのタイプライターでここまで正確かつ的確に、文法の乱れ一つないきれいな文章を打つ人は今時珍しい。そのことを充分承知のうえで、意識してこういう文章を書くのだろうか？

　ソウルは顔をしかめた。どうも引っかかる。ダヴィーナ・ジェイムズとはいったいどういう人間なのだろう？　彼女をある典型に当てはめるたびにそのイメージは見事に覆されるのだ。たとえばあのスーツ。あんなものがビジネスシーンにふさわしい服装だと彼女が思っているはずはない。それならなぜわざわざあの金ぴかを選んで着てきたのだろう？　挑戦……虚勢……それとも一風変わったジョーク？　今朝渡された書類を見る限り、それが無知、無頓着《むとんちゃく》のなせる業でないことだけは確かだ。

全従業員の向こう三年間の雇用保障、それに労働環境の徹底的改善と福利厚生施設の充実だって？　アレックスであれだれであれ、こんなばかげた条件を受け入れる買い手などいないことくらい彼女だってわかっているに違いない。いずれにせよ、クリスティも指摘したように、劣悪な労働環境も福利厚生施設の不備も、もとはといえば彼女の夫グレゴリー・ジェイムズに責任があったのだ。託児所が聞いてあきれるとアレックスは大笑いするだろう。だが、ケアリーの買収が手間取りそうだということになれば彼も笑ってはいられなくなる。アレックスは忍耐強い男ではなかった。欲しいものは今すぐ手に入れなければならず、どんな形であれ彼に刃向かう者を容赦しない。

遅かれ早かれダヴィーナ・ジェイムズは付帯条件の一項目さえ実現不可能であることを認めざるをえなくなるだろう。それまで、アレックスはただ座って待てばいいのだ。

銀行のほうはすでにケアリーへの貸付金を回収しようと躍起になっているから、彼らがダヴィーナ・ジェイムズに会社の破産か売却かの二者択一を迫るのは目に見えている。そのときが来たらアレックスは言い値で、つまりただ同然でケアリーを手に入れることができるわけだ。アレックスの辞書に寛容という言葉はない。彼はだれかに――ことに女性にたてつかれるのを好まないから、最終的に彼の優越性を認めさせるまでダヴィーナ・ジェイムズを徹底的にやっつけるだろう。

　そう思うだけでなぜこれほど胸が痛むのか、ソウルにはわからない。彼はいら立ち、最初からダヴィーナ・ジェイムズを抑え込まなかった自分に、アレックスのような男に途方もない条件を突きつけるほど愚かな彼女に腹を立てていた。しかし彼女に道理をわからせるのは自分の役目ではない。アレックスに挑んでどんな結果になるかわからないような女性には何を説明しても……。

　ソウルは眉をひそめた。いや、待てよ。この任務は早急に完了しなければならないのだった。アレックスの譲歩が万が一にもありえないとしたら、ダヴィーナ・ジェイムズにすみやかに譲歩させる以外に道はないということになる。

　すぐにケアリー製薬に電話をしたが、ダヴィーナは不在だった。ソウルはためらい、これからどうすべきか決めかねてキッチンのテーブルを指先でとんとんとたたいた。

　今朝ダヴィーナ自身がそうしたように、相手の意表をつく作戦が効果的かもしれない。前もって電話をすれば十中八九面会を拒まれるだろう。恋人と一緒ならなおさらだ。今朝のミーティングで見た限り、ジャイルズとの間に恋人同士らしい雰囲気はまったく感じられなかったが。

ダヴィーナはそのとき庭に出ていて車の音に気づかなかった。

玄関のドアをノックしても応答はない。車があるから家にいるのだろうが……ソウルは家の側面を通って裏庭にまわった。彼女は背を向けて花壇の端にうずくまっていた。草むしりに没頭するあまり近づいてくる人の気配にも気づかない。

「ここにまだハコベが残っている」クールな男性の声にはっとしてダヴィーナは顔を上げた。

不意をつかれた憤りが淡いグレイの瞳を燃やし、頬と二の腕をほんのり赤く染めている。シャワーを浴びたばかりなのか、ぬれた髪がくるくる巻いて肌にはりついているが、そんなことはまったく気にしていないようだ。けんか腰で花壇から立ち上がった姿勢が、若く頼りなげな表情とは妙にちぐはぐな感じがする。肩の丸みをあらわにしたダヴィーナはその一瞬、まるで無防備な少女のように見えた。だがそうではないことをソウルは知っている。彼女は子供ではなく、大人の女性。それもひどく扱いにくい頑固な女性だ。

「ケアリー製薬が暇なのはわかっていましたが」ソウルは注意深く彼女を見つめた。「それでも……」

「ここで何をしていらっしゃるの、ミスター・ジャーディン?」ダヴィーナは冷ややかにさえぎった。「わたしの提示した条件に関してアレックス卿と話し合うのに多少の時間がかかるとおっしゃいませんでした?」

「あれは嘘《うそ》です」ソウルは平然と言った。一瞬、ダヴィーナの顔に当惑した表情がよぎるのを彼は見逃さなかった。「アレックス卿の答えは聞くまでもなくわかっていますから」ソウルは愛想よく続けた。「実際のところ、あなたは何をお望みなんです？　我々があんな条件をのめるはずがないのはあなたもよくおわかりになっているでしょう。ビジネスの世界がもの珍しくて何かのゲームを楽しんでいるつもりなら……」

「お言葉ですが、ゲームなどしているつもりはありません、ミスター・ジャーディン」ダヴィーナはむっとして言い返した。グレイの瞳には氷のような蔑みがある。「わたしの希望は今朝お渡ししたリストに書いてありますわ」

「従業員の雇用と安全に関する要求は書いてあっても、あなた個人の希望については何も」今度蔑みと不信をあらわにするのは彼の番だった。「いい格好をするのはやめて、そろそろ本音を聞かせてくれませんか。あなたは商取引をしているのであって、慈善事業をしているわけではないでしょう？」

「そうするのが慈善だとは思っていません。わたしにとってそれは良心の問題なんです」

ソウルはまじまじと彼女を見つめる。

「どうなさったの？　良心という言葉を初めてお聞きになった？」ダヴィーナは辛辣《しんらつ》にきいた。「最初は父、そのあとは夫が、ケアリーで働く人たちを搾取してきました。二人が経営権を握っているうちはわたしにはなんの権限もなかったわけですけれど、少なくともなんとかしようと努力はできたはずです。でも実際、わたしは何もしなかった。ケアリーの経営は父と夫の領域で、わたしとは関係のないことだと言われ、それを受け入れてきました。でも今は違います。今はすべてがわたしの肩にかかってきたわけですもの。もしわたし自身の力で状況をよくすることができないとしても、せめて新しいオーナーのもとで彼らが人間らしい扱いを受けられるように取りはからうことはできるはずですから。富より、野心より、ほかの何よりも人間が大事だということに気がついたんです。もし従業員の尊厳を否定するなら、彼らから最も基本的な人間としての権利を奪うことになるんじゃありませんか？　彼らの品位を汚し、彼らを軽んじるなら、あなた自身の品位を汚し、あなた自身を軽んじることになるんじゃありませんか？」

ソウルはただ黙ってダヴィーナを見つめていた。まさか彼女がこれほどまでに心の内をさらけ出すとは思っていなかった。逃げ口上、偽り、とうてい正気とは思えないばかげた要求――そうした煙幕の裏で本当は何をねらっているかをしぶしぶ認める……はずだった。まさか本気であんな付帯条件を突きつけてきたのだとは……それ以外には何も求めていないとは……アレックスが彼女の要求する条件のたとえ一つでも受け入れる見込みがあると、ダヴィーナは本当に信じているということか？

「アレックス卿があなたの条件を受け入れることはありえない」ソウルははっきりと言い切った。

その声に響いた確信はダヴィーナをたじろがせた。それでも彼女は大胆に挑戦する。

「でしたら、ほかの買い手を探さなければならないでしょうね？」

「そんな奇特な買い手がほかにいると、あなたは本気で信じているんですか？」

「もしケアリーがアレックス卿にとってなんらかの価値があるとしたら、ほかのだれかにとっても価値があるはずでしょう。それとも、デイヴィッドソン・コーポレーションほどの大企業はほかのライバル会社の追随を許さないほどに強大で無敵だとおっしゃりたいの？」

「あなたにはまだわかっていないらしい」ソウルはいら立たしげに言った。「アレックスはいずれケアリーを手に入れるでしょう。それについてあなたには何もできない。できることは、今のうちに彼と交渉をして……」

「だから今そうしているつもりです」ダヴィーナは静かにさえぎった。

自分の弱い立場をまるでわかっていない相手をどう説得したものか……ソウルはダヴィーナの澄んだ瞳が腹立たしく、恨めしかった。彼女の誠実さはソウルをじらし、悩まし、彼はいっそのことアレックス卿がケアリーをどうするつもりでいるかをあけすけにしゃべってしまいたい衝動に駆られた。しかしそれと同時に心のどこかで苦い現実から彼女を守りたいとも思っている。いら立ちと羨望《せんぼう》が胸をさいなむ。もしそんなことがあったとして――自分が純粋に他人のために何かをしたのはいつのことだったろう？

ビジネスの車輪は策略と偽りの潤滑油でまわっているのであって、この世界ではダヴィーナ・ジェイムズのような人間は数時間とは言わないまでも数日のうちに抹殺されてしまう――いくら自分にそう言い聞かせても心は休まらなかった。彼女を見ているだけで、すでに負いきれぬほどに負っている重荷がいっそう重みを増すかのようだ。

「とても無理だ」彼は吐き捨てるように言った。

ダヴィーナは首をかしげてソウルを見守る。「それは、あなたにそうするつもりがないからです」

「すでにあなたが指摘したように、ぼくには決定権はない。もしぼくの言うことを信用できないなら……あなたの恋人にきいたらいいでしょう」

「ジャイルズ・レッドウッドはわたしの恋人じゃありません」反射的な否定はソウルにとっても、言った本人にとっても意外だった。「あなたがなんとおっしゃろうと」ダヴィーナは赤くなった顔をそむけた。「ケアリー売却の条件を引っ込めるつもりはありません」

「もしそれが本気ならあなたはどうかしている」

アレックスがケアリーをどうするつもりかをぶちまけないでよかった。もしそのことを知ったら、彼女は決して会社を売ろうとはしないだろう。ほかに選択の余地はないとしても……遠からずほかのだれかがダヴィーナに決定を迫るとしても……。

「彼が同意する可能性はないが、あなたの出した条件は必ずアレックスに伝えます」行こうとして彼は足をとめた。「ところで、ケアリーは最近、使用者賠償責任保険を解約しましたね。そのことであなたが不利な立場に立たされなければいいが。従業員のだれかが職場の危険な労働慣行をその筋に訴えたらどうするつもりです?」

　ダヴィーナは疑わしげに彼を見つめた。どうしてそんなことまで知っているのかしら?　責任保険の掛け金が高すぎるので解約しなければならないとジャイルズは主張した。ダヴィーナはためらったが、ジャイルズもフィリップ・テイラーも経費削減のためにそうするほかはないと言って譲らなかった。ケアリーで働く多くの女性が接触皮膚炎にかかっているという事実はずっと前から気にかかってはいたが、ジャイルズは皮膚病と仕事との因果関係は見いだせないと請け合った。

　ソウルは再び歩きだし、それからもう一度肩越しに振り返った。

「もう一つだけ」彼はかすかにほほ笑み、ダヴィーナは背筋にぞくっと緊張の震えが駆け抜けるのを意識した。「あのスーツだが、忠告させてもらえば、この次あれを着るときはデザイナーの意図をくんで下着は着けないほうがいい」彼はわざとらしく胸のふくらみに何秒か視線をとどめ、怒りに震えるダヴィーナを残してその場から立ち去った。

　好戦的な捨てぜりふ――彼は明らかに戦いを挑んできた。

　ダヴィーナはそこに立ったまま、車のドアが閉まり、エンジンがうなる音を聞いていた。〝アレックス卿があなたの条件を受け入れることはありえない〟とソウルは言い、そう確信してもいた。

ダヴィーナはひどく孤独で不安だった。もしかしたら取り返しのつかない失敗をしたのかもしれない。攻撃的に出るのではなく、もっとやんわりと話を持ちかけるべきだったのかも……この買収話の裏に何かが隠されているという直感は的外れだったのだろうか？

話せる相手、相談できる相手が欲しい――この肩から重荷を引き受けてくれるだれかが。でも、一度の対決で打ちのめされるほどわたしは弱く、意志薄弱だったの？　今朝の自信は、今朝の決意は、熱意はいったいどこへ行ってしまったの？

ソウル・ジャーディンはパワフルで有能なビジネスマンかもしれない。だからどうだというの？　彼がいくらタフであってもただの人間。弱点も欠点もある同じ人間ではないの？

19

　学会が終わったら車でエジンバラからチェシャーに直行し、そこでダヴィーナ・ケアリー――今はダヴィーナ・ジェイムズとなっている女性と接触するつもりでいたのだが、クリスティとの出会いに動揺していたレオは、まっすぐ南へ向かう高速道路の代わりに、静かな田園地帯をゆっくりしたペースで南下するルートを取った。

　ダヴィーナ・ジェイムズと会う前に心の準備をしなければならなかったし、クリスティに対して抱いたあまりにも唐突な、ある意味であまり歓迎できない感情を見据え、整理する時間も必要だった。

　若く理想に燃えていたころはいわゆる〝ひと目ぼれ〟を信じていた。首をめぐらして目と目が合ったとたん、彼女こそ運命が定めた〝その人〟だと直感する……そんな出会いを夢見もした。それでもそのときは、相手の女性が同時に同じひらめきを感じなかった場合のことまでは考慮に入れていなかった。ましてやその女性が独立独歩で、青臭い感情を卒業した、確固たる生き方の女性であることまでは。彼女は男性というものを人生のある場所、あらかじめきっちり分割した部分に位置づけている。この人は友、この人は仕事仲間、この男は恋人、彼は敵……というように。

クリスティはレオの中ではるか昔にまひした神経、あるいは死滅したと思っていた感覚をよみがえらせた。彼女との出会いはレオの硬直した心を和らげ、彼にもまだ〝感じる〟ことができるということを証明した。うろたえるほど強烈に、電撃的にレオは彼女に引きつけられた。彼はしかし、仕事関係の友人たちがこうした学会でしばしばかかる〝熱病〟を知っていたから、最初のうち、ついに自分もその病に感染したかと心ひそかに面白がったくらいだった。だがその後もクリスティ・ジャーディンのことが頭から離れず、なんとか部屋を突きとめて食事に誘った。

その夜が終わるのを待たずに、この人こそ求めていた女性だとレオは確信した。この女性こそ、むなしく苦悩に満ちた青年時代から切望してきた夢の恋人であり、人生のパートナー、仲間、友であり、彼を一人の充足した人間に完成させる片割れに違いないと。そうしたひらめきに貫かれながらもレオはどこかで警戒し、自嘲《じちょう》していた。クリスティの話を聞くうちに、たとえ自分がヘスラー製薬のオーナーでないとしても、一人の男性として彼女の人生に深くかかわるのがいかに困難かがわかってきた。なんであれ、クリスティは彼を一つの役割に限定しようとするだろう。友人であれば恋人としては認められず、恋人であれば友人として受け入れられることはない。

クリスティは怖がっていた。若くひたむきなころに深く傷ついたことのあるだれもがそうであるように、彼女はある意味では臆病《おくびょう》で用心深かった。それが手に取るようにわかるのは、おそらく、レオ自身の中に同種の不安、同種の恐怖があるからなのだろう。

レオはクリスティの講演の録音テープを手に入れ、エジンバラに向かう車の中でそれを繰り返し聞き続けたので、ついには彼女の言葉遣い、言いまわし、ちょっとした抑揚までそらんじてしまうほどだった。テープから流れる声はレオの内部でクリスティ全体のイメージにまでふくれ上がり、まるで彼女が今ここに、すぐ隣に座っているような錯覚をさえ引き起こした。

そう、これが恋なのか――この痛み、この苦しみ、この無力感、一瞬のうちに人生の流れが変わったというこの意識が。レオは自分自身に、そして理不尽にもクリスティにさえ腹を立てていた。なぜ今でなければならなかった？　なぜ彼女でなければならなかった？　もしもっと扱いやすい女性であったなら……だが、もし彼女がほかの女性だったらこれほど強く惹《ひ》かれただろうか？　もし彼女がもの静かで分別臭い、ことなかれ主義の女性だったら、その存在に気づきさえしなかったかもしれない。激しい気性、確固たる信念、鋭い正義感、炎のような情熱こそクリスティ・ジャーディンそのものなのだ。レオ・ヘスラーがヘスラー製薬に拘束され、抑圧され、魂の自由さえ奪われているのとはわけが違う。彼女は企業に縛られてもいなければ飼いならされてもいない。しかしこのぼくは、自分自身の人生を生きる権利さえ否定されている。

　今、この車の中でさえ、彼は目に見えぬ鎖につながれていた。すでにハンブルクから電話があり、ウィルヘルムが組織内に好ましくない対立を引き起こしているので、できるだけ早く帰るようにという緊急メッセージを受けている。

　報道関係者の間ではヘスラー製薬の内部に深刻な対立が持ち上がりつつあるという噂《うわさ》が流れていた。兄と弟の間に反目があるらしい……弟のレオが兄のウィルヘルムを出し抜いてヘスラーのトップの座に就いたのは、亡くなった父親に裏でこっそり圧力をかけたからなのだ……マスコミにそんな噂を流しているのは実はウィルヘルム本人ではないかとレオは疑っていた。

　確かに兄の行状は腹立たしいが、彼の心の葛藤《かっとう》も理解できなくはなかった。ウィルヘルムは若いうちから常に人生の基盤をヘスラーに置き、ヘスラーの法定相続人としての力と優越性を誇示し、周囲からも特別扱いされて生きてきた。彼の妻のアナがしょっちゅうこぼすように、彼にとってヘスラー以上に大事なものは何一つない。それが今になって、ウィルヘルムは待望のヘスラーのトップとしての地位を横取りされた。しかも、気に食わない弟に。レオにはウィルヘルムが時をかまわずゲリラ戦を仕掛けてくる気持ちがよくわかった。

　チェシャーに向かうまわり道の途中でヨークシャー・デイルズを通過する。レオはそこで小休止して昼食をとり、広大な空の下にうねる丘の起伏に眺め入った。

この辺りの風景には男の魂を打つ何か、時空を超えた永遠のようなものがある。なだらかな丘が重なり合うこの美しい風景を創り上げるのに、いったいどれほどの世紀が費やされたことだろう。そうした大自然の前では人間の悩みなど取るに足らないことのように感じられる。だが今は、その雄大さすらレオの緊張をほぐすことはなかった。

ダヴィーナ・ジェイムズとクリスティ・ジャーディンがこれほど近くに住んでいるという事実はもう一つの運命のいたずらのように思える。だが、レオには事のついでにクリスティを訪ねるつもりはなかった。

チェシャーに行く目的はただ一つ。ほかの何事かに心を鈍らされてはならない。それに、父がヒトラーの残酷きわまりない人体実験から得た化学式をもとに新薬を開発し、ヘスラー製薬発展の基盤を築いたのかもしれないという恐ろしい疑惑を知ったら、クリスティがどれほどの衝撃を受けるか知れなかった。終戦のときに、父がなんらかの偶然でその情報を入手しただけだという可能性もなきにしもあらずだが……。

もう一つの可能性――父が実際に、より個人的なレベルで残虐な人体実験にかかわっていたかもしれないという暗い疑惑はレオの胸にたとえようのない重圧となってのしかかっていた。恐怖、苦悩、自責の念が複雑に入りまじったその嫌悪感は、子供のころ、父に殴られる寸前に体の奥に感じた戦慄《せんりつ》とよく似ていた。あのときも、今も、レオにとってそれが耐えがたい苦痛であることに変わりはない。

レオは車に戻り、エンジンをかけた。チェシャーのホテルには自分で予約を入れ、秘書にはただ、二、三日旧友を訪ねるとだけ言い置いた。

レオは慎重に、時間をかけて過去を調査した——ほかの人たちの興味を引かないように慎重に、自分以外に信用できる協力者がいなかったために時間をかけて。しかし疑惑は晴れるどころか、ますます深まるばかりだった。アラン・ケアリーはすでにこの世にはなく、いかなる疑問にも永遠に答えることはない。だが彼には娘がいた。彼は亡くなる前に過去の真実を娘に打ち明けただろうか？　ケアリー製薬の創業の基となった心臓病薬の化学式をいかにして入手したかを娘に伝えただろうか？　もしアラン・ケアリーがハインリッヒ・フォン・ヘスラーと同じたぐいの人間であったら、そうしたとは思えない。

ダヴィーナ・ジェイムズは最近夫を亡くしている。ひそかな調査を通じて知った彼女の夫の裏切りを思い出してレオは眉をひそめた。そしてさらに眉間《みけん》のしわを深くする。

アラン・ケアリーが存命中、社内で原因不明の火事があり、彼のオフィスの内部を焼き尽くした。それなのに、ケアリー製薬はそのとき保険会社に補償金の請求すらしなかったという。アラン・ケアリーが引退して娘婿に会社の経営をまかせたのはその直後のことだった。ケアリーが年齢の限界を感じたためか、あるいは娘婿が彼にそれとなく圧力をかけたのかは今もって定かではない。

あの火事は年寄りの不注意が招いた単なる事故だったのか、それとも、裏に何か陰謀のようなものがあったのだろうか。ひょっとしたら脅迫者が脅迫された？　悪は悪を呼ぶというが……。

一瞬、クリスティのイメージが浮かんで胸がずきんと痛んだ。レオが父親に抱いている重苦しい疑惑を彼女がどう受けとめるかは考えるまでもない。

クリスティ・ジャーディン。ああ、なぜこんなときに出会わなければならなかったんだ？

そこから百キロと離れていないところでクリスティはレオと同じことを考えていた。彼を求める肉体のうずきはなんとかなだめすかすことができたとしても、心の痛みとなるとそう簡単にはいかなかった。この痛みこそ、この弱さこそ、クリスティがこれまで頑としてはねつけてきたものだっただけに、レオへの恨みがましさはいっそうつのる。少女時代を過ぎてキャシーを産んだあと、クリスティは二度と再び愚かな恋にはおぼれるまいと固く心に誓っていた。もう傷つきたくなかった。最終的に苦悩を招くような関係には最初から踏み込むまいと決めた。これまでその決意を忘れたことはなかったのに……。

クリスティは心の痛みと必死で闘いながら、今自分が経験している感情は、あるいは経験していると思っている感情は、そもそも蜃気楼《しんきろう》のように実体のないものなのだと思い込もうとした。一度食事をともにしただけの男性が、何時間かのうちに人生の中心に居座ってしまうなどありえない。けれどそのありえないことが現実に起こり、恐怖と当惑は怒りの炎に油を注いだ。

心がレオの方に傾いていこうとするたびにクリスティは彼の偽りを思い出し、その事実が示す彼の人間性を疑おうとした。

それだけではない。彼とは生き方が違いすぎた。人生の目的も、目標も違いすぎた。良心だの道徳だのにこだわっていてはヘスラーほどの大企業のトップとして君臨することはできない。彼はつまり、クリスティが最も忌み嫌うすべてを象徴する存在なのだ。彼らはクリスティが明確に引いた境界線の向こうとこちら側に立っていた。動機がなんであれ——肉欲であれ、孤独であれ、愛であれ、その線を踏み越えることは許されない。もし踏み越えたら、結局は自らの信念を捨てたという良心の呵責《かしやく》に毒されて自滅するだろう。その境界線を越えてほしいとレオに言われたわけではなかったし、それらしきことをほのめかされたわけでもなかった。でも、もし彼の目的が一夜の快楽だけであったなら、なぜあのとき拒絶したのだろう？　なぜおやすみのキスをしただけで立ち去ったのだろう？

それにしても、彼の拒絶にあれほど傷つき、苦しむとは思わなかった。クリスティはあれから一人部屋で悶々《もんもん》とし、レオを、自分自身を、そして自らの欲望の激しさをのろった。

明日はクリスティの三十五回目の誕生日で、ソウル、キャシーとともにチェスターのグローブナーホテルで食事をする約束になっている。キャシーは大人の仲間入りができると有頂天だったが、クリスティはあまり外出したい気分ではなかった。できることなら外界のすべてを、特にレオ・フォン・ヘスラーを頭から締め出して部屋に閉じこもっていたかった。食事に出かければレオと行ったレストランを、彼と過ごした夢のようなひとときを、孤独な肉体をそこに残してホテルの部屋の前からさっさと立ち去ったあの男性のことを思い出してしまうだろう。あのとき胸に刺さった小さなとげはじわじわと奥深くに食い込み、今では全身をむしばむまでになっている。

こんな気持ちになりたくなかった。でも、この真の恐怖と不安の原因は、彼女自身の信念、生き方と矛盾するレオに身も心も惹かれているせいばかりではないことを、クリスティは心のどこかで知っていた。それはもっと深いところに根ざした不安――ソウルを偏愛し、クリスティを拒絶した父がまいた小さな種から芽生え、根を張ったコンプレックスという名の苦悩だった。

いつしかクリスティの心の奥底に、人を愛しながら愛されないことへの恐怖が生まれ、その潜在的な恐怖こそがレオへの怒りをいっそう燃えさからせた。それと、彼の偽りが……。

レオは故意に身分を偽った。いつもの潔癖なクリスティならそれだけでいやけがさすはずなのに、なぜかレオの場合は勝手が違った。彼の目的がセックスではなかったとしたら、なぜ身分を偽る必要があったのだろう？　男性心理には通じているつもりだったけれど、今度ばかりは合点がいかない。

でも、もしレオがそれほど卑しむべき人格の持ち主なら、楽しかったレストランでの数時間はいったいなんだったのか――学校から帰ったキャシーのたわいないおしゃべりに相づちを打ちながらクリスティは自分を嘲笑《あざわら》った。それは話のすり替えだ。偽薬で心臓発作を抑えようとするほどに無意味な試み……。

ダヴィーナがキッチンにいるとき、居間の電話が鳴った。すでに六時を過ぎていたにもかかわらず、反射的にソウル・ジャーディンを思い浮かべてぞくっとする。

その日も、銀行の支店長とジャイルズの両方から愚かなことをしたと責められどおしで、ダヴィーナはいささかうんざりしていた。二人のうち、フィリップ・テイラーのほうがはるかに激昂《げっこう》していたし、はるかに手厳しかったが、彼よりジャイルズと折り合いをつけるほうが難しかった。

ジャイルズの目には失望があった。彼はダヴィーナ・ジェイムズを勝手に理想の女性像と重ね合わせ、そのイメージを覆した彼女に恨みがましい気持ちを抱いていた。ダヴィーナのほうから何をしたわけではないにしろ、結果的に彼を傷つけてしまったらしい。

昨日ソウル・ジャーディンが帰ったすぐあとにジャイルズから電話があった。彼は硬くよそよそしい声で、これから何日か家にいるつもりだと伝えてきた。今週はニコラスの一年目の命日に当たるから、妻と二人の間に生まれた息子のために家にいるべきだと思う、と彼は説明した。

「ルーシーがひどく動揺していてね」彼はつけ加え、ダヴィーナはその声にかすかな後ろ暗さ、言い訳がましさを聞き取った。

　ジャイルズはたぶん、だれかに頼られて初めて力を発揮するタイプの男性なのだろう。頼られ、当てにされることで自分の能力を、優位を再確認するタイプ。考えてみればダヴィーナ自身、グレゴリーの死後ひたすらジャイルズに頼ってきた。

ダヴィーナは少々皮肉な微笑に口元をゆがめた。ソウル・ジャーディンもだれかに頼られたいと思っているのだろうか？　考えるまでもなく答えはノー。彼はそういうタイプではない。

　ほんの数回しか会っていない男性がどういうタイプか、なぜこれほどはっきり断言できるのか、そもそもなぜこんなときに彼を引き合いに出さなければならないのか――ダヴィーナは自問するのを避け、そして今、静けさを引き裂く電話のベルの音になぜかみぞおちがきゅっと引き絞られるのか、その理由を分析するのを避けた。

「ミセス・ダヴィーナ・ジェイムズはご在宅でしょうか？」

　受話器から聞こえてきた男性の声に聞き覚えはない。なまりのないきれいな英語ではあったが、ダヴィーナは直観的に、それが彼の母国語ではないと確信した。

「わたしですが」

話をどう切り出すか、レオは車の中で何度もリハーサルを繰り返してきた。そのかいあって、彼らの父親が大戦中に友人同士であったらしいという短い説明はよどみなく口から出たが、心からためらいが消えたわけではなかった。相手の顔を見るまでもなく、電話の向こうからダヴィーナの驚きと不安が伝わってくる。ぜひ会って話がしたいというやや強引なレオの要求が比較的すんなり受け入れられたのは、説得力のおかげというより身についた礼儀正しさのせいであったのかもしれない。

今夜なら、というダヴィーナの返事にレオはほっと胸を撫《な》で下ろした。チェシャーに長居はしたくなかった。クリスティとでくわすのを恐れていたわけではない――いずれにしてもそんな偶然はありそうもなかった。彼はただ、自分があらゆる理性の声を無視してクリスティに会いに行くのではないかと心配だったのだ。もし自制心を忘れ、クリスティの欲望を利用して彼女に近づいたとしたら、自分ばかりか彼女をも危険にさらし、もろともに熱情の嵐《あらし》にのみ込まれてしまうだろう。

クリスティを傷つけるのは本意ではない。だが、二人の関係が深まれば必ず彼女は傷つくことになるだろう。なぜならクリスティ・ジャーディンの信念、生き方が、レオ・フォン・ヘスラーのそれと無理なく一致することは決してありえないからだ。

ヘスラー製薬のトップである限り、レオは父の暗い過去への疑惑をあくまでも隠し通さなければならず、もしその責任を放棄して会社の経営を兄にまかせるとしたら、社会に対して重い責任を負うべき企業がきわめて容易に堕落する可能性を受け入れなければならない。ウィルヘルムは人々の幸せや健康より企業利益を優先させるだろう。兄にとって大切なのはまず権力、二番目が金だった。しかしそうなったのは兄一人の責任ではない。幼いころから彼らの父親に――というよりレオの父親に権力と金銭に執着することを教えられて育ったのだから。

いや、どう考えてもクリスティをこの世界に引き込むことはできない。そんなことをしたら彼女は自己矛盾に苦しみ、引き裂かれるだろう。だが……彼女のいない人生はぼくを引き裂きはしないか?

レオは陰気にほほ笑み、面会を受け入れてくれたダヴィーナに礼を言って受話器を置いた。

かすかに顔をかげらせ、ダヴィーナはゆっくりした足取りでキッチンに戻った。レオ・フォン・ヘスラー。もちろんその名は聞いたことがある。が、父が彼の父親と面識があったとは知らなかったし、ましてや彼らが友人同士だったとは初耳だった。

ダヴィーナは父をよく知っている――というより、知っていると思っていたと言ったほうがいいかもしれない。彼は有力者と知り合いであることを隠すような人間ではない。でも覚えている限り、そういう名の人物から手紙が来るとか、連絡があったことは一度もなかったし、終戦時は父がドイツにいたと知っていても、それ以後ドイツに出かけたという話は聞いたことがなかった。

父親同士が知り合いだったという根拠がどこにあるのか、レオ・フォン・ヘスラーにもっと詳しく尋ねるべきだったかもしれない。でも二人が昔友人関係にあったという彼の穏やかな、しかも確信に満ちた話しぶりには妙に説得力があって、ダヴィーナはなんとなくそれが事実なのだろうと思った。しかしあとになって、その電話に何かしら普通でない、秘密めいたにおいを感じずにはいられなくなった。

いったいなぜ？　話しぶりから察する限り、レオ・フォン・ヘスラーは理性的で感じのいい紳士のようだ。それなら、なぜ彼を待つ緊張にこんなに体が震えるの？

ダヴィーナはキッチンの時計に目をやった。一時間後に来ると彼は言った。何か食べるものを用意したほうがいいだろうか。だとしたらどんなものを？　ほらまた始まった、とダヴィーナは苦笑する。わたしときたらいつもすぐに問題をはぐらかそうとする……。

もうだれからも自分を守る必要がなくなった今でも、かつて自己防衛の手段として身につけた〝問題回避〟の習慣からなかなか抜け出せないのがもどかしい。

〝もし必要なら世界じゅうに嘘《うそ》をついてもいいんだよ〟あるときマットはそう言った。〝でも、決して自分を偽ってはいけない〟

でもダヴィーナは今、自分をごまかしている。レオ・フォン・ヘスラーの唐突な来訪に特別な意味などないと信じ込もうとしているだけでなく。

予想どおり、彼は約束の時間ぴったりに現れた。ダヴィーナは二階の窓から、近づいてきた車が玄関前に静かにとまり、中から長身の男性が降り立つのを見ていた。

しかし彼の容姿は、予想とはだいぶ違っていた。声からイメージしていたよりずっとくつろいだ感じの、はっとするほどハンサムなドイツ人。たとえば……そう、男らしい体つき、精悍《せいかん》な顔立ちのソウル・ジャーディンでさえ、レオ・フォン・ヘスラーの映画スター並みのルックスにはかなうまいと思うほどだった。彼はダヴィーナの視線に気づくふうもなく玄関の方に歩きだした。その優美でしなやかな身のこなしのどこかにかすかな緊張が感じられる。彼はほんの一瞬ためらい、それから思い切ったように玄関のベルを押した。

ダヴィーナは階段を下り、玄関に急いだ。ドアを開け、客を家の中に招き入れてから十分後、ダヴィーナはレオ・フォン・ヘスラーがハンサムであるばかりか人一倍繊細であることを確信した。花束を渡そうとしてたまたま手と手が触れ合ったのを別にすれば、彼は常に相手との間に安全な距離を置くことを忘れなかった。

ダヴィーナは礼を言い、柔らかな紙に包まれた花束をいとおしげに見つめた。田舎に咲く清らかなみずみずしい切り花……彼はまるでわたしの好みを知っているみたいだ。実をいうと温室栽培の華麗な花はあまり好きではない。たぶん、そうした花の人工的なあでやかさがグレゴリーを、自分たちの不幸な結婚生活を思い出させるからだろう。

「どうぞこちらに」とりあえず花束をキッチンの水を張った流しにつけ、ダヴィーナは彼を居間に案内した。「お食事は?」

「少し前にすませました。この国でいう〝午後のお茶〟は、ほとんど食事並みのボリュームがあるんですね」

「グローブナーホテルでは特にそうですわ」

二人とも、本題に入る前に当たりさわりのない会話で小手調べをしている、といったふうだ。

「あなたのお父さまとわたしの父とが友人同士だったとおっしゃいましたね?」ダヴィーナは客に椅子をすすめながら水を向け、返事を待って息を詰めた。胸の鼓動が速くなる。

レオはうなずき、ダヴィーナにまっすぐ目を向けた。「それについて、あなたはまったくご存じなかったようですね」

「ええ、知りませんでした。終戦時、父がドイツにいたことは聞いていますけれど」

「あなたのお父さんはドイツにいち早く進攻してきたイギリス軍の衛生兵だった」彼はアラン・ケアリーが属していた部隊名と駐屯地を言った。

「兵士としての父のことは、わたしよりあなたのほうがよくご存じのようです」ダヴィーナはためらいがちに続ける。「父とわたし……つまり、父は……あまり自分のことを話さない人でしたから」父の過去についてはほとんど何も知らないという事実を、父への複雑な感情を気取られずに相手に伝える言葉を探して彼女は口ごもった。

「お互いの父親同士、その点も共通していますね。わたしの父もあまり過去のことは口にしませんでしたから」

その点も？　ダヴィーナは注意深くレオを見つめた。緊張が高まっていく。それは彼の、それともわたしの側の緊張だろうか？　あるいは両方の？

「その点も、とおっしゃると、ほかにも共通点がありますの？」

「二人とも戦後、医薬品の会社を創立しています」レオは真剣な面持ちで言った。

ダヴィーナは眉根を寄せた。「ケアリー製薬を設立したのは父ではなく、祖父でした。祖父がたまたま心臓病の特効薬を発見して……」

「それはいつのことです？　たまたまその薬を見つけたというのは？」

その鋭い問いかけはダヴィーナの不意をついた。「さあ、正確にはわかりません。戦前ではないかしら……父が大学に行っていたころでしたから。父は大学を中退して陸軍に入隊を志願したんです。帰還してからは……」

「それからどうしました？」レオはたたみかけるようにきいてくる。「復学して学位を取ったんですか？」

「いいえ」彼の勢いに気圧《けお》されてダヴィーナは守勢にまわった。「でもあのころは、同じような立場にいた多くの人たちが復学を果たせなかったでしょう。戦争の経験は多くの学生たちから学ぶ意欲を奪ったのかもしれない」

「だが、本当のところ、お父さんがなぜ大学に戻らなかったのか、正確な理由はご存じないんですね？」レオは妙にそのことにこだわった。

「ええ、父とそういう話をしたことは一度もありませんから」ダヴィーナはソファの上で落ち着きなく体を動かした。「父は……過去のことはほとんど話しませんでした」

「でも、心臓病の薬を発見したのは彼ではなく、彼の父親だったという話はしたんですね？」

「いいえ、そのことは父からじゃなく、母から聞いたんです」ダヴィーナは張り詰めた彼の表情を見て、冷たい不安にみぞおちが締めつけられるのを感じた。「それが何か？　何かそのことが問題になるんですか？」

レオは荒涼としたまなざしを彼女に向けた。この女性は本当に何も知らないらしい。それなら、このまま何も知らせずにおくほうが親切というものではないか？　事実を突きとめたい一心でやみくもに突っ走ってきたことが悔やまれる。だが、ここまで来て今さらあとに引くわけにはいかなかった。ダヴィーナは身じろぎもせずに返事を待っている。もし答えるのを拒んだら……いや、それはできない。

「お祖父《じい》さんのノート……心臓病の薬の化学式を書いたノートはないでしょうか？」

「ないと思います。何年か前に父のオフィスが火事で全焼して、そのときに古い書類のたぐいはすべて焼けてしまいましたから」あれはグレゴリーが父からケアリーの経営を引き継ぐ直前のことだった。あのときグレゴリーがどう説得して父から経営権を譲り受けたのかはいまだにわからない。その後、彼らの間には明らかな反目があった。グレゴリーは敵意を隠さずに隙あらば父を嘲《あざけ》り、挑戦するのをやめなかった。父は苦い恨みを秘めてそれを黙殺していたようだ。

彼らの対立は、ケアリーが有効な新薬を開発できずにいるもどかしさから派生したものだとダヴィーナは思っていた。しかしグレゴリーの代になって――彼の死後わかったことではあるが、父の代にそうであったよりさらに研究開発費を削減していたという事実が判明した。

ダヴィーナはいきなり立ち上がり、窓辺に近づいた。「何か問題があるんですね？」窓からくるりと振り向いてレオを見据える。「父親同士が友だちだったというのは……」

「友だちというより」レオは重いため息をついた。「共犯者ではなかったかと思うんです」

こんな事情で訪ねてきたのでなかったらどんなによかったか。これほどの重荷を、グレイの瞳を不安にかげらせて彼を見つめるこの女性、華奢《きゃしゃ》で繊細なダヴィーナ・ジェイムズに負わせるに忍びない。もしこの疑惑が事実だということになれば、彼女もまた重い罪の意識に悩まされることだろう。双方の父親からはそうした良心が欠落していたが……。

「少々長くて複雑な話になりますが、あくまでも推測にすぎないということをお断りしたうえで最初からお話ししましょう」彼は静かに言った。

初めのうちこそとまどいを覚えたが、レオの話を聞くうちにダヴィーナは驚愕《きょうがく》の渦に引き込まれていった。

「それじゃ、あなたは」話の途中で彼女は一度だけ口をはさんだ。「父が……わたしたちの父親が……たとえばアウシュビッツの収容所で行われたような恐ろしい人体実験から導き出した薬品の化学式を利用したとおっしゃるの?」

「あなたのお父さんはおそらくその結果を利用しただけでしょうが、ぼくの父は……」

レオの寒々とした表情を見たとき、ダヴィーナ自身のショックと恐怖は傍らに押しやられた。

「あなたの責任ではありません。お父さまのことであなたが苦しむのは……」

「父のしたことに関して、ぼくに直接の責任はないかもしれない。しかしそれでもヘスラー製薬としての責任は残ります。父の身辺には常に黒い噂が絶えなかった。長年の間黒い噂が浮かんでは消え、消えては浮かび……しかし父はそのたびに、戦争中はほとんどドイツにいなかったと言って噂を否定したんです。確かに父は国外にいた。ヒトラーのために戦うことも、かといって同胞を敵にまわすこともできずに仕方なく国を離れたというのが父の言い分です。だが反対に、父がヒトラーにごく近いスパイだったからこそ自由に国境を越えることができたという見方もできる。実際にそう言う人もいるんです。父は高レベルのスパイとして、死の収容所で何が行われているかを知る立場にあり、さらに人体実験による医学上のデータの存在を知りうる立場にあったというわけです。父はそして、終戦のどさくさにまぎれてそのデータを秘密の場所から盗み出した。それを連合軍側の衛生兵だったケアリー一等兵に見とがめられ……」

ダヴィーナの顔から血の気が引いていく。「あなたがおっしゃってるのは、つまり……」恐怖に喉が詰まり、ささやきほどの声しか出てこない。

「ミスター・ケアリーがぼくの父を脅迫して心臓病の薬の化学式を手に入れたのではないかと思うんです。もちろん、あなたのお父さんの人となりを知らないのだから断定はできませんが。ただ言えるのは、ケアリー製薬が製造販売した主な――というより唯一の医薬品が、父のノートにあった化学式と、偶然というにはあまりにも酷似しているということです」

脅迫という言葉に、ダヴィーナの体がぎくっとこわばるのがレオにはわかった。

「許してください。あなたを苦しめるつもりはなかったんだが……どんなにつらいか、お気持ちはよくわかります。それに、ぼくの推測が間違っている可能性もないとは言えませんから」

ダヴィーナはかぶりを振った。「いいえ、あなたが間違っているとは思いません」なぜレオの推測が正しいと感じるのかはわからない。でも彼の話を聞いているうちに、あたかも彼がダヴィーナの心の奥にある秘密の鍵穴《かぎあな》にキーを差し込んだかのような、常に視界を曇らせていたもやが晴れたような、そんな気がしたのだ。残念だけれど、父に限ってそんなことをするはずはないとは断言できなかった。「たぶん、あなたのおっしゃるとおりです」グレゴリーの銀行口座におさまっている金も、ダヴィーナの収入も、着ている服も、口に運ぶ食べ物も、もとはといえばすべて血塗られた富で手に入れたものだと思うとおぞましさに胸が震える。

「そのことはあまり深く考えないで」ダヴィーナの思いを正確に読み取ってレオは忠告した。

「考えるなと言われても無理です。収容所で苦しんだ人々、その家族……彼らのような弱者にこそ役立てられるべき医薬品が、実は彼らを踏み台にして開発されたなんて……」頭に浮かぶ陰惨なイメージに吐き気がこみ上げてくる。「考えるだけでとても耐えられない。どうしてそんなことが……」

「わかりません。ぼく自身、まだその現実と折り合いをつけられずにいるんです。ミスター・ケアリーは脅迫と、ぼくの父のことを知りながら告発しなかったという点で有罪かもしれない。だが父に関していえば……なんらかの偶然で実験のデータを手に入れただけなのか、それともその化学式の存在を知っていて探しまわったのか……」

「確かにケアリーは心臓病の薬以降、なんら市場性のある医薬品を開発しませんでした。でもヘスラーはそうではなかったわ」

「最初に開発した精神安定剤は別として、そのほかの薬の化学式をどこから手に入れたかはだれも知らないんです。もちろん父はすべての新薬はヘスラーの研究室で開発されたものだと主張してはいましたが。もしかしたらそうなのかもしれないし、もしかしたらそうではなかったのかもしれない。ぼくとしては前者であってほしいと願うのみです」

「とても耐えられません……考えるだけで……」

レオは深くうなずいた。「父の過去を疑い始めたころ、ヘスラーを根こそぎぶちこわしたいという怒りに駆られました。会社を粉々に打ち砕き、世間に向かって大声で父を断罪したいと思ったくらいです。でも、もしそんなことをしたら、何も知らずにまじめに働いている人たちの生活をおびやかすことになる。そうすればぼく自身は罪悪感から解放されるかもしれないが、結果的に苦しむのは父でもぼくでもなく、従業員たちなんです。あるいは、ぼくの臆病な部分がそう思い込みたがっているのかもしれないが……」レオは考え深げにダヴィーナを見つめた。「ぼくはサディスティックな殺人者の息子であるばかりか、問題を避けて通ろうとする臆病者なんでしょうか」

ダヴィーナは彼の声ににじむ苦悩にたじろぎ、激しく首を横に振った。「いいえ、決してそんなことはないわ。でも、あなたのお気持ちはわかります。わたしだって会社に行かなければならないと思うだけで……また仕事を続けなければならないと思うだけで身の毛がよだつ思いですから。この家も含めて、これからは父のお金で買ったすべてのものを平静な気持ちで見ることはできなくなるでしょう。でも、もし今ケアリーを見捨てたら……」ダヴィーナは口をつぐみ、問いかけるように彼を見つめた。「ケアリーが倒産寸前なのはご存じですね？　ほかにもいろいろお調べになったようですから」

　レオはうなずき、ダヴィーナはなぜか不意に彼のアドバイスを聞きたいという思いに駆られた。彼は少し前まで赤の他人だった。しかし今、二人は共有する苦悩によって双子の魂ほどに近しかった。

「ケアリーを買収したいという企業から接触があって、銀行は売却を熱心にすすめるんですけれど、わたしは従業員の全員が雇用を保障されて労働環境が整備されない限り、その気になれないんです。ソウル・ジャーディンは……」

「ソウル・ジャーディン？」レオは思わずきき返した。

「ええ、あの……彼をご存じですの？」

「いや……」たしか、クリスティの兄の名は……。

「彼はアレックス・デイヴィッドソン卿《きょう》の代理としてここに交渉に来ているんです」

　レオは眉をひそめた。アレックス・デイヴィッドソンなら知っている。手負いの獲物をかぎつける鋭い嗅覚《きゅうかく》を持った企業家――というより乗っ取り屋だ。しかし、なぜ彼がケアリー製薬に興味を持つのかはわからない。ケアリーが倒産寸前だと聞いても少しも不思議ではないが、そんな会社を買収したがる企業があるとは……。

「真実が明らかにされることは永遠にないのでしょうね」ダヴィーナは低くつぶやいた。「父たちのことですけれど」

「ええ」レオはうなずいた。

「正直言って、父とはあまりいい関係ではなかったんです。いつも父に愛されていないと感じていましたし、父に愛情を感じたこともなくて……それでも、今までこれほど父をおぞましく思ったことはありません。どうしてそんな恐ろしいことができたのか……」

レオはひと言の気休めも言わなかった。どんな言葉も慰めにはならないことを彼はよく知っていた。

「今ここに父がいなくてよかった」ダヴィーナはうめく。「もし生きていたら……」

「ぼくも同じ気持ちです」

「それで、あなたはどうなさるおつもり？」

「できることは何もないでしょう。会社のために、父の過去を公にすることはできない。あなたまで巻き込んで申し訳ないと思っています。こんなことはできれば知らないほうがよかったのでしょうが」

「いいえ、知ってよかったんだと思います。お話を聞いた今、父を愛せなくても仕方がなかったんだと思えますから。少しは気持ちが楽になりますわ」

「よくわかります」レオは悲しそうに言い、ダヴィーナはその言葉に真実の響きを聞いた。「今となっては疑惑の真偽を確かめることはできない。状況証拠をつなぎ合わせて推測する以外にないんです。調査は極秘に進めたので、このことを知る人間はあなたとぼく以外には一人もいません。そもそも、なぜあなたを捜し出し、お目にかかる必要があったのか……最初は父への疑惑を確認したいからだと思っていました。しかし本当は、この重荷を分け合うだれか、この恐怖を理解し合えるだれかを求めていたのかもしれない……」

ダヴィーナはレオの腕にそっと手を置いた。今、二人は固い絆《きずな》で結ばれていた。愛や血の結びつきより強い絆で――二人の父親同士が罪悪と策略で深く結びついていたように？

「それでも、ぼくが間違った推測をしている可能性はまだあります」レオはあくまでも慎重だった。「確たる証拠はどこにもないんですから」

「あなたの推測は正しいと思います。わたしの父がその証拠ですから」ダヴィーナは静かに尋ねた。「これからどうなさいます？」

「ハンブルクに帰って、父たちの罪が彼らとともに葬り去られたことを祈るしかないでしょう」レオは苦々しく言った。「あなたは？」

「わかりません。まず会社の買い手を探さなければ。ケアリーの健全な再出発を約束してくれる買い手を」その願いがかなって初めて、父の罪の重荷から、血で汚れた父のお金から自由になることができるのかもしれない。ダヴィーナは小さく震えた。いいえ、この罪から真に解放されることはありえない。過去に戻って歴史を変えることはだれにもできないのだ。

けれど未来は違う。

マットの死から数日後、弁護士から連絡があって、彼の遺言によりいくばくかのお金が彼女に譲られたと知らされた。ダヴィーナあての彼の遺書にはこうあった。

〈きみがまだ大空にははばたけずにいるのなら、この少しばかりのお金を自由へのパスポートとして役立ててほしい。これは愛のしるし――きみを愛しながらそのことを認める勇気がなかった男からの愛の贈り物……〉

そのお金には手をつけず、そっくりそのまま残してあった。巨額とはいえないが、新しい仕事を見つけるまで家賃を払いながら充分暮らしていけるだけの金額ではある。

マットが――灰色の人生に黄金の輝きを与えてくれたマットが、新たな転機のときにすばらしい贈り物をしてくれたという事実はまさに奇跡としか言いようがなかった。

「こんなことでお会いしなければならないとは残念でした」レオが言っている。

「いいえ、話してくださってよかったんです。わたしも念のために、残っている父の書類を調べてみます。グローブナーホテルにはいつまでいらっしゃいますか？」

「明日発《た》ちます。ハンブルクの住所と電話番号を置いていきますから、何かわかったら……いや、何もわからなくてもまた連絡してくれますね？　せっかく知り合ったのだから、これからも友だちでいてください」

「ええ」ダヴィーナは震える息を吐きながら応じた。「もちろんですわ」

レオは立ち上がり、握手を求めて手を差し伸べたが、それからふと思い直したように彼女を抱き寄せた。それは恋人同士の抱擁ではなく、優しさと同情に満ちた人間同士の抱擁だった。

「父親の罪をあなたが負うことはない」

「あなたも……」抱擁を解き、ダヴィーナは弱々しい笑みを彼に向けた。「何かわかったら必ずお知らせします」そう言いながら、その可能性はほとんどないことをダヴィーナはすでに知っていた。慎重な父がそんなミスを犯すはずはない。でも、レオの父親はノートに薬の化学式を書き残すという間違いを犯した。強欲とはなんと不可解な、すさまじい、破滅的な力になりうることか。

20

さえない夜だった。三人のうちキャシーだけはホテルのレストランでの食事を無邪気に楽しんでいるようだったが、ソウルはずっと心ここにあらずといった様子だったし、クリスティ自身も誕生日を祝う気分にはなれず、ようやく席を立ったときはほっとした。

レストランを出てロビーを横切ろうとしたクリスティは、フロント係に話しかけている男性の後ろ姿を見てその場に凍りついたように立ちどまった。すぐ後ろを歩いてきたソウルは彼女の背中にぶつかりそうになったがかろうじて踏みとどまり、そのとき苦しげな〝レオ……〟というつぶやきを耳にした。

「どうかした?」ソウルは驚いて尋ねたが、クリスティは聞いていなかった。彼女にはしかし、ミセス・ダヴィーナ・ジェイムズから電話がなかったかどうかをフロントに確認するレオの声は聞こえていた。

フロントデスクから立ち去ろうとするレオを見て、今度はソウルがはっとする。振り向いた瞬間、レオはクリスティに気がついたようだ。

「早く……早くここから出ましょう」クリスティは哀願するようにささやき、レオが近づいてくるのを見て素早く踵《きびす》を返し、ほとんど走るようにホテルの出口に向かった。

「どうしたの、ママ？　ねえ、何かあったの？」母親に追いつこうとしながらキャシーが問いかけた。

「べつに、なんでもないわ」クリスティはとっさにごまかし、娘の心配そうな顔を見ていくらか表情を和らげた。「ちょっとむかむかしただけ。でも、外の空気に当たったからもう大丈夫よ」

チェシャーにレオがいるなんて。それもわたしに会いに来たわけではなく、ダヴィーナ・ジェイムズに……彼女にいったいどんな用があるというの？　クリスティは眉をひそめた。そういえばソウルもケアリー製薬に関心を持っている……。

クリスティのただならぬ様子に気づきながら、帰りの車の中でソウルは何も尋ねようとはしなかった。キャシーも母の緊張を感じ取り、いつもより早めに寝室に引き揚げた。娘の不安そうな視線を感じてクリスティの胸は後ろめたさにうずく。レオとの出会いにショックを受け、動揺したからといって、感情にまかせて娘を悲しませていいわけはない。娘の柔らかい髪をかき上げ、額におやすみのキスをしながら、クリスティの目は流せぬ涙に熱くなった。

「愛しているわ、ママ」キャシーはベッドから手を差し伸べ、クリスティは無言で娘を抱き締めた。キャシーは大人の気持ちを真に理解するにはまだ若すぎるとしても、母が逃げるようにホテルを出た理由が単に〝むかむかした〟からではないことを察するほどには大人になっていた。

キッチンに戻るとソウルが待っていた。こんなときは、兄の存在がありがたいのか疎ましいのか、クリスティにはよくわからない。

「何か話したいことがありそうだね？」

「べつに」クリスティは疲れたようにうなじをもんだ。「話すことなんかないわ」

しかしソウルはまなざしでその返答を黙殺し、クリスティはあきらめて肩をすくめた。

「わかったわ……話せばいいんでしょう。エジンバラで彼に会ったの。ホテルまでタクシーを相乗りして、一度食事に出かけたわ」

「それから？」ソウルは先を促した。こんな妹を見たのは初めてだ。娘、仕事、信条――これまで彼女が情熱を注ぐ対象はその三つに限られていた。娘を産んでから、彼女は感情と肉体の間にはっきりと線を引き、性に対して同じような考え方をする男性と肉体の欲望を満たすことはあっても感情におぼれることはなかった。その後、キャシーが成長するにつれ、クリスティはそうしたひそかな異性関係をさえ断ち切るようになっている。

前に一度そのことについてきいたとき、クリスティはまず第一に娘のことを考えなければならないと言い、さらにこう続けた。〝感じやすい年ごろの娘の前に男友だちの隊列を行進させるような母親にはなりたくないわ。それに〟彼女はかすかな自嘲《じちょう》を響かせて笑った。〝わたしは医者よ。複数のパートナーとの無防備なセックスは危険だと患者に注意しなきゃならない立場なのに、率先してそのルールを破るわけにもいかないでしょう？〟もしかしたら妹はレオ・フォン・ヘスラーと〝そのルール〟を破ったことを後悔しているのかもしれない。彼は同性の目から見てさえセクシーな男性だ。クリスティはそんな彼に惹《ひ》かれ、欲望に負けて信念を曲げたことを悔やんでいるのだろうか。

「それだけよ」クリスティはぶっきらぼうに答えた。その硬い姿勢、張り詰めた声から、妹がかろうじて感情を抑えているのがわかる。「本当に何もなかったの。何も。わたしは彼といる間じゅうずっと……」しかし抑制はついに破れ、クリスティはソウルの存在すら忘れたようにキッチンを行ったり来たりし始めた。その口から切れ切れに怒りと苦しみの言葉がほとばしる。「ええ、認めるわ……わたしは彼が欲しかった。彼もわたしを求めていると思ってたのに」

クリスティはいきなり立ちどまって振り向き、その瞳に浮かんだ当惑と絶望にソウルははっと胸をつかれた。それはかつて幼い妹の目に何度となく見た当惑であり、絶望であった。あのころのようにソウルは妹を慰めたいと思いながら、やはりあのころのように同情一つ、愛を伝える言葉一つ示せないでいる。

「彼だってわたしの気持ちはわかっていたはず……」クリスティはその先をのみ込み、傷ついた心を隠さずに兄に尋ねた。「女性に拒まれたとき、男の人もこんな気持ちになるの？　それとも……」

「ときにはね」ソウルは言った。「状況にもよるし、その女性をどれほど求めているかにもよるだろう。それに、互いの心をどこまでさらけ出したかにも」

「わたしは自分のことをいろいろ話したわ」クリスティは苦々しげに続けた。「それなのに……」彼女は急に顔を赤らめて黙り込み、ソウルは妹の傷ついた様子に胸を痛めた。

クリスティはレオ・フォン・ヘスラーを求め、そのことをはっきりさせ、そして拒まれた。しかし、それだけではなさそうだ。彼らの間にはそれ以上の何かが、はるかに多くの何かがあったに違いない。

「いい年をしてこんな気持ちになるなんて」

「恋をしたんだね？」

「恋？」クリスティはこわばった微笑を浮かべてみせた。「まさか。彼は憎むべきすべてを象徴しているのよ、ソウル。それに、自分の身元さえ明かさなかった。そんな人を愛せるはずがないでしょう？　愛なんて……いずれにしても大人の男と女の間にそんな感情が存在するとは思えないわ。セックスがからんでくれば特にね。便宜上、わたしたちはそういうかかわりを愛と呼びはするけれど、実際には……」

ソウルはじっと妹を見つめた。その持論は前にも何度か聞いたことがある。だが今、彼女の怒りの言葉からはいつもの情熱と自信が欠落していた。

「クリスティ、落ち着くんだ」ソウルは優しく言って椅子を立ち、クリスティを抱き寄せた。それはどちらにとっても思いがけない行為だった。兄と妹は彼らなりの形で親密に結びついてはいたが、こういう形で感情を示し合うことはなかった。過去においては何かが――だれかが二人を物理的に隔てていたように思える。そうだった……父はだれに対しても肉体的に触れ合うのを嫌い、必要以上に近づこうとする者に無言の警告を発した。二人とも幼いころから無意識のうちにそうした父の意向をくみ取り、抱擁や触れ合いで愛情を示すことを慎重に避けるようになっていた。

最初はぎこちなく、それからより自然に兄の胸に抱かれながら、クリスティは二人の近しさ、兄妹を結びつけている確かな血の絆《きずな》に深く心を動かされ、思わず心の内をさらけ出していた。

「ああ、ソウル、わたし、とても不安なの。こんな気持ちになりたくなかった。何もかもが……ひどくばかげているわ。軽蔑《けいべつ》すべき、憎むべきすべてを象徴しているという以外、あの人のことは何も知らないっていうのに」

「それでも彼は一人の男、一人の人間なんだ。何かを感じたからこそ、おまえに会いにチェシャーまで来たんじゃないか？」

クリスティは反射的に体をこわばらせ、兄の胸から身を引いた。「彼はわたしに会いに来たんじゃなく、ダヴィーナ・ジェイムズに会いに来たのよ。フロント係にミヤス・ダヴィーナ・ジェイムズから電話がなかったかときいているのが聞こえたわ」クリスティは唇をゆがめて笑った。「もしかしたら、アレックスのように、彼もケアリー製薬の買収に興味を持っているのかもしれないわね」

今度はソウルがぎくりとする番だった。だが頭脳はすでにコンピューターのように冷静に分析を始め、インプットされたいくつかの事実をつなぎ合わせていた。

レオ・フォン・ヘスラーほどの重要人物が思いつきでケアリー製薬のような会社の買収に乗り出すとはとても思えない。彼のスケジュール表にチェシャーへの小旅行を割り込ませるだけでも何週間にもわたる周到なプランが必要なはずだし、多少なりとも交渉に見込みがなければわざわざ彼自身がチェシャーに現れるはずもない。ということは……つまり、ダヴィーナ・ジェイムズは最初からそのことを知っていたのだ。知っていながらそれについては何も言わず、とうていのめるはずもない常識外れの付帯条件を突きつけてきた。その間ずっと、背後にアレックス卿《きょう》よりはるかに資金力のある買い手が控えていることを承知のうえで……彼女のもくろみは考えるまでもなく明らかだ。二つの企業を互いに競わせ、巧みに操り、破産寸前の会社の値段を可能な限りつり上げようというわけだ。ケアリーの従業員の雇用と安全を確保するだって？　冗談じゃない！

その道のエキスパートがビジネスの素人にいっぱい食わされるとは……従業員の安寧が

どうのというもっともらしい話を信じるほど老いぼれたということか？　ソウルは胸に怒りをたぎらせ、大きく息を吸い込んだ。

ダヴィーナ・ジェイムズを信じたばかりか、彼女の無欲さ、優しさ、正直さ、そして何よりも人間を重視する道徳観念に感じ入りさえした。彼女の誠実さはソウルの欺瞞《ぎまん》に満ちた人生の対極にあり、良心に目をつぶり、心の声を黙殺し、自分以外のだれかの目標に向かってひた走ってきたソウル自身の人生のむなしさを際立たせた——少なくとも今まではそう思っていた。そしてそのすべてが嘘《うそ》っぱちだとわかった今、ソウルの内部にすさまじい怒りの突風がわき起こった。

「ソウル、どうかしたの？」クリスティは顔色を変えた兄を見て眉をひそめた。

「ダヴィーナ・ジェイムズに会ってくる」そう言いながらソウルはすでに歩きだしていた。

「今から？」彼女は驚いて兄を見つめた。「だって、もう十時になるのよ。どんな用件か知らないけれど、明日まで待てないの？」

「待てないんだ」

車を走らせていくうちに怒りはさらにつのっていった。過剰反応していると心のどこかでわかっているのだが、激しい怒りはあらゆる理性、あらゆる自制を打ち砕いた。

急なカーブを曲がりそこねてブレーキを踏み、タイヤが悲鳴をあげるようにきしんで初めて、ソウルは自分があまりにも無造作にスピードを出しすぎていたことに気がついた。

ハンドルを握る手の関節が白く浮き立って見える。このままアクセルを踏み続け、胸の内に凝縮した緊張を爆発させたいという危険な、常軌を逸した衝動に負けそうになる。

階下に明かりがついているのを見てソウルはかすかな失望を感じた。寝入りばなをたたき起こされてうろたえるダヴィーナを見れば少しはせいせいしただろうに。

彼女は今何をしているのだろう？　ひそかにほくそ笑み、付帯条件など何一つ受け入れる気はないというアレックス卿の返事を待ち受けている？　フォン・ヘスラーのことを問いただしたら彼女はどう反応するだろう？　事実を認め、こっちのおめでたさを嘲笑《あざわら》うか、それとも、自分で自分に振り当てた聖女の役どころを最後まで徹底的に演じ抜く気か？いずれにしても、あの美しいグレイの瞳に見せかけの優しさ、偽りの誠実さをちらつかせるのだろう。ダヴィーナ・ジェイムズはあの純情そうなまなざしを利用して、巧みに、やすやすと、完璧《かんぺき》にこちらをあざむいた。

ソウルは車を降り、足早に玄関に近づいていく。

ドアを荒っぽくたたく音がしたとき、ダヴィーナは父の書類を保管してある二階の小部屋にいた。

レオが帰ったあとすぐ、箱のように殺風景なこの部屋に入り、家に残っていた昔のノートや書類を片っ端から調べてみたが、予想どおり、レオの疑惑をはっきり証明するものは何も見いだせなかった。

ただ、母が丁寧に年代順に整理したアルバムの中の、戦中から戦後にかけての数ページから写真がはがされており、父が衛生兵としてドイツに行ったことを裏づける写真もそれらしい記述もいっさい残されていなかった。アルバムから写真をはがしたのも、そのころの書類を処分したのも間違いなく父であり、そうしなければならなかった理由を思うだけでダヴィーナは耐えがたい胸苦しさに襲われた。

執拗《しつよう》にドアをたたく音がする。いつもは何事にも素早く反応する感覚は、新たに知った重い事実に曇らされ、鈍らされて、ただぼんやりとその音を聞いている。ドアの外にたとえどんな脅威が迫っていたとしても、この胸の、この魂の内にある苦悩と比べたらどうということもない。ダヴィーナは震え、ゆっくりと立ち上がった。体内を流れるこの血でさえ、父の過去によって汚されている。

心臓病薬の化学式がどんな形で得られたものかを知りながら、父はどうしてそれを利用することができたのだろう？

自分をあざむき、父がそのおぞましい事実を知らなかったのかもしれないという気休めに逃げることはもはやできない。ほかのなんであったにせよ、父は愚かではなかった。父はフォン・ヘスラーの暗い秘密をどこまで知っていたのだろう？　あれほど貴重な実験データを手放したのであれば、ハインリッヒ・フォン・ヘスラーはなんとしても父を沈黙させたかったに違いない。

レオの父親は最後まで過去の行状をうまく隠し通したという。黒い噂《うわさ》を裏づける確たる証拠はなかったし、レオの話から察すると、ハインリッヒ・フォン・ヘスラーは脅しやはったりを駆使して窮地から逃れることにたけた人物であったらしい。そしてダヴィーナの父はなんらかの偶然からヘスラーの正体をかぎつけ、それを利用して首尾よくゆすりに成功したというわけだ。レオが推測したように、父はたぶん、ナチの収容所にいた瀕死《ひんし》の囚人の口からヒトラー親衛隊《SS》の拷問者としてヘスラーの名を聞いたのだろう。その囚人は、新聞の切り抜き記事に父と一緒に写っていたというやせこけた男であったかもしれず、また別の犠牲者であったかもしれない。

どちらが先だったのだろう――フォン・ヘスラーが父を黙らせるために化学式を提供しようと言いだしたのか、それとも父が先に彼を脅迫したのか？

階下に向かいながらダヴィーナは吐き気に襲われた。ともあれ、確かなことが一つある。それは、父が過去のある時期、それについては生涯口をつぐむべき極秘情報を手に入れたという事実だった。

その化学式を利用して作った医薬品から富を得ながら、それがどのような形で開発されたものか、いわゆる〝医学実験〟の名のもとに生きたまま耐えがたい拷問にさらされた罪のない人々の苦しみがどれほどのものだったか、父は一度でも考えたことがあったのだろうか？

知らなかったとはいえ、自分自身もその血なまぐさい犠牲から得た利益で生きてきたのだと思うと胸がむかむかした。この体から服をはぎ取り、骨肉を覆う皮膚を引き裂き、父が汚した何もかもをめちゃくちゃに破壊したいという荒々しい衝動が突き上げてくる。

ケアリーの研究室があれほどお粗末だったのも、研究員の雇用がいとも無造作に行われたのも、今となってみれば当然のことに思える。いや、無造作というより、父はある意味で慎重だったのだ。過去の事実をかぎつけたり、薬の化学式の出所に疑問を持ったりする有能な研究員を父は最初から慎重に排除していたに違いない。

反対に、ハインリッヒ・フォン・ヘスラーは血塗られた人体実験の成果を基礎にして巨大な多国籍企業を築き上げた。しかしレオが指摘したように、彼の父親が秘密裏に入手した資料から開発したのが問題の薬だけなのか、それともほかにもいくつかあったのかについては知る由もない。

疑惑は疑惑として胸一つにおさめておくべきだったと、話すことによってこちらに重荷を背負わせるべきではなかったとレオは言ったが、ダヴィーナは首を横に振った。妙なことに、ある部分では父のおぞましい過去を知ってかえってよかったと思っている。これからは娘でありながら父を愛せなかったという根強い罪悪感から解放され、心の命ずるままに我が道を進むことができるだろう。新たに知った事実はまた、多額の遺産を受け取って以来ずっとダヴィーナを悩ませてきた問題に解決の糸口を与えた。

父の遺《のこ》した財産には手をつけたくなかった。汚れたお金でこれ以上人生を汚すことには耐えられない。ケアリー製薬に関していえば……頭の半分では、会社を崩壊させ、建物そのものを打ちこわし、この地上から跡形もなく消し去ってしまいたいと願いながら、もう半分では、良心の痛みを和らげるために従業員の生活を犠牲にするわけにはいかないと考えている。今はただ、アレックス・デイヴィッドソン卿が従業員を解雇しないという条件つきでケアリーの買収に応じてくれるのを祈るほかはない。それが力に一つの望みであるとしても……。

ホールの明かりはついていた。ダヴィーナはときならぬ訪問者がだれなのか確かめもせずにぼんやりとドアを開け、いきなりホールに入り込んでドアを閉めたソウル・ジャーディンをあっけにとられて見つめた。彼が怒っているのはすぐにわかった。だが何に、だれに腹を立てているのかは彼が口をきくまで見当もつかなかった。

「きみにはまんまとだまされたよ。従業員の生活を守りたいだって？　個人的に得をしようとは思わない？　よくもそんな大嘘がつけたものだな。偉そうなことを言って自分の値段をつり上げようっていうのか？　きみはケアリーで働く連中のことなんかこれっぽっちも考えちゃいない。自分の欲しいものを手に入れるために彼らを、そしてこのぼくを巧みに利用した。アレックスがあんなばかげた条件をのむわけはないときみは最初から知っていた。そうだろう？　そうなんだろう？」

心臓がどきどきと打ち始め、ダヴィーナは彼の剣幕に気圧《けお》されてあとずさった。目の前で怒りをぶちまけるこの男性がフィリップ・テイラーのオフィスにいたあのクールで自制心のあるビジネスマンと同じ人間だとはとても思えない。ケアリー製薬で働く人たちを路頭に迷わせるわけにはいかないと、個人の利益より彼らの利益を優先させるのが経営者の義務であると、雨雲の垂れこめた庭で愚かしいほど熱っぽく信念を打ち明けた、あの同じ相手であるとは……。でもなぜか肉体的な脅威は感じなかった。あまりの苦しみを経験したあとで体も頭脳もしびれたように無感覚で、これ以上どんな痛みにも反応する力は残っていないのかもしれない。

「ヘスラーがデイヴィッドソンよりましだなんて甘い期待は抱かないほうがいい。両方とも同じ理由でケアリーを欲しがっているだけなんだ。それがなんであるかはきみが一番よく知っているはずだろう」

ソウルはダヴィーナにというより、自分自身に向かってまくし立てているようだ。そう気づくと、ダヴィーナの心臓の高鳴りが少しずつおさまってきた。

イギリス政府が医薬品メーカーに助成金を出すという内部情報をレオ・フォン・ヘスラーがどうやって入手したのか、ソウルにはわからない。おそらくはアレックスと同じやり方で……そしてダヴィーナもまたその情報を知り、あるいは推測し、二つの会社をうまく競わせる材料に利用した。

以前のソウルであれば、そうした抜け目なさを敵ながらあっぱれと感心したかもしれないが、今は……自分自身と向き合い、真実を見つめ、人生で本当に大切なものが何かを知った今は……。

ソウルをつかんだ怒りの根元には失望と痛みがあった。ダヴィーナ・ジェイムズにだまされたばかりか、彼女の中に見たと思った美徳――彼が感動し、うらやむと同時に多少恨めしく思った美徳が実は存在しなかったという事実に彼は傷ついていた。だがソウルはそういう繊細な感情を認めたくはなく、それを怒りにすり替えた。

「おいしい部分がきみの口に入る限り、レオ・フォン・ヘスラー、アレックス　デイヴィッドソンのどちらがケアリーを切り裂いて犬どもに投げ与えようがいっこうにかまわない、そういうことだね？　レオ・フォン・ヘスラーと会うのは前から決まっていたことなんだろう。オーナー自ら交渉にお出ましになるとは、ヘスラーはよほどケアリーにご執心らしい。それとも、新しい法律が実際に施行されるまで、ほかのだれにも知られずに極秘に交渉を進めようというわけか？　いったいどうするつもりだった？　付帯条件などのめないというアレックス卿の返事を待って、おもむろに切り札を出す？」ソウルは攻撃的な姿勢で一歩前に踏み出した。「言っておくが、こっちにも切り札がないわけじゃない。法律についていえば、ケアリーが経営を続けるにはいずれにしても会社の所有権を譲渡する必要があるはずだ」

それが事実かどうか確信はないが、相手にもそこまで正確な知識はないと踏んでソウルは賭《かけ》に出た。案の定、そのはったりは急所をついたらしく、ダヴィーナの表情が変わった。

「ケアリーが倒産の危機にあるばかりじゃなく、営業停止処分を受ける寸前なのはきみも充分承知しているだろう。たとえば工場でのたび重なる事故、ずさんな安全管理、接触皮膚炎の蔓延《まんえん》……」

彼女の顔から血の気が引いていくのを見てソウルはサディスティックな自己満足にひたった。同情の余地はない。虫も殺さぬ顔をしてぬけぬけと嘘をつき、ずる賢く立ちまわった当然の報いだ。

「アレックスはケアリーをあきらめていないし、彼の望むような結果を出すのがぼくの仕事だ。きみが押しつけてきたこのくだらない条件に関していえば……」ソウルは筒状に丸めた書類を取り出してダヴィーナの鼻先に突きつけた。銀行で渡された付帯条件のリストだ。

ダヴィーナが言葉もなく見守る前でソウルは書類を広げて二つに引き裂き、それからもう一度同じしぐさを繰り返して紙片を床に投げつけた。

「アレックスの目前でとんだ大恥をかく前にきみのたくらみに気づいて幸いだった。内心ではぼくをうまく出し抜いたとほくそ笑んでいたんだろう？　だが本当の勝負はこれからだ」ソウルは唇に氷のような微笑を浮かべた。「アレックスはケアリーを買収する気でいるし、ぼくもそうするつもりだ。どんな手段を使ってでも必ず……もし信じないなら……」

　ダヴィーナはようやく沈黙を破った。

「もちろん信じるわ」怒りのせいで声がうわずる。それはソウルに、自分自身に、自分の弱さにそしてほかの何よりも父に、その遺産に向けられた怒りだった。「でもあなたは考え違いをしているわ。レオ・フォン・ヘスラーはケアリーを買収しに来たわけではなく……」その声が震えているのにダヴィーナは気づく。そして体も。気持ちを静め、震えを抑えようと深く息を吸い、筋肉を引き締める。

「嘘はもうたくさんだ！」ソウルはまたもや過剰反応をしていると気づきながら、こみ上げてくる怒りを抑えることも、胸をむしばむ深い失望と幻滅を和らげることもできかねていた。

「嘘じゃないわ」ダヴィーナはかたくなに言った。「どうしても知りたいのなら……あなたとは関係のないことだけれど、レオとわたしは……」彼女はそこで口をつぐみ、うつむいて唇をかんだ。

　一瞬、ソウルはどきりとする。二人は恋人同士だというのだろうか？　しかしダヴィーナは再び顔を上げ、グレイの瞳に恐怖と苦悩をにじませてソウルを見つめた。曇りなく澄んだ瞳……いや、見せかけにだまされてはだめだ。その表情がもっともらしいだけ裏切りはさらに深く、怒りはさらに煽《あお》られる。

「わたしたちの父親同士が知り合いだったの……戦争中に出会って……」

ソウルは皮肉っぽく唇をゆがめ、震えるダヴィーナを見守った。口で嘘はつけても体のほうは動揺を隠せないらしい。

「ほう、なるほどね」

そのつぶやきにこめられた痛烈な蔑《さげす》みはダヴィーナを一撃した。これ以上は耐えられない。ダヴィーナはドアを開けて彼に出ていくように言おうと、とっさに前に踏み出した。しかし二人ともが驚いたことに、ソウルは自らを押しのけようとしたダヴィーナを素早くとらえ、がっちりと傍らの壁に押しつけた。

ダヴィーナは反射的に身をこわばらせ、大きな手で後頭部をしっくい壁に打ちつけられるのを半ば覚悟して目をつぶった。怒りが先行して恐怖は感じない。けれどあまりにも唐突な思いがけない成り行きにうろたえて慎重さを失い、ダヴィーナはこぶしを握り締めてやみくもに彼にぶつけた。しかしそれは内に秘めた怒りのいくらかを解放することはあっても、男性のがっしりした体には何ほどの効果ももたらさなかった。ところがソウルにとってその思わぬ肉体の触れ合いは衝撃的であり、彼の白熱した怒りは瞬時に官能の炎となって燃え上がった。手に触れる不条理なほど滑らかな肌、少女のように華奢《きゃしゃ》で細い骨格、ショックに大きく見開かれたグレイの瞳、荒々しい息遣いに上下する小高い胸、怒りに燃える体から発散される女のにおい……そのすべては、すでに彼の中でぎりぎりまで高まった熱情、一触即発の火口への危険な導火線となった。

それは必然の結果だった。そんなものが存在することさえ忘れていた猛々《たけだけ》しい欲望のうねりはソウルの意表をつき、彼自身がその波の襲来に気づく前にダヴィーナが気づいていた。

心臓がひと打ちする間にダヴィーナは彼の内部の変化を、二人の身に起こりつつある何かを直観的に感じ取り、微妙にそれに反応した。

ソウルの体がゆっくりと前に傾いてくる。ダヴィーナは彼の放射する熱波にのまれ、焦がされ、溶かされていくのをめくるめく思いで意識しながら身をこわばらせていた。体が木の葉のように震えるのは恐怖のせいではなく、官能の高ぶりと怒りがまじり合った激情のせいだった。ダヴィーナは身じろぎもせずに近づいてくるソウルの顔をにらみつける。

「きみは嘘をついた」血のにじむ傷口に塩をすり込むような痛みに耐えながらソウルはしわがれた声で言った。

「違うわ……」ダヴィーナは反抗的に言い返したが、その言葉はすぐさま荒っぽいキスに封じられてしまった。こちらを黙らせ、懲らしめるためのキス。ダヴィーナはあらがう代わりに彼に負けないくらいの激しさでキスを返した。

あとになって、官能の攻撃に果敢に抵抗した自分の無謀さにダヴィーナは少々驚かされた。この深く、暗い官能の歓喜はマットに教えられたものではなかった。それは彼女自身の内部の叫びであり、欲望のこだまだった。ソウルの張り詰めた筋肉に爪を立て、怒りに猛るキスに同じ怒りのキスを返し、豊かな黒髪に指を差し入れてそれをつかみ……その荒っぽい応酬は、傍目《はため》には情熱に浮かされた恋人同士の抱擁とさえ映ったかもしれない。

硬い胸板にぴったりと押しつけられた柔らかな胸……この甘美な柔らかさを痛めつけているという意識がちらっとソウルの頭をかすめた。今すぐ、この場で彼女を征服し、懲らしめ、嘘と裏切りの報酬がどんなものかを思い知らせたいという欲望につき動かされる。その常軌を逸した欲望はついに頂点に達し、その対極にある正気へと彼を引き戻した。深い自己嫌悪に青ざめ、ソウルは突然彼女を突き放した。ダヴィーナの唇は赤くはれてぬれている。ソウルは下唇に血の味がするのに気づいて、一瞬ダヴィーナの血かと思った。浅く、せわしない息遣いがホールの静寂を破る。じっとりと汗ばむ体、緊張と衝撃に震える膝。一瞬ぼんやりと視野がかすみ、ソウルはグレイの瞳にきらめく敵意から目をそむけた。

喉の奥が痛み、胸にはもっと激しい悔恨の痛みがある。この女性がどんな嘘をついたにせよ、たった今自分がしたことの言い訳にはならない。震え、消耗し、不安に駆られ、熱病に取りつかれた病人のような気分だ。ソウルは何も言わずにダヴィーナに背を向け、ドアを開けてのろのろと車に向かった。

まるで病み上がりの人みたいな歩き方だ。後ろ姿を見送るダヴィーナも震えていたが、なぜか心の中は妙にすっきりと澄みきっている。

ソウルが車に乗るのを見届けるとダヴィーナは玄関のドアを閉め、鍵《かぎ》をかけた。わたしにはあの怒りが、安全弁としての怒りの解放が必要だったのかもしれない。でも、それよりもっと必要だったのは……認めまいとしても、彼との肉体的な触れ合いを求めていたのは確かだ。

暴力的なセックスは好みではない。それでもある一瞬、彼女のある部分は強引な抱擁を、手と唇を使った荒々しい攻撃を期待していた。その欲望はあまりにも根源的で強烈であり、ダヴィーナはそのとき、男と女の最も深い、最も濃密な結びつきを求めて叫びだすところだった。

ソウルもわたしを求めていた、とダヴィーナは確信している。つかの間、彼の中に燃え上がったみだらなイメージをこの目で見たような気さえした。その記憶が再び体に震えをもたらす。

怒りが萎《な》えたあとのソウルはどんな愛し方をするのだろう？　突然頭の中に危険なイメージが浮かび上がる。敏感になった胸のふくらみをさまよう唇、あらわな肌をまさぐる大きな手、熱い吐息……。

ダヴィーナは困惑に頬を赤らめ、扇情的なイメージを意識の暗闇《くらやみ》に押し戻そうとした。

ソウル・ジャーディンは敵ではあっても恋人ではない。けれど、本当に警戒すべき敵は自分自身の内部に潜んでいるのだ。

三キロほど行ったところでソウルはいきなり車をとめ、ドアを開けて外に出た。夜風がひんやりと肌をなぶる。体の震えはいまだにおさまらず、とても安全運転を続けられるような状態ではなかった。ショックと自己嫌悪に吐き気がこみ上げてくる。ダヴィーナ・ジェイムズが何をしたとしても、あれほど乱暴な仕返しをする権利はなかった。ソウルは決して粗暴な人間ではないし、セックスにおいても攻撃的であったことはない。それなのにたった今、一瞬の狂気に足をすくわれるところだった。

彼はかすかによろめき、車のボディーにもたれかかった。額にさわると汗びっしょりで、心臓は何キロも走ってきたばかりのように荒々しく打ち、体は鉛でもはりつけたように重い。しかしその体の奥に、熱い欲望の燃えかすがくすぶっているのが感じられる。

信じた女性にだまされたことばかりが問題なのではない。彼女の裏切りが、ソウルの胸に生まれつつあったかすかな希望――世の中には私利私欲を捨て、弱者のために戦う人間が実際に存在するのだという希望の糸を断ち切ったことばかりが問題なのではなかった。問題なのは、それと同時に、これでアレックス卿への最後の奉公と思い決めた仕事をやりとげるのがいっそう困難になったことだ。

仕事、アレックス――そんなものはいつでもほうり出せる。ソウルは独り身であり、必要とあらばいくらでも質素に暮らせるのだから。いざとなったらフラットを売ってもいいし、ハイリターンで安全な投資もしてきたので、ジョジーとトムの養育費の支払いに困ることはない。もし機嫌をそこねたアレックスがシティーに手をまわし、あらゆる再就職への道を閉ざしたとしても、とうぶん生活に窮することはないだろう。それならなぜ今すぐデイヴィッドソンを飛び出さないんだ？　こんな仕事はもううんざりだと、なぜアレックスに向かってはっきり言わない？　なぜ辞表をたたきつけられない？

結局のところ、まだ父の影から逃れられないでいるのだろうか。いまだに父の基準、父の敷いたレールから外れてはならないと感じているのかもしれない。

ソウルが辞めようと辞めまいと、アレックスは勝者の立場にあっても慈悲心とは無縁の人間だ。ヘスラー製薬もケアリーに関心を持っていると知ったら、なおのこと買収に執念を燃やし、欲しいものを手に入れたあとで敵対者に復讐《ふくしゅう》を開始するはずだ。それがわかっているなら、なぜ今のうちにこの仕事から手を引かないんだ？　ダヴィーナ・ジェイムズなんかほうっておけばいい。どうなろうが自業自得。どんな結果になるにせよ、それは彼女自身が招いた災いなのだから。

それでもなお思いきりがつかないのは、たぶん、それが本心であろうがなかろうが、富や野心より、何より大事なのは人間だと、従業員の尊厳を否定したら最も基本的な人間としての権利を奪うことになると言ったダヴィーナの言葉に真実の響きを聞き取ったからかもしれない。

まったく、どうしてそんなことを気にかけなきゃならないんだ？　倒産、失業は日常茶飯事で、何もケアリーだけの問題ではない。毎年イギリスのあちこちで数百、数千の会社がつぶれ、それこそ数えきれないほどの失業者が出ているのだ。これまで失業者のことなど一度も考えたことがないのに、なぜ今になって良心が痛むのか……。

怒りが、当惑が、恐怖が、魂の奥底からこみ上げてくる。従うべき指標一つない未知の世界に投げ込まれ、途方に暮れる迷子のような気持ちだ。父が息子に示した誘導灯は消え、それに代わる目標が見いだせない。

ソウルは車に戻り、エンジンをかけた。目前の戦い――アレックスが当然のこととして勝利を見越している戦いへの意欲は失われた。皮肉にも、たった一人の小柄な女性に自分の人生を極端から極端へと揺さぶられたということか。

ソウルは最初、自分の利益は棚上げして従業員の福利を優先させる人間がいることを知って心穏やかではなかった。それまで自分の生き方に対して漠然と抱いていた違和感を明確に意識させられたことに腹を立てもした。次に、彼の中に無欲で純粋な女性への羨望《せんぼう》と畏敬《いけい》の念が生まれ、人生に希望ありと感じ始めたその矢先に、すべてがまやかしであるばかりか、作為的な裏切りであったことがはっきりした。そしてあの嘘――彼女の父親とレオ・フォン・ヘスラーの父親が知り合いだったという作り話に関していえば……それを口にしたとき彼女は困惑し、震えていた。一瞬、やましさに耐えかねたダヴィーナがその嘘を撤回するかもしれないと期待したが、残念ながら彼女にはそうするだけの正直さもなかったようだ。

ダヴィーナは再び階段を上りながら自分の愚かさをのろった。彼女とレオの父親同士が知り合いだったことをソウルに話すべきではなかった。でも、デイヴィッドソンとヘスラーを両天秤《りょうてんびん》にかけたというソウルの非難にショックを受け、その誤解を解きたい一心でうっかり事実を口にしてしまった。

ソウルがその話を頭から信用しなかったのは幸いだった。ダヴィーナは唇をかんだ。このことはレオの耳に入れておいたほうがよさそうだ。今夜はもう遅いとしても、明日の朝一番に電話をかけて……。

21

ゆうべ、デイヴィッドソン・コーポレーションのソウル・ジャーディンが訪ねてきたと話すダヴィーナの不安そうな声を聞いて、レオは眉をひそめた。

ケアリーの買収を有利に展開するためにデイヴィッドソンとヘスラーを競わせていると彼に非難されて、ダヴィーナは不用意にも、彼女とレオの父親同士が知り合いであり、レオの訪問はあくまでも個人的なものだったと話したという。

「でも、彼はわたしの話を信じなかったようだわ」ダヴィーナは言い添えた。「ごめんなさい、レオ、よけいなことを言ってしまって」

「気にしないで」レオは静かにそう言った。

「あれから父の書類を探してみたんだけれど、やっぱり証拠らしきものは何も見つからなくて……でも、父とあなたのお父さまが知り合いだったという推察は当たっていると思うんです。父がなんらかの極秘情報をつかみ、それを種にあなたのお父さまを脅迫して心臓病薬のデータを手に入れた……」ダヴィーナはかすかに震えた。「昨日も言ったけれど、今、父がいなくてよかったわ……もし生きていたら、父と暮らすことも、口をきくことさえ耐えられなかったでしょうから。今となっては父に愛されなかったことが、そして父を愛せなかったことがせめてもの救いに思われるんです」

「よくわかります」レオは言い、それが心からの言葉であることがダヴィーナにもわかった。

電話が鳴り、クリスティは書類から疲れた目を上げた。ゆうべはよく眠れず、それがはっきり顔に表れている。目の下にくまができ、肌にいつもの張りはなく、ちらっとのぞいた鏡から見返している顔には険がある。

キャシーはさっき友だちの母親が運転する車で学校に行き、クリスティは午後の診療までの空き時間を利用して事務的な仕事を片づけていた。せっかくの自由時間をこんなふうに過ごすなんてもったいない。そう思いながらクリスティは電話を取ろうと椅子を立った。

レオかもしれないという期待は抱いていなかった。彼が電話をかけてくるはずはない。嘘《うそ》をついた理由を説明したければエジンバラで話すチャンスはいくらでもあったのだし、どっちみち、その理由を説明されたからといって二人が次元の違う世界に住んでいるという事実が変わるわけではない。

レオ・フォン・ヘスラーの世界――それはクリスティが決して認めることのできない世

界だ。たとえ彼に望まれ、彼の王国に招かれたとしても、こちらはいずれ利益第一主義の大企業の臭気に汚染され、窒息させられるだろう。クリスティが信念を曲げられないのと同様、レオもまた彼の生きる世界を変えることはできない。ともに過ごした数時間がいかに楽しく、満ち足りたものであったとしても、それは偽りと幻想の上に成り立った見せかけの関係にすぎなかった。

レオはクリスティとは違う基準、価値観、信念によって生きている。そしてもしグローブナーホテルでの思わぬ再会がクリスティの心に痛みを、肉体に渇きを呼び覚ましたとしても、そのことを思い出しさえすれば未練は断ち切れるはずだった。たとえレオが自分を愛したとしても、求めたとしても、二人が人生をともにすることはありえない。彼らを隔てているのはレオの肩書き、犠牲者を踏み台にして築いたヘスラーの富。しかしほかの何よりも、彼が大企業のトップであることに疑問を感じていないばかりか、そのことを誇りにさえしているという事実が耐えられなかった。

クリスティは受話器を取って機械的に応じ、相手の声を聞いてから受話器をソウルに差し出した。

「兄さんによ」

ゆうべ兄が帰ってきたとき、クリスティは居間で本を読んでいた――というより読むふりをしていたといったほうがいいだろう。実際には彼が出かける前に見せた怒りの表情が気になって、読書どころではなかったのだ。これまでどんなに挑発されてもかっとしたことのないソウルなのに……。

帰ってきたソウルはいくらか落ち着いているように見えたが、それは穏やかな落ち着きではなく、消耗した、空疎な無力感といった感じの静けさだった。ダヴィーナ・ジェイムズとの間に何があったにせよ、しばらく頭を冷やす時間が必要なのだろうと察して、クリスティは何も尋ねなかった。

アレックス卿《きょう》にとってケアリーの買収が重要な問題であるらしいのは、わざわざ腹心の部下のソウルを交渉によこしたことからも推測できる。それにしても、アレックスが、あるいはレオが、なぜ地方の傾きかけた医薬品メーカーに興味を持つのかがわからない。クリスティは首をひねり、電話に出た兄を一人残してキッチンを出た。

アレックスがケアリーの買収をもくろんでいると兄から聞かされた当初は、もしそうなれば少なくとも今までより労働環境は改善されるだろうから、ケアリーにとってそれは朗報なのかもしれないと単純に考えていた。しかしヘスラーほどの大企業が買収に乗り出すとなると、それがケアリーの労働者たちに、ひいてはこの地域にどういう影響を及ぼすことになるのか、不安を覚えずにはいられない。雇用機会の増大、労働環境の改善、福利厚生の充実――それはケアリー再建に期待できる明るい側面だ。しかしもう一方の暗い側面は……。

そのことについてもレオは何も語らなかった。クリスティがチェシャーに住んでいると知りながら、彼はケアリー製薬のことも、ダヴィーナ・ジェイムズと会う予定になっていることもいっさい口にしなかった。彼ほどの地位にある人物が一時の思いつきでチェシャーを訪れるはずはないのに。

ゆうべ遅く帰ってきたソウルはダヴィーナへの不信もあらわにこう言った。「レオ・フォン・ヘスラーは純粋にプライベートな問題で彼女に会いに来たんだそうだ。昔、彼らの父親同士が知り合いだったとか言っていた」

「それならそうなんでしょう」クリスティは冷静に答えた。「ありえないことじゃないわ。二人とも同じ業界にいたんですもの」

「同じ業界といっても月とすっぽんだ。一方は巨大な多国籍企業、もう一方はへたりかけたちっぽけな医薬品メーカーなんだから」ソウルは蔑《さげす》むように言った。

「ソウル、どうかね？　そろそろ仕事が片づいたころじゃないかと思って電話してみたんだが」

「まだです」ソウルは老人の猫撫《な》で声にそっけなく応じた。

「そうか。それなら、さっさと片づけてほしいものだな。この件に関してはすみやかに、内密に処理するのが何よりも大切だってことはきみもわかっているだろう、ソウル」

温和そうな声に高飛車な響きが加わったが、ソウルは動じなかった。アレックスは典型的なワンマンで、そういうタイプの人間の常として、威張り散らせる相手とみれば容赦なく脅しつけて従わせる。

「どうやら我々のほかにもケアリーの買収を考えている企業があるようなんです」

「我々のほかに？　そんなことは考えられんね。きみがだれかに例の極秘情報をもらしたのなら話は別だが。まさかそんなばかなまねはしなかっただろうな、ソウル？　言うまでもないだろうが、わたしをあまり見くびらないほうがいい。きみを取り立てるも抹殺するもわたしの意思一つだというのを忘れないことだ。デイヴィッドソン・コーポレーションの後ろ盾がなかったら、きみなど……」

「デイヴィッドソン・コーポレーションなしでもなんとか生きていけるでしょう」ソウルは無愛想に言い切った。「しかし秘密をもらしたのはわたしではない。もしわたしがあなたなら会社の内部を調べてみますね。あるいは、あなたに政府内部の情報を売った友人の身辺を。もしかしたらヘスラー製薬にも同じ情報を流したのかもしれませんよ」

「ヘスラー製薬？」アレックスは驚いて思わず声を荒らげた。「ドイツの？　しかしそれは……考えられん」

「レオ・フォン・ヘスラー本人がダヴィーナ・ジェイムズに会いにチェシャーに来ているんです」

それに続いた短い沈黙はアレックス卿のうろたえぶりを端的に物語っていた。

「わけがわからんね。ケアリーにどんな利用価値があるというんだ？　ヘスラーはいったいなんの目的で……」

「たぶん、あなたと同じ目的で」ソウルは冷ややかに言った。

再び何秒かの沈黙が流れた。

「しかし、助成金の支給対象になるのはイギリス国籍の企業に限られている」

「おそらくヘスラーはイギリス国籍の別会社を設立する気でいるんでしょう」

「そんな問題が起きていることを、なぜ今までわたしに報告しなかったんだね、ソウル？」

「わたし自身、ゆうべそのことを知ったばかりですから」

「とにかく、わたしはケアリーを手に入れる。これ以上ほかの連中に我々の動きをかぎつけられてはならないし、今さらケアリー以外のメーカーを物色して時間を無駄にする気はない。いいかね、ソウル。どんな手段を使ってもいい、ケアリーを買収するんだ」

「ダヴィーナ・ジェイムズの提示する値段を受け入れさえすればそれは難しくないでしょう」

「いくらだ？」

「まだわかりません。彼女は我々とヘスラーとを競わせて値段をつり上げる気でいるんです」

「ふざけたことを」アレックスは予想どおりの反応を示した。「ケアリーの市場価値はゼロだ。だからこそこの買収にうまみがあるわけだが。もしどこかの生意気な女がわたしをうまく操る気でいるなら……何かほかにいい方法があるはずだ。何か、うまく利用できることが――法律上の怠慢でも個人的なスキャンダルでもなんでもいい。まずそれを探るんだ、ソウル、今すぐに。これ以上だらだらゲームを続けている暇はない」

「探って何も見つからなかったらどうします？」

またもや沈黙が、これまでよりも長い沈黙が流れた。

「そんなことをわたしにきく必要があるとは驚きだ」老人は鋭く言った。「もしまたへまをしたら失うのは今の仕事ばかりではないぞ、ソウル。シティーは負け犬を嫌うからな」

「何か問題でもあったの？」キッチンの窓から庭を見つめているソウルに、戻ってきたクリスティがさらりときいた。

「まあ、そんなところかな」

「ソウル、アレックスはケアリーをどうしようというの？　わたしは、アレックス卿の支援を受けてケアリーがつぶれずにすむのなら従業員にとってはいいことなんだと思っていたわ。でも、必ずしもそうではなさそうね？」

「こう言っておこうか」ソウルは唇を皮肉っぽくゆがめた。「労働者に対するアレックス卿の考え方はダヴィーナ・ジェイムズのそれと大差ない。二人とも金もうけのためならほかの人間を踏みつけにしてもかまわないと思っているんだ」

「でも、ダヴィーナはケアリーで働いている人たちのことをとても気にかけているわ」

「ダヴィーナ・ジェイムズが気にかけていることはただ一つだ。それはケアリーでもなく、そこで働く人たちでもない」

クリスティは兄の声に怒り以外の苦い幻滅を聞き取った。辛辣《しんらつ》な言葉の中にどれほど本心をさらけ出しているか、ソウル自身気づいているのだろうか？

「ヘスラーもケアリーに関心があるらしいと知って、アレックスは相当神経質になっていた。彼は挑まれるのを好まない。それが女性からの挑戦であるならなおさらだ」

「それで、兄さんはどうするつもりなの？」

「選択の余地はほとんどない。なんでもいいからダヴィーナ・ジェイムズの弱みをつかみ、それをちらつかせてケアリーを買いたたけとアレックスは言っている」妹の反応にソウルは表情を硬くした。「いいかい、クリスティ。ダヴィーナ・ジェイムズに同情は無用だ」

「だって、彼女は真剣に従業員のことを案じているのよ」

「見せかけさ！」ソウルは苦々しく言い、それから声を落とした。「この前の話……工場の安全基準違反のこととか接触皮膚炎の問題とかについて、もっと詳しく話してくれないか」

「ソウル……」クリスティはぞっとして兄を見つめた。「そんなことできないわ。脅迫に利用されるとわかっていて情報を流すなんて……」

そのとき再び鳴りだした電話に話は中断させられた。

ダヴィーナからの電話を切り、レオは考えをめぐらした。ソウル・ジャーディンのことで彼女はかなり動揺していた。ゆうべ会ったダヴィーナ・ジェイムズは理性的でもの静かな女性で、彼らの父親に関する衝撃的な事実を聞かされてさえ落ち着きを失わなかった。それなのにソウル・ジャーディンの突然の訪問にあれほど動揺し、感情的になるとは意外だ。

アレックス・デイヴィッドソンがなんのためにケアリーを買収したがっているのか、クリスティの兄であるソウル・ジャーディンがなぜヘスラーをライバル視するのか、レオにはまったく見当がつかない。

ダヴィーナ・ジェイムズは好ましい女性だ。会った瞬間、レオは彼女の中に気高さ、しなやかな女性の持つ真の強さを見て取った。もし状況が違っていたら……もしその前にクリスティ・ジャーディンと出会っていなかったら……レオは無意味な〝もし〟に苦笑する。超然とした清々しさ、男を勇気づけずにはおかない柔らかな女らしさを備えたダヴィーナに惹《ひ》かれていたかもしれない。しかも今、二人は父親の罪を共有し、そのために強い絆《きずな》で結ばれている。

ケアリー製薬の行く末を案じるダヴィーナの言葉の端々に、そこで働き、生計を立てている者たちへの深い配慮が感じられた。スケールこそ違うものの、彼女もまた一企業のオーナーとしてレオと同種の責任を、同種の重荷を負っている。

レオは両手の指先を合わせ、考え込んだ。理性の声はかかわるなと警告する。たとえそれが誤解であっても、ケアリーとヘスラーの間になんらかのつながりがあることを第三者に知られただけでも危険なのだ。ソウル・ジャーディンにはヘスラーがケアリーの買収に乗り出したと思い込ませておくほうがよけいな詮索をされずにすむだろう。

〝わたしたちの父親同士が知り合いだったとソウルに話したんです〟とダヴィーナは言った。〝でも、彼はわたしの話を信じなかったようだわ〟という口ぶりには明らかにソウルに対する怒りや敵意以上の何かがあった。

ぼくはダヴィーナのことを心配する立場にはない――レオはそう言い聞かせて自分を納得させようとした。それでなくても身内のごたごたで手いっぱいなのだから。彼女との間に生まれた緊密な絆に関していえば……それにはこの際目をつぶりたかった。

部屋には電話帳が置いてある。レオはそれを見つめ、そして取り上げ、長く繊細な指でぱらぱらとページを繰った。

ジャーディン……ドクター・クリスティ。これだ。彼は番号を書きとめ、受話器を取り上げた。

「クリスティ？」相手が名乗るより先にクリスティはその声を聞き分けた。「レオ・フォン・ヘスラーです。頼むから電話を切らないで」

クリスティの胸の鼓動は重く打ち、体はしびれたように硬直している。その瞬間、すべてがまるで夢の中の出来事のようにぼんやりとかすんでしまった。

「クリスティ、きみのお兄さんと話がしたいんだが……その前に、ハンブルクに戻る前にきみに話したいことがある。二人だけで会えないだろうか」

こんなことを言うつもりはなかった。レオの弱い部分は何もするなと、このままほうっておくのが無難で賢明だと警告するのをやめなかった。だがゆうべホテルでクリスティと会ったとき、レオは彼女の顔に刻まれた怒りと苦しみを見た。もしはかに何もできないとしても、せめて誤解を解くことはできる。ホテルの部屋の前で別れたのは、あえて彼女の誘いかけに気づかぬふりをしたのは、彼女を求めていなかったからではないと説明することはできる。

「会っても仕方がないと思うけれど」クリスティは冷ややかに言った。

「かもしれない。それでも会って話すチャンスをもらえたらありがたいんだが」

彼の静かな決意はクリスティをたじろがせた。どう答えたらいいだろう？　こんな展開になるとは予想もしていなかった……それとも、望んでいなかった？

クリスティは答えを保留して受話器の口をふさぎ、ソウルに声をかけた。「レオ・フォン・ヘスラーから。兄さんと話したいそうよ」

たっぷり十五分は話していただろうか。受話器を置いたソウルの表情からはなんの感情も読み取れない。

「なんですって?」クリスティは兄を見上げた。「彼、兄さんになんの用だったの?」

「ヘスラーはケアリーの買収など考えてもいないことをはっきりさせたかったんだそうだ。それに、昔、彼らの父親同士が知り合いだったというダヴィーナの話も嘘ではないって」

「で、兄さんはレオの話を信じたの?」

「ああ」

「でもダヴィーナのことは信用しなかったわね」

「そのとおりだ」ソウルは苦しげにうなずき、隠しおおせぬ感情に顔をゆがめた。

クリスティは兄への同情を胸におさめ、何も言わずに目をそらした。

「そうだった。おまえをグローブナーホテルに行かせると彼に約束したんだ。一時間後に……」ソウルは腕時計を見やった。「車で送っていこうか? 彼に会いたかったんだろう?」ソウルは一瞬、クリスティがむきになってそれを否定するかと思った。燃えるような黒い瞳には子供のころと同じ不安が、赤裸々な苦悩が浮かんでいる。

「彼が何をどう話そうと、事情は何一つ変わらないわ」

ソウルは何も言わなかった。自分自身すぐにダヴィーナに会いに行かなければならない。謝り、説明をしに。説明する？　何を、どんなふうに？　たとえうまく説明できないとしても、とにかく謝らなければ。ソウルは立ち上がり、椅子の背にかけてあったスーツのジャケットをつかんだ。

ドアの方に歩きだしたときにまたもや電話が鳴り、クリスティが出た。

その声が徐々に緊迫していくのにソウルは気づいた。「ねえ、落ち着いて……もっとゆっくり話してくれなくちゃ……」クリスティは出ていきかけたソウルを呼びとめた。「ソウル、カレンから。ジョジーに何か問題が持ち上がったらしいわ。兄さんが話したほうがいいみたい」

カレンの言っていることを理解するのに五分かかった。彼女はヒステリックにソウルを責め立て、連絡先さえすぐにはわからなかったと彼の無責任さを非難した。あなたは子供たちのことを考えようともしない、それでも父親といえるのか……。

「ジョジーはあなたの娘なのよ、ソウル」

「わかっている」ソウルは冷静に言った。

「どうしたの？」ソウルが受話器を置くのを待ちかねたようにクリスティはきいた。

「ジョジーが麻薬所持で退学させられた。あの子は数カ月前から学校で問題を起こしていたそうだ。全責任は父親であるぼくにあるって。カレンはジョジーを心配するより、体面を気にしているみたいだ」

「兄さんはどうするつもりなの？」

「ぼくに何ができる？」ソウルは肩をすくめた。「ジョジーはいつもぼくに反抗的だった。カレンが言うには、あの子は部屋に閉じこもったまま出てこないらしい。だれとも口をきかないんだそうだ」

「すぐに会いに行ったほうがいいわ。ジョジーは父親を必要としているはずよ」

「それは無理だ」ソウルはかたくなにかぶりを振った。「ダヴィーナ・ジェイムズに会いに行かなきゃならないし、早くこの仕事にもけりをつけなくちゃ。さもないと……いずれにしても、ぼくが行っても仕方ないさ。母親とも口をきかないなら、ぼくとなんか……」

ソウルは再び腕時計に目をやった。「レオ・フォン・ヘスラーに会いに行く気があるなら急いだほうがいい」クリスティの瞳にためらいを見てソウルはゆっくり首を横に振った。「おまえがここでやきもきしていてもジョジーのためになるわけじゃない」

「ええ」クリスティはふっとため息をついた。「そうね」

十分後、クリスティの車を見送ってからソウルは玄関のドアを閉めた。ジョジーに会いに行くようにとクリスティは言う。が、自分とジョジーの関係はクリスティとキャシーのようにはうまくいっていない。それはクリスティもよく知っているはずだ。ジョジーが今だれよりも会いたくないのは父親だろう。あの子はいつも父親への蔑みを隠そうとはしなかったし、義務として父親と過ごさなければならない時間が苦痛以外の何ものでもないことをあからさまにしていた。

仮にジョジーが父親を求めていたとしても、仕事をなげうって行くわけにはいかない。目を閉じると突然、雨もようの庭でダヴィーナ・ジェイムズが言った言葉が頭にこだました。〝富より、野心より、ほかの何よりも人間が大事だということに気がついたんです。もし従業員の尊厳を否定するなら、彼らから最も基本的な人間としての権利を奪うことになるんじゃありませんか？　彼らの品位を汚し、彼らを軽んじるなら、あなた自身の品位を汚し、あなた自身を軽んじることになるんじゃありません？〟

閉じたまぶたの裏にいくつかのイメージが走馬灯のように駆け抜けた。生まれたばかりのジョジー、よちよち歩きのころ、学校に上がったころのジョジー……そして最後に会った大人になりかけたジョジー。あのときのジョジーは若い瞳に敵意を燃やし、かたくなな表情を浮かべて、体じゅうで父親を拒絶し、寄せつけまいとしていた。最後に娘に触れたのはいつのことだったろう？　最後に娘を抱き、どんなに愛しているか、どんなに大切に思っているかを伝えたのは……。

だが娘は父の愛など欲しがりはしなかった――これまで一度も。なぜかジョジーは幼いころからなつかず、いつも父親に背を向けていた。

〝あなたはわたしのパパじゃないわ〟ジョジーはあるときソウルにそう言った。〝わたし

には父親はいないし、欲しいとも思わないの〃

それでも、ジョジーはぼくの娘だ。こんなとき、ダヴィーナだったらどうするだろう？ ソウルは無意識のうちにそう問いかけていた。もちろん、考えるまでもない。テーブルの上にメモ用紙が置いてある。ソウルは椅子に腰かけ、一枚目に走り書きをし、それを引きはがして、また新たな紙にペンを走らせた。

クリスティのデスクの上に封筒を見つけ、その中にたたんだ手紙を入れ、封をした。それを先に書いたメモと一緒にキッチンのテーブルの真ん中に置いた。ここならクリスティが見逃すことはないだろう。

こんなことをしてなんになる？ 車に乗り、ソウルは自問した。おそらくは会社を追われ、シティーで成功する道は永久に閉ざされるだろう。そして、これまで自分自身に課してきた厳格なルール——仕事は最後まで完璧《かんぺき》にやり抜くというルールを破ることにもなる。もちろん、ジョジーの力になれるわけでもない。おそらく娘に会うのを拒まれ、再びチエシャーへの道を引き返してくるのが落ちだろう。

〝おまえのせいだ……おまえのせいだ〃アスファルトの道路を走るタイヤの単調なつぶやきを聞くまいとしながら、ソウルはそれでも高速道路に向かって車を飛ばした。

クリスティは内気でもなければ自意識過剰なほうでもないが、今回ばかりはいつもの落ち着きを失っていた。グローブナーホテルに入っていくとき、不意に子供のころの出来事を思い出した。あれは母と買い物に出かけ、その帰りに退社する父を迎えに行ったときのことだった。

母と二人で会社のビルの前に立って父を待つ間、うれしくて、誇らしくて、胸がわくわくしていた。中に入りたくてたまらなかったが、仕事の邪魔になると母に言われて仕方なくあきらめた。

そんなことはない、とクリスティはそのとき考えた。土曜日の朝など、父はよく兄のソウルを連れて会社に行っている。それならわたしだって……。けれど父の姿が見えたとき、クリスティは興奮してすべてを忘れ、母の手を振りほどいて父に駆け寄った。

「クリスティ、どうしてもっと女の子らしく、お行儀よくできないんだ？　ジーン、このくしゃくしゃの髪はなんとかならないのかね？　ソックスだってこんなに汚れて……」父の非難とともにクリスティの中からすべての喜びが消え去り、その代わりに、自分があらゆる意味で父の期待に応《こた》えていないという後ろめたさ、父に疎まれているという惨めさに打ちのめされた。今、なんの脈絡もなくそのときのことが頭に浮かんだのは、だれかに望まれていない、愛されていないと感じる痛みがどんなだったかを思い出したせいかもしれない。

明るい日ざしの下からホテルに入ると、ロビーは薄暗く感じられた。クリスティはなぜか急に不安になってぶるっと震え、今入ってきたばかりのドアの方を振り返った。

「クリスティ」レオの声、腕に触れる手の感触、記憶のどこかに残っていたほのかな彼のにおいに、クリスティは凍りついたようにその場に立ちすくんだ。

見上げるクリスティの瞳には無意識のうちに心の葛藤《かっとう》がありありと浮かんでいる。それを目にしてレオは息をのんだ。まさに唯一無二の女性だ。きらめく瞳には誇りと怒り、成熟した大人の女性と純粋で傷つきやすい子供の心とが映し出されている。

「来てくれてよかった」

レオの声にある何かがクリスティをなだめ、過去のわだかまりがいくらか解けた。

「来たくはなかったんだけれど、ソウルが行くべきだって……」

レオは真顔で彼女を見つめた。「そう、きみはいつも素直にお兄さんの指示に従うんだった」

からかわれてクリスティは潔く笑い、その自然な温かな笑い声はレオに希望を与えた。

「ここでは話せないから」彼は言った。「支配人の厚意で空いている会議室を使わせてもらうことにしたんだ」

彼の部屋ではなく？　クリスティは改めてレオの繊細さ、周到さに感心した。

「どうやって支配人に承知させたの？　それとも、きくまでもない？」

「ただ、人と話すのに、少しの間だれにも邪魔されない場所が必要だと言っただけだ」彼はほほ笑み、それでも皮肉に気づかないわけではなく、こう言い添えた。「クリスティ、きみがどう思おうと、ぼくはフォン・ヘスラーの名前を振りかざしはしなかった。たぶん、ぼくの礼儀正しさと正直さが功を奏したんじゃないかな」

「正直さですって？」クリスティは表情をこわばらせて挑みかかる。

彼女が考えを変えて立ち去るのを恐れてでもいるように、レオはクリスティの腕をがっちりとつかみ、細い廊下を通って光沢のあるドアの前で立ちどまった。

「これじゃまるで連行されているみたい」空いているほうの手でドアを開けたレオにクリスティは言った。「ここは一九四〇年代のドイツじゃないし、あなたもヒトラー親衛隊《SS》じゃないんだから」

軽い冗談のつもりで言ったことがこれほどレオに衝撃を与えるとは思わなかった。瞳は突然どんよりと曇って焦点を失い、彼は青ざめて手を放した。こんなとげとげしい言い方をすべきではなかったと後悔したが、例によってプライドが邪魔をして謝ることができない。

「話したいと言ったわね」謝罪の代わりに静かに促した。「説明したいことがあると。なぜそうする必要があるのか、わたしにはわからないけれど」クリスティは顎を上げて守勢に立ち、二人の間にあったことなどなんでもないというふりをした。

その挑戦には乗らず、レオは笑った。「きみはきわめてイギリス的な人だね」

不意をつかれ、クリスティはいぶかしげに彼を見つめた。「それは……どういう意味？」

笑みはさらに広がった。「盲目の目に望遠鏡をあてがって〝わたしには何も見えない〟と言ったのはイギリス海軍の司令官ではなかったかな？」

驚いたことに、クリスティは頬が熱くなるのを感じた。赤くなるなんて……十代のころ以来のことだ。ほんの一瞬、傷つけられたプライドはがむしゃらな反抗をそそのかしたが、大人の部分がその衝動を抑えた。いいえ、ここでむきになってはだめ――手足をばたつかせて意思を通そうとするような子供じみた衝動に負けてはいけない。

「わたしはただ、二人にとってどうにもならないことをいくら話し合っても意味はないと……」そこで突然黙り込み、唇をかんだ。そこまで言うつもりはなかった。これでは心の内をさらけ出したようなものだ。クリスティはひそかに自分の愚かさをのろった。

「きみをだます気はなかったんだ、クリスティ」レオは言い、気づかなかったのか、それとも感情的な部分に踏み込みたくなかったのか、クリスティの言葉尻をとらえようとはしなかった。「自分がだれかを正直に話すつもりだった」

「でも、あなたは意識して姓を名乗らなかったわ。それなのにわたしは心を開いて何一つ隠さずに話した。もしあなたがだれか知っていたら、決して話さなかったようなことも……」

あの晩ずっと、彼もわたしの意見、信念に全面的に――あるいは部分的にでも共感してくれていると思っていた。ところが実際はそうではなく、レオはヘスラー製薬のオーナーとして最初から自分とは対立する立場にとどまっていたのだ。

「確かに」レオは認めた。「だが、ぼくもきみと同じ人間であり、一人の男なんだ、クリスティ。企業の名を姓に持つからといって、ぼくが企業そのものというわけではない」

「でも、あなたはオーナーとして企業のために働いているわ。その地位はだれかに押しつけられたわけではなく、人生のある時期にあなた自身が選び取ったものでしょう、レオ？そしてあの晩ずっとあなたにはわかっていた……」その先を続けられずに言葉を切った。

「やめましょう。こんなこと、いくら話しても仕方がないわ」クリスティはきっぱりと言った。「わたしたち、なんのためにここにいるの？　二人の間に何があったっていうの？一緒に食事をして、わたしはあなたと寝たいと思った――ただそれだけよ」クリスティは小さく肩をすくめ、あえてレオと目を合わせた。「あなたも同じように感じているとばかり思っていたから、拒絶されてがっかりしたし、正直言って腹も立ったわ。でも……だからといって世界が終わったわけじゃないのよ」

「もちろんぼくも同じように感じていた――あのときも、そして今も。それを証明してほしいかい？」

　抱き合い、キスを交わし、官能の炎に焼かれる二人のイメージが頭に浮かんだ。瞬時に消えはしたが、そのイメージはあまりにも鮮烈で、クリスティは実際に彼の唇を味わい、欲望の高まりを感じたような気がした。体はうずき、肌がかっと熱くなる。クリスティはなんとか意識を現実に引き戻した。

「いいえ、結構よ。あなたのベッドを温めに来たわけじゃないから」

「よかった」レオははっきりと言った。「ぼくが求めているのは単なるベッドメイトではないからね。出会ったときからそれ以上のものを求めていた」クリスティの驚いた顔つきを見てレオはほほ笑んだ。「もちろん、そのことはきみもわかっていたはずだ。そうでなかったら、こんなところでわざわざ話す必要はないだろう？　ぼくが好んで今の地位に就いたときみは思っているようだが、それは違う。ただ、立場上責任を放棄することはできないというのは事実だ。そしてきみも、たぶん、愛のためにほかのすべてをなげうつタイプの女性ではない」

一瞬、クリスティは驚きのあまり口がきけなかった。自分自身、レオへの思いの深さに気づいていたが、まさか彼が愛を口にするとは思わなかった。感情と闘い、それを否定し、押しつぶそうとしてきたクリスティはたった今、殺人罪にでも問われたような――貴重な何かを汚し、死滅させた罪人として告発されたような気持ちになった。

「あなたはどうなの？」クリスティは必死で立場を守ろうとした。「わたしと暮らすためにほかのすべてを犠牲にするかしら？　いずれは行き詰まり、破滅するとわかっていて、それでも恋のために信念を捨て、理想を捨て、意に反する人生を選び取る？　あなたはわたしにそうしてほしいと思っているの、レオ？」

「いや、そうじゃない。だからこそ、あの夜ホテルの部屋の前できみと別れたんだ。もしきみに触れたら……この腕に抱いたら……愛したら、きみを引きとめるためにはどんなことでもしかねなかった……」

「ヘスラーを捨てる以外のどんなことでも？」クリスティは辛辣にさえぎった。これ以上聞きたくない。すでに心臓は激しく打ち、肉体と魂は彼の差し出しているものをつかみ取りたいという強烈な欲望にうずいている。この手から決定権を奪い取ってほしかった。必要なら肉体という麻薬で酔わされ、力ずくで奪われ、生涯彼のそばに引きとめてほしかった。


まるで逆巻く川にかかった橋の上に立っているような気がする。ほんの少し身を乗り出しさえすれば……そこに身を投げさえすれば……破滅への誘惑はあまりにも甘く、強く、ほとんど抵抗を許さないほどだった。ほとんど……だが、危険から身を引くにはほんの一歩の後退、レオが口にしたほんのひと言で事足りた。

「ぼくには自由な選択は許されていない」


瞳を涙にきらめかせながら、クリスティはなんとかほほ笑もうとした。「許されていないというより、許さないんでしょう？」ドアを開け、出ていこうとして立ちどまる。「これ以上話すことは何もないわね、レオ。ただ……あの晩あなたと寝ればよかった。もしそうしていたら、きっと最悪なセックスになっていたでしょうから」彼の顔を見つめ、クリスティは苦々しくほほ笑んだ。「あなたは愛を口にしながら、わたしのためにそれさえできなかったのね」

それは不当な非難だった。が、心の痛みはあまりにも深く、それを解放するなんらかの手立てが必要だった。帰りの車の中で涙がとまらず、クリスティは途中で待避所に車をとめた。

頭上を旅客機が轟音《ごうおん》をたてて飛んでいく。もちろん、それがレオの乗ったハンブルク行きの便であるはずはなかったが、それでもクリスティは銀色の翼が見えなくなるまで見送った。

22

「お邪魔していいかしら？」

ダヴィーナは思わぬ訪問者に驚いた。クリスティ・ジャーディン。つい今しがたまで泣いていたみたいな顔をして……。心臓が喉元に突き上げてくる。ソウル――彼に何かあったのだろうか？

何も言えずにうなずき、ダヴィーナは玄関のドアを大きく開けた。

「ソウルに頼まれて」クリスティは言った。「兄は……家族に問題が起きて、急に行かなければならなくなったんです。それで、あなたにこの手紙を渡すようにというメモが置いてあったので」

自分の愚かさを心の中で笑い、ダヴィーナは差し出された封筒を受け取った。それほど親しいわけではない客にお茶をすすめたのは、若い時分から身についたマナーと習慣のせいかもしれない。クリスティが断らなかったのを少々意外に思いながら、ダヴィーナは彼女を居間に通して椅子をすすめた。

手紙は封を切らずにテーブルの上に置いたまま、ダヴィーナはキッチンで手早くお茶の支度をした。何が書いてあるのかしら？　新たな脅し？　非難？　ケトルを持つ手がかすかに震える。ゆうべの出来事のあとで唇にはまだいくらかはれたような、しびれたような感じが残っている。もし今彼にキスされたら、情熱の嵐《あらし》にもまれて過ごした夜の翌朝に再び愛を交わすときのような、鋭い、ほとんど耐えがたいまでの歓喜に身を焼かれることだろう。ダヴィーナはさらに震え、危険な夢想を断ち切ろうとした。

お茶を運んできたダヴィーナの頬がほんのり染まっているのに気づいたが、クリスティは何も言わなかった。

「お兄さまのご家族の問題というのがあまり深刻でないといいんですけど」ダヴィーナはカップにお茶をつぎながら如才なく言った。

特にその話題に興味があったわけではない。ただ、若いころから亡くなった母の代わりに父の客をもてなす機会が多かったし、グレゴリーの妻としてもホステス役をこなさなければならなかったせいで、こんなとき、反射的に社交辞令が口に出るのだ。〝お元気ですか〟というあいさつにほとんどの人があいまいな返事をするように、ダヴィーナも今の言葉に対してまともな答えを期待したわけではなかった。

だが、クリスティは〝ほとんどの人〟とは違っていた。「残念ながら深刻な問題なんです。ソウルの娘が、ジョジーっていうんですけれど、麻薬所持で学校を退学させられて……」

クリスティはそこまで話して言葉を切った。いったいわたしは何をしているのかしら——それほど親しくもない女性にこんな話をするなんて。ダヴィーリ・ジェイムズに手紙を届けてほしいという兄の走り書きのメモをテーブルの上に見つけたときは、ただ玄関先でそれを手渡してすぐに帰ってくるつもりだった。でも、この女性にあるもの静かな雰囲気、人の心を和らげずにはいない温かさが、いつもは患者の悩みに耳を傾ける側に立つクリスティに、心にかかっている兄と姪《めい》の問題を打ち明けたい気にさせたのかもしれなかった。

だが、案に相違してダヴィーナは驚いた様子も見せず、ただ、いささかとまどったように沈黙の中に引きこもった。

そしてクリスティは、何よりもダヴィーナが話を促さずに静かに待ってくれたがためにこう続けていた。「麻薬は自分のものではなく、見つかるのを恐れた友だちからあずかったのだとジョジーは母親に言ったそうです。もちろんその友だちの名前は明かさずに。ソウルの別れた奥さんは体面を気にする人ですから、ジョジーが母親に充分理解されていないんじゃないかと心配なんです」

クリスティの不安げな声、額の曇りはダヴィーナの共感を誘った。「でも姪御さんは父親とはいい関係にあるんでしょう？」

クリスティはためらった。「いいえ、ジョジーとソウルは……ソウルは二人の子供をとても愛していますけれど、でも、いわゆる仲のいい親子とはいえないでしょうね。ジョジーは特に反抗的で……」クリスティは口をつぐみ、悲しげに頭を揺すった。「ごめんなさい、こんな話、あなたには退屈でしたね」

「そんなことはありません」ダヴィーナはしんみりと言った。「わかります。かわいそうなジョジー」

クリスティは驚いて顔を上げた。

「わたしと父との関係もぎくしゃくしていましたから……」ダヴィーナはそう言って、まなざしでの問いかけに応じた。

「わたしの場合もそうでした」クリスティも率直に認めた。「昔は、父に愛されているソウルをいつもうらやましく思ったものです。でも、その愛のために兄がどんな代償を払わなければならなかったかがわかったとき、わたしの中から兄をうらやむ気持ちは消えました。たぶん、ソウルは子供たちのことをとても気にかけていて、彼らとの断絶に苦しんでいるんです。ソウルは子供たちのことをとても気にかけていて、彼らとの断絶に苦しんでいるんです。ジョジーの拒絶は兄にとって何よりもつらいことなんでしょう。兄自身は、娘がそんなふうになったのは自分がいい父親じゃなかったからだと彼女をかばってはいるけれど……ジョジーが子供でもなく大人でもないという、いわゆる難しい年ごろだってことも問題をややこしくしているんでしょうね。口でどう言おうと、どんな態度をとろうと、本当はジョジーもトムも父親を求めているはずだってソウルに言ったんです。今度の問題が娘との間になんらかの絆《きずな》を結ぶきっかけになるといいんですけれど。実はわたし、さっき外出先から帰って、ソウルが子供たちに会いに行ったのを知ってびっくりしたんです。五年前の兄だったら、いえ、一年前の兄でも、決してそうはしなかったでしょうから。いくら子供たちに会いたくても、以前の兄ならその前に亡き父親の期待に応《こた》えようと何よりも仕事を優先させたはずです」ダヴィーナが眉をひそめるのを見てクリスティは再び首を横に振った。「ごめんなさい。こんな内輪の話であなたのお邪魔をすべきではなかったわ。ソウルにはただ手紙を届けるようにと頼まれただけで、詳しい事情まで説明しろとは……」

「彼の個人的な問題をわたしに話すべきではないとお思いなのね？」ダヴィーナはクリスティの顔によぎった不安を鋭く読み取り、言った。「ケアリー製薬の件で取り引きの材料としてわたしがそれを利用するかもしれないと気になさっているなら、その心配はご無用です」

「あなたは本当に会社をデイヴィッドソンに売るおつもりなの？」

ダヴィーナは一瞬探るようにクリスティを見つめた。「いいえ、売りたいとは思っていません」

「アレックスのほかにだれか……ケアリーを支援しようという人がいるんでしょうか？」

ダヴィーナは再びソウルの妹を見つめ、彼女のオリーブがかった肌に赤みがさすのに気がついた。ケアリーを存続させるための資金を個人的に融資しようというレオの寛大な申し出をクリスティ・ジャーディンが知っているはずはないし……たぶん、彼女はただ兄のために、わたしがケアリーをヘスラーに売り渡す気でいるのかどうかを知りたがっているだけなのだろう。

「ソウ……あなたのお兄さまは、いつこちらに戻っていらっしゃるの?」相手の質問には答えずにダヴィーナはきいた。

「さあ、いつになるか……」クリスティは椅子から立ち上がった。「突然お邪魔してごめんなさい。そろそろ失礼します」

ダヴィーナは客を玄関まで見送り、車が走り去るのを見届けてからドアを閉め、ティーカップを片づけに居間に戻った。

キッチンにトレイを運んでカップを洗い、念入りすぎるほど丁寧にふく間もずっと、キッチンのテーブルの真ん中に置いた一通の手紙が気になっていた。タオルでゆっくりと手をふき、時間をかけてハンドクリームをすり込んだところで、もうそれ以上引き延ばす理由もなくなった。ダヴィーナはようやく封筒を取り上げ、慎重に封をはがして中身を取り出した。

大急ぎで書かれたことはひと目でわかる。きっぱりした、男らしい筆跡。まるで、手紙を開いただけでソウル・ジャーディンの強烈なエネルギーが部屋の中に満ちあふれるようだ。目を閉じれば間近に彼の姿を見、彼の声が聞こえるような気さえする。

最初の何行かに目を走らせながら、ダヴィーナは機械的に椅子を引き、腰を下ろした。最初の二段落は謝罪に費やされている。ダヴィーナが二股《ふたまた》をかけていると誤解したのはすべて自分のせいだと認め、繰り返し謝ってはいても、なぜ誤解したかの説明はなかった。その理由を知る必要があるだろうか？　ケアリーのオーナーとしてのダヴィーナにはないかもしれないが、一人の女性としてのダヴィーナには、たぶん……。

手紙に注意を戻し、彼女は眉根を寄せた。そこには謝罪だけでなく、警告が――アレックスがケアリーを買収したらどういうことになるかの警告が書かれていた。二枚目にはソウル自身のアドバイスとして、ケアリーをアレックスに売らずにすむ方法が具体的に箇条書きで記されており、さらにアレックスがケアリー買収に執着する理由として、近い将来イギリス国籍の医薬品メーカーを対象に支給される政府の助成金についての説明すら書かれていた。

ダヴィーナはもう一度手紙を読み直し、内容を把握し、彼のアドバイス――結果的にアレックス卿《きょう》の計画を台なしにする驚くべきアドバイスについて思いをめぐらせた。

二枚目の最後には、明らかにあとでつけ加えたとわかる、それまでより穏やかな筆跡の追記があった。

〈わたしが書いたことが事実なのか、それともあなたを陥れるためのなんらかの罠《わな》なのか、そうでないとしたら、わたしのような男がなぜケアリーの将来など気にするのかとあなたはいぶかるかもしれない。わたし自身、それに論理的な答えを出すことはできないが、ただ、事実をあなたに告げることで多少なりとも過日の非礼の償いができたらと願っているのは事実です〉

手紙はそこで終わり、そのあとにはそっけないサインがあるだけだ。

ダヴィーナはテーブルに手紙を置いた。思いがけない密告。この手紙の内容を信じるべき根拠は何もなく、疑うべきあらゆる根拠がある。それでも、理不尽にも彼女はソウル・ジャーディンを信じた。

ダヴィーナはこの新たな展開に意識を集中させて考えた。まずジャイルズに連絡しなければ……。

今は個人的な感情にかかずらっているときではない。ソウルがいかに子供たちを愛しているかをクリスティが語ったときに胸を締めつけた、あの深い孤独感を分析すべきときではなかった。もちろん、そういうたぐいの愛に嫉妬《しっと》するほどわたしは愚かではないし、あのときの不可解な感情が意味する何事かを認めるほど愚かでもないはずだ。

女性は――特に三十歳を過ぎた分別盛りの女性は恋に落ちはしない。男性に対して肉体的に惹《ひ》かれることはあるかもしれない、好奇心を持つかもしれない、人間として相手に少々興味を抱きさえするかも……。けれど恋に落ちはしない。

とにかく、ジャイルズに電話をしなければ。もしソウルの手紙にあった情報が事実なら――事実に違いないとダヴィーナは信じているが、これ以上彼のボスと交渉を続けるわけにはいかない。

経験と知識に裏打ちされたソウルの提案についてはどう対処すべきだろう？　この嵐を乗り切るためにスポンサーを探すように、もしできるなら安全な港に避難し、風向きが変わるまで錨《いかり》を下ろして待つようにと彼は言っている。

レオはソウルに電話をかけ、ケアリーの買収など考えてもいないと、ダヴィーナとの面会は純粋にプライベートなものであり、彼らの父親同士が知り合いだったというダヴィーナの話は嘘《うそ》ではないと説明したという。もしかしたらレオはそのとき、彼個人の立場でケアリーに融資を申し出たということをソウルに話したのかもしれない。

早くジャイルズに電話をしなければ。オフィスにではなく、自宅に――ケアリーをアレックス・デイヴィッドソンに売却するかどうかの決定権はダヴィーナにあり、その結論が出るまでなすべきことはないと彼は言い、ここ数日会社を休んでいる。

最後に話したときのジャイルズはひどくよそよそしかった。彼の忠告を聞かず、無条件でソウル・ジャーディンの申し出を受け入れなかったことで腹を立てているのだろうか？　それとも、もっと個人的なことで？　ダヴィーナはちょっとためらってから受話器を取り、ジャイルズの家の番号を押した。

ルーシーが二階から下りてきたとき、ジャイルズは居間の戸口近くに立ち、妻の足音に気づくふうもなく気難しい顔つきで手紙を読んでいた。

その手紙は今朝、何通かの請求書にまじって届いたものだった。その場で封を開け、手紙を読みはしても、ジャイルズはその内容について妻には何も話さなかった。でも勘のいいルーシーは、それが重要な手紙であるらしいとは察していた。

ジャイルズが家に帰ってきてから、夫婦は寝室を、そしてそれ以上をともにしていた。愛し合うとき、ジャイルズが呼ぶのは妻の名であり、求めるのは妻の肉体であり、野性を駆り立てるのは妻の愛撫《あいぶ》だった。二人ともダヴィーナのことはいっさい口にしないが、それでも彼女はそこに存在し、ルーシーは彼女にジャイルズを奪われるのではないかという不安から完全に解放されることはなかった。

絶対に夫を失いたくない――ルーシーは今突然、自分を守るために身にまとっていた無関心の鎧《よろい》を脱ぎ捨てていた。なぜわたしたちはそれぞれの悲しみの中に閉じこもり、ニコラスを失った苦しみを分け合おうとしなかったのだろう？　ダヴィーナのことをどう思っているのかと、なぜ素直にジャイルズにきけないの？　今夫が手にしている手紙の内容がどんなものか、なぜそれさえきくことができないの？　わたしは何をそんなに恐れているの？

答えはすでにわかっている。自分が愛され、望まれる価値がないと感じているために、ルーシーは愛されないこと、望まれないことを恐れているのだ。意識の奥底ではいつもジャイルズを失うのではないかという恐怖におののいていたので、ルーシーは心の最も傷つきやすい部分を真綿にくるんでしまい込み、百パーセントの自分をさらけ出すことができずにいた。

でも、ジャイルズはまだここにいる。まだ彼を失ってはいない。

階段がきしみ、ジャイルズは手紙を持ったまま振り向いて妻を見上げた。

ルーシーは深く息を吸った。今こそ正面から恐怖と向き合い、過去を押しのけ、大人になるべきときかもしれない。それに今は……。まだ自分でも確信が持てないし、ましてやほかのだれかに――たとえ夫にでも――話す段階ではないとしても、ある予感に胸が震える。もちろん思い過ごしであるのかもしれず、まだそう断言するには早すぎるけれど……。

「どうしたの、ジャイルズ？　何かあったの？」

妻の落ち着いた声を聞いてジャイルズは表情を和らげた。この何日か、夫婦の関係は新たな段階を迎えていた。二人の間にはこれまでになかった親しさ、共感、ニコラスの死という共通の悲しみを介した連帯感が生まれていた。ジャイルズはこれまで妻を理解しなかったことに負い目を感じ、当然のことながらダヴィーナとのことをきまり悪く感じている。

しかし、今となってみれば、ダヴィーナとのことは一連の夢の中の出来事としか思えなくなっていた。想像力が作り上げたダヴィーナと実際の彼女とがぴったり重ならないことが、今はわかる。しかし、たとえそうであっても、彼女にはなんらかの借りがあり、そしてこの手紙についていえば……。

ジャイルズはルーシーを見上げた。もしこの手紙を一カ月前に受け取っていたら、いや、一週間前であっても、その内容を妻に話しはしなかったろう。

「ヘンリー・ノートンから手紙が来たんだ。スメスウィックに勤めていたときの上司だった――覚えているだろう？　彼が今度健康上の理由で会社を辞めることになって、代わりにだれかふさわしい候補を推薦してほしいと会社から頼まれたんだそうだ。で、彼はぼくを思い出した。スメスウィックに行っても収入面では今とたいして変わらないが……」

「あそこでは働きたくないんでしょう？」

「あの当時はね」ジャイルズは認めた。「だが今は事情が……」

電話のベルの音に話をさえぎられ、近くにいたジャイルズが受話器を取った。

「ダヴィーナ？」応ずるジャイルズの声はあくまでも事務的で、今度はルーシーの存在を気にして声をひそめはしなかった。

彼がダヴィーナの話に耳を傾けている間、ルーシーは傍らで静かに待っていた。

「つまり、アレックス卿の話に乗らなくて正解だったというわけだね」ジャイルズはようやくそう言った。「悪いが、ダヴィーナ、ぼくは今、自分の立場を考え直しているところなんだ。会社に残りたいとは思う。しかし、ここしばらく仕事に時間を取られて家をかえりみる時間がなかった。ルーシーはずっと耐えてきてくれたが、これからは妻を……ぼくたちの生活を優先させるべきだと思うんだ。そのことについてしばらく考える時間をもらえないかと……」

ダヴィーナは答える前に少しためらった。「もちろん」それから礼儀正しく続ける。「気持ちはよくわかるわ、ジャイルズ。ルーシーもさぞかしつらかったでしょう。よく我慢してくれたわね。あなただって彼女のために経済的な基盤をしっかりさせる必要があるでしょうし。それについては今のわたしにはなんの保証もできないし……いずれにしても、これまであなたのしてくださったことにはとても感謝しているわ」

電話がすむのを待って、ルーシーは感動にきらめく瞳で夫を見上げた。

「そうしたければケアリーに残っていいのよ」ルーシーは背伸びをして夫にキスをした。「わたしはかまわないわ。あなたに愛されているってことがわかったんですもの」

「当たり前じゃないか」ジャイルズは優しい非難をこめて妻を見返した。「いつだってきみを愛している」

ルーシーは何か言おうとして口を開き、そして思いとどまった。これから時間はたっぷりある。今は過ぎ去った苦しみを振り返るときではなく、妊娠したかもしれないという期待半分、不安半分の気持ちを夫に打ち明けるべきときでもなかった。いつの日か、この何カ月かの心の行き違いについて、破滅寸前だった夫婦関係について、正直に、率直に語り合えるときが来るかもしれない。いつか……でも今ではない。今は互いの傷口に触れるときではなく、互いへの不信と自責でその傷を化膿《かのう》させるときでもない。今はただ静かに傷の回復を待つべきとき……。

こんなとき、以前のルーシーだったら、まず夫をベッドに誘い、彼があらがえないとわかっている性の歓喜で夫をつなぎとめようとしたかもしれない。でも、今はただほほ笑んでこう言っただけだった。「仕事のことは今すぐ決める必要はないわ。ねえ、ジャイルズ、わたし、ニコラスの木のことを考えていたんだけれど……冬になるとあの辺りが少し寂しくなるでしょう？　だから根元に球根を植えましょうよ。そして木がもう少し大きくなったら、まわりを囲むようにベンチを作ってほしいの」

そして、わたしたちのまわりもしっかりと愛で囲もう……。

レオがハンブルクに戻っても、ウィルヘルムからはうんともすんとも言ってこなかった。あとになって考えれば、その沈黙がどこか不自然だと、どこかうさん臭いと感じ取るべきだったのだろう。そこまで思い及ばなかったのは、クリスティのことがまだ頭から離れなかったせいかもしれず、あるいはただ、これ以上兄の監視役を務めるのにうんざりしていたせいかもしれない。

ウィルヘルムがいつになく沈黙している理由をあれこれ考えるより、イギリスでの出来事、そこで出会った人々から距離を置き、自分自身を取り戻してひと息つく時間が欲しかった。会った瞬間から好感を抱き、不思議な結びつきを感じたダヴィーナ……強烈な個性を持ったクリスティ。

出会ったそのとき、彼女についてまだ何も知らないうちから、クリスティ・ジャーディンが自分の人生を捨ててまで自分のものになることはありえないと感じていた。信念に忠実であろうとするなら。それは当然の選択だろう。だが、健全な理性の殻を破ってときたま顔を出す身勝手な男の部分が、もしクリスティが、レオが彼女を愛するほどに愛してくれるなら、その愛のためにすべてをなげうつはずだとささやくのだった。

自分の心に潜むそうした未熟なエゴの存在にレオは腹が立ち、クリスティの選択に失望させられた以上に自分自身の選択に失望していた。そういうわけで、チェシャーから帰ってたっぷり十二時間、レオは自分のなりたい人間、送りたい人生を忘れ、周囲からそうなるべく期待されている自分、外部から半ば強制的に運命づけられた人生を受け入れることに意識を集中させようとした。

そのためにウィルヘルムの沈黙の理由をあれこれ詮索する時間はなかった。赤信号で車をとめ、歩道に立つ紳士が読んでいた新聞の見出しに何げなく目をやったとき、レオは雷に打たれたようなショックを受けた。驚きのあまり、しばらくは信号が青に変わったことにも気づかず、後続の車のクラクションに急《せ》かされて慌ててアクセルを踏んだ。レオは近くの歩道ぞいに車をとめ、スタンドに走って新聞を買い、車に戻りながら食い入るように見出しを目で追った。

〝ウィルヘルム・ヘスラーの愛人、ヘスラー製薬のトップ交替をもくろむクーデター計画を暴露〟とあり、その下には、ウィルヘルムが目下交際中のこの女性に、ひそかに重役会を組織して現社長に不信任決議を突きつけ、会社の実権を奪い取る計画があることを話したというセンセーショナルな記事があった。

記事を読み進むうちにレオの体は怒りと不信に張り詰めていった。兄の裏切りそのものが問題なのではない。弟に対するウィルヘルムの感情を今初めて知ったわけではないのだから。それに、ウィルヘルムが精力絶倫であるとかなんとか、下品な性的ほのめかしが随所にちりばめられたこの記事の低俗ささえ問題にはならなかった。あらゆる誇張を取り除くと、それはウィルヘルムが——そして彼と同じような地位にある中年男性の多くが、かわいいけれど頭が空っぽで、情事の相手としてよりその銀行口座のほうに興味を持つような女性にいかにたやすくだまされるかを面白おかしく解説した暴露記事だった。

レオが何よりも恐れ、問題にしたのは、そのいかがわしいゴシップ記事から当然のこととして人々が導き出す結論だった。骨肉の争いからヘスラー製薬が分裂の危機にあるという噂《うわさ》が経済界に広まれば、会社の存続にも影響が出るだろう。レオも世間知らずというわけではない。重役会のメンバーの中に、それぞれの思惑からウィルヘルムを支持する連中がいたとしても少しもおかしくはないと思っている。もし各国の有力経済紙がこのゴシップ記事に注目し、改めて取材した結果を取り上げることにでもなれば――その可能性はかなり高いだろうが、ヘスラー製薬のイメージダウンははかり知れないものになる。

ヘスラー製薬の本社ビルは川を見晴らす高級オフィス街にある。もともとはオフィスも研究室も工場もこの区画内にあったのだが、会社の規模が大きくなるにつれて手狭になり、今は研究室と工場はほかの場所に移転し、ここは企業全体を統括する中枢部としてのオフィスがあるだけになった。

レオはビルの地下駐車場に入り、いつもの専用スペースに車をとめた。さすがにウィルヘルムもこのスペースまで奪い取る気はないらしい――数メートル先にとめてある兄の車を横目で見ながらレオは皮肉っぽく考えた。

車の排気ガスが地球環境に及ぼす悪影響を考慮に入れないですむとしたら、レオの好みとしては、ぴかぴかの新車よりどちらかというとクラシックカーに乗りたいと思う。しかしウィルヘルムの場合はその逆で、彼は最高級のメルセデスの新車に乗っていた。表向きそれは会社の車なのだし、あらゆる経費も会社から支払われているのだから、そういう贅《ぜい》沢《たく》なモデルを選ぶのはどうかと思うとそれとなく兄に忠告したことがある。しかしそのときウィルヘルムは、少なくとも、〝おまえと違って〟国産車を選んでいると言って、レオが四年前から乗っている実用的なボルボを暗に皮肉った。レオはその当てこすりを受け流し、会社としてすでに運転手つきのメルセデスのリムジンを所有しているのだから、個人的に利用する車はもう少し控えめにすべきだと主張した。ウィルヘルムに特別待遇が許されるなら、重役会のほかのメンバーが同じ特権を要求してきてもむげに却下することはできないだろう、というレオの説得にウィルヘルムはいっそう態度を硬化させ、トップの座を横取りした弟が、本来なら立場が逆であるはずの兄を単なる役員の一人に降格するのかとかみついてきた。

兄の車の前を通り過ぎて役員専用のエレベーターに向かいながら、レオはかすかに顔をしかめた。例の新しい〝ガールフレンド〟の驚くほど詳細な告白によると、この車も刺激的な情事のシーンとして何度か利用されてきたらしい。〝わたしはあんまり頭がいいほうじゃないけれど……〟と認めたにしては、彼女はかなりの記憶力と表現力の持ち主だといえるだろう。

ドアが静かに閉まり、エレベーターが音もなく上昇を始める。レオは新たな懸念に眉をひそめた。兄の妻はこの暴露記事をどう受けとめているだろう。義姉《あね》が絶え間ない夫の裏切りに気づいていないはずはなかったが、それがひそかに、せめて対外的に妻としての立場を保てるような形で行われている限りは黙認できたかもしれない。だが、友人知人のだれが読むとも知れないゴシップ専門の大衆紙に夫の悪癖がこと細かにすっぱ抜かれたとなれば話は別だった。

　ウィルヘルムの息子たちのことも気にかかる。これまで二人の甥《おい》とあまり緊密にかかわってこなかったことが心のどこかで小さなとげとなってレオを苦しめていた。それはレオの責任だった。彼らと過ごす時間を作る努力さえ怠ってきたのだから。ウィルヘルムが異父兄であるとしても、子供たちが母方の血を共有する甥であるという事実に変わりはない。

　幸いにというべきか、二人の甥はハインリッヒ・フォン・ヘスラーの遺伝子を受け継いではいなかった。しかしレオの子は――彼がいつか自分の子供を持つことがあるとすれば、いやおうなしに祖父の血を、祖父の罪を背負うことになるだろう。

　子供か。レオは考え込んだ様子でエレベーターを降り、自分のオフィスに向かった。現在の不安定な世界情勢を考えると子孫をこの世に送り出すことにためらいを覚えずにはいられない。しかし愛する女性との間に愛の結晶としての小さな命が生まれるという喜びは……それはまた別次元の、より個人的な、その神秘を思うだけで体に感動の震えが走るほどに深く根源的な歓喜に違いない。

　レオの秘書は前を通り過ぎていくボスに目を向けた。彼女は結婚し、三人の子供に恵まれた魅力的な女性だ。

　レオは奥の部屋に向かいながら秘書に感じよくほほ笑みかけた。彼女もおそらくあの新聞を読んだだろう。彼女に限らず、今となっては社内であの記事のことを知らぬ者はいないという気がする。

オフィスに着いてから一時間のうちに重役会のメンバー五人から電話があった。そのうちの二人はレオに同情して彼への支持を表明し、ほかの二人はいったいどういうことになっているのかと事情の説明を求め、あとの一人は会社の名誉を傷つけたウィルヘルムを重役会から追放すべきだと息巻いた。

電話でレオへの支持を表明してきた二人がほかのだれよりも彼には気になった。レオはこれまで一度として重役会のメンバーに自分への支持を要求したことはなかった。父の厳密な遺言によって、よほど例外的な事態にでも陥らない限り、レオが企業の最高責任者としての地位から退陣させられることはありえなかった。たとえ重役会のメンバーが多数決によってレオを追放し、その代わりにウィルヘルムを祭り上げようと試みたとしても、法律上、そうする道は閉ざされている。それなのに、なぜ二人の役員はわざわざ支持を表明してきたのだろう?

昼までにウィルヘルムのオフィスに四度内線電話を入れたが、そのたびに彼の秘書はボスは不在だと繰り返した。

その気になれば直接兄のオフィスに乗り込んで説明を求めることもできる。だが、レオの側から明確な対決姿勢を示せばそれこそウィルヘルムの思うつぼだ。レオはいら立ちを抑えて受話器を戻した。ウィルヘルムにしても、そういつまでも逃げてはいられないだろう。そのときが来たら、兄の挑発に乗ることなく、あくまでも自分のペースで話し合いをすればいい。

それまでの間にほかにすべき仕事があった。経済新聞の鮫《さめ》たちが、まだ獲物に食らいついてはいないまでも、明らかに血のにおいをかぎつけてひそかにこの辺りを泳ぎまわっている。マスコミ関係者や重役たちから電話があるだろうとはレオもある程度予期していた。だが、その日の夕方かかってきた義姉アナからの電話は予期せぬものだった。

アナの声は意外なほど落ち着いていた。不自然なほど――レオはふとそんな印象を持った。会って話を聞いてほしいと、それもできるだけ早い機会に、と彼女は言った。

「もちろん、いいとも」レオは答えたが、心の中ではすでに、もしアナが弟の説得でウィルヘルムを改心させられると思っているなら、その期待には応えられそうもないと感じていた。もちろん彼女自身がだれよりもよくそのことを知っているはずだが、このうえアナを苦しめるには忍びなく、レオはそう言う代わりにできるだけ早く会いに行くと約束した。

まだウィルヘルムとは話していないが、兄がどういう人間かよく知っていれば、そのもくろみもおのずと知れる。彼は今ごろレオの反撃を期待して塹壕《ざんごう》を掘り、最も有利な地歩を固めて攻撃を待ち受けているだろう。しかし、いずれ兄も思い知るだろうが、敵がいなければ戦うことはできないのだ。

ウィルヘルムは辛抱強い男ではない。レオが彼の挑戦を無視し続けさえすれば、いずれは自制心も何もかなぐり捨てて戦いを挑んでくるに違いない。しかし真の問題点は、兄弟の対立を和らげることではなく、ウィルヘルムにレオの優位を認めさせることでもなかった。会社の名誉や将来について考える場合、個人的な問題は二の次になる。ウィルヘルムがその両方――会社の名誉と将来を危険にさらしたという事実は、彼がヘスラー製薬の最高責任者としていかに不適任であるかの証拠になるだろう。生前、父はしっかりとウィルヘルムの手綱を握っていた。そして今、自分に必要なのはまさにその手綱だ。

ようやく仕事から解放されたのは六時少し前だったが、それでもレオにとっては早いほうだった。オフィスビルの駐車場にウィルヘルムの車はすでになかったが、予想どおり、兄夫婦の住む高級アパートの駐車場に車をとめたときも、アナのＢＭＷはあってもウィルヘルムのメルセデスは見当たらなかった。

ほとんどノックと同時にアナはドアを開け、義弟を中に招き入れた。会ってすぐ、レオは彼女の雰囲気がどこかいつもと違うという印象を持った。どこがどう違うのだろう――そう、ヘアスタイルも服装も以前より柔らかい感じがする。いつもはかっちりした仕立てのデザイナーズスーツを着ているのに、今日はルーズなデザインのパステルカラーの麻のスーツをしなやかに着こなしている。

「あの新聞、読んだでしょう?」アナは緊張した面持ちで尋ね、たばこに火をつけて落ち着かなげに吸った。

　レオはうなずき、さりげなく紫煙のたなびきを避けて座った。「なんと言ったらいいか……ひどい記事だね」

　アナは唇を引き締め、小さく肩をすくめた。「あれが最初じゃないし、最後でもないってことはあなたもわたしも知っているわ」

　それにもただうなずくしかない。「ただ、少なくともこれまではあれほどおおっぴらではなかった」

「そう思う？」

　レオは灰皿にたばこの灰を落とすアナのしぐさを見守った。若いころ、彼女はすばらしくエレガントで優美な女性だった。しかし苦渋に満ちた兄との生活の中でそのしなやかさは失われ、今、彼女のしぐさは硬く張り詰め、人生への幻滅は彼女のきめ細かい肌に苦々しいしわを刻み、顔つきに不安のかげりを与えていた。

「世間に対してはおおっぴらではなかったかもしれないけれど、家では隠すどころか……」アナは半分しか吸っていないたばこをもみ消し、それからレオに向かってほとんどけんか腰でこう言った。「ときどき、彼はほかの女性との情事をわたしに話すのを楽しんでいるんじゃないかと思ったくらい。彼女たちとどんなふうに楽しんだか、ではなく、彼女たちにどんなことをしたか、とか……」レオの小さな嫌悪のしぐさに気づいてアナは苦い笑みを浮かべた。「ええ、そう、わたしたち、もう何年も一緒に寝ていないわ。子供を産んでから体が醜くなったと、彼はよくわたしをばかにするの。おなかのたるんだ妻にその気が起きなくても当然だ、わたしと別れない唯一の理由は父の名誉のためだって言うのよ。離婚してフォン・ヘスラーの名を汚すことは絶対に許されないって」

「今時、離婚くらいで家名が傷つくことはないさ」レオは義姉の気持ちを和らげようとして言った。

「もっと早く別れるべきだった」何も聞こえなかったかのようにアナは続けた。「そうしたかったんだけれど、怖くて……自分が無力な女だというコンプレックスから逃れられなかったの。もし出ていくならびた一文渡さないし、そうなればどん底の生活をすることになるんだとウィルヘルムに脅されたわ。いいえ、脅しというより、本気で言ったのよ」

レオはショックと嫌悪を隠しきれなかった。「そんなことをこのぼくが許すはずはないだろう、アナ。一人で苦しんでいないで、どうしてもっと早くぼくに話してくれなかったんだ?」

アナは再び硬い笑みを浮かべた。「わたしにだってプライドがあるわ、レオ、もしそれがプライドと呼べるならね。それに、あのころのあなたは、まだとても若かったし。それにしても、今こんなことになるなんて皮肉よね。彼と別れる決心をしたのは何週間か前なのに、世間の人たちは今度の醜聞がわたしたちに破局をもたらしたと思うでしょうから」

「別れる？」レオは驚きを隠さなかった。新しい愛人と別れるようにウィルヘルムを説得してほしいと頼まれるものと思っていたからだ。

「わたしを責めないでね」

レオはうなずいた。「もちろんさ。いったいだれがあなたを責められる？」

「ウィルヘルムと別れるなんて、絶対に不可能だと思っていたわ」問題の核心を話した今、アナはいくらかリラックスした様子で続けた。「そんなことはできるはずがないと、自由なんて望むべくもないとあきらめていたの。でも、求めさえすれば道は必ず開けるものなのね。そのためには劣等感にひたっていてはだめ。ただちょっと勇気を出して自分を認め、大事にすればいいだけ。わたしがその勇気と自信を見いだせたのはなぜだと思う？」アナはじっとレオを見つめた。

レオは首をかしげた。アナはなぜウィルヘルムのもとを去る決意を義弟のぼくに話す必要があったのだろう？　これまでだってそれほど親しく行き来していたわけではないのに。

「恋をしたの」アナは言った。「ええ、わかってる、よくあることよね。それでも、これは本物だって感じるの。去年知り合ったフランツは東ドイツ出身で……」レオの表情を見てアナは語気を強めた。「もちろん彼はお金持ちじゃないわ。これまでのわたしとはライフスタイルも違うし、道徳観も違うかもしれない。でも、だからといってわたしたちの愛が偽物だってことにはならないでしょう？　わたしたち、愛し合っているの、レオ。彼、一文なしのわたしでも喜んで受け入れるって言ってくれたわ。いずれにしてもそうするしかないのだけれど……ウィルヘルムには着のみ着のままで追い出されるでしょうから」アナは悲しげに笑った。「信じられる？　わたし、結婚してから自分のお金を持ったことがないのよ。ドレス一着買っても請求書はウィルヘルムにまわされるの。彼はわたしに現金を持たせたくなかったのね。でも、そんなことはもうどうでもいいわ。気がかりなのはお金の問題じゃなく、息子たちのこと」彼女は重いため息をついた。「実はあなたにお願いがあるの、レオ。あの子たちが父親に押しつぶされたりゆがめられたりすることがないように、それとなく見守っていてくれないかしら？　ウィルヘルムのことですもの、離婚したら罰としてわたしから息子たちを遠ざけようとするわ。今だって子供たちとそれほど密接にかかわっているわけではないけれど、あの子たちが大きくなるにつれてわたしとの関係はもっと希薄になるでしょうね。レオ、約束して。あの子たちのこと、見守ってくれるわね？」

義姉の正直さ、誠意ある懇願にレオは心を動かされた。「できるだけのことはさせてもらうよ」彼は本心から約束した。「ただ、いつでも連絡できるように住所だけは教えておいてくれないと」

たとえ兄が執念深く報復をもくろんだとしても、アナを無一文でほうり出すようなまねは決してさせまいとレオはすでに心を決めていた。悲惨な結婚生活に耐えてきた義姉には、当然のこととしてなにがしかの代償を受け取る権利があるはずだ。

「住所はここよ」アナは小さな紙片を差し出した。「フランツは旧東ドイツに小さな牧場を持っているの。ただ、これからもその土地を持ち続けられるかどうかはわからないのだけれど……西側のだれかがその土地の所有権を主張しているらしくて。家は古くて……とても古くて、雨が降るたびに屋根から雨もりがするのよ。あなたに話したかしら、わたしの祖父母も農家だったってこと？」

レオは身を乗り出して義姉の頬にキスをした。「幸運を祈るよ、アナ」

「運なんていらないわ、レオ。フランツの愛さえあればそれで充分」

車に戻るレオの胸にはアナへの羨望《せんぼう》があった。彼女は今、自分の人生をどう生きるかを選ぶ自由を手にしている。不可能なことはないとアナは言った。〝求めさえすれば道は必ず開けるもの……ただちょっと勇気を出して自分を認め、大事にすれば……〟

そうだろうか？　いや、必ずしもそうとはいえない。人生がそれほど単純であるはずはない。

それとも自分自身、場合によっては人生が単純にもなりうるということを認めまいとしているだけなのだろうか？　心の奥底のどこかに、ヘスラー製薬によらずに人生を築くことへの不安が――クリスティを求め、拒絶されることへの恐怖が潜んでいるのだろうか？

もしかしたら、表向きは自分の希望より父に託された責任を果たすことを優先させるふりをしながら、その実、ヘスラー製薬を隠れみのとして利用しているだけなのかもしれない。

アナと別れてまっすぐ家に帰ると、レオは窓辺に立ち、長い間深いもの思いにふけって暗い川面《かわも》を見つめていた。

23

「何しに来たの？　ああ、わかった、ママに呼ばれたんでしょう？」

父親そっくりのブルーの瞳に燃える敵意、その裏に潜む不安と孤独を読み取り、ソウルは胸を痛めた。深い感情に喉が締めつけられ、娘に手を差し伸べてこの胸に抱き寄せたいという衝動をこらえて体がこわばる。

ジョジーから見れば、もう子供ではないのだから人生の何事かを決めるのは父でもなく母でもなく、自分自身であるはずだというのだろう。だが、ソウルから見ればジョジーはまだ小さな子供であり、保護され、愛されるべき大事な娘であることに変わりはなかった。

高速道路を走りながら、ソウルはずっとこの瞬間のことを想像していた。娘はなんと言い、どう反応するか……何を期待していたんだ？　〝パパ！〟と叫んで胸に飛び込んでくることを？　まさか。

今では娘の寝室さえ見慣れぬものになっていた。そこはもはや子供部屋ではなく、若い女性の、それも見知らぬ若い女性の部屋だった。その見知らぬ若い女性はすでに精神的にも物理的にも父親から遠ざかり、彼女の人生という舞台にソウルの出番はないことを……ソウル自身が何年も前にその役を降りたことを思い知らせているようだった。

「ごちゃごちゃ言っても時間の無駄だってことがママにはわからないのかな。パパだってわざわざ来ることはなかったのに」いつものことながら、ジョジーは軽蔑《けいべつ》をあらわにしている。「パパだって――デイヴィッドソン・コーポレーションのミスター・ワンダフルだって、わたしを学校に連れ戻すことはできないわ。麻薬が見つかったら即退学と決まっているのよ。それくらい知っているでしょう？」

「いや、知らなかった」ソウルは静かに言った。「だが、おまえはそのことを知っていたのなら、なぜそんなものを持っているところを見つかるようなへまをしたのか、そのわけを聞きたいな」

ジョジーは突然驚いたように父を見つめた。大きく見開いた瞳には驚きばかりではなくかすかな希望が――母から浴びせられたようなヒステリックな叱責《しっせき》をこれ以上受けずにすむことへの安堵《あんど》があった。

何もかもあなたのせい、とカレンは言った。あなたは子供たちに無関心で、すべてをわたしに押しつけて彼らをかえりみなかった、と。

請求書の支払い以外のすべてを、と言いかけてソウルはかろうじてその言葉をのみ込んだ。醜いののしり合いだけは避けたかった。彼は腹立ちを抑え、カレンがヒステリックになるのは、娘を有罪ときめつけているからというより、年ごろの娘の身を案じる母心の表れなのだと自分を納得させようとした。不思議なことに、ソウルはその間ずっと傍らにダヴィーナの存在を感じ、落ち着くようにと、争うよりは歩み寄るべきだとささやく彼女の声を聞いていた。

　意外にもその効果は絶大で、カレンは彼が二階に上がってジョジーと二人きりで話すことに反対はしなかった。

〝あの子が素直にあなたの話を聞くとは思えないけれど〟カレンは不機嫌に言った。〝それでも、わざわざあなたが来たという事実で、あの子は自分のしたことの重大さに気づくかもしれないわね〟

「最初から見つかるとわかっていたんじゃないのかい、ジョジー？」詳しく事情を知っていたわけではないが、ソウルはある直感に導かれてそうきいた。

　ジョジーは父から目をそらして肩をすくめた。それは父の推測を肯定するしぐさかもしれず、そうでないのかもしれなかった。

「おまえに麻薬をあずけたという女の子は友だちなんだね」

「どうしてそんなことがわかるのよ？」ジョジーは居丈高に言い返した。「わたしのことなんかなんにも知らないくせに」

「おまえが賢い子だってことは知っているよ。麻薬を持っているところを教師に見つかるほど愚かじゃないはずだ」

ジョジーはぱっと赤くなり、頬を染めたその様子は彼女をひどく傷つきやすく、頼りなげに見せた。ソウルは胸を締めつけられ、このときもまた娘に手を差し伸べて抱き締め、大丈夫だと、何も心配することはないと言いたい思いに駆られた。だが、それは娘にとって最も望まないこと、最も聞きたくないことだとわかっている。

「その友だちは……」

「友だちじゃないわ」ジョジーはさえぎった。「わたしには友だちなんかいないもの」

友だちがいない？　ジョジーはクラスの人気者だとカレンは言っていた。子供たちは上流階級の人々とつき合っているし、ジョジーには良家の子女の友だちが多いから、そういう交際には結構お金がかかるのよとカレンは言い、何かにつけてかつての夫にお金を要求してきた。ジョジーがテニスを始めた、ジョジーがスキーに行くの、ジョジーが夏休みに友だちの別荘に招かれて……。

家族全員が格式の高いカントリークラブのメンバーになっていて、カレンとジョジーは、ハイクラスの人間が集まるダンススタジオとジムを利用しているという。そしてソウルはそのすべての費用を払っていた。

どこかつじつまが合わないという感じがする。ソウルはジョジーの話に面食らい、この先どう話を続けたらいいかとまどっていた。ジョジーの言葉を、ティーンエイジャーが親に反抗するときの常套句《じょうとうく》のたぐいと聞き流すべきだろうか？　〝着るものがない〟〝ほかの子たちは許されているのに〟〝こんなにうるさいのはうちだけ〟〝こんなに宿題させられるのはわたしだけ〟……それとも、ジョジーの言ったことにはもっと重要な問題が隠されているのだろうか？

ソウルが考えをまとめるより先に、ジョジーがいきなり激しい口調で言いだした。「学校でわたしは嫌われているの。みんな、わたしのことを身のほど知らずだって言うわ。本当は貧乏なのにママとリチャードは見栄《みえ》を張っているって……二人ともお金持ちのまわりをうろうろする寄生虫だって……わたしのブレザーだって、ママが去年のバザーで、〝新品同様〟のお古しか買えなかったこともみんな知っているのよ」

怒りがこみ上げ、ソウルは険しく眉をひそめた。二人の子供の制服代を払ったのは一年も前のことではない。だが、それはだれかのお古を買うために払ったわけではなかった。少なくともソウルはそう思っていた。ちゃんとした階級の人たちとつき合わなければならないというカレンの強迫観念は、明らかにリチャードの収入の限度を超え、別れた夫からの養育費まで当てにしなければならないらしい。

「ママには全然わかっていないのよ。みんながわたしたちを喜んで受け入れていると思っているんだから。ママとリチャードがどこに行ってもお金を払わないってことも、招待されることばかり考えて決して招待をし返さないってことも、みんな知っているわ。去年の冬なんか、わたしをスキーに連れていくようにとフィオーナ・コンラッドの両親に強引に頼んだのよ。迷惑がっているのは見え見えだったのに……フィオーナはわたしを嫌っていて、スキーに行っている間、ひと言も口をきこうとしなかったわ。わたしの制服のことも彼女が言いふらしたのよ。あんな学校は大嫌い。もう行きたくないわ。みんなお高くとまったいやなやつばかり」

「だから、わざと学校から追い出されるようなことをしたのかい？」

その質問に虚をつかれたのか、ジョジーは一瞬、同じ部屋に父親がいることすら忘れたように呆然《ぼうぜん》とした。それから再び顔を赤らめ、体を硬くして防戦にまわった。

「どうしてパパがそんなことを気にするの？　どっちみち、ママに呼ばれたから仕方なく来ただけなんでしょう」

「そうじゃないよ、ジョジー」

そのとき娘がちらりと投げかけた疑わしげなまなざしはソウルの胸を引き裂いた。

「呼ばれたからじゃなく、来たかったから、おまえたちに会いたかったから来たんだよ。おまえは大事な娘だから」

「だからパパに恥をかかせるなと言いたいの、そうなの？」

「いや、違う」彼は穏やかに答えた。

慎重に、少しずつ、足場を固めつつあるとソウルは感じていた。しかしジョジーはまだ疑い、ためらい、完全に警戒を解くまでにはいたっていない。これほど苦しみ、これほど追い詰められていなかったら、ジョジーはたぶん、最初から父親を門前払いしていたのではないだろうか。

「愛する娘に会うために来ただけさ」

ソウルは一瞬、ジョジーが自分を押しのけて部屋を出ていくのではないかと感じ、もし娘がそうするつもりならこれ以上なすすべはないと覚悟を決めた。だが幸い、ジョジーはそこにとどまった。

「ええ、そうでしょうとも」その言葉にこめられた憤り、不信、蔑《さげす》みは、これまで長い間子供たちに充分に愛を伝えずにきた父親の罪を告発していた。

一時間後、ソウルは近くに予約しておいたホテルにチェックインし、アレックス卿《きょう》に電話をした。

「いったいどういうことなんだ？」いつ仕事に戻れるかわからないと言うソウルに、アレックス卿は怒りを爆発させた。

「今は娘の……子供たちのそばにいなければならないので」

「なんだって？　いいか、ソウル、この際一つだけはっきりさせておこう。きみはわたしに雇われているんだ。わたしが跳べと言ったら跳ぶ。寝転べと言ったら寝転ぶ。さもないと……」

老人の怒声を聞きながら、ソウルは突然こうしたすべてにうんざりした。「もうたくさんだ、アレックス、これ以上聞きたくありません」

彼はそれをひどく静かに、冷静に言ってのけたので、アレックスがその意味をのみ込むまでに何秒か沈黙があった。

それを理解したとき怒りは頂点に達し、アレックスの口からは考えつく限りの悪口雑言が噴き出した。わたしをなめてもらっては困る、使用人の分際で、あまりうぬぼれないほうがいい……しかしソウルは聞いていなかった。決定的な言葉を口にした今、ソウルは途方もなく大きな重荷を下ろしたような幸福感、実際に体が軽くなったようなすばらしい解放感にひたっていた。それは頭がくらくらするほどの喜びであり、新鮮な感動であり、至福の安らぎでもあった。

今に見ていろ、きっと後悔するぞ、とののしり続けるアレックスの声をしまいまで聞かずにレオは受話器を置いた。

それから何日か、ソウルはビジネスマンとしての経験から培ったあらゆる交渉能力を駆使した。まず、何かを決める前にジョジーにひと息つく時間を与えてはどうかとカレンを説得し、次に、学校で耳にしたような陰口を母親の耳に入れて彼女を傷つけるのはどんなものだろうとジョジーに問いかけた。

「傷ついたのはわたしのほうよ」ジョジーは唇を突き出した。

「でも、おまえには将来も希望もあるだろう、ジョジー。だがお母さんには何もない。カレンにとっては上流階級に友だちがいるってことが――その人たちが本当の友だちかどうかは別として、何よりも大事なことなんだ」

「ええ、そう、すごく大事らしいわ！」ジョジーは吐き捨てるように言った。

ソウルはジョジーの学校に行って校長に会い、校長はジョジーの言ったことをおおむね認めた。

「特定の友だちにそういう態度をとるのは感心しないと生徒たちにいちおう注意はしたんですが、ほかの生徒たちと家庭環境が違いすぎる生徒が一人いると……むろん、この学校ではつつましい家庭の子女もおあずかりしています。しかし、そういう子供たちは……ご両親は……」その先をどう続けたらいいか当惑して校長は口をつぐんだ。

「そういう子供たちの両親は交際範囲をわきまえていて、あえてレベルの違う社会に割り込もうとはしないと、そうおっしゃりたいんですか？」ソウルは苦々しく言った。

「場合によっては、例の問題はなかったことにしてジョセフィーンを復学させてもいいんですよ」

「いや、結構です」ソウルはきっぱりと断った。

どうやら校長は麻薬がジョジーのものではなかったことを承知しているようだ。それに、ジョジーの成績がずば抜けて優秀であり、オックスフォード、ケンブリッジ大学合格のレベルにさえ達していることは認めないわけにはいかないのだろう。

娘が大学進学を目指しているのか、どんな人生を送りたいと思っているのか、ソウルはまったく知らない。だが、一つだけ確かなことがある。それは、ジョジーには彼女を同じ人間として受け入れ、認めてくれる仲間が必要だということだ。しかし、この学校にいたのではそういう仲間とめぐり会うチャンスはない。

「こういうことになって非常に残念でした」校長は居心地悪そうにつぶやいた。「わたしも残念に思います……」ソウルはデスクの向こうの男を見つめた。「あなたのために。あなた方が生徒たちの頭にいくら知識を詰め込んだところで、彼らの心と魂はいつまでも貧しく、せせこましいままでしょう」

校長は困惑と怒りに顔を赤らめた。「我々はきわめて物質主義的な社会に生きているんです。それについて、わたし個人にできることはない。子供というものは両親の態度や考え方をまねて育つものですからね」

「拝金主義の両親を、ですか?」ソウルは皮肉たっぷりにそうきいた。「わたしなら自分の娘にそれ以上を望みますね。はるかに多くを。親としては、娘の苦しみにもっと早いうちに気づくべきでした。ジョセフィーンがこういう試練に耐えなければならなかったことを残念に思っています」

「ご存じでしょうが、我が校の評判はとても高いんですよ」校長はすっかり落ち着きを失っている。

「高いのは授業料のほうでしょう」ソウルは唇だけで微笑し、椅子を立った。

これからトムとも学校のことを話し合うつもりだし、ジョジーが今後どこで勉強を続けるかの選択は本人の意思にまかせるべきだというソウルの意見に、案の定カレンは猛反対した。

「そんなこと、絶対にだめよ。あの子をその辺の程度の低い学校に行かせたいの？」カレンは金切り声で抗議したが、ソウルは耳を貸さなかった。

しかし、一カ月ほど子供たちを旅行に連れていきたいというソウルの申し出にはカレンもリチャードも反対はしなかった――というより大いに賛成した。

「でも、仕事のほうはいいの？」カレンはただそう言ったきりだった。

今や〝失業中〟の身であることは黙っていた。これ以上カレンのヒステリーにつき合おうとは思わない。

ジョジーはまだ警戒を解いていなかったが、わずかながら父親に興味を持ち始めたようだった。それでも父との旅行を喜んだわけではなく、それが最悪の状況から逃れる唯一の道だったから承知したにすぎなかった。

ソウルはプロヴァンスにコテージを借り、そこに子供たちを連れていくことにした。その前にクリスティに電話をして事情を話し、コテージには電話がないからそっちから連絡はできないと伝えた。

「ダヴィーナ・ジェイムズにあの手紙を渡してくれたかい？」そうきいた声が妙にうわずっているのをソウルは意識した。クリスティがそれに気づいたかどうかはわからない。

「ええ、渡したわ」

本当にききたいのはそのことではなかった。ダヴィーナがどんな様子だったか、何を話したか、手紙を受け取ってどう反応したか……彼女の身ぶり、口調、そのほか何もかもを知りたかった。ただ、プライドが――いい年をした男が恋にのぼせ上がった少年みたいなまねをするのも滑稽《こっけい》だというプライドが、彼にそれ以上の質問を思いとどまらせた。クリスティも何か考え事でもしているようにうわの空で、ソウルはキャシーによろしくと伝えただけで電話を切った。

ダヴィーナは背筋を伸ばして椅子の背によりかかり、凝ったうなじをもみほぐした。デスクの上は数字を書き散らした紙で埋め尽くされている。目を閉じ、そして開き、計算し終えたばかりの数字を見直しながら首の痛みに顔をしかめた。

もしグレゴリーの口座にあるお金を使ったら、もし家がいい値で売れたら、もし資金を提供するというレオの申し出が本気だったら、もし銀行の協力を取りつけることができたら、もしなんらかの奇跡が起こり、ソウルが言っていた例の法令が施行されるまで持ちこたえることができたら……もしかしたら会社を続けるチャンスがあるかもしれない。

でもいつまで？　どんな形で？　ダヴィーナは頭を揺すった。まだとてもそこまで考えることはできない。ケアリーをこのままの形で続けることへの不安があり、会社の設立にからむ醜悪な疑惑がある。しかしケアリーで働き、生活を支えている人たちのことを考えると、単純に会社を消滅させることで問題を解決することはできない。

ダヴィーナは椅子を後ろに引いて立ち上がった。同時に電話が鳴り、彼女は機械的に受話器に手を伸ばした。

「お電話です」受付の女性が言った。「アレックス・デイヴィッドソン卿から」

「ミズ・ジェイムズ……ダヴィーナ？」

アレックス・デイヴィッドソンの声に本能的に不信を覚えてダヴィーナは身構えた。

「そろそろあなたと差しで話をしてもいいころだと思いましたのでね。勝手ながら、すでにあなたの取引銀行とは話させてもらいましたよ。なかなか話のわかる連中だ、そう思いませんか？」

彼の声を聞くうちに、ダヴィーナの中で徐々に緊張が高まってくる。表面上は優しく、もの柔らかな話しぶりではあったが、その陰に相手への蔑みと断固たる決意がありありと感じられた。

「もちろん、彼らの忠告に従って我々の申し出に同意なさるおつもりでしょうな？」

「銀行の意見は聞きましたけれど……」ダヴィーナは唇をかんだ。これではアレックス卿の申し出を受け入れるようにと銀行にせっつかれていることを認めたようなものだ。でも、アレックス卿はたぶん、そういうすべてに関してソウル・ジャーディンから逐一報告を受けているのだろう。「ミスター・ジャーディンから聞いていらっしゃると思いますが、ケアリーの売却に同意する前に満たしていただかなければならない条件があります」

アレックスは笑った。「いいですか、これは現実の話で、おとぎばなしをしているわけじゃないんですよ。むろん失業する連中を気の毒に思わないわけではないが、だからといって……」

目の前に並んだ数字を見つめ、アレックスの調子のいい独善的な言い分に耳を傾けながら、ダヴィーナははっきりと心を決めた。

「アレックス卿、あなたに会社を売るつもりがないことを今ここではっきりさせておいたほうが、お互い時間を無駄にせずにすみますわね」その声は落ち着き払っているように聞こえたかもしれない。しかし実際はそれどころではなく、ダヴィーナは突然、たった今自分で下した決定の重さに震えだした。「ミスター・ジャーディンにご説明申し上げたように……」

「ソウル・ジャーディンはもうデイヴィッドソンの人間ではない」アレックスは不興を隠さずに言った。「わたしに見放されたとなると、今後は道路掃除の仕事さえ簡単には見つからないでしょうな。今あなたは彼を通してではなく、このわたしと直接交渉しているわけです。言っておきますが、ミズ・ジェイムズ、わたしはケアリーがどういう状況にあるか正確に知っているんですよ。このままだと、あと一週間もつかどうかというところでしょう。ケアリーは倒産寸前だということはあなたもわたしも、世間のだれもが知っていることです」彼の言葉には明らかな脅しがあり、ダヴィーナは気圧《けお》されまいとしながらじっとりと汗ばんだ手で受話器を握り締めた。

ソウルは手紙でこう警告していた。

〈アレックスを甘く見てはいけない。彼は本気でケアリーを手に入れるつもりでいるし、そのためには手段を選ばないでしょう。今となれば、ヘスラーがケアリーの買収ゲームに参加していないのが残念なくらいです〉

ソウルがデイヴィッドソンを解雇されたというショッキングな事実、その遠因が自分にあるという胸痛む事実に心を乱されまいとしながら、ダヴィーナはソウルから与えられた情報の中になんらかの解決のヒントを見いだそうと必死で頭を回転させた。

「ケアリーを買収したがっているのはそちらだけではありませんから」自分がそう言っている声が聞こえた。アレックス卿がはっと息をのむ気配が電話越しに感じられ、それが彼の急所をついたことをダヴィーナは知った。

「ヘスラー製薬ですか？　これは面白い。いったい彼らがなんのためにケアリーのような会社に興味を持つのか、ぜひ聞かせてもらいたいものですね」

ダヴィーナは彼の侮蔑的なもの言いにいら立ち、思わずこう言っていた。「たぶん、あなたと同じ理由のため、じゃありません？」

沈黙が流れる。

ダヴィーナは目を閉じた。ああ、いったいなんてことを口走ってしまったの？　アレックスはソウルが政府の助成金の話をばらしたと察するだろう。早く、何か考えなければ……なんでもいい、そのことをソウルが話したのではないとアレックスに思わせる何かを。ほかに何もできないとしても、少なくともソウルにこれ以上迷惑をかけるわけにはいかない。

「あなたと同じように、ヘスラーもできる限り多くの中小企業を買いあさろうとしているんでしょう。大企業はまるで禿鷹《はげたか》ですわ。ほかの会社の不運を利用して巨大化するんですから。不景気で弱体化した会社を、経営者が無力なのをいいことにむしり取ろうとする……」

「残念ながら、それがビジネスというものですよ」アレックスは言った。「それで、ヘスラーはいくら出すと言っているんです？」

「それにはお答えできません」ダヴィーナは冷ややかにはねつけた。「もう決めましたの。ヘスラーが提示してきた金額のほうがデイヴィッドソンよりはるかに上ですから。これ以上話し合っても意味があるとは思えませんので……」

アレックスが何か言おうとして息を吸うのが聞こえ、二人を隔てる距離の向こうから怒りが伝わってくる。ダヴィーナは一方的にあいさつし、震える手で受話器を置いた。ソウル・ジャーディン――彼に限らず、四六時中こんな老人の支配下に置かれるのはどんな気持ちだろう？　ただ、ソウルはもうデイヴィッドソンの人間ではないとアレックスは言っていたけれど……。

その話をしたときのアレックス卿の容赦なさを思い出してダヴィーナはぞっとした。ソウルはアレックス卿の右腕であり、最も有望な後継者候補ではなかったのだろうか？　それなのにアレックスはまるで、心のどこかでソウル・ジャーディンを憎み、ねたんでさえいるようだった。

ソウル。ダヴィーナは目を閉じて大きく息を吸った。彼にこのことを知らせなければ――でもどうやって？　そう、彼の妹がいる。クリスティ・ジャーディンなら彼の連絡先を知っているだろう。

クリスティの家に向かう途中でダヴィーナは二度も引き返そうとした。が、そのたびに、ソウルと連絡を取らなければならない立派な理由があるでしょう、と自分に言い聞かせた。その〝立派な理由〟が〝本当の理由〟かどうかは別としても……。

ダヴィーナはそれほど愚かではない。横柄で、尊大で、攻撃的で、男性の忌むべきすべての特質を持ち合わせたソウル・ジャーディンに恋していると信じるほど愚かではない。

確かに、ソウルほどカリスマ的なパワーを持った男性には出会ったことがないし、彼が複雑、かつ不可解な人間であることは認めざるをえなかった。でもその強引さの陰に……そう、彼はダヴィーナに男性の危険な暗部をかいま見せたかもしれない。が、それと同時に、より温和な、思いやり深い、優しさをものぞかせた。ただ威張り散らすだけの男性だったら、父親を必要としている娘のためにすべてを犠牲にするとは思えない。

クリスティは思わぬ訪問者にびっくりしたようで、ダヴィーナは最初のうち多少のぎこちなさを感じたが、それでも案外落ち着いて訪問の目的を話せたことにほっとした。

話している間、ダヴィーナは自分に注がれるキャシー――クリスティの娘の視線を意識していた。ダヴィーナは子供が好きだし、一つの人格として対等に接するタイプだ。クリスティはダヴィーナの話を聞きながら、この女性とキャシーとの間に、瞬時にある結びつきが生まれたことに気づいていた。

こういう特殊な能力を持った人がまれにいることをクリスティは知っている。彼らは大人でありながら、子供たちと共通の周波数を発しているかのようだ。そしてその能力の有無は、その人に子供がいるかどうかとはいっさい関係ないのだ。

「ごめんなさい」クリスティは謝った。「今のところ、わたしも兄と連絡が取れないんです。兄は子供たちとプロヴァンスに行っているんですけど、借りているコテージには電話がないんですって。もちろんロンドンの自宅の住所と電話番号ならお教えできますけれど、そこに戻るのは数週間先になるでしょうから」

「いいんです、お気になさらないで」申し訳なさそうなクリスティの顔を見て、ダヴィーナは急いでそう言った。ソウルが子供たちとプロヴァンスにいると聞いてなぜこれほど腹立たしく惨めな気持ちになるのか、自分でもわからなかった。わたしになんの断りもなく出かけるなんて――そんなばかげた思いが胸をよぎる。だいたい、ソウルにとってわたしはなんなの？　わたしにとってソウルは？　なんの関係もない、まったくの他人同士じゃないの。「ただ、この前いただいた手紙を読んだことをお知らせしたかったんです。彼の貴重なアドバイスにお礼を言いたくて」

ちょっとこわばった笑みを浮かべたダヴィーナを、母の傍らからキャシーがじっと見つめている。

「せっかくいらしたんですもの、よろしかったらコーヒーでもいかが？」そう言いながらも、クリスティは心のどこかでダヴィーナとかかわるのは危険だと感じていた。ただでさえレオを忘れようと大変な思いをしているのに、ダヴィーナを通してうっすらとでも彼とのつながりを意識するのはばかげている。

「ありがとう。でもそうもしていられないんです。残念ですけれど……」ダヴィーナは心からそう言った。家に帰ってレオに電話をし、ケアリーに融資をしてもいいという話が本当に実現性のあるものなのかどうかを確認し、アレックス・デイヴィッドソンへの対抗手段として勝手にヘスラーの名を出したことを告げ、謝らなければならない。

いとまを告げて帰ろうとしたとき、クリスティがさりげなくきいた。「レオ・フォン・ヘスラーから連絡はありますか？　彼とはひと月ほど前に学会でご一緒して……」

「ここしばらく話していませんけれど、たまたま今夜電話をかけようと思っていたところです。あなたがよろしく言っていたと伝えましょうか？」

「いいえ……あの、何もおっしゃらないで」クリスティは自分の舌をかみ切りたかった。「つまり……彼はわたしのことなんて覚えていないでしょうし、国際電話の料金だってばかにならないから……」キャシーは母親のうろたえぶりをいぶかしげに見つめている。そしてダヴィーナも。「一カ月前に顔を合わせただけのだれかのことを話題にするのはもったいないわ。いずれにしても、彼のほうはわたしに会ったことすら忘れているでしょうし」

ダヴィーナは何か思いをめぐらすような顔つきでクリスティを見守った。「忘れてはいないわ。だって、あなたは彼のことを忘れていないんでしょう？」

彼を忘れる？　そうできたらどんなにいいか。ダヴィーナが帰ったあと、クリスティはひどく苦い思いでそう願った。忘れるどころか、夢の中で、そして眠りから完全に覚める前のもうろうとした意識の中で、レオを求めて実際に手を差し伸べていたのはついゆうべのことだった。

どうしてこんなことになったのだろう。あれからずっと、理性の介入を拒む肉体の部分で〝もしあのとき彼と結ばれていたら……〟という一つの仮定がじわじわと肉を焦がし、骨を侵食し続けている。

まるで、二人が実際に恋人同士であり、眠りという無意識の領域で、かつて二人のものでありながら残酷にも奪い取られたものを必死で取り戻そうとしているようだった。

その喪失がだれのせいか、だれが罰せられるべきかをクリスティは知っていた。この渇きが癒《いや》されなかったのはわたしのせいではない。理不尽な怒りに駆られ、クリスティは心の中でレオを責めた。わたしは彼を求め、そのことを隠さなかった。拒んだのはレオのほう……。

「どうしたの？　何かあったの？」キャシーが心配そうに母親の顔をのぞき込んだ。

「なんでもないわ」娘に気づかれるほど感情をあらわにしてしまった自分を恥じてクリスティは笑みを作った。「ただ、ソウル伯父さまは今ごろどうしているだろうと考えていたの。ジョジーとトムとうまくやっているかしら？」

「トムからの葉書にはプロヴァンスは最高だって書いてあったわ」キャシーはほっとしたように笑った。「コテージはすごく広くて、庭には本物の桃がなっているって」

「へえ、本物の桃ね」クリスティもつられて笑う。「じゃ、わたしたちも庭に本物のラズべリーを摘みに行きましょうか。小鳥たちがわたしたちの分を残しておいてくれたらいいんだけど」

過ぎたことをあれこれ思いめぐらしても仕方ない。どう考えてもレオとの未来はないのだから。二人の間に何も起こらなかった苦しみより、何事かが起こってから苛酷《かこく》な現実に引き裂かれる苦しみのほうがはるかに大きいに違いない。彼とともに生きるために信念と理想を捨てることはできない。レオがヘスラー製薬を捨てることができないように……。

いかにつらかろうと、苦しかろうと、この傷はいずれ癒《い》える。だが、二人の人生観、価値観が一致しないとわかっていて、そのためにいつか破局を迎えるとわかっていて、それでも肉体と肉体で結ばれたとしたら、互いに与える傷は決して癒えることはないだろう。二人は愛の名のもとに信念を捨てたという苦い敗北感にさいなまれ、堕落するだろう。

電話が鳴り、レオはびくっとした。これまでの人生の中で最も苛酷な、厳しい試練にさらされた三日間をようやく乗り切ったところで、新たな出発をする前に今しばらく息をつき、気力を取り戻す時間が必要だった。

怒り、衝撃、反発――レオの決定にさまざまな反応がわき起こったのは当然としても、意外にも、だれよりも猛然と反対を表明したのはウィルヘルム――少なくとも形のうえでは望んでいた地位を手に入れたウィルヘルムだった。

行政機関との話し合いが一番の難関だった。決着をつけるべき多くの未決事項があり、はかられるべき安全対策があり、処理されるべき事務手続きがあった。しかし、何はともあれそういった問題はすべて片づき、レオは今日の午後、ヘスラー製薬の経営権を重役会に全面的に委譲する契約書にサインをすませた。重役会は今後、政界、法曹界、宗教界、知識階級の代表者からなる特別諮問委員会によって監視され、方向づけられることになるだろう。

ウィルヘルムは企業の名目上の会長に据えられるが、それはあくまでも形のうえでのことであり、実質的な権限はいっさい与えられていなかった。そしてもしウィルヘルムが弟の張りめぐらせた厳密な安全対策の網をかいくぐって企業を私物化しようとしたら、レオはいつでも最後通牒《つうちょう》を――兄の出生の秘密という最後通牒を突きつけることができる。だがもちろん、それはあくまでも最後の最後の手段だった。ウィルヘルムは情にもろいタイプではなく、彼の人間性にやわな部分はない。それでも、ハインリッヒの実子でなかったことを知ったら兄がどう反応するかが心配で、そのためにレオはこれまで兄に事実を告げられずにきた。もし立場が逆だったら、ウィルヘルムは良心の痛みなしに――というよりむしろ大喜びでその武器を振りかざし、弟を追い落とそうとするだろう。

だが、幸いなことに、レオはウィルヘルムではなかった。

新しく組織された諮問委員会はヘスラー製薬とウィルヘルムを背後から厳しく律し、企業と個人の双方が人道的な道徳基準から外れることなく、彼らの力を人類の利益に反して行使することがないように監視し続けるだろう。

最初のうち、首相はその話を冗談としか受けとめなかったが、レオはついに彼を説得した。大企業の筆頭株主であることには有利な点もある。レオは生まれて初めて、そしてこれを最後に、計画を推し進めるためにその権力を利用した。

もちろん反対はあった。そんな話は前代未聞……それに、今後は企業からの収益はいっさい受け取らず、個人の持ち株は信託にして社会のために役立てるというばかげた発想についていえば……。

そういった議論に、レオはただ、これ以上お金は必要ないのだと静かに応じるにとどめた。

今月いっぱいはマスコミへの公表は避け、その間に、小口の株主たちに彼らが不利益をこうむることはないと説明する。そして、そのころ自分は……。

レオは電話に手を伸ばした。どうせまたウィルヘルムからだろう。

だが意外にも、それはダヴィーナからの国際電話だった。お邪魔じゃなかったかしらと尋ねる彼女の声にはためらいと遠慮があり、レオは急いでそんなことはないと請け合った。

「いいタイミングだった。ちょうどこちらからかけようと思っていたところだから」

そして、なるべく早い便でチェシャーに飛ぼうとも思っている。実際、目の前には〝イギリス行きの便を予約する〟というメモがあった。ダヴィーナに会って話したいことがある。二人の今後にかかわる重要な話だ。それに……。

それに、チェシャーにはクリスティがいる。クリスティ――その名の響きに肉体がいち早く反応し、押し寄せてきた熱い欲望のうねりと闘いながらダヴィーナの話に意識を集中させようとした。

レオは〝融資〟という言葉をとらえ、その声ににじむ緊張に気づいてダヴィーナをさえぎった。「もちろん、いつでも融資はするつもりでいる。ただ、その前に提案があるんだ。今は手短に要点だけを話すとして、もしあなたがこの話に興味があったら、詳しいことは会ってから話そう。できるだけ早くそっちへ行くから」

二時間後にようやく受話器を置いたときも、ダヴィーナはまだ彼の計画を完全には信じかねていた。気持ちの高ぶりと胸の動悸《どうき》を静めようとしながら壁を見つめ、何度かゆっくりとまばたきをした。

レオは新しい会社を――といっても、これまでのへスラーやケアリーとはまったく違う、自然薬を研究開発する会社を設立するための媒体としてケアリーを利用したいと言った。

「その会社では、天然の薬効成分から医薬品を生産する技術を開発する」彼は続けた。「そうした自然薬品のもととなる種が絶滅の危機にある場合は、特に注意深い調査と研究が必要になるだろう。いずれにしても我々は常に自然が導くところに従い、即効性のある

――したがってより危険が伴う薬を化学的に合成する従来の方式は捨てなければならない。まず肝に銘ずるべきは、利益の追求が我々の目的ではないということ。究極の目的は病人の苦痛を和らげ、回復を助ける、薬が本来そうあるべきものを開発することだ。もちろん、口で言うのは簡単でも実行するとなるとそう簡単にはいかないだろうが……」

その計画にすっかり夢中になったダヴィーナにレオは言い添えた。「従来の医薬品メーカーからはもちろんのこと、あちこちから横やりが入るはずだ。本来、人間には変化を嫌い、改革を恐れる性質があるからね。だが、二人でねばり強く周囲に理解を求めれば、いつかはわかってもらえると思う」

いくらか興奮がおさまってからダヴィーナは一つの疑問に小首をかしげた。なぜレオは画期的な計画をスタートさせる場所としてチェシャーの片田舎を選んだのだろう？

まあ、それについてはいずれ会ったときにきけばいい。ダヴィーナは眠たげにあくびをした。ケアリー再生の青写真を、銀行のフィリップ・テイラーはどう評価するだろう？

それにしても、レオの計画には不思議なくらいソウルのアドバイスと共通点がある。

彼は今ごろ何をしているだろう？　暖かく、かぐわしいプロヴァンスの夕べを満喫している？　一人で、それとも……？

「さっきぼく、すごく大きな魚を釣ったんだよ。見せたかったたな」トムが勢い込んでジョジーに報告した。

「じゃ、見せてよ、どこにあるの？」

「逃がしちゃった。パパがそうしたほうがいいって言ったから……」

ジョジーがちらっと自分の方を見たのにソウルは気がついた。釣りのあと、父と息子は休暇でプロヴァンスに来ているイギリス人一家と即席のバーベキューを楽しんだ。

ジョジーは勉強があるからと言って家に残り、キッチンのテーブルは自分で作った食事の食べ残しやら勉強道具やらで散らかっている。いちおう誘いはしても、ソウルはバーベキューに行く行かないの判断は娘にまかせて無理強いはしなかった。

ジョジーはまだ父親を警戒し、いろいろな手段で父親を試そうとしている。でもだれがそれを責められるだろう？　父親として、ソウルはこれから徐々に娘の信頼を――そして愛を勝ち取らなければならないのだ。

トムが比較的安定した、のんきな性格であるのに対して、ジョジーは父親の気質を色濃く受け継いでいるようだ。子供と大人のはざまにあるジョジーは感情の起伏が激しく、今内気であったかと思うと次の瞬間には攻撃的になってみたり、ときには父親と同じように孤独の殻に閉じこもってしまうこともあった。一緒にバーベキューに行くようにと強制されなかったとき、ジョジーが驚いたような顔を向けたのにソウルは気づいていた。

「勉強はだいぶはかどったかい？」ソウルは尋ね、顔にかかった髪をかき上げる娘のしぐさを見守りながら、少女の中に急速に育ちつつある女性の部分に驚くと同時に恐怖を覚えた。ソウルはすでに娘と共有すべき多くの時間を失っていた。あと少しジョジーの心の不安に気づくのが遅れていたら……そう思うと冷たい恐怖に体が凍りつく。

「うん、まあね」ジョジーはうなずいた。「明日は勉強を休んでエクスに行ってみようと思うの。電車で行けるし……」

「明日はベイリー家のみんなが海岸に行くんで、トムも一緒にどうかと誘われているんだ。パパがエクスまで車で送っていこうか？　昼食どきにどこかで待ち合わせてもいいじゃないか」ソウルは目の端でジョジーの反応をうかがい、息を詰めて拒絶を待ち受けた。

「ええ、パパさえよかったら」ジョジーはどうでもよさそうに肩をすくめた。

ソウルはとめていた息をふっと吐き出した。無関心そうなしぐさとは裏腹に、ジョジーの頬に少女らしい喜びのぬくもりが浮かんだのを彼は見逃さなかった。

ジョジーと同じ年ごろのベイリー家の娘スーザンはしょっちゅう父親の腕に腕をからませ、肩に頭をすり寄せ、愛らしい笑顔で見上げ……そのしぐさやまなざしから、彼女がいかに父親を信頼し、愛しているかがよくわかる。だがジョジーがそこまで父親を受け入れるようになるまでには、まだまだ時間がかかるだろう。しかしそれでも、二人の間には何かが――いつか実を結ぶに違いない愛と信頼が芽生えつつあるのもまた確かだった。

もちろんジョジーはとうぶん父に過去への償いを要求し続けるだろうし、敵意と不信が消えるまでとことん父を試そうとするだろう。しかしそれは当然の報いとしてソウルが耐えるべき試練だ。

ソウルは心の中で、娘や息子との関係を築く二度目のチャンスを与えてくれた神に、運命に、そしてダヴィーナに感謝していた。

ダヴィーナ……イギリスを発《た》つとき、彼女のことは考えまいと、思い出すまいと自分に言い聞かせた。しかし、あの女性へのあこがれ、渇望、愛はいつも心の奥にあり、これからも消えることはないだろう。

「パパ、おなかがすいたよ」

「食べること以外何も考えられないの？」ジョジーがあきれたように弟に言うのを聞きながら、ソウルは冷蔵庫の中を見に行った。

食欲は人間の最も根源的な本能だ。何かを渇望することは……。

レオは疲労にこわばった体の筋肉を曲げ伸ばしした。彼の提案にダヴィーナはほとんど熱狂的ともいえる賛意を示し、レオは改めて二人の価値観が不思議なくらい似ていることに感動を覚えた。彼らはまるで、信じるすべての反映を互いの中に求め、存在意義を確認し合い、ともに背負った暗い影を追い払おうと肩を寄せ合う、見捨てられた孤児のようだった。

「そういえば」電話を切る前にダヴィーナは、たまたま思い出したというように切り出した。「今日の午後クリスティ・ジャーディンに会ったとき、最近あなたから連絡があったかどうかときかれたわ。あなたとは学会で顔を合わせたとか……」

ダヴィーナはそれしか言わなかったが、レオの心を苦しめていた疑いを晴らすにはそれで充分、いや、充分すぎるほどだった。もしぼくのしたことがクリスティにとってなんの意味もないとしたら……彼女が拒絶したのがヘスラー製薬のトップとしての自分ではなく、レオ・フォン・ヘスラー個人であったとしたら……困難な仕事を片づけている間ずっと、その疑問は執拗《しつよう》にレオを苦しめてきた。

もしクリスティに拒絶されたら、自分の下した決定を悔やむだろうか？　レオは心の中でほほ笑んだ。いや、後悔することはありえない。アナが言ったように、求めさえすれば道は開けるのだと気づいたときに、もはやそれまで背負ってきた責任と自己犠牲の重荷を負い続けることはできないと悟っていた。

レオは翌日の正午にマンチェスターに飛び、車でまっすぐクリスティの家に向かった。

その朝、クリスティは偏頭痛の前兆に目覚め、鎮痛剤をのんでからまたベッドに戻った。それからどれほどたっただろうか、玄関のチャイムの音にクリスティは眠りから引きずり出された。まだ体はだるいが、ありがたいことに頭はだいぶすっきりしている。

今朝はひどく蒸し暑く、ただ着ているものを脱いでベッドに入るだけでやっとだった。

クリスティは素肌にぶかぶかのTシャツをかぶり、階下に急いだ。予告なしの訪問者が歓迎できぬ客である場合もあるが、医者である限り常に急患に呼び出される可能性は否定できない。

髪をかき上げながらドアを開けると、いきなりまぶしい陽光がさし込んできて、一瞬、彼女の目には黒い人影とまばゆく輝く黄金色の髪しか見えなかった。

それから、肌に手のぬくもりを感じ、耳に懐かしい声を聞いた。レオはクリスティを中に押し戻すようにして彼女を抱き締め、背中でよりかかってドアを閉めた。

レオと激しく愛を交わす場面をこれまで何度夢想したかわからない。でもなぜか、こんなふうにキスされるシーンを想像したことはなかった。それが少々悔やまれる。たとえ夢の中ででも彼とのキスを経験していたら、本物のキスにこれほど無防備ではいなかったろう。

ゆっくりと優しく、ためらいがちな、それでいて深く、激しい濃厚なキス――まるで初めての恋に酔いしれるティーンエイジャーのように、ぴったりと体に体を添わせ、唇に唇を合わせ、クリスティは無我夢中で快楽の中におぼれていった。やがて、レオの胸の鼓動が突然そのリズムを変え、体にも変化が表れた。

そのときのクリスティの反応は、彼女自身にとっても思いがけないものだった。まるで男性というものを知らない少女のように、駆り立てられた男性の肉体におじけづき、困惑に頬を燃やして厚い胸板を押しやった。「レオ……だめよ……」

彼がいら立ちと不信を示したとしても責めることはできなかったろう。立場が逆だったらクリスティもそうしたはずだ。けれどレオはすぐに体を離し、気遣わしげに彼女を見つめた。

「大丈夫だよ、クリスティ、大丈夫だから……」そうささやきながら、レオは彼女の乱れた髪をそっと耳の後ろにかき上げ、ほてった頬を冷たい指でなぞる。

「いいえ、大丈夫なんかじゃないわ」熱い思いを気取られまいと、弱い心を見透かされまいと、クリスティは彼に背を向けた。「どうしてそんなことが言えるの、レオ？　わたしたちの間にはどうにもならない壁があるのよ。そのことはあなたにもよくわかっているはず……」

「わかっているのは、きみを愛しているということだ」レオは静かにさえぎった。「そしてきみも、ぼくを愛してくれていると信じている」

クリスティはぱっと振り向き、怒りをたたきつけた。「ええ、もちろん愛しているわ！」肉体が、これまで否定してきたすべて、冷たい指の感触が約束するすべてを求めてうずいている。

レオと、そして自分自身と闘わなければならなかった。プライドを捨て、ベッドに連れていってほしい、せめて一度だけでもすべてを忘れて愛と情熱を交わしたい、と懇願しかねない自分と闘わなければならなかった。

「でも、その愛にどんな意味があるっていうの？　いくらあなたを愛していても二人一緒に生きることはできないんですもの、そうでしょう？」

「ヘスラーという企業とともに生きることはできないかもしれない。でも、ぼくとなら……」

その言い方は冷静で、ほとんど世間話でもしているようにさりげなく聞こえた。だが、レオは致命的な一撃に身構えてでもいるように体を硬くしてじっとクリスティを見つめている。

「あなたとヘスラーと……いったいどこが違うの？　あなたとヘスラーは一体なのに」彼に触れ、優しく抱き締め、その男らしい肉体から緊張のいくらかでも取り除きたいという衝動を抑え込んでクリスティは痛烈に言った。

「一体だった」レオは訂正した。「だが今は違うんだ」

その意味を理解するのに数秒かかった。それがわかったとき、顔からすっと血の気が引き、クリスティはかすかなめまいを覚えてよろめいた。

「まさかそんな……」乾いたささやきが喉からもれる。「そんなことありえないわ。だって、あなたはヘスラーそのものですもの」

「それは過去のことだ。これからは違う」レオは真剣な面持ちで言った。「お互いにこれ以上心を偽るのはよそう。愛している、クリスティ。一緒に生きよう。ヘスラー製薬はもうぼくのものではないんだ。もしぼくを求めていてくれるなら……」

「もちろん、求めているわ、心から」突然押し寄せてきた喜びと驚きにうまく対応できず、クリスティは泣き笑いに顔をくしゃくしゃにした。「でも、これからどうするつもり？」

温かい腕の中で、クリスティはレオがふっと笑う声を聞いた。

「エジンバラですべきだったことをするつもりだよ。きみをベッドに連れていって愛し合う。もしそれよりいい考えがない限り」

「そういう意味じゃなく……」

もちろんレオにはわかっていた。だが今後の計画について話す時間はこれからいくらでもあるだろう。それより今は……。

レオはクリスティを軽々と抱き上げ、恭しくキスをし、階段の方に歩きだした。こういうドラマチックなシーンをうれしがるほど愚かでもなく、若くもないと思っていながら、クリスティはそのとき体を貫いた鋭い歓喜の震えに驚かされた。

レオはすばらしく感じやすい恋人だった。おそらくはわたしよりも……けだるい愛の余韻にひたりながらクリスティは考えていた。

感じやすく、しかも欲望を自在にコントロールするすべを心得た恋人。小さな満ち足りた笑みがクリスティの唇に浮かんだ。でも、彼の驚くべき自制心を難なく崩すことができるのを証明したのはクリスティだった。彼は最初、クリスティの官能的な愛撫《あいぶ》を押しとどめようとした。しかしクリスティは、こんなふうに彼を感じ、こんなふうに彼を味わい、こんなふうに彼を知りたかったのだとささやきながら、たくましく張り詰めた体に手と唇での愛の攻撃をやめなかった。レオはついに目を閉じて彼女のなすがままにまかせ、耐えきれぬように小さくうめいた。

もちろん、彼は報復を忘れなかった――もしそれを報復といえるなら。クリスティは歓喜の記憶にほほ笑んだ。巧みな愛撫に、ついに抑制の糸が切れて、クリスティは胸にキスしてと、感じやすい部分に熱い唇を感じさせてと懇願した。そのときの愛撫のせいで今でも少し胸のふくらみがうずく。

「もう決してきみを放さない。いいね？」眠っていると思っていたレオが耳元でささやいた。

「わたしはだれのものでもないのよ、レオ」クリスティは笑い、こぶしで優しく彼を殴るふりをした。「わたしはわたし、一人の人間ですもの」そう言いながらも、心の中では彼と同じ思いだった。

レオの大胆な決断には驚かされた。もし自分がレオの立場だったらそこまでする勇気があっただろうか――愛のために仕事を捨てるなどということを。

「キャシーは？」

レオにきかれてクリスティはいたずらっぽくほほ笑んだ。「今日はテニスの練習があるから六時までは帰らないわ。でも、もううんざりだというのなら……」

レオは笑った。「きみにうんざりすることはありえない。絶対に……」

ケアリーの再生に関しては、話し合うべきさまざまな事柄があり、整えなければならない多くの準備があった。

新しい計画について説明するダヴィーナの態度はあくまでも自然で事務的で、ジャイルズはすぐに、かつて二人の間に何があったにせよ、あるいはなかったにせよ、今はすべてが過去の領域に押し込められたことをはっきりと悟った。

「できればケアリーに残りたいんだ」事情を説明してから、ジャイルズは問いかけるように妻を見つめた。「これからはすべてが今までとは違ってくるだろう。新しい試みが成功するという保証はどこにもないが、フォン・ヘスラーが確かな見識の持ち主であるのは間違いない」

「あなたがそうしたいのなら、わたしはかまわないわ」ルーシーは優しく言った。「いずれにしても、わたしたち、ニコラスの木を見捨てるわけにはいかないわ。そうでしょう？」

「研究開発の分野はぼくが引き受ける」ある晩、新しい会社の経営形態について話し合っているとき、レオがダヴィーナに言った。「きみはジャイルズから人事の仕事を引き継ぎ、ジャイルズには日々の実務のほうを担当してもらう。だがもう一人、業界に精通し、我々のコンセプトを信頼性のあるものとして売り込むことができ、常に会社経営の全体像を把握して舵《かじ》取りをする人材がどうしても必要になるね。既存の業者と我々の間のギャップを埋め、両者の橋渡しができる人物、その発言がどちらの世界にも重く受け取られる人物。ぼくの専門は生化学だから、対外的な交渉となると今一つ自信がないんだ」レオはそう言って顔をしかめた。「それに、最近へスラー製薬を離れたという経緯からして、ある種のグループはぼくに拒絶反応を示すかもしれない。少なくとも当初はね。今我々に必要なのは……」

「そのポジションにうってつけの人物がいるわ」ダヴィーナは静かに言った。「心当たりがあるの」

その夜、ダヴィーナはソウルに手紙を書き、その中でケアリー再生の計画について説明した。

〝もしあなたが望むなら、お待ちしています〟新しいケアリーに彼のためのポジションがあると書いてから、ダヴィーナはそう書き足した。彼はこの手紙に書かなかったことを、ここで彼を待っているのは仕事だけではないことを読み取ってくれるだろうか？

それから一週間待った。毎朝郵便物が配達されるたびに、電話のベルが鳴るたびに、心臓が口から飛び出しそうになるのだが、それでもなお返事はなかった。

ソウルはすでにプロヴァンスから戻ってジョジーの転校の手続きをしているようだとクリスティは言い、彼の近況をそれとなく尋ねたダヴィーナに〝兄とは電話でちょっと話しただけだから、わたしもよく知らなくて〟と答えただけだった。

クリスティはすっかりレオに夢中で、ありがたいことにダヴィーナの質問の意味するところを深く詮索しようとはしなかった。このところ二人の女性の間には温かい友情が芽生えつつあった。

レオと結婚するつもりはないの、とクリスティは言い切った。「結婚すると男と女の関係は変わってしまうわ。相手に期待するものも、愛情の質さえ変わってしまう。わたしはわたしなりの望みと目標を持った一人の人間で、個人の立場よりレオの妻という立場を優先させるわけにはいかないの」

クリスティはレオの払った犠牲の大きさに驚嘆し、彼の新たなチャレンジに称賛と協力を惜しまなかった。クリスティ自身、ケアリーの再出発に大いに関心もあり、画期的な計画に胸をときめかせもしたが、それでもクリスティにはクリスティの人生があり、生涯貫くべきキャリアがある。

「でも、レオを愛しているんでしょう?」ダヴィーナはあえてきいた。

「ええ、とても」クリスティは情けなさそうにつけ加えた。「ときどき頭が変になりそうなくらい愛しているわ。それに、キャシーも彼に夢中なの」

「ええ、わかるわ」ダヴィーナは笑ったが、家で一人になると、とても笑いたい気分ではなかった。

　相変わらずソウルから返事はなく、ダヴィーナには重ねて自分から手紙を書く勇気もない。こんなとき、エネルギッシュで自信に満ちたクリスティならなんらかの行動に出るのだろうが……。

　手紙で意思表示はしたつもりだった。ここで彼を待っているのが仕事だけではないことをソウルは知っているに違いない。知っていて、うんともすんとも言ってこないのであれば……ダヴィーナは唇をかんだ。それならそれでよかったのかもしれない。そう思おうとしながら、心のどこかではまだあきらめきれずにいた。

　ロンドンからチェシャーに向かう間、ソウルは言うべきことを何度も頭にたたき込んだ——仕事はいらない、きみから同情も哀れみも受けたくはない。しかしドアを開けたダヴィーナの顔を見たとたん、彼は理性というより感情に促され、反射的に両手を広げていた。

　ダヴィーナはほんの一瞬ためらい、その一瞬はソウルがこれまで生きてきた中で最も長い時間のように思われた。ソウルは自分が考え違いをしていたのかもしれないと、澄んだグレイの瞳に見たメッセージを誤解したのかもしれないと不安になった。

そのとき、ダヴィーナの顔にほほ笑みが浮かんだ。それはいつもの落ち着いた笑みではなく、風に震える木の葉のように頼りなげな微笑で、ソウルは息を詰め、一歩、そしてまた一歩前に踏み出した彼女を待ち受け……そしてついに、深い吐息とともにしなやかな体を抱き取り、唇を重ねた。

「こんなふうになるなんて、とても信じられないわ」しばらくあと、ダヴィーナは夢見心地でささやいた。二人は居間のソファに寄り添って座っていた。

ソウルは彼女の首筋に手をまわし、柔らかな肌と髪に顔をすり寄せた。「後悔している？」彼は返事を待ってダヴィーナを見つめた。

「いいえ。あなたは？」

ソウルは首を横に振り、それからかみしめるようにこう言った。「こんなのは初めてだ」彼はちょっと驚いたように見上げたダヴィーナに、もう一度優しくキスをした。「いや、キスが初めてというんじゃなく、今までこんなふうに自由に、自然に、心のままに振る舞ったことはなかったという意味で」

二人はそれから何時間も話し込んだ。ダヴィーナは彼の生い立ちを知り、ソウルは彼女の生い立ちを知り、そして今、ダヴィーナは愛と共感をたたえた瞳で彼を見つめた。

「きみが欲しい」ソウルはささやくように言った。「欲しくてたまらない。でも、もしぼくが急ぎすぎると思うなら……もっと時間をかけたいと思うなら……」

「いいえ」ダヴィーナはためらいがちな彼の言葉を素早くさえぎった。「二人がこうして会えたことをお祝いしましょう、ソウル。どう言ったらいいかしら……時間をかけてお互いをもっとよく知り合ったとしても、今のこの気持ちは変わらないと思うわ。このひらめきを、この直感を大切にしたいの」

「そうだね。これまでずっと頭だけで考えようとしてきた。そろそろ過去から引きずってきた影を捨てて未来に目を向けるべきときかもしれない」彼は優しくダヴィーナの頬に触れた。「もしかしたらきみを失望させるかもしれないと不安なんだ。ぼくはただの男だし、もしきみが抱いているイメージと違ったら……もしうまくいかなかったら……」

彼の不安はダヴィーナを苦しめた。「それでも、少なくともわたしたちにはこれがあるわ」きっぱり言いながら彼女はソウルの頬に手を添え、唇にキスをした。

もちろんダヴィーナに恋い焦がれていたし、彼女の手紙には二人の関係を予感させるほのめかしがあった。が、ソウルが何を期待していたにせよ、これほど甘美なキスを夢想してはいなかった。これほど優しく、純粋で、約束と信頼に満ちたキスは……。

世の中にこういう女性がいるとは思っていなかった。鎧《よろい》を脱ぎ、武器を捨て、直感に従って彼に身をゆだねてくるほどに強い女性。触れれば震えるほどに繊細な女性。愛も欲望も、不安さえも隠さない正直な女性。ソウルはそのすべてを抱き締め、いとおしみ、愛したかった。

「ぼくたちはまだお互いのことをほとんど何も知らない」彼は触れ合う唇にささやいた。

「ええ、今はまだ。でも知り合う時間はこれからいくらでもあるわ」それは問いかけではなく、断言だった。

「そうだね」ソウルの声が情熱にかすれる。「これからいくらでも……」

ダヴィーナの愛は豊かに水をたたえた歓喜の泉のようで、ソウルはその中にひたり、深く、深くおぼれていきながら、それでも心に不安はなかった。

彼は清らかで美しい裸体を視線で愛撫し、彼女はつややかな筋肉の連なる体をまなざしで賛美した。

「すてき」楽しげに笑い、ダヴィーナはゆっくりと身をかがめてたくましい首のつけ根に、それから胸に、硬く引き締まった腹部にキスをした。

「ダヴィーナ」ソウルは耐えきれずに彼女を引き離そうとする。

「あなたが欲しいの」

「ぼくもどんなにきみが欲しいか……」

「それを見せて。あなたの愛をもらい、わたしの愛をあげたいの……」

今までも、そしてこれからも、これほどすばらしい女性に出会うことはないだろう。きみはかけがえのない大切な宝物……ソウルはキスの合間にそうささやき、ダヴィーナは柔らかな笑い声をもらしたが、すぐに沈黙が支配する歓喜の波にのまれていった。

いかなる見せかけも、わざとらしい恥じらいもなく、ダヴィーナは彼にどんなふうに愛してほしいか、どんな愛撫が気に入ったかを口にするのをためらわなかった。

ソウルはこれまで愛し合うことの本当の意味を知らなかった。ただのセックスについてなら、たいていのことは知っている。だが、それは肉体を介して愛し合う行為とは別の次元のものだった。それを教えてくれたのはダヴィーナだ。抱擁、口づけ、巧みな愛撫でそのことを教えてくれたのはダヴィーナ。彼女は欲望の、そして快楽の深さを言葉で伝えることをためらわない女性――与え合い、奪い合うことを知った本当の意味の女性だった。

ついにそのときを迎えると、ダヴィーナはあらゆる抑制を捨て、しなやかに、完全に、彼に身をゆだねた。小さな歓喜の声が静けさを破る。

「愛している」深い感動に揺さぶられ、唇に、首筋に、汗が光る胸の谷間にキスをしながらソウルはささやいた。「愛している、愛している……」

ダヴィーナはほほ笑んだ。この人はわたしのもの。たくましい肩に顔をうずめ、彼女は心ひそかにマットに感謝した。過去からつきまとってきた影を振り捨て、ソウルを愛し、その愛を伝える勇気を見いだせたのはマットのおかげだ。

「ありがとう」ダヴィーナはささやき、ソウルは不思議そうに彼女を見下ろしてから、また抱き寄せた。

しかしダヴィーナは、その言葉をソウルに言っただけでなく、二人を結びつけた運命に、そしてもう一人の男性――運命が差し出すものを見逃さず、それをつかみ取る勇気と自信を与えてくれたマットにささげたのだということは黙っていた。

エピローグ

「この二年間、我々をつぶそうと議案通過運動を展開してきた業界の連中までが、みんなてのひらを返したように馳《は》せ参じてきたね」

ダヴィーナは笑い、夫を見上げた。「いずれ業界もわたしたちを受け入れざるをえなくなると、あなたはいつも楽観していたじゃないの？　白状すると、ソウル、実は一度か二度、あなたの言うとおりになるのかどうか、不安になったことがあったわ」

「一度か二度？」ソウルは妻をからかった。「たったそれだけかい？」

社屋の駐車場のわきに設営された大天幕には同業者や取り引き先の人々ばかりでなく、ケアリー製薬の従業員とその家族までが集まっている。

新しい経営陣のもとでケアリーが再出発してから丸二年。今日の式典はその記念日を祝うためでもあり、会社の成功に貢献してくれた従業員の一人一人をねぎらうためでもあった。

ここまでくるのに苦労がなかったわけではない。初めのうち、ケアリーの新しい試みはすぐに挫折《ざせつ》するだろうと新聞各紙は予想した。ケアリーの新しい株主、経営陣が掲げる論理は理想論にすぎず、そんな夢物語でビジネスが成功するはずはないというのが彼らの一致した意見だった。

ソウルは当初、同業者たちからあからさまにばかにされた。だがそのころ、彼らのうちのだれ一人、会社の土台を築き、対外的な信用を勝ち取るためにソウルがいかにねばり強い努力を重ねていたかを知らなかった。

ソウルは多くの人々にケアリーの計画を理解させ、自然薬の効能を説き、ついにはその薬を試してみようという気になるまで彼らを説得した。その地道な努力は無駄ではなかった。ケアリーの評判は徐々に高まっていき、レオが一カ月の滞在ののちに南米から持ち帰った自然薬――南米の先住民が昔から使っていたという植物から抽出した薬のサンプルは新生ケアリーの強力な基盤となった。

人間というのは案外忘れっぽいものらしく、かつて彼らを悪《あ》しざまに書き立てた新聞記者たちも、今ではケアリーの成功を祝い、彼らの理想をほめそやしている――ケアリーはビジネス界のニューウェーブの旗手であり、企業利益より人間を重視するというその基本姿勢は今後多くの企業が手本とすべき新たな道徳基準である、と。

期せずして時流の波に乗ったのは幸いだった。しかしソウルとレオが言うように、運は成功するための一つの要素ではあってもすべてではない。運を支える確実な基盤がなくては――その基盤とはたゆまぬ努力であり、徹底した調査、研究であり、彼らが社会に提供する製品への愛情であり、自信だった。ケアリーが開発する医薬品はたちまち効果が表れる奇跡の薬ではなく、効きめは緩やかであっても副作用の少ない、治癒効果においても安全性においても優れたものでなければならない。

新薬を開発し、念入りなテストを経てデータを整え、特許を取り、販売の認可を受けるまでにはかなり長い期間待たされることになる。その間、医薬品以外に自然化粧品の研究開発を考えてはどうかと提案したのはルーシーだった。

最初、レオとソウルはその案に懐疑的だったが、ダヴィーナはすぐさま賛成し、その結果はケアリーに予想以上の成功をもたらした。現在、ルーシーもジャイルズも重役会のメンバーになっている。

ダヴィーナはソウルに寄り添い、幸せそうにほほ笑んだ。結婚して一年余り、愛の絆《きずな》は以前にも増して強く、深く、今では二人の間にいかなる秘密も、一点のかげりもなかった。

「見て、ジョジーも楽しそうにしているわ」

ジョジーが父と一緒に暮らしたいと言いだしたとき、ソウルは正直なところためらった。ジョジーは来年ハイスクールを卒業し、大学に進学する。しかし、将来どういう職業に就くかについてはまだ決めかねているようだった。

急ぐ必要はないわ、とダヴィーナはジョジーに助言した。もしそうしたければ、将来のことを決める前に一年間旅行でもして、人生のいくらかを見聞するのもいいかもしれない、と。

「ぼくの娘との生活をきみに押しつけるわけにはいかないよ」半年前にジョジーがその話を持ち出したとき、ソウルはそう言って難色を示した。「きみたちがうまくいっているのは知っている。だが一緒に住むとなると……」

それ以上を言う必要はなかった。ダヴィーナがそっと彼の唇に指を当てた。

「ジョジーはあなたを愛しているのよ、ソウル。確かに、彼女はときどきあなたを独り占めしようとするわ。でも娘ですもの、それが自然なんじゃないかしら。わたしだってときにはいら立つことも、嫉妬《しっと》することもあるでしょうし、家の中がいつも平穏無事というわけにはいかないかもしれない。でも、少なくとも理解はできると思うの。ジョジーは大人のようでいて、ある部分はまだ子供だわ。いずれにしても、あの子が成長して巣立つのは時間の問題、そうでしょう？　今はただ、あなたに愛されていると確信が持てればそれで充分だと思う。

たぶん、しばらくここにいて自信を取り戻したら、今度はまた出ていきたいと言いだすわ。十代の女の子にありがちなことだけれど、ジョジーもある日突然、自分が大人であることに気づいて、あるいはそう思い込んで、自立を求め始めるはずよ。大事なのは、わたしたちがあの子を大切に思い、誇りに思っているのを知らせてあげること。家に迎え入れるだけでなく、わたしたちの生活の一部として彼女を歓迎すること。今のジョジーにはそれが必要なのよ」

結局、ソウルは折れた。

トラブルがなかったわけではない。思うにまかせぬこともあり、ジョジーがいきなり夫婦の寝室に現れて困惑させられることもしばしばだった。そんなとき、ダヴィーナはこの家を、愛する夫を独占したいと願わずにはいられなかった。夫婦が愛し合う夜、同じ屋根の下で聞き耳を立てているティーンエイジャーの存在を気にしなければならないのもまた苦痛だった。しかしそうしたすべての困りごとや不都合も、ジョジーに父親の愛を確信させ、傷ついた心をなごませ、失った自信を取り戻させるためならどうということはなかった。

もちろん議論があり、いさかいがあり、ドアをたたきつけたり、出ていく、いかないという場面も何度かあった。けれど、三週間前のジョジーの誕生日にそうしたすべては償われた。ダヴィーナはその日、くちばしに小粒の真珠がはめ込まれた、アンティークゴールドの瑠璃駒鳥《ブルーバード》のチャームをプレゼントし、今度のクリスマスまでにはそれにぴったりのチェーンを探すと約束した。そのときのジョジーの温かい抱擁はどんな言葉よりダヴィーナを深く感動させた。そのあとソウルからのプレゼントを受け取ったジョジーは喜びと感謝をこめてダヴィーナを見やり、その理解のまなざしは少女が大人の女性に成長する一つの段階を踏み越えたことをはっきりと物語っていた。

ジョジーの母親になろうとしたことはなく、彼女の人生の中で特別な役割を果たそうと力んだこともない。そして今、ダヴィーナはジョジーの共感と敬意と愛に報われていた。

楽天家のトムは姉のジョジーほど神経質ではなく、最初から問題なくダヴィーナになついた。少年は長い夏休みをともに過ごし、ソウルとダヴィーナはプロヴァンスに購入したばかりの小さな別荘に二人の子供を連れていった。

それから……ダヴィーナは甘美な思い出に唇をほころばせる。四カ月前、ソウルと二人きりで再びプロヴァンスを訪れ、静かな、草の生い茂る暖かい庭で、降り注ぐ太陽を浴びながら心ゆくまで愛し合った。

二人は何度か子供を持つことについて話し合った。いつかはたぶん……でも今はこのままで充分だとダヴィーナは思っている。

「そんなふうにぼくを見つめないほうがいいぞ」ソウルは妻をからかった。「さもないと、今すぐきみを家に連れて帰って……」彼は不意に口をつぐみ、近づいてくる男性に聞こえないように小さくうめいた。「やれやれ、アレックス卿《きょう》のお出ましだ」

ダヴィーナは笑った。「とうてい断れないようなすてきな条件を出してきて、あなたをデイヴィッドソンに連れ戻す気かもしれないわ」

二人とも、なんとかしてソウルをケアリーから引き離そうとするアレックスの涙ぐましい努力を最初は意外に思い、それから面白がった。

「逃がした魚は大きいっていうからね」ソウルはそう言って笑ったが、それは本当だとダヴィーナにはわかっていた。ソウルをくびにした時点でアレックス卿は取り返しのつかない過ちを犯したということに遅まきながら気づいたわけだ。

大天幕の向こう側では、ルーシーがジェンマを立たせ、転ばないように気をつけながら小さな手をそっと放した。

ケアリーに保育所を作りたいので協力してもらえないかとダヴィーナに打診されたとき、ルーシーは即答を避けた。自信がなかったこともあるが、ダヴィーナの要請の裏に何が隠されているのか不安でもあったのだ。

そのときルーシーは妊娠中で、胎内の子供を守り、育て、無事に出産を果たすことのほかは何も考えられなかった。しかしダヴィーナの提案は心の中に根を張り、再出発したケアリーで生き生きと働く夫の姿を見ているうちに、ルーシーもまたその世界にかかわりたいと願うようになった。

今思えば、ダヴィーナの要請を受けて保育所の設立に力を尽くしたのは、ルーシーにとって最高の選択――ジャイルズと結婚し、ジェンマを産んで以来最高の選択だったといえるかもしれない。

一歳半になるジェンマは今、天幕の一部にしつらえられた即席の託児所でほかの子供たちと無心に遊んでいる。ジェンマは月満ちて生まれたときから、ニコラスの分まで健康で活発な赤ちゃんだった。ジャイルズはそんな娘を溺愛《できあい》し、ときには甘やかしすぎると注意しなければならないくらいだった。

ゆっくりと立ち上がりながら、ルーシーはふくらみ始めたおなかに手を当てた。ジェンマがおなかにいるときは女の子が欲しかった。男の子ではなく……もう一人のニコラスではなく。ニコラスの代わりなど考えられなかったからだ。でも、今度生まれる子は男でも女でもかまわないと思っている。

「気分は？」

「大丈夫よ」ルーシーは近づいてきたジャイルズにほほ笑みかけた。「何もかもうまくいっているようね」

「新しいケアリーはみんなの関心の的で、いろいろ質問されるよ。そういう方面の対応はソウルが一手に引き受けてくれているが」

ジャイルズはソウル・ジャーディンに心酔し、二人は緊密な信頼関係で結ばれているようだ。この二年の間にジャイルズは――そしてルーシーも、人間的に大きく成長した。彼らの関係は以前よりはるかに安定し、夫婦を結びつける絆はジェンマへの愛と新たな妊娠の喜びを介していっそう強固なものになっていた。

ルーシーの唇に満ち足りた微笑が浮かぶ。本人は意識していなかったが、ルーシーはかつて苦手としていたタイプの女性、自分は絶対にあんなふうにはなりたくないと念じていたタイプの女性になりつつあり、しかも、過去の自分を捨てることを少しも惜しいとは思っていなかった。傍目《はため》から見れば自分たちの生活は平凡で単調に思われるかもしれない。が、ルーシーはもはや刺激や興奮を求めてはいなかった。

「無理しないでくれよ」ジャイルズは言った。「疲れて体にさわるといけない」

「大丈夫よ。あなたって心配性なんだから」ルーシーは笑ったが、その瞳は夫の気遣いをどれほどうれしく思っているかを物語っていた。

夫をダヴィーナに奪われるのではないかと本気で悩んだ自分が信じられない。ダヴィーナ……ソウル・ジャーディンと結婚して周囲をあっといわせたダヴィーナ。

「クリスティとレオはいつか結婚するかしら？」ルーシーは重役会のメンバーであるもう一組のカップルのことを思い出した。

「かもしれないね」ジャイルズはうわの空で応じる。「もし子供を作る気になったら」彼にとっては他人のことよりルーシーとの新しい関係のほうがはるかに大切だった。

「わかってるよ、こういう華やかな集まりなんかくだらないと思っているんだろう？」レオはクリスティをからかった。

「そんなこと言ってないわ」

何を感じるにしろ、何をするにしろ、百パーセントの情熱を傾ける女性――こんなふうに、何か言うといつもむきになるクリスティがレオは好きだった。彼はときどき、二人のさまざまな関係の中で、クリスティが何よりも性の結びつきを大事にしていると思うことがあった。それは、セックスこそが愛の深さを伝える最上の言葉だと思っているからだろうか？

ともに暮らすようになってから、クリスティは身のまわりに築いた柵《さく》のいくらかを――あるいは大半を取り払ったかもしれない。しかし、それでもまだレオの踏み込むことができない、守られた、ひそかな領域があると彼は感じていた。

ときどき、クリスティは憤慨してこう叫ぶことがあった――あなたは信じられないほどすばらしい男性だわ、あまりにも完璧《かんぺき》で、わたしの欠点が目立ちすぎて怖いくらい。

「そのままのきみを愛しているよ」それがレオの答えだった。「きみも今のままのぼくを愛してくれている、そうだろう？」

「ええ、もちろん」クリスティは言い、レオはその言葉を信じた。そう、わたしはレオを愛している。だが、それでもなお心のどこかで独立独歩でいることに固執している。

レオにはその気持ちが理解できた。〝結婚したくないと言ったらあなたは傷つくかしら？〟とクリスティにきかれ、レオは笑いながら〝一枚の紙切れが永遠の愛を保証するわけではないからね〟と答えたことがあった。いずれにしても、彼女の自立志向は純粋に信念の問題であり、ほかの男性と自由な交際を楽しむための方便ではないことをレオは確信していた。

「ママたち、どうして結婚しないの？」最近、キャシーがそうきいた。

「その必要がないから、かな」とレオは言い、クリスティに視線を向けた。

「でも、もし赤ちゃんができたらどうするの？」キャシーは納得せず、レオはそのとき、クリスティのまなざしに、娘に父親を与えられなかった母親の悲しみを見たような気がした。

しかし、二人の間にそういう問題は存在しなかった。レオはすでに自分の子供は欲しくないと率直にクリスティに告げている——もちろんその理由も含めて。クリスティはレオの父親の暗い過去への疑惑を初めて聞かされたときはショックを受けたが、彼への愛はいささかも揺るがなかった。

「子供がみんな、あなたのお父さまのようになるわけではないわ」

「わかっている」レオはうなずいた。「それが根拠のない、ばかげた恐怖であることはわかっている。でも、きみの独立志向と同じように……拒絶されることへの恐怖と同じように、その不安はぼくから離れないんだ」

「さあ、そろそろあなたの出番よ」クリスティはレオの腕を取って促した。「ここにいるみんながあなたのスピーチを待っているわ」彼女は笑い、その目にはプライドと愛がきらめいていた。

小さな演壇に向かいながら、レオは数メートル先に集まっている楽しげな若者のグループに目をやった。クリスティの娘キャシー、ソウルの娘ジョジー、レオの二人の甥《おい》フリッツとマーティン。

アナとの約束どおり、レオは二人の甥を慈しみ、その成長を注意深く見守っている。ウィルヘルムの息子である限り、フリッツもマーティンもいつかはヘスラー製薬の経営に参加するに違いない。そうしたとき、彼らがこのケアリーで学ぶ知識の数々が無駄になることはないだろう。

変化は必ずしも劇的に、一夜にして起こるものではない。ときにそれはゆっくりと穏やかに、一つの世代から次の世代へ、さらにまた次の世代へとつながっていく。それぞれの世代を愛と理解でつなぐ希望と約束の黄金の鎖は、場合によっては互いを怒りと不信で縛る重い鉛の鎖にもなりうる。

レオは今、父とつながっていた汚れた鎖を断ち切り、自身の新たな鎖をつなぎつつあった。その鎖が純金であるのかどうか、過去の苦悩と暗闇《くらやみ》の中から光り輝き、未来への道を照らすかがり火となるのかどうか――それに答えられるのは果てしない永遠だけかもしれない。

レオは盛んな拍手に迎えられて演壇に上がった。「新しいケアリーの誕生からはや二年、今日ここに、わたしたちはその成功を祝い、未来を祝福するために集い……」

未来だって？　なんと青臭い――アレックス・デイヴィッドソンは皮肉っぽくつぶやいた。本当はこんなところにのこのこ出てきたくはなかったのだが……ソウルが差し出したオリーブの小枝を受け取るべきかどうか、アレックスはここ何日かばかばかしいほど迷い続けた。

かつて部下だった男の裏切りをいつか懲らしめるつもりだったが、二年の間にソウルは人々の心をつかみ、世論を味方につけ、仲間とともに新しい計画を成功させ、さすがのアレックスもついには敗北を認めざるをえなくなった。アレックスとは対照的に、勝利した側のソウルは寛大だった。もし立場が逆だったら、アレックスはオリーブの小枝を背中に隠し、ほくそ笑んだことだろう。だが、それこそが自分たちの人間性の違いであり、だからこそソウルが勝利したのだと、しぶしぶながらアレックスは認めた。時代は変わり、人々はより賢明になり、より意識を高め、より多くの良心を、理想を持ち始めたのだと穏やかに諭してきたのはソウルだった。

「世の中が軟弱になったという意味じゃないのかね？」アレックスはそのとき鼻先でせせら笑ったが、心の中では若い者の言い分が正しいとわかっていた。「時の流れか……」

アレックスはその流れに必死で逆らおうとしたが勝ちめはなく、胸にたぎっていたソウルへの怒りと悪意は徐々に称賛へと変わっていった。

「一時停戦にしませんか？」ソウルは握手を求めて手を差し出した。

そのときでさえ、アレックスの心の半分は背を向けたがっていた。だがソウルのきれいな妻がほほ笑むのを見て、どういうわけか、思わず差し出された手を握っていた。今でもソウルを百パーセント支持しているわけではない。これからだって彼と立場を同じくすることはないだろう。自然薬だの自然化粧品だのといった甘ったるい代物についていえば、今でこそ時流に乗ってもてはやされているが、いずれブームが去れば……。

それでも、ケアリーの二周年記念の祝賀会にこれほど多くの来賓――各界の有力者、頭の固い経済人たちが集まるとは思っていなかった。だが考えてみれば、ソウルにビジネスのテクニックを教えたのはこのわたしではないか？　まず最初に彼の潜在的な能力に目をつけ、才能を開花させたのはこのわたしだ。アレックスは突然機嫌がよくなり顎をひねった。だれもがいつでもそのことを思い出すように仕向けなければ……。

祝福すべき未来――ルーシーは目立ち始めたおなかに手を添え、おとなしくしているようにと優しくジェンマをたしなめてジャイルズに寄り添った。

未来――それは希望だ。ジョジーとトム、彼らこそ未来であり希望であるとダヴィーナは考える。けれどわたしとソウルにもまた未来があり、夢があり、果たすべき役割があり、慈しむべき愛がある。

ダヴィーナはほほ笑み、指に指をからませてきたソウルを見上げた。

「アレックスは何をたくらんでいるんだろう？」ソウルが耳元でささやいた。「見てごらん、チェシャー猫みたいに一人でにやついているよ」彼はそれから話題を変えた。「いいことを教えようか？　今夜ジョジーは仲間たちと出かけるそうだ。ひと晩じゅうお祝いをするんだって。だから今夜はきみと……」

「しいっ」ダヴィーナは赤くなって夫を黙らせたが、グレイの瞳は愛の期待にきらめいていた。

未来――クリスティにはこれからまだしたいことがいろいろあり、しなければならないこともたくさんある。そんな思いを後ろめたく思いながらも、ときどき自分でも空恐ろしくなるほど、胸が張り裂けそうになるほど、熱く、激しく、レオを愛していた。もしもう一度人生をやり直すことができ、レオと出会わない道筋を選べるとしても、その道を選び取ることは絶対にないだろう。
クリスティはスピーチを締めくくるレオにほほ笑みかけ、彼も笑みを返した。

レオこそわたしの未来、わたしの希望。今夜、彼と二人きりになったらそう言おう。クリスティの微笑は温かく、柔らかく、情熱の黒い瞳には今、愛ばかりでなく静かな平安と信頼が映し出されていた。

訳者あとがき

　第二次世界大戦直後に新しい鎮静剤を製造して一躍業界トップに躍り出たドイツの製薬会社、ヘスラー製薬の創業者が心臓発作で死亡した。彼には息子が二人いて、母親似の次男レオより、自分によく似た長男ウィルヘルムを偏愛していたから、会社の経営権をレオに譲るという内容の遺言書の存在は誰にとっても驚きだった。

　急死した父の傍らには鍵《かぎ》のかかった箱が転がっていて、レオは逡巡《しゅんじゅん》したのちに思いきってそれを開けてみた。中にはノートが一冊と、終戦時にイギリス軍がドイツの病院を訪れたときの新聞の切り抜きが入っていた。ノートには、戦後間もなくヘスラー製薬が開発した鎮静剤の化学式と、イギリスのケアリー製薬が特許を持つ心臓病治療薬の化学式が克明に記されており、切り抜き記事にはやせ細ってベッドに横たわる捕虜と、解放のときを待たずにこと切れた男の写真が載っていた。記事には、その男は死ぬ直前、強制収容所で生体実験に関《かか》わったナチ親衛隊員の名をケアリー一等兵に告げた、とある。

　父がさほど重くもないこの箱を運んでいて心臓発作を起こしたとは考えにくい。であるなら、最初の発作のあと、死期を悟った父がなんとかこの箱を処分しようとした——そう考えるのが妥当ではなかろうか。レオは父親が決して語ることのなかった過去の暗部を探るべく、やはり戦後に急成長を遂げたケアリー製薬の調査を始めた。

現在ダヴィーナ・ジェイムズ率いるケアリー製薬は倒産寸前の危機にあった。創業者である祖父と父が他界し、そのあとを継いだ夫のグレゴリーもギャンブル依存の末、交通事故で急死した。父と夫から女は仕事に口を出すなと言われ続けてきたダヴィーナは、そのとき初めて会社の危機的状況を知って愕然《がくぜん》とする。従業員は搾取され、劣悪な労働環境にいたためにその多くが薬害に苦しんでいた。なんとか経営を立て直し、労働者の待遇を改善して雇用を確保したい。しかし銀行は倒産するよりはと会社の売却を勧める。

父の犯した罪の深さにすくみ、封印された過去の闇《やみ》に光を当てようとダヴィーナを訪ねるレオ。愛する父の期待に応《こた》えるべく出世街道を突っ走り、破綻《はたん》寸前のケアリー製薬を買いたたこうとするソウル。ソウルの妹で、敢《あ》えて未婚の母という困難な道を選び、理想に燃えて医師になったクリスティ。傾いた会社がたとえ人手に渡るとしても、せめて村人の雇用は守りたいと勝負に出るダヴィーナ。彼女の右腕となって奔走するジャイルズ。望まぬ妊娠によって生まれた初めての子を亡くし、罪悪感にさいなまれるあまり精神の安定を欠いたジャイルズの妻ルーシー。

それぞれに重い過去を背負い、罪の意識に苦しみながら生きるべき道を模索する六人の男女が、運命の糸にたぐり寄せられるようにして出会い、人生の新たな一歩を踏み出した。

本書は、さまざまなトラウマを抱えた人々の心の葛藤《かっとう》と多様でありながら普遍的な愛の形を鮮やかに描いて世界じゅうにあまたのファンを持つペニー・ジョーダンが、一九九二年に書き下ろした長編小説〝*Lingering Shadows*〟の全訳である。

企業のモラル、薬害といったテーマを軸に、個性豊かな大人の男女が繰り広げる〝愛〟探しのストーリーは読み応えのある一冊となるだろう。

二〇〇二年五月

田村　たつ子

＊本書は、2002年7月にMIRA文庫より刊行された
『運命の絆』の新装版です。

mira

運命《うんめい》の絆《きずな》

2025年2月15日発行　第1刷

著　者　ペニー・ジョーダン

訳　者　田村《たむら》たつ子《こ》

発行人　鈴木幸辰

発行所　株式会社ハーパーコリンズ・ジャパン
東京都千代田区大手町1-5-1
04-2951-2000（注文）
0570-008091（読者サービス係）

印刷・製本　中央精版印刷株式会社

定価はカバーに表示してあります。
造本には十分注意しておりますが、乱丁（ページ順序の間違い）・落丁（本文の一部抜け落ち）がありました場合は、お取り替えいたします。ご面倒ですが、購入された書店名を明記の上、小社読者サービス係宛ご送付ください。送料小社負担にてお取り替えいたします。ただし、古書店で購入されたものはお取り替えできません。

この書籍の本文は環境対応型の植物油インクを使用して印刷しています。

VEGETABLE OIL INK

Printed in Japan © K.K. HarperCollins Japan 2025
ISBN978-4-596-72525-7

mirabooks

霧に眠る殺意
アイリス・ジョハンセン
矢沢聖子 訳

組織から追われる少女とお腹に宿った命を守るためハイランドへ飛んだ復顔彫刻家イヴ。数奇な運命がうごめく荒野で彼女たちを待ち受けていた黒幕の正体とは…。

あどけない復讐
アイリス・ジョハンセン
矢沢聖子 訳

復顔彫刻家イヴ・ダンカンのもとに届いた、少女の頭蓋骨。8年前に殺された少女の無念が、闇に葬られた真実と新たな陰謀、運命の出会いを呼び寄せる…。

最果ての天使
アイリス・ジョハンセン
矢沢聖子 訳

命を狙われる孤独な少女カーラを追い、極寒の地へ飛んだイヴ。ようやく居場所を突き止めた彼女には、想像を超えた凶悪な罠が待ち受けていて…。

囚われのイヴ
アイリス・ジョハンセン
矢沢聖子 訳

死者の骨から生前の姿を蘇らせる復顔彫刻家イヴ・ダンカン。ある青年の死に秘められた真実が、新たな事件を呼びよせ…。著者の代表的シリーズ、新章開幕！

慟哭のイヴ
アイリス・ジョハンセン
矢沢聖子 訳

殺人鬼だった息子の顔を取り戻そうとする男に追われ、極寒の冬山に逃げ込んだ復顔彫刻家イヴ。満身創痍の彼女に手を差し伸べたのは、思いもよらぬ人物で…。

弔いのイヴ
アイリス・ジョハンセン
矢沢聖子 訳

殺人鬼だった息子の顔を取り戻すためイヴを拉致した男は、ついに最後の計画を開始した。決死の覚悟で挑む闘いの行方は…？　イヴ・ダンカン三部作、完結篇！